KB080838

王小波
革命時期的愛情

•

혁명시대의 연애

창 비 세 계 문 학

64

•

혁명시대의 연애

•

왕샤오보

김순진 옮김

창비

黄金时代, 革命时期的爱情
Copyright ⓒ 2017, Wang Xiaobo(王小波)
All rights reserved.

Korean translation copyright ⓒ 2018, Changbi Publishers, Inc.
Korean translation rights arranged with ThinKingdom Media Group Ltd. through Imprima Korea.

이 한국어판의 판권은 Imprima Korea Agency를 통해
ThinKingdom Media Group Ltd.와 독점 계약한 (주)창비에 있습니다.
저작권법에 의해 보호를 받는 저작물이므로 무단 전재 및 복제를 금합니다.

차례

•

일러두기
1. 이 책은 王小波『黃金時代』(上海三聯書店 2013)를 번역저본으로 삼았다.
2. 본문 중의 각주는 옮긴이의 것이다.
3. 외국어는 되도록 현지 발음에 가깝게 표기하되, 우리말 표기가 굳어진 것은 관용을
    따랐다.

황금시대
黃金時代

1

스물한살 때 난 윈난雲南에 있는 한 인민공사 생산대에 배치되어 있었다. 천칭양陳淸揚은 그때 스물여섯살이었고 내가 배치된 생산대에서 의사로 있었다. 나는 산 아래 있는 14생산대에 있었고, 그녀는 산 위의 15생산대에 있었다. 하루는 그녀가 산에서 내려와 자신이 걸레가 아닌 점에 대해 나와 이야기를 나누었다. 그때 나는 그녀를 잘 알지 못했다. 그저 조금 아는 정도였을 뿐이었다. 그녀가 이야기하고자 했던 것은 이런 내용이었다. 모든 사람들이 그녀를 걸레라고 부르지만 그녀는 자신을 걸레로 여기지 않는다. 왜냐하면 서방질을 해야 걸레인데 그녀는 서방질을 한 적이 없기 때문이다. 비록 남편이 일년이나 감옥에 있었지만 그녀는 서방질을 한 적이 없고, 그전에도 서방질을 한 적이 없다. 그래서 그녀는 사람들이 왜 자신을 걸레라고 하는지 정말 알 수 없다는 것이다. 만일 내가 그녀를 위로하려고 했다면 그것은 조금도 어려운 일이 아니었을 것이다. 나는 논리적으로 그녀가 걸레가 아니라는 사실을 증명할 수 있었으니까. 천칭양이 걸레라면 서방질을 했을 것이고 그렇다면 최소한 누군가 한명은 상대가 있어야 한다. 그런데 상대가 누구인지 밝힐 수 없기 때문에 천칭양이 걸레라는 말은 성립될 수 없다. 하지만 나는 일부러 천칭양은 걸레이고 이는 조금도 의심할 바가 없다고 했다.

자신이 걸레가 아니라는 사실을 증명하기 위해 천칭양이 나를 찾아온 것은 내가 주사를 맞으러 그녀에게 갔었기 때문이다. 그 일의 경위는 이러했다. 농사일이 한창일 때 생산대장이 내게 쟁기질을 시키지 않고 모심기를 시키는 바람에 난 허리를 자주 펼 수 없었다. 나를 아는 사람들은 모두 내 허리에 오래된 고질병이 있다는 사실을 알고 있었다. 그리고 난 키가 1미터 90이 넘는다. 그렇게 한 달 동안 모심기를 했더니 참기 어려울 정도로 허리가 아팠고 통증 완화 주사를 맞지 않고서는 잠을 잘 수도 없었다. 우리 생산대 의무실에 있는 주삿바늘은 도금이 벗겨지고 끝도 구부러져 있어 종종 내 허리 살점이 뜯겨나가곤 했다. 나중에 내 허리는 마치 산탄총을 맞은 것처럼 되었고 그 상처가 오래도록 사라지지 않았다. 바로 그런 상황에서 15생산대의 의사 천칭양이 베이징 의과대학을 졸업한 의사이니 주삿바늘과 뜨개질바늘 정도는 구분할 수 있을 것이라는 생각이 들어 그녀에게 진찰을 받으러 갔다. 진찰이 끝나고 돌아와서 삼십분도 채 되지 않았을 때 그녀가 나의 방으로 쫓아들어와 자신이 걸레가 아니라는 사실을 증명해달라고 요구했던 것이다.

천칭양은 자신이 조금도 걸레를 깔보지는 않는다고 했다. 그녀의 관찰에 의하면 걸레들은 모두 선량하고 기꺼이 다른 사람들을 도와주며 다른 사람들을 실망시키는 것을 가장 싫어했다. 그래서 그녀는 걸레들에 대해 오히려 약간의 존경심까지 가지고 있었다. 그런데 문제는 걸레가 착하냐 아니냐가 아니라 그녀가 원래 걸레가 아니라는 사실이었다. 바로 고양이는 강아지가 아닌 것과 같은 이치이다. 만일 고양이가 강아지로 불린다면 마음이 편하지 않을 것이다. 모든 사람들이 그녀를 걸레라고 하는 바람에 그녀는 혼이 쏙 빠져 자신이 누구인지조차 알 수 없을 정도가 되었다.

천칭양은 산 위의 의무실에 있을 때처럼 팔과 다리를 드러내고 흰 가운을 입은 차림으로 내 움막에 있었다. 풀어헤쳐진 머리카락을 손수건으로 묶고 발에 슬리퍼를 신고 있다는 점이 달랐다. 나는 그녀의 모습을 보면서 그녀가 흰 가운 아래에 무엇을 입고 있는지, 아니면 아무것도 안 입고 있지나 않은지를 추측하기 시작했다. 천칭양은 무엇을 입든 입지 않든 중요하지 않다고 여겼는데, 이러한 점은 그녀가 매우 아름답다는 사실을 말해준다. 그리고 이것은 어려서부터 길러진 자신감일 터였다. 난 몇가지 이유를 들어 그녀는 정말 걸레라고 그녀에게 말해주었다. 소위 걸레라는 것은 호칭으로서 사람들이 당신을 걸레라고 하면 당신은 걸레가 되는 거야. 특별히 따질 만한 이치가 있는 것은 아니야. 사람들이 당신에게 서방질을 했다고 하면 당신은 서방질을 한 것이 돼. 이것 역시 따질 만한 무슨 이치가 있는 것은 아니야. 그런데 사람들이 왜 당신을 걸레라고 하는지에 대해서는 내가 보기에 이래. 사람들은 결혼한 여자가 남자와 자지 않으면 얼굴색이 검어지고 유방은 아래로 처진다고 생각해. 그렇지만 당신은 얼굴이 검기는커녕 새하얗고 유방은 아래로 처지기는커녕 봉긋하게 솟아 있어. 그래서 당신은 걸레인 거야. 만약 당신이 걸레가 되고 싶지 않다면 얼굴을 거무튀튀하게 만들고 유방을 아래로 처지도록 하면 돼. 그러면 다른 사람들이 당신을 걸레라고 부르지 않을 거야. 물론 그렇게 하면 아주 손해 보는 것 같을 거야. 손해를 보고 싶지 않다면 남자와 그 짓을 하면 돼. 그러면 당신 역시 자신을 걸레로 여기게 될 거야. 당신이 남자와 그 짓을 했는지 안했는지를 알아보고 나서야 당신을 걸레라고 부를지 말지를 결정해야 할 의무가 다른 사람들에게 있는 것은 아니야. 하지만 당신은 다른 사람들이 당신을 걸레라고 부르지 않게 만들 의무가 있어. 천칭양은 이 말을 듣고 나더니 얼굴이 새빨개지고 눈은 화가 나 동그래졌다. 마치 내 따귀라도 한대 갈기려는 것 같았다. 이 여자는 따귀 때리는 것으로 이름이 나 있었고 많은 사람들이 그녀에게 따귀를 맞았다. 그런데 그녀가 갑자기 노기를 풀더니 말했다. 좋아, 걸레라고 부르라지 뭐. 그렇지만 처지게 할지 말지, 검게 할지 말지는 네가 관여할 일이 아니야. 그녀는 또 만일 내가 이러한 문제에 대해 지나치게 많이 생각하면 따귀를 맞게 될 거라고 했다.

이십년 전으로 돌아가 나와 천칭양이 걸레 문제로 이야기하던 모습을 생각해본다. 그때 난 얼굴빛이 누르스름했고 입술이 갈라져 있었으며 온몸에 종이 부스러기와 살담배를 묻히고 머리는 뒤엉킨 종려나무처럼 산발을 하고 있었다. 몸에는 찢어진 군복을 입고 있었는데 상의에 난 수많은 구멍에는 반창고가 붙여져 있었다. 나는 다리를 꼬고 나무침대에 앉아 있었는데 모습이 완전히 건달 같았다. 천칭양이 이런 사람에게서 자신의 유방을 처지게 하니 마니 하는 말을 들었으니 얼마나 손이 근질근질했을지 상상할 수 있을 것이다. 그녀는 신경이 약간 날카로워 있었다. 이는 전적으로 수많은 건강한 남자들이 조금도 아프지 않으면서 그녀에게 진찰을 받으러 갔기 때문이었다. 그들은 의사를 찾아간 것이 아니라 걸레를 만나러 갔던 것이다. 단지 나만 예외였다. 내 등허리에는 저팔계가 할퀸 듯한 자국이 두군데 있었다. 정말로 허리 통증이 있든 없든 그 상처만으로도 의사에게 진찰을 받아야 할 이유가 되었다. 그 상처는 그녀에게 자신이 걸레가 아니라는 사실을 내게 증명할 수도 있겠다는 희망을 주었다. 그녀가 걸레가 아님을 인정하는 사람이 한 사람이라도 있는 것은 걸레가 아님을 인정하는 사람이 아무도 없는 것과는 천지 차이인 것이다. 그렇지만 나는 일부러 그녀에게 실망을 안겨주었다.

내 생각은 이러했다. 만약 내가 그녀가 걸레가 아니라는 사실을 증명하려고 했다면 충분히 증명할 수 있고 그것은 너무나 쉬운 일이라는 것이다. 사실 나는 그것이 증명할 필요가 없다는 것 말고는 아무것도 증명할 수 없었다. 봄에 생산대장이 말하길, 내가 자신의 암캐를 때려 왼쪽 눈을 멀게 만들었으며, 그래서 그 개가 발레를 하듯 고개를 비스듬히 하고 사람을 본다고 했다. 그다음부터 그는 늘 나를 못살게 굴었다. 나는 그저 다음과 같은 세가지 방법으로 내가 아무 잘못도 없고 결백하다는 사실을 증명하려고 했다.

1. 생산대장의 집에는 암캐가 없다.
2. 그 암캐는 태어날 때부터 왼쪽 눈이 없다.
3. 나는 손이 없어서 총을 잡고 사격을 할 수 없다.

결과적으로 세가지 중에서 성립하는 것이 하나도 없었다. 생산대장의 집에는 분명 갈색의 암캐 한마리가 있었고, 이 암캐의 왼쪽 눈은 후천적으로 누군가에게 맞아 실명을 했으며, 나는 총을 잡고 사격을 할 수 있을 뿐만 아니라 사격술이 매우 뛰어났다. 그 얼마 전에 나는 뤄샤오쓰羅小四의 공기총을 빌려 한사발의 녹두알을 탄알 삼아 빈 식량 창고에서 1킬로그램 이상의 쥐를 잡기도 했다. 물론 이 생산대에는 사격술이 좋은 사람들이 많이 있고 그 속에는 뤄샤오쓰도 포함되어 있었다. 공기총은 바로 그의 것이고 그가 생산대장의 암캐를 실명시킬 때 나는 옆에서 보고 있었다. 그렇지만 난 남을 고발할 수 없었고 뤄샤오쓰와 나는 관계도 괜찮았다. 게다가 생산대장이 만일 뤄샤오쓰에게 시비를 건다면 내가 그랬다는 생각은 하지 않게 될 것이다. 그래서 나는 침묵을 지켰다. 침묵은 바로 묵인이었다. 그래서 봄에 나는 모심기를 하러 가서 반토막 난 전봇대처럼 논바닥에 뻣뻣이 서 있어야 했고, 추수한 후에는 또 소를 치러 가야 해서 따뜻한 밥을 먹을 수 없었다. 물론 나 역시 손 놓고 있지는 않았다. 하루는 산에 있을 때였다. 마침 내가 뤄샤오쓰의 공기총을 빌려 가지고 있었고 생산대장의 암캐가 산으로 뛰어와 내 시야에 들어왔다. 나는 탄알 하나를 발사해 그 녀석의 오른쪽 눈을 멀게 해버렸다. 왼쪽 눈이 없었던 녀석은 오른쪽 눈까지 없어지자 생산대장에게 돌아가지 못했다. 그 녀석이 어디로 달아났는지는 하늘만이 알 것이다.

내 기억에 나는 한동안 산에 올라가 소를 치거나 집에 누워 있는 것 말고는 아무 일도 하지 않았다. 그 무엇도 나와는 상관이 없다고 여겼다. 그런데 천칭양이 또 나를 만나러 산에서 내려왔다. 알고 보니 또다른 소문이 돌았는데 바로 그녀가 나와 서방질을 한다는 것이었다. 그녀는 우리들이 무고하다는 사실을 증명해줄 것을 나에게 요구했다. 난 우리들이 무고하다는 증명을 하기 위해서는 다음과 같은 두가지만 증명하면 된다고 했다.

  1. 천칭양은 숫처녀다.
  2. 나는 선천적으로 고자여서 섹스 능력이 없다.

 하지만 이 두가지는 모두 증명하기 쉽지 않다. 그래서 우리는 자신이 무고하다는 사실을 증명할 수 없다. 나는 차라리 우리가 무고하지 않다는 것을 증명하자고 했다. 천칭양은 이 말을 듣더니 화가 나서 처음에는 얼굴이 새하얘지더니 나중에는 새빨개지고 마지막에는 한마디도 하지 않고 일어나 가버렸다.
 천칭양은 내가 머리끝부터 발끝까지 나쁜 놈이라고 했다. 그녀는 맨 처음 내게 자신의 무고함을 증명해달라고 했을 때 내가 자신을 무시하고 헛소리를 늘어놓았으며, 두번째로 우리 두 사람이 무고하다는 것을 증명하라고 했을 때에도 내가 정색을 하며 섹스를 자신에게 제안했다고 말했다. 그래서 그녀는 언젠가는 내 따귀를 한대 때리겠다고 결심했다. 만일 내가 그녀의 이러한 생각을 알았더라면 아마 이후의 일은 발생하지 않았을 것이다.

 2

 나는 스물한살이 되는 생일날에 마침 강가에서 소를 치고 있었다. 그날 오후 풀밭에 누워 파초 이파리 몇장을 덮고 잠을 잤는데 깨어보니 아무것도 남아 있지 않았다.(잎사귀는 아마 소가 모두 먹어치웠을 것이다.) 건조한 아열대 건기의 태양이 내 온몸을 빨갛게 태워서 쓰리고 가려워 참을 수가 없었다. 그리고 나의 똘똘이는 하늘을 향해 전에 없던 크기로 빳빳이 서 있었다. 이것이 내 생일날의 모습이었다. 내가 깨어났을 때 태양빛은 눈부셨고 하늘은 놀랄 만큼 파랬으며 온몸에는 분말 땀띠약을 뒤집어쓴 것처럼 가는 흙먼지가 내려앉아 있었다. 일생 동안 수없이 발기를 했지만 한번도 그때만큼 힘차지 못했다. 아마도 사방에 사람 그림자 하나 없이 너무나 황량하고 외진 곳이었기 때문일 것이다.

나는 몸을 일으켜 소를 찾아보았다. 소들은 멀찌감치 강의 지류에서 조용히 풀을 뜯고 있었다. 아무 소리 없이 고요했으며 들판에는 백색의 바람이 불고 있었다. 강기슭 위에서는 울타리 안의 소 몇마리가 두 눈알이 새빨개진 채 입가에 침을 질질 흘리면서 싸움을 하고 있었다. 소 음낭은 바짝 움츠러들었고 양물은 쭉 뻗어 있었다. 우리 소들은 이런 짓을 하지 않았다. 누군가가 들어와 슬슬 건드려도 우리 소들은 여전히 엎드려 움직이지 않았다. 싸움이라도 해서 몸이 상하면 봄에 농사짓는 데 영향을 줄까봐 소들을 모두 거세시켜버렸기 때문이다.

매번 소들을 거세시킬 때마다 나는 항상 그 자리에 있었다. 일반적인 수소는 칼로 잘라버리면 그만이다. 그러나 특별히 힘이 좋은 놈들은 망치로 거세해야 했다. 즉 음낭을 갈라서 고환을 꺼낸 뒤 나무망치로 박살을 내야 했다. 이렇게 거세된 놈들은 이후에 풀을 뜯어먹고 일하는 것만 알지 다른 것은 알지 못한다. 도살할 때에도 묶을 필요가 없다. 망치를 잡은 생산대장은 이러한 수술을 인류에게 행해도 같은 효력이 있을 것임을 조금도 의심치 않았다. 그래서 매번 그는 우리들에게 고함치곤 했다. 너희 이 쇠불알 같은 놈들, 망치를 한번 내리쳐야 제정신을 차리지! 그의 논리대로라면 우리 몸에 있는 이 시뻘겋게 쭉 뻗은 대략 한자 정도 되는 물건은 바로 죄악의 화신인 셈이다.

물론 나는 이것에 대해 다른 의견을 갖고 있다. 내가 보기에 이 물건은 무엇보다 중요한 나의 존재 그 자체이다. 하늘은 조금씩 어두워졌고 구름이 느긋하게 떠다녔다. 구름의 아래쪽 반은 어둠속으로 들어갔고 위쪽 반은 아직도 태양빛 속에 떠 있었다. 스물한살 되던 그날, 나는 내 인생의 황금시대에 과도한 욕망을 가지고 있었다. 난 사랑을 하고 싶었고, 음식을 먹고 싶었으며, 한순간에 반은 밝고 반은 어둡게 변하는 하늘 위의 구름이 되고 싶었다. 나중에 야 난 삶이란 천천히 망치질을 받는 과정임을 알았다. 사람은 하루하루 늙어가고 욕망도 하루하루 사라져 마지막에는 망치질을 당한 소와 같이 되어버린다. 그렇지만 내가 스물한살 생일을 맞이하던 때에는 이러한 점을 예견하지 못했다. 나는 영원히 원기 왕성해서 그 무엇도 나를 망치로 내려칠 수 없을 것이라고 생각했다.

나는 그날 저녁 천칭양을 초대해 생선요리를 대접하기로 했기 때문에 오후에는 생선을 마련해야 했다. 오후 5시가 조금 넘어서야 물고기를 가두어둔 곳에 가봐야겠다는 생각이 들었다. 강의 지류로 들어서기도 전에 징포족景頗族 녀석 둘이 안쪽에서 싸우며 나왔다. 흙탕물을 사방으로 튀겨 내 몸에도 몇군데 묻었다. 내가 그 두 녀석의 귀를 잡아채자 녀석들은 싸움을 멈췄다. 내가 큰 소리로 물었다.

"씨발놈들아, 물고기는?"

나이가 조금 많은 녀석이 말했다. "다 저 씨발놈 러농勒農 때문이야! 저놈이 계속 둑 위에 앉아 있어서 둑이 씨발 무너졌잖아!"

러농이 목청을 높여 소리 질렀다. "왕얼王二! 둑이 씨발 약해서 무너진 거야!"

내가 말했다. "지랄하고 있네! 이 몸이 뗏장을 뜯어서 만든 둑인데 어느 씨발새끼가 감히 약하다고 씨부렁거리는 거야?"

안쪽으로 들어가서 보니 러농이 앉았기 때문인지 아니면 둑을 잘 쌓지 못했기 때문인지 어쨌든 둑은 무너져 있었다. 모아놓은 물은 흘러가버렸고 물고기는 전부 사라져버렸으며 하루 종일 일했던 노동은 완전히 헛수고가 되어버렸다. 나는 물론 내 잘못이라고 인정할 수 없었기에 러농에게 욕을 퍼부어댔다. (다른 한 녀석인) 러더우勒都 역시 나와 같은 편이었다. 러농은 화가 치밀어올라 펄쩍펄쩍 뛰면서 소리를 질러댔다.

"왕얼! 러더우! 씹새끼들! 니들이 편먹고 나한테 덤빈다 이거지! 우리 아버지한테 말해 대포로 니들을 다 갈겨버리라고 할 거야!"

말을 마친 그 새끼는 강기슭 위로 뛰어올라 그대로 가버리려고 했다. 나는 그 녀석의 발목을 움켜잡았다.

"넌 가버리고 우리는 뒤치다꺼리나 하라는 거냐? 꿈 깨시지!"

그 녀석이 와와 소리치면서 나를 깨물려고 해서 난 그의 두 손을 떼어내 바닥에다 눌러놓고 있었다. 그는 입으로 흰 거품을 토하며 한어漢語, 징포어景頗語, 다이어傣語를 뒤섞어 내게 욕을 마구 퍼부어 댔다. 나는 정중한 표준어로 그 욕을 그에게 되돌려주었다. 갑자기 그가 욕을 멈추더니 내 하체를 바라보았다. 그의 얼굴에서 한없는 부러움의 감정이 드러났다. 고개를 숙여 내려다보니 내 똘똘이가 바짝 곤두서 있었다. 러농의 감탄 소리가 크게 들려왔다.

"와! 러더우네 누나랑 씹하고 싶은가봐!"

난 황급히 녀석을 떼어내고 바지를 추슬렀다.

저녁에 내가 펌프실에 가스등을 켜놓고 있노라면 천칭양이 갑자기 찾아와 사는 것이 재미없다고 느껴진다거나 아니면 모든 일에서 자신은 결백하고 무고하다는 등의 이야기를 꺼내놓곤 했다. 나는 그녀에게 자신이 결백하고 무고하다고 느끼는 그 자체가 바로 가장 큰 죄악이라고 말했다. 내가 보기에 모든 사람의 본성은 좋은 것을 먹고 싶어하고 일하기 싫어하며 색을 좋아하고 음란하다. 만일 근검절약하고 깨끗하게 정절을 지킨다면 그것은 가식의 죄를 범하는 것으로, 좋은 것을 먹고 싶어하고 일하기 싫어하며 색을 좋아하고 음란한 것보다 더 가증스러운 일이다. 이러한 말을 그녀는 귀담아듣는 것 같았지만 대꾸는 하지 않았다.

그날 저녁 내가 강가에서 가스등을 켰는데도 천칭양은 오지 않았다. 그러다가 9시가 넘어 문 앞에 와서는 내게 소리쳤다. "왕얼, 이 나쁜 새끼야! 이리 나와!"

나가 보니 그녀는 온몸에 하얀 옷을 입고 특별히 아름답게 꾸민 차림을 하고 있었다. 하지만 표정은 심상치가 않았다. 그녀는 생선을 먹으면서 흉금을 터놓고 이야기하자고 불러놓고는 생선은 어디 있느냐고 했다. 난 생선이 아직 강물 속에 있다고 말하는 수밖에 없었다. 그러자 그녀가 말했다. 좋아, 그럼 흉금을 터놓고 이야기하는 것이 남았네. 지금 이야기해. 내가 방에 들어가서 이야기하자고 하니 그녀는 그것도 괜찮다고 하고 방으로 들어와 앉았다. 보아하니 단단히 화가 난 듯싶었다.

나는 스물한살 생일날 저녁에 천칭양을 꼬셔보려고 했다. 왜냐하면 천칭양은 나의 좋은 친구인데다 가슴이 풍만하고 허리는 가늘었으며 엉덩이가 동글동글했기 때문이다. 그밖에도 목이 반듯하니 가늘고 길었으며 얼굴이 아주 예뻤다. 나는 그녀와 섹스를 하고 싶었고 그녀도 응당 동의할 거라고 여겼다. 만일 그녀가 내 몸을 빌려 배를 가르는 해부연습을 하길 원했다면 난 분명 내 배를 내어 주었을 것이다. 그러니 내가 그녀의 몸을 잠깐 빌려 쓰는 것도 특별히 안될 것은 없었다. 유일한 문제는 그녀가 여자라는 것인데, 여자들이란 늘 약간 소심한 면이 있기 마련이다. 그래서 그녀를 교육시킬 목적으로 무엇을 '의리'라고 하는지에 대해 설명하기 시작했다.

내 생각에 의리는 강호의 사내들 사이에 있는 그런 위대한 우정을 말한다. 『수호전水滸傳』의 호걸들에게 살인하고 방화하는 것은 일상적인 일이다. 그렇지만 그들은 급시우及時雨[1]라는 대단한 이름을 듣게 되면 곧바로 몸을 숙여 예를 갖춘다. 나 역시 그런 재야의 영웅들과 마찬가지로 아무것도 믿지 않지만 유일하게 거스를 수 없는 것이 바로 의리이다. 내 친구라면 아무리 씻을 수 없는 죄를 지어 온 세상이 용서하지 않을지라도 난 그의 편에 설 것이다. 그날 저녁 난 나의 위대한 우정을 천칭양에게 정중히 바쳤고 그녀는 크게 감동하여 그 우정을 받아들이겠다고 말했다. 그뿐 아니라 더욱 위대한 우정으로 나에게 보답할 것이며 내가 비열한 소인배라고 할지라도 배반하지 않겠다고 했다. 그녀가 이렇게 말하는 것을 듣고 난 매우 안심하여 속에 있는 말을 했다. 즉 내가 이미 스물한 살이나 되었는데 남녀 사이의 일을 아직 경험하지 못해 정말 유감이라고. 그녀는 이 말을 듣고 멍한 표정을 지었다. 아마도 미처 생

---

1 '때맞추어 오는 비'라는 뜻으로 중국 장편소설 『수호전』에 나오는 송강(宋江)의 별칭.

각하지 못한 듯했다. 한참을 이야기했지만 그녀는 반응이 조금도 없었다. 그녀의 어깨 위에 손을 얹자 그녀의 몸이 매우 긴장하는 것이 느껴졌다. 이 여자는 언제든 얼굴색을 바꾸고 따귀를 날릴 수도 있다. 그런다면 그것은 우정이 무엇인지 알지 못한다는 사실을 증명하는 것이다. 하지만 그녀는 그러지 않았다. 순간적으로 흥 하고 코웃음을 치더니 깔깔거리기 시작했다. 그러고 나서 말했다. 내가 정말 멍청하지! 이렇게 쉽게 계략에 빠져들다니!

내가 물었다. 무슨 계략? 무슨 말이야?

그녀가 말했다. 아무 말 안 했어.

나는 그녀에게 내가 조금 전에 말한 것을 승낙하는지 여부를 물었다. 그녀는 '피' 하며 얼굴을 시뻘겋게 붉혔다. 난 그녀가 약간 쑥스러워하는 것처럼 보여서 적극적으로 수작을 걸었다. 그녀가 나를 몇번 밀치더니 말했다. 여기는 말고, 우리 산으로 가. 나는 그녀와 함께 산으로 올라갔다.

천칭양은 나중에 내가 말한 그 위대한 우정이 진실한 것인지 아니면 순간적으로 그녀를 속이기 위해 지어낸 것인지 알 수 없었다고 말했다. 그렇지만 또 말하기를 그런 말들이 주문처럼 자신을 마법에 빠뜨려 설령 모든 것을 잃게 된다 하더라도 후회하지 않을 것이라고 했다. 사실 위대한 우정이라는 것은 진실도 아니지만 거짓도 아니다. 세상의 모든 것과 마찬가지로 그것을 진실이라고 믿으면 진실이 되고, 거짓이라고 믿으면 바로 거짓이 되는 것이다. 내 말도 반은 진실이다. 하지만 나는 언제든지 내 말을 실현할 준비가 되어 있었다. 설사 하늘이 무너지고 땅이 갈라지더라도 물러나지 않을 것이다. 바로 이러한 태도 때문에 다른 사람들은 나를 믿지 않았다. 그래서 난 친구 사귀는 것을 인생의 가장 중요한 일로 생각했지만 사귄 친구는 천칭양을 포함해 두어명에 불과했다. 그날 저녁 우리는 산으로 올라갔다. 반쯤 올라갔을 때 그녀는 집에 한번 다녀올 테니 뒷산에서 기다리라고 했다. 난 그녀가 나를 바람맞히려는 것은 아닌지 조금 의심스러웠지만 아무 말도 하지 않고 곧장 뒷산으로 올라가 담배를 피워물었다. 잠시 후에 그녀가 왔다.

천칭양은 내가 주사를 맞기 위해 그녀를 처음 찾아갔을 때 마침 자신은 책상에 엎드려 졸고 있었다고 했다. 원난 사람들은 조는 시간이 많아 늘 자는 듯 깨어 있는 듯했다. 당시 내가 의무실에 들어섰을 때 의무실 안은 어두침침했다. 진흙 초가집이어서 대부분의 빛이 문을 통해 들어오기 때문이었다. 그 순간 그녀가 깨어나 고개를 들고 내게 왜 왔느냐고 물었다. 내가 허리가 아프다고 하자 그녀는 살펴볼 테니 누우라고 했다. 난 즉시 머리를 박으며 대나무 침대 위에 엎드렸다. 침대가 거의 주저앉을 것 같았다. 나는 허리 통증이 극심해 조금도 구부릴 수가 없었다. 이 정도가 아니었다면 그녀를 찾지도 않았을 것이다.

천칭양의 말에 의하면 젊었을 때 난 굶주린 기색이 역력했고 눈밑은 거무스레했다. 키는 큰데 옷은 낡았고 말은 잘하지 못했다. 그녀가 주사를 놓아주자마자 나는 곧바로 자리를 떴다. 고맙다는 말 한마디를 한 것 같기도 하고 안 한 것 같기도 하다. 자신이 걸레가 아니라는 사실을 내가 증명해줄 수도 있겠다는 생각을 그녀가 한 때는 이미 삼십분이 지난 다음이었다. 그녀는 나를 쫓으며 내가 지름길을 통해 14생산대로 돌아가는 모습을 보았다. 나는 비탈길로 내려가다가 도랑을 만나면 건너고 울퉁불퉁한 둔덕을 만나면 그것을 넘으면서 산세를 따라 빠르게 내려갔다. 그때는 마침 건기의 오전으로 산 밑에서 바람이 불어왔기 때문에 나는 나를 부르는 소리를 전혀 듣지 못했다. 나는 한번도 고개를 돌리지 않고 그냥 내려가버렸다.

천칭양은 그때 나를 쫓아가고 싶었지만 쫓아가기 어렵다는 것을 느꼈다고 했다. 또한 자신이 걸레가 아니라는 사실을 내가 분명히 증명해줄 수 있을지도 확실하지 않았다. 그래서 그녀는 의무실로 돌아가버렸다. 하지만 나중에 다시 생각을 바꾸어 나를 찾아왔다. 왜냐하면 모든 사람이 그녀를 걸레라고 말해서 모두 그녀의 적이 되어버렸지만, 나는 적이 아닌 것 같았기 때문이다. 그녀는 기회를 날려버려서 나도 적으로 만들고 싶지 않았다.

그날 저녁 나는 뒷산에서 담배를 피웠다. 비록 밤중이기는 했지만 아주 먼 곳까지 볼 수 있었다. 달빛이 아주 밝았고 그곳의 공기역시 너무나 깨끗했기 때문이다. 또 멀리서 개 짖는 소리도 들을수 있었다. 천칭양이 15생산대를 나서는 모습도 보였다. 낮이라도 그렇게 멀리까지 볼 수는 없었을 것이다. 그렇긴 하지만 여하튼 낮과는 달랐다. 어쩌면 사방에 아무도 없었기 때문일 것이다.

나는 그래도 밤중에 산 위에 사람이 있는지 없는지 확신할 수 없었다. 왜냐하면 사방이 온통 은회색으로 뒤덮여 있었기 때문이다. 만일 누군가 횃불을 들고 길을 간다면 그것은 자신이 그곳에 있다는 사실을 전세계 사람들이 알아주기를 바란다는 말이다. 만일 횃불을 들지 않고 투명 망또 같은 것을 두르고 있다면, 그 사람이 그곳에 있다는 사실을 아는 사람은 볼 수 있지만 모르는 사람은 볼수 없을 것이다. 나는 천칭양이 서서히 다가오는 모습을 보고 가슴이 두근거렸다. 누구한테 배운 것이 아닌데도 그 짓을 하기 전에 한바탕 뜨겁게 안아줘야겠다는 생각을 했다.

하지만 천칭양의 반응은 싸늘했다. 그녀의 입술은 차가웠고 애무에 아무런 반응도 보이지 않았다. 내가 허둥지둥 그녀의 단추를 풀자 그녀는 나를 밀쳐내며 자신이 옷을 하나씩 벗더니 잘 개켜서 한쪽에 놓고 반듯하게 풀밭 위에 누웠다.

천칭양의 벗은 몸은 너무나 아름다웠다. 내가 황급히 옷을 벗고 기어갔지만 그녀는 다시 한번 나를 밀쳐내며 내게 어떤 물건을 주었다.

"사용할 줄 알아? 가르쳐줄까?"

그건 콘돔이었다. 나는 흥분상태였는데 그녀의 이런 말투가 조금 거슬렸다. 콘돔을 끼우고 다시 그녀의 몸 위로 기어가 헐떡이며 이리저리 시도했지만 제대로 하지 못했다. 갑자기 그녀가 냉랭하게 말했다.

"야! 너 뭐하고 있는지 알아?"

난 당연히 안다고 하며 말했다. 힘들겠지만 돌아누워줄 수 있겠어? 밝은 곳에서 네 몸의 구조를 좀 살펴봐야 할 것 같아. 귓가에서 천둥이 치는 것처럼 '찰싹' 하는 큰 소리가 들렸다. 그녀가 내게 따귀를 갈긴 것이다. 나는 벌떡 일어나 옷을 집어들고 황급히 그 자리를 떠났다.

3

그날 저녁 나는 그곳을 떠나지 못했다. 천칭양이 나를 붙잡고 위대한 우정이라는 명분으로 나를 머물러 있게 했던 것이다. 그녀는 자신이 나를 때린 것은 잘못이며 나를 대하는 자신의 태도도 좋지 않았다고 인정했다. 그러나 그녀는 내가 말한 위대한 우정이 거짓이며 또 자신의 몸을 살펴보기 위해서 내가 자신을 속였다고 했다. 나는 그녀에게 이미 내 말이 거짓인 걸 알았다면 뭣 때문에 나를 믿었느냐고 했다. 나는 그녀의 몸을 살펴보고 싶기는 했지만 이것 역시 그녀의 허락을 받아서 하겠다는 것이었다. 내키지 않으면 미리 말하면 되는 건데 손을 들어 때린 것은 정말 의리가 없는 일이었다. 나중에 그녀는 깔깔거리며 크게 웃더니 자신은 정말 내 몸의 그 물건을 차마 볼 수가 없다고 했다. 그 물건은 멍청하면서 수치심도 없어 그것을 보면 자신도 모르게 속에서 화가 치민다고 했다.

우리 둘은 싸울 때에도 여전히 실오라기 하나 걸치지 않고 있었다. 여전히 빳빳하게 서 있는 내 똘똘이는 달빛 아래서 비닐을 뒤집어쓰고 있어 번쩍번쩍 빛났다. 이 말을 듣고 내가 기분이 나빠졌다는 사실을 그녀가 알아챘다. 그래서 화해하는 말투로 말했다. 어떻든지 간에 이 물건은 너무 못생겼잖아, 안 그래?

이 물건은 마치 성난 코브라처럼 그 자리에 그렇게 곧추서 있어서 그다지 보기 좋지는 않았다. 나는 말했다. 보고 싶지 않으면 보지 마. 내가 바지를 입으려고 하는데 그녀가 다시 그러지 말라고 했다. 그래서 나는 담배를 꺼내 피워물었다. 담배 한개비를 다 피우자 그녀는 나를 끌어안았다. 우리는 풀밭 위에서 그 일을 치렀다.

난 스물한살 생일 이전에는 숫총각이었다. 그날 저녁 난 천칭양을 꼬드겨 함께 산으로 올라갔다. 그날밤 처음에는 달빛이 빛났고 나중에 달이 기울자 하늘 가득 아침이슬 같은 수많은 별들이 나타났다. 그날 저녁에는 바람도 없어 산 위는 매우 고요했다. 난 이미 천칭양과 섹스를 했기 때문에 더이상 숫총각이 아니었다. 하지만 조금도 기쁘지 않았다. 내가 그 일을 할 때 그녀가 아무 소리도 내지 않고 두 팔을 베고는 무슨 생각을 하는 듯이 나를 바라보았기 때문에 나는 내내 혼자서 쇼를 한 셈이었다. 사실 나도 그리 오래 지속하지 못하고 금방 끝나버렸다. 일이 끝나니 화가 나면서 낙담이 되었다.

천칭양은 이 일이 현실이라는 사실을 감히 믿을 수 없다고 했다. 내가 그녀 앞에서 흉측한 남자 성기를 드러내고 있는데도 조금도 부끄러운 감정이 느껴지지 않는다고 했다. 그 물건은 조금도 부끄러워하지 않고 빳빳하게 그녀의 두 다리 사이로 들어갔다. 여자의 몸에 이런 구멍이 있다는 이유로 남자가 여자를 이용하려고 하는 것은 정말 말도 되지 않는다. 그녀는 이전에 남편이 있었는데 남편은 매일 그녀에게 이 짓을 했다. 그녀는 아무 말도 하지 않고서 남편이 스스로 부끄러움을 느껴 왜 이런 짓을 하는지 말해주기를 기다렸다. 하지만 남편은 아무 말도 하지 않고 감옥에 가버렸다. 나는 그녀의 말을 듣기가 거북했다. 그래서 물어보았다. 그렇게 내키지 않았다면 왜 승낙을 했어? 그녀는 다른 사람에게 속 좁은 인물로 보이고 싶지 않았다고 했다. 내가 말했다. 너는 본래부터 속 좁은 인간이야. 그러자 그녀가 대꾸했다. 그만둬. 이런 일 때문에 싸우지 말자. 그녀는 내게 저녁에 이곳에 와서 다시 한번 해보자고 했다. 어쩌면 자신이 좋아하게 될지도 모르겠다고 하면서. 나는 아무 말도 하지 않았다. 아침에 안개가 낀 이후 나는 그녀와 헤어졌고, 산에서 내려와 소를 쳤다.

그날 저녁 나는 그녀를 찾아가지 못했고 오히려 병원에 입원했다. 그 일의 자초지정은 이러했다. 아침에 내가 외양간 앞에 도착했을 때 사람들은 나를 기다리지 않고 이미 외양간을 열어 소를 끌어내고 있었다. 그리고 건장한 소를 골라 밭을 갈려고 했다. 싼멀三問兒

26

이라고 하는 토박이 젊은 녀석이 마침 커다란 흰 소를 끌어내고 있었다. 나는 그에게 다가가 이 소는 뱀에게 물려 일을 할 수 없다고 말했다. 하지만 그는 듣지 못한 척했다. 내가 날쌔게 쇠코뚜레를 낚아채자 그는 나에게 따귀를 때렸다. 내가 그의 가슴을 밀치자 그는 엉덩방아를 찧으며 주저앉아버렸다. 그후 많은 사람들이 몰려들어 우리를 가운데에 놓고 싸움을 하려고 했다. 베이징 지식청년들과 현지 젊은이들이 몽둥이와 허리띠를 잡아쥐었다. 사람들은 한참 동안 말싸움을 하다가 싸움을 그만두기로 하고 나와 싼멀에게 씨름을 하라고 시켰다. 싼멀은 나를 넘어뜨리지 못하자 주먹을 썼다. 내가 발로 싼멀을 걷어차 외양간 앞의 오물통 속으로 처넣는 바람에 녀석은 온몸에 쇠똥을 뒤집어쓰고 말았다. 싼멀이 몸을 일으켜 쇠스랑을 집어들고 나를 찍으려고 하자 다른 사람들이 부랴부랴 그를 뜯어말렸다.

아침에 발생한 일의 전모는 이러했다. 저녁에 소를 치고 돌아오니 가난한 중농을 구타하였으므로 나에 대한 규탄대회를 열어야겠다고 생산대장이 말했다. 나는 당신이 이 기회를 이용해 사람을 괴롭히려 하겠지만 나 역시 호락호락하지는 않을 거라고 말했다. 나는 또 사람들을 모아 패싸움을 벌이겠다는 말도 했다. 생산대장은 나를 괴롭히려는 것이 아니라 싼멀의 어머니가 소란을 피워 자신도 어쩔 수 없다고 했다. 그 부인은 과부인데 아주 막무가내라고 했다. 그는 이곳의 규칙이 그렇다고 했다. 잠시 후에 그는 규탄대회를 열지 않고 비판대회로 바꿀 테니 내게 앞으로 나가 자아비판을 하라고 했다. 만일 내가 그 정도도 하지 않으면 과부로 하여금 나를 찾아가게 할 것이라고 했다.

비판대회는 너무나 어수선했다. 시골 사람들은 지식청년들이 돼

먹지 못해서 좀도둑질이나 하고 사람까지 때린다고 왁자지껄 떠들어댔다. 그러자 지식청년들이 말했다. 헛소리 하고 있네. 누가 물건을 훔쳤다고 그래? 당신들이 그 자리에서 범인을 잡았어? 이 몸과 이분들은 유배 온 죄인들이 아니라 변방의 건설을 지원해주기 위해서 온 사람들인데 어떻게 함부로 모함을 하는 거야! 나는 앞에 나가 자아비판을 하기는커녕 욕만 해댔다. 내가 방심하고 있는 사이에 싼멀의 어머니가 뒤에서 묵직한 걸상을 집어 내 등허리에다 던졌고, 나의 오래 묵은 상처를 정확하게 내리치는 바람에 난 그 자리에서 정신을 잃고 말았다.

내가 깨어났을 때 뤄샤오쓰가 사람들을 이끌고 와서는 외양간을 태워버리겠다고 하며 싼멀 어머니는 목숨으로 변상하라고 소리를 질러대고 있었다. 생산대장은 사람들을 이끌고 이를 저지했고 부생산대장은 사람들에게 나를 들어 달구지에 태워 병원으로 데리고 가라고 시켰다. 위생대원들은 허리가 부러진 채 들게 되면 죽을 수도 있기 때문에 들 수 없다고 했다. 난 허리는 부러진 것 같지 않으니 빨리 들어서 태워달라고 했다. 그렇지만 아무도 내 허리가 부러졌는지 여부를 확신할 수 없었고, 날 들면 내가 죽을지 안 죽을지도 확신할 수 없었다. 난 계속 누워 있었다. 나중에 생산대장이 다가와 물어보고 나서 빨리 천칭양에게 전화를 걸어 허리가 부러졌는지 여부를 내려와 살펴보게 하라고 했다. 잠시 후 천칭양이 산발을 하고 눈이 빨갛게 부은 채로 뛰어왔다. 그녀가 가장 먼저 한 말은 이런 것이었다. 두려워하지 마. 네가 반신불수가 되더라도 내가 평생 보살펴줄게. 그러고 나서 진찰을 했는데 내가 말한 것과 같은 진단을 내렸다. 그래서 난 달구지에 태워져 본부병원으로 보내졌다.

그날 저녁 천칭양은 나를 병원에 데리고 가서 허리 엑스레이 사진이 나오기를 기다렸다가 아무 문제가 없음을 확인하고서야 돌아갔다. 그녀는 하루 이틀 지나 나를 보러 오겠다고 했지만 오지 않았다. 난 일주일 동안 입원해 있다가 거동이 가능해지자 그녀에게 달려갔다.

천칭양의 의무실에 갔을 때 나는 많은 물건을 수북하게 넣은 광주리를 짊어지고 있었다. 솥, 그릇, 양푼, 바가지 외에도 두 사람이 한달은 충분히 먹을 수 있는 양식이 들어 있었다. 내가 들어서자 그녀는 담담하게 웃음을 지으며 말했다. 몸은 좋아졌어? 그런 것들을 가지고 어디로 가?

나는 칭핑淸平으로 온천을 즐기러 간다고 했다. 그녀는 고개를 비스듬히 의자 위로 향하더니 말했다. 그거 좋지. 온천에서 묵은 상처를 치료할 수 있을 거야. 나는 사실 온천에 가는 것이 아니라 뒷산에 며칠 묵으러 간다고 했다. 그러자 그녀는 뒷산에 아무것도 없으니 온천을 하는 것이 더 나을 것이라고 했다.

칭핑의 온천은 산속의 늪지대에 있고 주변은 황량한 잡초 언덕으로 둘러싸여 있어. 어떤 환자들은 산비탈에 움막을 짓고 일년 내내 그곳에서 지내기도 하지. 그래서 그곳에는 모든 병이 다 있어. 그러니 그곳에 가면 병을 치료하기는커녕 문둥병에 걸릴 수도 있어. 하지만 뒷산의 깊은 골짜기는 숲이 우거져 있고 초목도 무성해. 나는 사람 흔적이 없는 곳에다가 작은 움막을 짓고 무인공산에서 세월을 보내며 몸과 마음을 닦을 거야. 천칭양이 나의 말을 듣더니 웃음을 참지 못하며 말했다. 거기에는 어떻게 가? 혹시 내가 널 보러 갈지도 모르잖아. 나는 길을 일러주고 약도까지 한장 그려주고는 산으로 들어갔다.

나는 황량한 산으로 들어갔지만 천칭양은 나를 보러 오지 않았다. 건기의 세찬 바람이 쉬지 않고 불어와 움막 전체가 흔들렸다. 천칭양은 의자 위에 앉아 바람소리를 들으면서 일어난 일들을 떠올렸고 모든 일에 의심을 품었다. 그녀는 자신이 알 수 없는 이유로 이런 궁벽한 곳에 와서 이유도 없이 걸레로 불리고, 나중에는 실제로 걸레처럼 된 사실을 믿을 수가 없었다. 이러한 일들이 정말 믿기지 않았다. 천칭양은 가끔 방을 나와 뒷산을 보면 작은 길이 깊은 산속으로 구불구불 나 있는 것이 보였다고 했다. 내가 그녀에게 했던 말이 귓가에 맴돌았고, 그 길을 따라 산속으로 들어가면 나를 만날 수 있으리라는 것을 알고 있었다고 했다. 그것은 틀림없는 사실이지만, 의심할 수 없는 사실일수록 더욱 의심할 필요가 있었다. 어쩌면 그 길이 아무 곳으로도 통하지 않을 수도 있고, 왕얼이 산속에 없을 수도 있고, 또 왕얼이라는 사람이 아예 존재하지 않을 수도 있으니까 말이다.

며칠이 지나 뤄샤오쓰가 사람을 몇명 데리고 나를 찾아서 병원에 갔다. 병원에는 왕얼이라는 사람에 대해 들어본 사람이 없었고 왕얼이 어디로 갔는지 아는 사람은 더더욱 없었다. 그때 병원에는 간염이 돌고 있었다. 그래서 간염에 걸리지 않은 환자는 모두 집으로 돌아가 요양을 하고 있었고 의사들도 생산대 밖으로 방문 진료를 다니느라 분주했다. 뤄샤오쓰 등은 생산대로 돌아와 내 물건이 모두 사라진 것을 발견하고서 생산대장에게 왕얼을 만날 수 있느냐고 물었다. 생산대장은 이렇게 말했다. 왕얼이 누구야? 들어본적도 없는 이름인데. 뤄샤오쓰는 며칠 전 당신이 그 사람에 대한 규탄대회를 열었고 말이 험한 부인이 그를 걸상으로 때려 하마터면 죽일 뻔하지 않았느냐고 했다. 이렇게 상기시켜주었는데도 생산대장은 그래도 왕얼이 누구인지 생각나지 않는 척했다. 그 당시에 베이징 지식청년 위문단이 시골에 있는 지식청년의 상황, 특히 구타를 당하거나 혼인을 강요받는 등의 상황이 있지나 않은지 조사하기 위해 오기로 되어 있었다. 그래서 생산대장은 더더구나 나를 떠올리고 싶지 않았다. 뤄샤오쓰는 다시 15생산대로 찾아가 천칭양에게 나를 본 적이 있는지 물었다. 그리고 그녀와 내가 부적절한 관계를 맺고 있음을 은근슬쩍 암시했다. 천칭양은 즉시 자신은 그 일에 대해 아는 바가 전혀 없다고 했다.

뤄샤오쓰가 떠나고 나서 천칭양은 혼란스러워지기 시작했다. 보아하니 많은 사람들이 왕얼이 존재하지 않는다고 말한 듯했다. 이것이 사람을 곤혹스럽게 만든 이유는 다음과 같다. 사람들이 존재한다고 말하는 것은 분명 존재하지 않는 것이다. 왜냐하면 눈앞의 모든 것은 속임수이기 때문이다. 하지만 모든 사람들이 존재하지 않는다고 말하는 것은 분명 존재하는 것이다. 왕얼을 예로 들 수 있는데, 만일 왕얼이 존재하지 않는다면 그 이름은 어디에서 나온 것인가? 천칭양은 호기심을 억누를 수 없어 마침내 모든 것을 내버려두고 나를 찾기 위해 산으로 올라왔다.

내가 말이 험한 노파에게 걸상으로 맞아 기절하자 천칭양은 나를 보기 위해 산에서 뛰어내려왔다. 그때 그녀는 울음을 참지 못했고 더구나 사람들 앞에서 만일 내가 낫지 않는다면 평생 나를 보살펴주겠노라는 말까지 했다. 결과적으로 나는 죽지도 않았고 반신불수가 되지도 않았다. 내게는 잘된 일이지만 천칭양에게는 기쁜 일이 아니었다. 왜냐하면 사람들 앞에서 자신이 걸레라는 사실을 폭로한 것이나 마찬가지였기 때문이다. 만일 내가 죽거나 반신불

수가 되었다면 괜찮았겠지만 난 병원에서 일주일 만에 퇴원했다. 그녀 입장에서 말하자면 나는 황급히 산을 내려간 뒷모습만 있는 추억 속의 사람이었다. 그녀는 결코 나와 섹스를 할 생각이 없었다. 더군다나 중대한 이유가 아니고서는 나와 바람을 필 생각도 없었다. 그래서 그녀가 나를 찾아온 일은 진정한 걸레의 행보였다.

천칭양은 자신이 나를 찾아 산에 오르기로 결정했을 때 흰 가운 밑에 아무것도 입지 않은 상태였다고 했다. 그녀는 그런 차림으로 15생산대 뒤쪽의 작은 산을 올랐다. 그 작은 산에는 풀이 무성했고 풀 아래에는 홍토紅土가 있었다. 오전에는 산속의 물만큼이나 시원한 바람이 산에서 평지 쪽으로 불었고, 오후에는 황토를 머금은 건조하고 뜨거운 바람이 거꾸로 불어왔다. 천칭양은 흰색 바람을 타고 나를 찾아왔다. 바람이 옷 속으로 뚫고 들어가 마치 애무하는 입술처럼 온몸을 훑었다. 사실 그녀는 나를 필요로 하지 않았고 나를 찾아올 필요도 없었다. 이전에 사람들이 그녀는 걸레이고 내가 그녀의 샛서방이라고 했을 때 그녀는 매일 나를 찾아왔다. 그때 그녀는 내가 필요한 듯했다. 그녀가 사람들 앞에서 자신은 걸레이고 내가 그녀의 샛서방이라는 사실을 드러낸 이후에는 더이상 그녀를 걸레라고 부르는 사람도 없었고 (뤄샤오쓰만 빼고) 그녀 앞에서 왕얼이라는 이름을 들먹이는 사람도 없었다. 사람들은 이렇게 거리낌 없는 걸레 짓에는 두려움을 느껴 감히 말도 꺼내지 못했다.

베이징에서 사람을 보내 지식청년의 상황을 살피러 온다는 사실을 그곳 사람들 모두 알고 있었지만 나 혼자만 모르고 있었다. 왜냐하면 나는 소를 먹여야 해서 며칠 동안 계속 아침 일찍 나갔다가 저녁 늦게 돌아왔으며, 나의 평판이 좋지 않아 아무도 내게 말해주지 않았기 때문이다. 나중에 병원에 입원했을 때에는 아무도 병문안을 오지 않았다. 그리고 퇴원을 하자 곧바로 깊은 산으로 들어갔다. 난 산에 들어가기 전에 단 두 사람만 만났다. 그중 한명이 천칭양으로 그녀는 나에게 그 일에 대해 알려주지 않았다. 다른 한 명은 생산대장인데 그 역시 내게 그 일에 대해 말해주지 않고 온천에 가서 요양을 하라고만 했다. 난 생산대장에게 아무것(식품이나 취사도구 등)도 갖고 있지 않기 때문에 온천에 갈 수 없다고 했다. 그러자 그는 나에게 그것을 빌려줄 수 있다고 했다. 내가 빌린 것을 돌려줄 수 있을지 모르겠다고 하니 그는 상관없다고 했다. 그래서 난 그로부터 집에서 만든 말린 돼지고기와 소시지를 많이 빌렸다.

천칭양이 내게 그 일에 대해 말하지 않은 이유는 관심이 없었기 때문이다. 그녀는 지식청년이 아니었다. 생산대장이 내게 그 일을 말하지 않은 이유는 내가 이미 알고 있을 것이라고 생각했기 때문이다. 그리고 내가 먹을 것을 많이 가지고 떠났기에 되돌아오지 않을 것이라고 여겼다. 그래서 뤄샤오쓰가 왕얼은 어디로 갔느냐고 물었을 때 그는 이렇게 말했던 것이다. 왕얼? 왕얼이 누구야? 들어본 적도 없는 이름인데. 뤄샤오쓰와 같은 사람의 입장에서 보면 나를 찾아내면 큰 이점이 있었다. 사람들이 이곳에서 너무나 나쁜 대우를 받고 있으며 종종 맞아서 정신을 잃기도 한다는 사실을 내가 증명할 수 있기 때문이었다. 지도자 입장에서 보면 내가 없는 것이 편했다. 이곳에는 맞아서 정신을 잃은 지식청년이 한 사람도 없음을 입증할 수 있기 때문이었다. 내 입장에서 보면 있든 없든 그리 큰 관계가 없었다. 만약 나를 찾아올 사람이 없다면 부근에 옥수수나 심으며 영원히 나가지 않을 수도 있었다. 이러한 이유로 나는 내가 존재하는지 여부에 대해 별로 관심이 없었다.

　나 역시 움막 속에 앉아 내가 존재하는지 존재하지 않는지를 생각해본 적이 있다. 예를 들어 다른 사람들이 나와 천칭양이 걸레짓을 했다고 말하면 이는 내가 존재한다는 사실을 증명하는 것이다. 뤄샤오쓰의 말을 빌리자면 왕얼과 천칭양이 바지를 벗고 그 일을 벌인 것이다. 사실 그도 보지는 못했다. 그가 최고로 상상할 수 있는 것은 우리가 바지를 벗은 모습일 터였다. 그리고 천칭양은 내가 산에서 내려갈 때 누런 군복을 입고 나는 듯이 빨리 내려갔다고 했다. 난 내가 내려갈 때 고개를 돌리지 않았다는 사실을 알지 못했다. 이러한 것들은 내가 상상해낼 수 없는 일이기에 내가 존재한다는 사실을 증명한다.

　그리고 나의 똘똘이가 빳빳해진 것도 내가 상상해낸 일이 아니다. 나는 천칭양이 나를 보러 와주기를 간절히 기대했지만 천칭양은 오지 않았다. 그녀가 왔을 때 나는 그녀가 오기를 기대하지 않고 있었다.

　4

　산속에 들어오자마자 천칭양이 곧 나를 보러 올 것이라고 생각했지만 내 생각은 틀리고 말았다. 한참 동안 그녀를 기다리다가 나중에는 더이상 기다리지 않았다. 나는 좁은 방에 앉아 산 전체의 나뭇잎이 사르륵거리는 소리를 듣고 있다가 마침내 물아일체의 경지에 빠져들었다. 거대하게 물결치는 공기가 내 정수리로 밀려들어오는 소리를 들었다. 바로 내 영혼 속에서 큰 출렁임이 일어날 때였다. 마치 깊은 산속에서 꽃이 피고 죽순이 껍질을 터뜨리며 위로 쭉 뻗어가는 것 같았다. 밀려갈 때에는 편안했고 몰려올 때에는 흥에 겨워 춤을 추고 싶었다. 공교롭게도 바로 그때 천칭양이 움막 앞에 도착해서 내가 알몸으로 대나무 침대 위에 앉아 있는 것을 보았다. 내 양물은 껍질 벗긴 토끼처럼 시뻘겋게 번쩍이며 족히 한자 길이로 커져서 벌떡 서 있었다. 그녀는 그 순간 당황하여 어찌할 바를 모른 채 소리를 질렀다.

천칭양이 나를 찾아 산에 오게 된 일에 대해 간단히 말하면 다음과 같다. 내가 산에 들어오고 나서 2주 후 그녀는 나를 찾아 산으로 왔다. 그때는 오후 2시였지만 그녀는 오밤중에 발정 난 여인네처럼 속옷을 모두 벗어버리고 흰 가운만 걸친 채 맨발로 산속으로 들어왔다. 그녀는 그런 모습으로 햇빛이 비치는 풀밭을 지나 마른 계곡으로 들어가 한참을 걸었다. 계곡 길은 복잡했지만 단 한번도 방향이 틀리지 않았다. 나중에 계곡에서 나와 양지바른 산골짜기로 들어갔고 새로 지은 움막을 발견했다. 만일 왕얼이라는 사람이 그녀에게 이 길을 알려주지 않았더라면 그녀는 넓디넓은 황량한 산속에서 움막을 찾지 못했을 것이다. 그렇지만 움막 안으로 들어간 그녀는 왕얼이 침대 위에 앉아 있고 똘똘이가 곧추서 있는 것을 보고 놀라 새된 소리를 지르고 말았다.

나중에 천칭양은 자신이 보았던 일들이 전부 사실이라는 것을 믿을 수 없었다고 했다. 사실인 것에는 이유가 있어야 했다. 그때 그녀는 옷을 벗고 내 옆에 앉아 나의 똘똘이를 보았는데, 그것이 화상을 입은 것과 같은 색깔이라는 것밖에는 보이지 않았다. 그때 움막이 바람에 흔들렸고 많은 햇빛이 지붕을 통해 스며들어와 드문드문 그녀의 몸 위로 떨어졌다. 내가 손을 뻗어 그녀의 젖꼭지를 건드리자 그녀의 얼굴이 붉게 물들었고 유방이 단단해졌다. 그녀는 갑자기 꿈에서 깨어난 듯 부끄러움에 얼굴을 붉혔다. 그러더니 나를 꼭 껴안았다.

나는 천칭양과 두번째 섹스를 했다. 첫번째 섹스의 많은 세부사항이 그때 나에게는 도무지 이해가 되지 않았다. 나중에서야 나는 그녀가 걸레로 불린 일을 항상 마음에 담아두고 있었다는 사실을 알았다. 그녀는 걸레가 아니라는 사실을 증명할 수 없다면 기꺼이 진짜 걸레가 되고자 했다. 그녀는 간통 현장을 들킨 여인처럼 무대에 올라가 사통의 세세한 내용을 설명한다. 온갖 추태가 드러나자 사람들이 감정을 주체하지 못하고 "저년을 묶어라!" 하고 괴성을 질러댄다. 어떤 사람이 무대로 뛰어올라와 가는 밧줄로 그녀를 꽁꽁 묶는다. 그렇게 그녀는 사람들 앞에 서서 한없이 치욕을 당한다. 그런 일들이 그녀는 조금도 싫지 않았다. 그녀는 사람들에 의해 발가벗겨지고 맷돌에 묶인 채 연못 속에 던져져 죽게 되는 것도 두렵지 않았다. 혹은 예전의 고관대작의 처첩들처럼 강제로 단정하게 치장하고 얼굴에 흠뻑 젖은 황표지黃裱紙를 붙인 채 반듯하게 앉아서 질식사할 수도 있다. 그녀는 이러한 일들이 조금도 싫지 않았다. 그녀는 걸레가 되는 것이 조금도 두렵지 않았는데, 그것이 사람들에 의해 걸레로 불리면서도 걸레가 아니었을 때보다 훨씬 좋게 여겨졌다. 그녀가 싫어하는 것은 그녀를 걸레로 만드는 그 일 자체였다.

나와 천칭양이 섹스를 할 때 도마뱀 한마리가 벽 틈으로 기어들어와 가다 멈추다를 반복하면서 방 가운데를 지나갔다. 그러다가 갑자기 놀란 듯 재빨리 달아나더니 출입문의 빛 속으로 사라져버렸다. 그때 천칭양의 신음소리가 범람하는 홍수처럼 방 안에 가득

36

찼다. 나는 놀라 몸을 엎드린 채 꼼짝도 하지 않았다. 그녀가 빨리, 바보야,라고 말했다. 그리고 내 장딴지를 꼬집었다. 내가 '빨리' 그 일을 하고 나자 부르르하는 떨림이 지구 중심에서부터 전해지는 듯했다. 그녀는 자신의 죄가 너무 무거워 언젠가는 댓가를 치러야 할 것 같다고 했다.

자신이 댓가를 치러야 할 것 같다는 말을 할 때 한가닥 홍조가 그녀의 가슴에서 사라져갔다. 그때 우리는 아직 일을 다 마치지 않은 상태였다. 그녀의 말투는 이 일 이전의 일 때문에 댓가를 치를 것 같다는 의미였다. 순간적으로 나는 머리끝에서 발끝까지 모든 것이 수축하며 맹렬하게 사정을 하기 시작했다. 이 일은 그녀와 아무런 관계도 없었다. 아마도 단지 나만 이 일 때문에 댓가를 치를 것 같았다.

나중에 천칭양은 뤄샤오쓰가 사방으로 나를 찾으러 다녔다고 알려주었다. 그가 나를 찾으러 병원에 갔을 때 병원에서는 내가 존재하지 않는다고 했다. 그가 생산대장을 찾아가 나에 대해 물었을 때 생산대장 역시 내가 존재하지 않는다고 했다. 마지막으로 천칭양을 찾아갔지만 천칭양은 이렇게 말했다. 모든 사람이 그가 존재하지 않는다고 말하니 아마도 존재하지 않는 거겠죠. 저 역시 다른 의견은 없어요. 뤄샤오쓰는 이 말을 듣고 터져나오는 울음을 금할 수가 없었다.

나는 이 말을 듣자 아주 이상하다는 생각이 들었다. 나는 말이 험한 노파가 나를 때렸기 때문에 존재하는 것이어서는 안되고, 또 그 노파가 나를 때렸기 때문에 존재하지 않는 것도 아니어야 한다. 실제로 나의 존재는 의심할 수 없는 사실이다. 나는 이 문제에 매달렸다. 이 의심할 수 없는 사실을 증명하기 위해 위문단이 오는 그날 나는 산에서 달려내려와 좌담회가 열리는 회의장으로 갔다. 회의가 파한 후 생산대장이 말했다. 네 모습을 보니 병이 다 나은 것 같군. 돌아와 돼지를 치는 것이 좋겠어. 그는 또 사람을 조직해 나와 천칭양의 간통 현장을 잡으려 했다. 물론 내 발이 워낙 빨라 나를 잡는 것은 쉽지 않았다. 나를 미행하려는 사람은 없었지만, 그래도 난 너무나 불편했다. 그때 나는 나의 존재를 사람들에게 증명할 필요가 없다는 사실을 깨달았다.

생산대에서 돼지를 칠 때 매일 많은 물을 길어날라야 했다. 그 일은 아주 힘들었고 꾀를 부릴 수도 없었다. 왜냐하면 돼지들은 배부르게 먹지 못하면 소리를 질러댔기 때문이다. 나는 또 엄청나게 많은 돼지 사료를 썰고 엄청나게 많은 장작을 패야 했다. 돼지를 치는 것은 본래 세명의 여자가 하던 일인데 지금은 나 혼자 해야 했다. 나는 내가 여자 세명 역할을 감당할 수 없다는 사실을 알았다. 특히 허리가 아플 때는 말이다. 그때는 정말 내가 존재하지 않는다는 것을 사람들 앞에서 증명하고 싶었다.

밤이 되면 나와 천칭양은 좁은 방에서 섹스를 했다. 그때 나는 그 일에 최선을 다하고자 하는 마음이 충만해 매번 입을 맞추고 애무를 할 때 최고의 열정을 쏟아부었다. 교과서적인 정상체위든 후배위든 아니면 측위든 여성상위든 나는 조금도 빈틈없이 해냈다. 천칭양은 아주 만족해했다. 나 역시 너무나 만족스러웠다. 이때 나는 또다시 자신이 존재한다는 사실을 증명할 필요가 없다고 생각했다. 이러한 깨달음을 통해 나는 하나의 결론에 도달했다. 다른 사람들이 영원히 나에 대해 관심을 갖지 않도록 해야 한다는 사실이었다. 베이징 사람들은 도둑이 훔쳐가는 것을 두려워하지 말고 도둑이 기억하는 것을 두려워해야 한다고 말한다. 절대 다른 사람들에게 기억되어서는 안되는 법이다.

얼마간의 시간이 흐른 뒤 우리 생산대의 지식청년들은 모두 옮겨가게 되었다. 남자들은 설탕공장 노동자로 갔고 여자들은 농촌으로 가 교사가 되었다. 유일하게 나만 남아 돼지를 쳤다. 들리는 말에 의하면 내가 아직 제대로 개조되지 않아서라고 했다. 천칭양은 내가 누군가에 의해 늘 기억되고 있고, 그 사람은 아마도 농장의 군軍대표일 것이라고 했다. 그녀는 또 군대표가 좋은 사람이 아니라고 했다. 병원에서 일할 때 그녀는 군대표가 자신을 희롱해 귀싸대기를 호되게 한대 때렸다고 했다. 그런 후에 그녀는 15생산대로 전출되어 의무관으로 일하게 되었다. 15생산대에서는 물맛도 아주 쓰고 먹을 음식도 없지만 시간이 오래되자 별것 아닌 것처럼 느껴졌다. 그렇지만 처음에 그녀를 여기로 보낼 때에는 분명 손을 좀 봐주겠다는 뜻이 있었다. 그녀는 또 내가 틀림없이 반죽음을 당할 거라고 했다. 난 이렇게 말했다. 그가 나를 어떻게 할 수 있겠어? 이 어르신을 화나게만 해봐, 씨발. 나중에 일어난 일은 모두 이 때문이었다.

그날 아침 하늘빛이 아직 희미할 때 나는 산에서 내려와 돼지에게 먹이를 주기 위해 돼지우리로 갔다. 우물을 지날 때 마침 양치질을 하고 있던 군대표를 만났다. 그는 칫솔을 입에서 꺼내더니 한입 가득 흰 거품을 문 채 나에게 말을 걸어왔다. 나는 혐오감이 느껴져 한마디로 하지 않고 그 자리를 벗어나버렸다. 잠시 후 그가 돼지우리로 와서 네놈이 어떻게 감히 그냥 가버릴 수 있느냐며 내게 욕을 퍼부어댔다. 나는 이 말을 들었지만 한마디도 대꾸하지 않았다. 내가 벙어리 흉내를 낸다고 말해도 대꾸하지 않았다. 그런 후 나는 또다시 그 자리를 벗어나버렸다.

군대표가 사업 지도를 위해 우리 생산대로 왔다가 쪼그리고 앉더니 떠나지를 않았다. 그가 말한 바에 따르면, 왕얼의 입에서 말이 나오지 않으면 죽어도 눈을 감을 수 없다는 것이었다. 여기에는 두가지 이유가 있을 수 있다. 첫째로 그가 시찰을 위해 내려왔는데 귀머거리인 척하고 벙어리 흉내 내는 나를 보고 화가 나서 가지 않는다는 것이다. 둘째로 그는 시찰을 위해 내려온 것이 아니고 천칭양이 나와 배가 맞았다고 하니까 일부러 내려와 나를 귀찮게 하려한다는 것이다. 그가 무엇 때문에 왔든 간에 나는 한마디도 하지 않았고 그래서 그는 어쩔 수가 없었다.

군대표는 나를 찾아와 반성문을 쓰라고 했다. 그는 또 내가 걸레와 놀아나서 군중이 매우 분노했으며 내가 반성을 하지 않으면 군중을 동원해 나를 응징하겠다는 말도 했다. 또 내 행위가 악질분자들보다 더 나쁘기 때문에 특별 관리를 받아야만 한다고 했다. 나는 내가 걸레와 놀아나지 않았다고 해명할 수도 있었다. 내가 걸레와 놀아났다는 걸 누가 증명할 수 있겠는가? 그러나 나는 그를 바라보기만 했다. 멧돼지처럼 그를 바라보았고, 바보처럼 그를 바라보았으며, 수고양이가 암고양이를 바라보듯이 그를 바라보았다. 성질이 죽을 때까지 바라보면 그는 내게 그만 가라고 할 것이다.

마지막까지 그는 내 입에서 말이 나오게 하지 못했다. 그는 심지어 내가 벙어리인지 벙어리가 아닌지도 헷갈려했다. 다른 사람들이 왕얼은 벙어리가 아니라고 말해도 그는 계속 믿지 못했다. 왜냐하면 그는 내가 말하는 것을 한마디도 듣지 못했기 때문이다. 그가 오늘 나를 떠올린다 하더라도 여전히 내가 벙어리인지 벙어리가 아닌지 알지 못할 것이다. 이런 생각을 하면 난 너무나 즐겁다.

5

　마지막에 우리들은 갇혀서 긴 시간 동안 반성문을 써야 했다. 처음에 나는 "나와 천칭양은 부적절한 관계를 맺었습니다"라고 썼다. 이것이 전부였다. 상부에서 이렇게 쓰면 너무 간단하니 다시 쓰라고 했다. 그래서 나는 "나와 천칭양은 부적절한 관계를 맺었습니다. 나는 그녀와 여러번 했고 그녀도 기꺼이 내가 범하도록 놔두었습니다"라고 썼다. 상부에서 세부적인 내용이 빠졌다고 했다. 그래서 다시 세부사항을 이렇게 추가했다. "우리 둘은 마흔번의 비합법적인 성교를 했으며, 장소는 내가 산 위에 몰래 지은 움막이었습니다. 그때는 음력 15일 아니면 16일이었는데 어쨌든 달빛이 매우 밝았습니다. 천칭양은 대나무 침대 위에 앉아 있었고 달빛이 문으로 들어와 그녀의 몸을 비추었습니다. 나는 바닥에 서 있었고 그녀가 다리로 내 허리를 휘감았습니다. 우리들은 몇마디 말을 주고받았습니다. 난 그녀에게 유방이 둥글 뿐만 아니라 아주 반듯하게 생겼고, 배꼽이 동그랗게 생겼으면서 아주 깊다고, 모두 아주 훌륭하다고 말했습니다. 그녀는 그런가, 나는 몰랐어,라고 했습니다. 얼마 후에 달빛이 옮겨갔고 나는 담배를 피우기 시작했습니다. 반쯤 피웠을 때 그녀가 그것을 가져가 연이어 몇모금 빨았습니다. 그녀는 내 코를 쥐어보기도 했습니다. 왜냐하면 이 지역에는 동정인 남자의 코는 딱딱하고 과도하게 정욕을 불태워 곧 죽을 사람의 코는 아주 물렁하다는 말이 있기 때문입니다. 그녀는 나른하게 침대에 눕

더니 대나무 벽에 몸을 기댔습니다. 그 나머지 시간에 그녀는 오스
트레일리아의 코알라처럼 나를 껴안고 내 얼굴에 뜨거운 입김을
뿜어댔습니다. 마지막 달빛이 문의 맞은편 창문을 통해 비쳐 들어
왔습니다. 그때 나와 그녀는 헤어졌습니다." 그러나 내가 이런 반
성문을 쓴 것은 군대표에게 보여주기 위해서가 아니었다. 그때 그
는 이미 군대표가 아니었고 일찌감치 임기를 마치고 집으로 돌아
간 뒤였다. 그가 대표인지 아닌지는 중요하지 않았다. 어차피 우리
는 잘못을 했고 결국 반성문을 써야 했다.

나는 훗날 우리 학교의 인사과장과 관계가 좋았다. 그는 인사과
간부가 되었을 때 가장 좋은 점은 다른 사람이 쓴 반성문을 볼 수
있는 것이라고 했다. 그의 말에는 내가 쓴 반성문도 포함되어 있었
을 것이다. 나는 내가 쓴 반성문이 매우 뛰어날 것이라고 생각했다.
왜냐하면 나는 마치 전업작가처럼 초대소에 머물며 다른 일은 하
지 않고 반성문을 썼기 때문이다.

내가 달아난 것은 저녁때의 일이었다. 그날 오전에 나는 사무장
을 찾아가 휴가를 신청하며 징칸#&# 읍내로 치약을 사러 가야 한다
고 했다. 나는 사무장의 관리를 받아야 했고 그에게는 나를 감시할
임무가 있었다. 그는 언제 어디서나 나를 감시해야 했는데 날이 저
물었음에도 내가 나타나지 않았다. 아침에 나는 그에게 새콤한 비
파열매를 잔뜩 가져다주었다. 모두 좋은 것들이었다. 평원에서 나
는 새콤한 비파열매는 모두 먹을 수가 없었다. 왜냐하면 그 안에
는 한 무리의 개미가 들어 있었기 때문이다. 산속에 있는 비파열매
에만 개미가 없었다. 사무장은 자신과 나의 관계가 나쁘지 않고 군
대표도 없으니 내가 치약을 사러 가도록 허락해줄 수 있다고 했다.

그런데 덧붙여 말하기를, 군대표는 언제든 돌아올 수 있는데 그가 돌아올 때 내가 없으면 그때는 자신도 나를 감싸줄 수 없다고 했다. 나는 생산대를 나와 15생산대의 뒷산으로 올라가 천칭양의 뒤쪽 창문을 향해 거울 조각을 잡고 비추었다. 잠시 후 그녀가 산으로 올라왔다. 그녀는 처음 이틀 동안 사람들이 자신을 심하게 감시해서 나올 수 없었다고 했다. 또 요 며칠 동안 생리를 했지만 지금은 상관없으니 그 일을 하라고 했다. 나는 못하겠다고 했다. 헤어질 때 그녀는 억지로 내게 200위안을 주었다. 처음에는 받지 않으려 했지만 나중에는 받고 말았다.

나중에 천칭양이 내게 고백하길, 처음 이틀 동안 사람들이 자신을 심하게 감시하지 않았고 이후에도 생리는 하지 않았다고 했다. 사실 15생산대 사람들은 아예 그녀에 대해 신경쓰지 않았다. 그곳 사람들은 걸레가 아닌 모든 사람을 걸레라고 하고, 진짜 걸레는 마음대로 하도록 내버려두는 데 익숙했다. 그녀가 나를 헛되이 며칠이나 기다리게 하면서 산에 올라오지 않은 이유는 그 일에 싫증이 났기 때문이었다. 그녀는 늘 기분이 좋으면 섹스를 하려고 했지만 섹스를 해서 기분이 좋아지지는 않았다. 물론 그녀는 그렇게 행동한 후 괴로운 마음이 들지 않았던 것은 아니었다. 그래서 그녀는 내게 200위안을 주었던 것이다. 나는 이렇게 된 이상 그녀가 200위안을 쓸 수 없으니 내가 대신 쓰겠다고 생각했다. 그래서 그 돈을 가지고 징칸 읍내로 가서 쌍발엽총을 샀다.

나중에 내가 쓴 반성문에는 쌍발엽총도 등장했다. 사람들은 내가 그것으로 누구를 죽이려 했는지 궁금해했다. 사실 사람을 쏴 죽이려고 하면 200위안짜리 쌍발엽총을 사용하나 40위안짜리 구리 엽총을 사용하나 모두 같았다. 이런 총은 물가에서 야생 오리를 잡을 때 사용하는 것이지 산속에서는 조금도 실용적이지 않았다. 게다가 죽은 사람처럼 무겁기까지 했다. 그날 내가 징칸으로 물건을 사러 갔을 때는 이미 오후였고 장날도 아니어서 텅 빈 흙길과 몇 군데 텅 빈 국영상점만 있을 뿐이었다. 상점 안에는 판매원이 졸고 있었고 수많은 파리들이 날아다니고 있었다. 가판대 위에는 알루미늄 냄비와 주전자가 놓여 있었는데 '남삐, 주잔자'라고 씌어 있었다. 자오둥膠東 출신의 점원과 잠깐 이야기를 나누었다. 그녀는 내게 창고에 가보라고 했다. 그곳에서 나는 상하이에서 나온 엽총을 보고 그것이 두해 전에 들어와 팔리지 않고 있다는 사실에도 아랑곳하지 않고 그냥 사버렸다. 저녁 무렵에 나는 총을 들고 작은 강가로 가 시험 삼아 백로 한쌍을 쏴보았다. 그때 군대표가 농장 관리부에서 돌아오다가 내 손에 총이 들려 있는 것을 보고 깜짝 놀라더니 이렇게 중얼거렸다. 이건 안되지, 아무에게나 총이 있어서는 안되지. 생산대에 왕얼의 총을 회수하라고 말해야겠어. 나는 그의 말을 듣고 하마터면 그의 배를 향해 총을 쏴버릴 뻔했다. 만일 쏘았다면 그는 죽었을 것이다. 그랬다면 아마 나 역시 지금 살아 있지 못할 것이다.

그날 오후 징칸에서 생산대로 돌아오는 길에 물을 건너고 논을 지나다가 벼 포기 사이에 잠시 섰다. 수많은 거머리가 물고기처럼 헤엄치다가 내 다리를 무는 것을 보았다. 그때 나는 웃옷을 벗어 흑설탕이 들어간 빵(읍내 식당에서는 이런 식품만 팔았다)을 한가득 싼 뒤 양손으로 그 빵을 들고 등에는 총을 짊어지고 있어서 너무나 힘이 들었다. 그래서 거머리들을 신경도 쓰지 않았다. 논두렁 위로 올라와서야 한마리씩 떼어내 불에 태워 죽였다. 거머리들은 물렁물렁해지더니 뽀글뽀글 거품을 내며 타 죽었다. 순간적으로 귀찮고 피곤하게 느껴졌고 내가 스물한살이 아닌 것만 같았다. 이렇게 살다보면 빨리 죽을 것 같다는 생각이 들었다.

나중에 우연히 러더우를 만났다. 그는 자신들이 강 지류에 있는 고기를 모두 잡았다고 했다. 내 몫의 생선은 이미 잘 말려 그의 누나가 가지고 있는데, 누나가 나더러 한번 다녀가라고 했다고 한다. 그의 누나는 나도 잘 아는데 약간 가무잡잡하고 예쁜 아가씨였다. 난 당분간은 갈 수 없다고 했다. 그리고 빵 한 보따리를 러더우에게 주며 15생산대에 가서 소식을 전해주고 천칭양에게는 그녀가 내게 준 돈으로 총을 샀다고 알려주라고 했다. 러더우는 15생산대에 가서 천칭양에게 이 말을 전해주었다. 그녀는 이 말을 듣고 내가 군대표를 쏴 죽일 거라는 생각이 들어 무서웠다. 이러한 생각도 터무니없지는 않았다. 저물녘에 나는 군대표에게 한방 먹일 생각을 했으니까.

저물녘에 강가에서 백로에게 총을 겨누다가 군대표와 마주쳤다. 평소와 마찬가지로 나는 한마디도 하지 않았는데, 그는 재잘재잘 쉬지 않고 지껄여댔다. 난 너무나 화가 났다. 왜냐하면 그는 벌써 보름이 넘도록 계속 재잘재잘 쉬지 않고 내가 아주 나빠서 사상 개조가 필요하다는 똑같은 이야기를 반복하고 있었기 때문이다. 그는 한순간도 나를 내버려두지 않았다. 이런 말을 평생 들었지만 그날 저녁처럼 그렇게 화난 적이 없었다. 나중에 그는 또 오늘 특별히 좋은 소식이 있어서 모두에게 공표하려고 한다고 말했다. 그렇지만 무엇인지는 말하지 않고 나와 나의 '더러운 창녀' 천칭양은 오늘 이후로 잘 지낼 수 없을 것이라고만 했다. 나는 이 말을 듣고 너무나 화가 치밀어 그를 곧바로 목 졸라 죽이고 싶었지만, 한편으로 그가 어떤 좋은 소식을 말하는지 들어보고 싶어서 그후에 손을 쓰기로 했다. 하지만 그는 말하지 않고 계속 뜸을 들이면서 중요하지 않은 말만 했다. 생산대에 가서 말할 테니 저녁때 회의에 참석하게나. 회의에서 내가 공표할 거야.

저녁때 나는 회의에 참석하지 않고 방에서 짐을 정리해 산으로 도망칠 준비를 했다. 분명히 무슨 큰 일이 생겼고 군대표가 나와 천칭양을 혼내줄 좋은 방법이 생겼을 것이라는 생각이 들었다. 하지만 무슨 일인지에 대해서는 생각해내지 못했다. 그 당시의 일은 예측이 힘들었다. 나는 심지어 어쩌면 중국에 군주제도가 부활해 군대표가 이미 토사土司[2]가 되었을지도 모른다는 생각까지 했다. 그렇다면 그는 나를 거세해버린 뒤 천칭양을 끌고 가서 첩으로 삼을 수도 있을 것이다. 짐을 다 싸고 문을 나설 준비가 되어서야 상황이 그렇게 심각하지 않다는 사실을 알게 되었다. 회의장에서 외치는 구호소리를 방에서도 들을 수 있었기 때문이다. 알고 보니 이곳을 국영농장에서 군 황무지 개간 병단軍墾兵團[3]으로 바꾼다는 것이었다. 군대표는 아마도 단장을 맡을 것 같았다. 어쨌든지 간에 그는 나를 거세시킬 수도 없고 천칭양을 끌고 갈 수도 없었다. 나는 몇 분 동안 망설이다가 싸놓은 물건을 어깨에 짊어진 뒤 칼로 방 안의 모든 것을 그어버렸다. 그리고 목탄으로 벽에다가 "×××(군대표 이름), 씨발놈!"이라고 적었다. 그런 후에 문을 나서서 산으로 올라갔다.

---

2 중국 원나라 이후 서남 지방에 내린 지방 벼슬. 회유의 수단으로 그 지역의 족장들을 주로 임명하였으며 세습을 허용하였다.

3 변경 지역의 황무지를 개간하기 위해 조직된 군부대.

내가 14생산대에서 도망쳤던 일은 이러했다. 그 과정 역시 나는 반성문에다 적었다. 대략적으로 말하면 다음과 같다. "나는 군내표와 사적인 원한이 있었는데 그 원한은 두가지였다. 첫째로 위문단 앞에서 내가 맞아 쓰러졌던 일을 말해 군대표의 체면을 구겼다는 사실이다. 둘째로 질투하여 다툰 후 그가 계속 나를 손봐주려고 한다는 사실이다. 그가 단장이 되면 참을 수 없을 것 같아 난 산으로 달아났다. 이것이 지금 내가 생각하는 산으로 도망친 이유이다." 하지만 사람들은 군대표가 단장이 되지 않았기에 내가 도망친 이유는 말이 안된다고 했다. 그래서 사람들은 이러한 반성문은 믿을 수 없으며 믿을 수 있는 내용은 나와 천칭양이 사통했다는 사실뿐이라고 했다. 속담에 색욕에 빠지면 무서울 것이 없다고 했으니 우리는 무엇이든 저지를 수 있었다는 것이다. 이 말도 어느정도 이치에는 맞지만 생산대에서 도망쳐 나올 때 나는 천칭양을 조금도 생각하지 않았다. 떠나면 그만이라고 생각했다. 산 근처에 이르러서야 비로소 나는 어쨌든 간에 천칭양은 나의 친구이니 작별인사를 해야겠다고 생각했다. 그런데 천칭양이 나와 함께 도망치겠다고 할 줄 누가 알았겠는가. 그녀는 또 이러한 일에 자신이 함께하지 않으면 그 위대한 우정이라는 것은 개에게나 줘버려야 되는 것 아니냐고 했다. 그리하여 그녀는 황급히 몇가지 물건을 챙긴 다음 나와 함께 길을 나섰다. 만일 그녀와 그녀가 챙긴 물건이 없었다면 나는 분명 산속에서 병사했을 것이다. 그녀가 챙긴 물건에는 학질 치료제도 많이 있었고 대형 콘돔도 많이 있었다.

나와 천칭양이 산속으로 도망치자 농장에는 한바탕 소란이 일어났다. 사람들은 우리가 미얀마로 도망쳤을 것이라고 생각했다. 이 일이 소문나봤자 이익을 볼 사람이 없었기에 상부에 보고하지 않고 왕얼과 천칭양을 농장 내부에서만 지명 수배했다. 우리의 모습은 식별하기가 쉬웠다. 그리고 다른 사람들에게는 없는 쌍발엽총을 가지고 있었으니 사람들에게 발견되기도 쉬웠다. 하지만 아무도 우리를 찾아내지 못했다. 반년이 지난 후 우리는 스스로 농장으로 돌아와 각자 자신의 생산대로 돌아갔다. 그리고 다시 한달이 지나서야 비로소 인민보위조人民保衛組가 반성문 쓸 것을 요구했다. 이는 우리의 운이 좋지 않았기 때문이고 어떤 운동이 일어나 누군가가 우리를 고발했기 때문이다.

6

　인민보위조 사무실은 농장 관리부 건물 입구에 쓸쓸하게 있는 흙벽돌집이었다. 석회가 하얗게 칠해져 있고 높은 언덕에 있어 멀리서도 볼 수 있었다. 농장 관리부로 장을 보러 오는 사람들은 아주 멀리서부터 이 집을 볼 수 있었다. 주위는 사이잘삼 밭이었다. 사이잘삼은 암녹색을 띠며 사이잘삼 아래에 있는 흙은 늘 선홍색이었다. 나는 그곳에서 사건에 대한 해명을 했다. 모든 것을 다 해명했다. 우리는 산에 올라간 뒤 제일 먼저 15생산대 뒷산에다 옥수수를 심었다. 하지만 그곳은 땅이 좋지 않아 옥수수 싹이 절반도 나지 않았다. 우리는 그곳을 떠나 낮에 숨어 있다가 밤에 이동하여 거주할 다른 장소를 찾아보았다. 맨 마지막에 우리는 산속에 버려진 물레방아가 있고 그곳에 돌보지 않는 좋은 땅이 있다는 사실을 떠올렸다. 물레방아에는 나환자촌에서 도망친 류劉영감이 머물고 있었다. 그래서 누구도 그곳에 가려고 하지 않았지만 천칭양은 자신이 의사라는 사실을 떠올리며 한번 가보기로 했다. 결국 류영감이 있는 곳으로 가서 물레방아 뒤쪽의 산골짜기에 자리를 잡았다. 천청양은 류영감의 병을 보살펴주었고 나는 류영감 대신 농사를 지었다. 시간이 좀 흐르고 나서 나는 칭핑으로 장을 보러 갔다가 학교 친구들을 우연히 만나게 되었다. 그들 말에 의하면 군대표는 이미 전근되어 떠났고 우리의 일을 기억하는 사람은 없다는 것이었다. 그래서 우리는 돌아오게 되었다. 이것이 바로 일의 전모였다.

난 인민보위조에서 오랜 시간 동안 머물렀다. 한동안은 분위기가 그런대로 괜찮았다. 그 사람들은 문제 있는 게 분명하니 반성문을 쓸 준비를 하라고 했다. 하지만 나중에는 갑자기 심각해지더니 우리가 국외로 나가 적대세력과 내통하고 임무를 받아서 돌아온 것은 아닌지 의심했다. 그래서 그들은 천청양도 인민보위조에 불러 매섭게 심문했다. 그녀를 조사할 때 나는 창밖을 보았다. 하늘에 구름이 잔뜩 끼어 있었다.

그 사람들은 나에게 몰래 국경을 넘으려 했던 일을 해명하라고 했다. 사실 그 일에 대해서는 나 역시 완전히 결백하고 무고하지는 않았다. 나는 분명히 국경을 넘은 적이 있었다. 나는 다이족傣族의 모습을 하고 길을 건너갔으며 그곳에서 성냥과 소금을 약간 샀다. 그렇지만 그것을 털어놓을 필요는 없었다. 말할 필요가 없는 것이어서 굳이 말하지 않았다.

나중에 나는 인민보위조 사람들을 데리고 우리가 머물렀던 곳으로 가서 현장조사를 받았다. 내가 15생산대 뒷산에 친 작은 움막은 이미 천장이 샜고, 옥수수밭에는 수많은 새들이 몰려와 있었다. 움막 뒤에는 사용하고 버린 콘돔이 수북하게 쌓여 있었다. 그것은 우리가 그곳에 머물렀다는 확실한 증거였다. 그 지역 사람들은 콘돔을 좋아하지 않았다. 콘돔이 음양의 교류를 막아 사람을 하루하루 쇠약하게 만든다고 했다. 사실 그곳에서 사용한 콘돔은 내가 나중에 사용한 어떤 것보다도 좋았다. 그것은 백 퍼센트 천연고무로 만든 것이었다.

나중에 나는 그들을 그곳으로 다시 데려가 보여주지 않으려고 했다. 그리고 아무튼 외국에는 가지 않았다고 말했다. 하지만 그들은 믿지 않았다. 그들을 데리고 가 보여주어도 여전히 믿지 않았다. 할 필요가 없는 일은 하지 말아야 한다. 난 하루 종일 한마디도 하지 않았다. 천칭양 역시 한마디도 하지 않았다. 심문하는 사람은 처음에 끈질기게 질문을 던지더니 나중에는 말할 기분이 나지 않는 듯했다. 장날이어서 수많은 다이족 징포족 사람들이 신선한 과일과 채소를 짊어지고 왔다. 심문하는 사람은 점점 줄어들었고 나중에는 한 사람만 남게 되었다. 그 역시 장에 가고 싶었지만 우리를 돌려보낼 때도 되지 않았고 감시하는 사람 없이 우리만 남겨두는 것도 규정에 맞지 않았다. 그는 문 입구에서 길을 건너는 아주머니에게 멈춰보라고 소리쳤다. 그렇지만 사람들은 대부분 멈추려 하지 않고 오히려 발걸음을 더욱 재촉했다. 이러한 모습을 보고 나는 웃음을 터뜨렸다.

인민보위조 동지가 마침내 한 아주머니를 불러세웠다. 천칭양이 일어나 머리를 손질하더니 옷깃을 젖힌 뒤 손을 뒤로 가져갔다. 그 아주머니는 그녀를 묶었다. 먼저 두 손을 단단히 잡은 뒤 밧줄로 손목과 팔뚝을 묶었다. 그 아주머니가 미안한 듯이 말했다. 난 사람 묶는 것을 잘 못해요. 인민보위조 동지가 그만하면 됐다고 했다. 그런 후 그는 나를 묶었다. 그리고 우리를 두 의자에 각각 등을 대고 앉게 한 다음 밧줄로 허리를 묶고는 문을 잠그고 장터로 가버렸다.

한참이 지나서야 돌아온 그는 사무실 책상에서 무언가를 꺼내고 화장실에 가고 싶은지 물었다. 그는 아직 시간이 이르니 조금 후에 와서 풀어주겠다고 하고는 다시 나갔다.

그가 결국 우리를 풀어주자 천칭양은 손가락을 한번 움직여보더니 머리카락을 정리하고 몸에 묻은 먼지를 털어냈다. 그런 다음 우리 둘은 초대소로 되돌아왔다. 우리는 매일 인민보위조에 갔고 장날엔 묶여 있었다. 그것도 아니면 가끔 다른 사람과 함께 각 생산대에 가서 규탄을 당했다. 그들은 강압적인 다른 방법을 취할 것이라며 거듭 우리를 위협했다. 우리는 이렇게 조사를 받았다.

나중에 그 사람들은 우리가 외국에 갔을 거라는 의심을 하지 않게 되었다. 그리고 천칭양에게 비교적 정중한 태도를 취하기 시작하더니 종종 병원으로 불러 참모장의 전립선염을 살펴보게 했다. 그때 우리 농장에는 군부대에서 내려온 노간부가 많이 있었고 많은 사람들이 전립선염을 앓고 있었다. 조사를 해보니 농장 전체에서 천칭양만이 사람 몸에 전립선이 있다는 것을 안다는 사실이 밝혀졌다. 인민보위조 동지는 우리에게 남녀관계의 문제에 대해 반성문을 쓰도록 했다. 나는 우리가 남녀관계를 맺었다는 사실을 어떻게 아는지, 당신들이 봤느냐고 물었다. 그러자 그들은 그럼 투기로 폭리를 취한 문제에 대해 반성문을 쓰라고 했다. 나는 또 내가 투기로 폭리를 취했는지 당신들이 어떻게 아느냐고 물었다. 그러자 그들은 이렇게 말했다. 그럼 배반하고 적과 내통한 문제에 대해 반성하는 것이 낫겠군. 어쨌든 반성문은 써야 해. 구체적으로 무엇을 반성할지에 대해서는 너희가 알아서 상의하도록 해. 만일 아무것도 반성하지 않으면 너희를 풀어주지 않을 거야. 나는 천칭양과 상의해서 남녀관계 문제를 반성하기로 했다. 그녀는 저지른 일을 반성하는 것은 두렵지 않다고 했다.

　그래서 나는 작가처럼 반성문을 쓰기 시작했다. 제일 먼저 쓴 내용은 산으로 도망친 그날 저녁의 일이었다. 몇번을 쓰다보니 결국에는 천칭양이 코알라처럼 굴었던 일도 썼다. 그녀는 그날 자신이 매우 흥분했으므로 분명 코알라처럼 굴었을 것이라고 인정했다. 그녀가 그랬던 까닭은 자신의 위대한 우정을 실천할 수 있는 기회가 마침내 생겼기 때문이었다. 그래서 그녀는 다리로 내 허리를 휘감고 손으로 내 어깨를 잡고는 나를 거대한 나무로 상상하며 몇번이나 오르려고 했다.

　훗날 내가 천칭양을 만났을 때는 이미 1990년대가 된 뒤였다. 그녀는 이혼하고 딸과 상하이에서 살고 있었고 베이징에는 출장을 왔다고 했다. 베이징에 도착하고 나서 왕얼이 이곳에 있으니 어쩌면 만날 수도 있겠다는 생각이 들었다고 했다. 결국 정말로 룽탄후龍潭湖의 사찰 벼룩시장에서 나를 만났다. 나는 여전히 옛 모습 그대로였다. 굶주린 모습으로 눈 밑에는 다크서클이 있었고 철 지난 솜저고리를 입은 채 땅바닥에 앉아 싸구려 돼지내장탕을 먹고 있었다. 유일하게 과거와 다른 점은 손이 초산에 물들어 누렇게 변한 것뿐이었다.

　천칭양의 모습은 많이 변해 있었다. 얇은 모직코트와 체크무늬 모직치마를 입고 하이힐을 신었으며 금테안경을 끼고 있었다. 마치 기업의 홍보부 직원 같은 모습이었다. 그녀가 나를 부르지 않았다면 나는 결코 알아보지 못했을 것이다. 그래서 나는 모든 사람은 자신의 본모습이 있어서 적합한 장소에 놓으면 그 빛을 발하게 된다는 생각을 했다. 나의 본모습은 건달이나 도적 같은데 지금 도시의 시민이 되어 학교 교직원으로 일하고 있으니 몹시 어울리지 않왔다.

천칭양은 자신의 딸이 이미 대학교 2학년이 되었고 최근에 우리의 일을 알게 되어 나를 몹시 보고 싶어한다고 했다. 그렇게 된 까닭은 이러했다. 천칭양이 일하는 병원에서 그녀를 뽑으려고 했을 때 그녀에 대한 서류 속에 한 무더기의 문서가 존재함을 알게 되었다. 간부들은 토론을 거친 후 '문혁' 시기에 사람을 괴롭혔던 자료이니 마땅히 파기해야 한다고 여겼다. 그래서 윈난으로 사람을 보내 만 위안의 여비를 써가며 조사하게 했고, 결국 그것을 꺼내왔다. 본인이 쓴 것이니 본인에게 돌려줘야 했기 때문이다. 그녀는 그것을 집으로 가져왔고 딸이 그걸 보았다. 그녀의 딸은 이렇게 말했다고 한다. 우와, 엄마가 나를 이렇게 만들었군요!

사실 나와 그녀의 딸은 아무런 관계도 없다. 그녀의 딸이 태어날 때 나는 이미 윈난을 떠나 있었다. 천칭양도 그렇게 해명했지만, 그녀의 딸은 내가 정액을 시험관 속에 담아서 윈난으로 보내 천칭양에게 인공수정을 시켰을 수도 있다고 했다. 그녀가 본래 했던 말을 그대로 옮기면 이렇다. 두 사람처럼 막돼먹은 사람이 무슨 짓인들 못하겠어요.

우리가 산으로 도망쳐 들어간 첫날 밤 천칭양은 매우 흥분해 있었다. 하늘이 밝아올 무렵 나는 잠이 들었는데 그녀는 다시 나를 잡아 흔들며 소리쳐 깨웠다. 그때 짙은 안개가 벽 틈으로 스며들어 오고 있었다. 그녀는 내게 다시 한번 하자고, 저 징그러운 것을 끼지 말고 하자고 했다. 그녀는 내게 자식을 줄줄이 낳아주면 몇년 후에는 여기까지 축 처질 거라고 하면서 젖꼭지를 밑으로 잡아당겨 축 늘어진 모습을 만들어 보였다. 나는 늘어진 모습이 좋아 보이지 않아 늘어지지 않도록 하는 방법을 생각해보자고 했다. 그래서 나는 다시 그 징그러운 것을 꼈다. 그후 그녀는 그 짓을 하는 것에 대해 흥미를 잃어버렸다.

나중에 나는 천칭양을 다시 만났을 때 물어보았다. 어때, 그게 처졌어? 그녀는 이렇게 말했다. 그렇고말고, 아주 엉망으로 처졌어. 얼마나 처졌는지 보고 싶지 않아? 내가 나중에 보니 전혀 엉망이지는 않았다. 그러나 그녀는 언젠가는 엉망이 될 거고 다른 여지는 없다고 했다.

내가 이 반성문을 써서 올리니 지도자는 아주 만족해했다. 병단의 참모장 아니면 정치위원인 어떤 우두머리는 우리를 만나고서 우리의 태도가 아주 좋다고 했다. 지도부에서는 우리가 적과 내통하지 않았다는 사실을 믿어주었다. 앞으로 주요 임무는 남녀관계 문제를 반성하는 일이었다. 만일 반성을 제대로 하면 우리를 결혼시켜주겠다고 했다. 그러나 우리는 결혼할 생각이 없었다. 나중에는 또 반성을 정말 제대로 하면 나를 내지로 귀환시켜주고 천칭양 역시 상급 병원으로 자리를 옮겨줄 수 있다는 말을 했다. 그래서 나는 초대소에서 한달 넘게 반성문을 썼다. 공무로 출장 갈 때 말고는 아무도 방해하지 않았다. 나는 먹지를 사용해 글을 쓴 다음 원본은 내가 갖고 부본은 그녀에게 주었다. 그리하여 우리는 완전히 똑같은 반성문을 가지게 되었다.

이후에 인민보위조 동지가 나를 찾아와 의논을 했다. 큰 규모의 규탄대회를 열려고 한다는 것이었다. 인민보위조에서 조사를 받은 모든 사람은 참가해야 하는데 투기모리배, 횡령범, 각종 나쁜 사람들이 포함되어 있었다. 우리는 본래 그 부류에 들어가야 하나 병단의 지도자가 우리는 젊고 반성하는 태도가 좋기 때문에 참가하지 않아도 된다고 했다는 것이다. 그런데 어떤 사람이 우리에 대해 물고 늘어지며, 모두 조사를 받았는데 그 사람들은 왜 참가하지 않느냐고 따졌디. 인민보위조도 난처해져 우리를 반드시 참가시켜야 했다. 결국 우리를 참가하도록 설득하기로 결정했다. 비판을 받으면 정신적으로 자극을 받아 다음에는 잘못을 덜 저지르게 된다고 했다. 그렇게 좋은 점이 있는데 왜 참가를 안하겠는가? 대회가 열리는 날이 되자 농장 관리부와 부근의 생산대에서 몇천명의 사람이 왔다. 우리와 많은 다른 사람들이 단상으로 올라갔다. 오랫동안 몇편의 비판원고를 듣고 나서야 우리 두 범죄인의 차례가 되었다. 우리는 사상이 음란하고 행실이 타락했으며 사상개조를 피해 산으로 도망친 잘못을 저질렀으나 나중에 당 정책에 감화를 받아 산에서 내려와 자수를 하였다고 했다. 이러한 평가를 듣자 나는 마음이 복받쳐 다른 사람들과 함께 팔을 들고 높이 "왕얼을 타도하자! 천칭양을 타도하자!"라고 소리쳤다. 이렇게 규탄대회를 한번 하고 나니 우리는 아무 일도 없었던 것처럼 되었다. 하지만 그래도 반성문은 써야 했다. 병단 지도자가 보고 싶어했기 때문이다.

15생산대의 뒷산에 있을 때 한번은 천칭양이 아주 흥분해서 내게 자식을 많이 낳아주고 싶다고 했지만 나는 그것을 바라지 않았다. 나중에 나는 자식을 낳아도 괜찮을 듯싶어 다시 그녀에게 말해보니 그녀는 오히려 낳지 않겠다고 했다. 뿐만 아니라 그녀는 내가 그 짓을 하고 싶은 것이라고 이해했다. 그래서 그녀는 하고 싶으면 하라고, 상관없다고 했다. 순전히 나만을 위해서 하는 거라면 너무 이기적이라는 생각이 들어 나는 거의 하지 않았다. 더구나 황무지를 일구는 것이 무척 힘들어 그 짓을 할 힘도 없었다. 내가 반성할 만한 것은 밭두렁에서 잠깐 쉴 때 그녀의 유방을 만진 일밖에는 없었다.

건기에 황무지를 일굴 때면 사방에서 뜨거운 바람이 불어오더라도 몸에 땀이 나지 않는다. 그래서 근육이 땅겨 아프다. 가장 더울 때에는 나무 아래 누워 잠을 잘 수밖에 없었다. 죽통을 베개 삼고 종려나무 껍질로 만든 도롱이 위에서 잠을 잤다. 나는 왜 도롱이 일을 반성하라고 하는 사람이 없는지 이상했다. 그것은 농장의 노동자 보호장비로서 매우 귀한 것이었다. 산으로 들어갈 때 두개를 가져갔는데, 하나는 내 것이고 다른 하나는 다른 사람의 문 앞에서 손에 잡히는 대로 가져간 것이었다. 하지만 하나도 가지고 돌아오지 않았다. 내가 윈난을 떠날 때까지도 나에게 도롱이를 돌려달라고 하는 사람은 없었다.

우리가 밭두렁에서 휴식을 취할 때였다. 천칭양이 삿갓으로 얼굴을 가리고 셔츠의 옷깃을 풀어헤치더니 금방 잠이 들었다. 내가 손을 집어넣으니 아름다우면서도 동그란 감촉이 느껴졌다. 이후 단추를 다시 몇개 더 끄르니 발갛게 그을린 피부가 보였다. 항상 옷을 입고 일을 하기는 했지만 태양빛이 얇은 옷을 뚫고 들어왔던 것이다. 나는 늘 어깨를 드러내고 있어 이미 도깨비처럼 새까매져 있었다.

천칭양의 유방은 양쪽이 아주 토실해 누워 있을 때 풍만하다는 느낌을 주었다. 그렇지만 신체의 다른 곳은 매우 가냘팠다. 이십년이 넘어서도 대략적인 모습은 변하지 않았고 유두만 조금 커지고 검어졌을 뿐이다. 그녀는 이것이 딸아이가 만들어낸 재난이라고 했다. 아이는 막 태어나서 분홍색 새끼돼지처럼 눈을 감은 채 그녀의 그곳을 물고 맹렬히 빨아댔다고 했다. 그렇게 딸아이는 자신을 늙은 할머니로 만들면서 한창 때의 자신처럼 아름다운 아가씨로 성장했다는 것이다.

나이가 들어서인지 천칭양은 조금 예민해져 있었다. 내가 호텔에서 그녀와 옛정을 나누면서 이러한 화제를 꺼내자 그녀는 당황해하는 듯했다. 예전에는 그러지 않았다. 그때 반성문에서 그녀의 유방에 대해 쓰면서 나는 약간 망설였다. 하지만 그녀는 있는 대로 쓰라고 했다. 내가 이렇게 하면 네가 까발려진다고 하니 그녀는 이렇게 말했다. 까발려지면 까발려지는 거지 뭐. 난 두렵지 않아! 그녀는 자신이 자연스레 이렇게 자라났으며 이상한 짓을 한 것도 아니라고, 다른 사람이 듣고서 어떤 생각을 할지는 자신의 문제가 아니라고 했다.

이렇게 많은 시간이 흐르고 나서야 비로소 나는 천칭양이 나의 전처라는 사실을 알게 되었다. 반성문을 다 쓰고 나자 사람들은 우리에게 결혼을 하라고 했지만 난 그럴 필요가 없다고 생각했다. 그러나 지도자는 결혼하지 않으면 나쁜 영향이 있으니 혼인신고를 하지 않으면 안된다고 했다. 오전에 혼인신고를 하고 오후에 이혼을 하라고 했다. 나는 문제가 없을 거라고 생각했다. 하지만 그 사람들은 너무 정신이 없어서 발급한 결혼증을 깜박하고 다시 회수하지 않았다. 그래서 결국 천칭양이 한장 가지고 있게 되었다. 우리는 이십년 전에 발급받았던 낡은 종잇조각을 가지고 이인실 방을 한칸 빌렸다. 만일 이것이 없었더라면 같은 방에 있는 것은 허락되지 않았을 것이다. 이십년 전에는 이렇지 않았다. 이십년 전에 그들은 우리에게 같은 방에서 지내면서 보고서를 쓰도록 했다. 그때는 이런 것도 없었다.

나는 우리가 뒷산에서 살았던 일에 대해 썼다. 병단의 지도자가 인민보위조 사람들을 시켜 세부적인 일을 너무 많이 쓰지 말고 죄에 대해서만 반성하라고 지시했다. 이 말을 듣고 나는 벌컥 성질을 부렸다. 씨발, 이게 무슨 죄야? 그러자 천칭양이 나를 타이르며 말했다. 이 세상에 사는 사람 수만큼 매일 그 짓이 벌어지는데 그중에서 죄가 될 자격이 있는 것이 몇이나 되겠어. 내가 대꾸하길, 사실 이 모두가 죄인데 지도자가 조사할 수 없을 뿐이라고 했다. 그러자 그녀는 어차피 그런 거니까 반성문을 쓰라고 했다. 그래서 나는 반성문을 썼다. "그날밤, 우리는 뒷산을 떠나 죄를 저지른 현장으로 출발했습니다."

7

나는 나중에 천칭양을 다시 만났고 호텔 방을 빌려 함께 들어간 후 그녀가 옷 벗는 것을 도와주었다. 그러자 천칭양이 말했다. 왕얼 아주 교양 있게 변했구나. 이는 내가 이미 상당히 변했다는 사실을 설명해준다. 이전에 나는 생김새만 흉악스러웠던 것이 아니라 행동도 매우 흉악스러웠다.

나와 천칭양은 호텔에서 또 한번 죄를 지었다. 그곳의 난방기는 아주 따뜻한 열기를 내뿜었고 갈색 유리가 끼워져 있었다. 나는 소파에 앉고 그녀는 침대에 앉아 잠시 대화를 나누다보니 점점 범죄적 분위기가 형성되었다. 가슴이 얼마나 처졌는지 보라고 했잖아, 내가 좀 볼게, 하고 내가 말했다. 그녀가 일어나 겉옷을 벗었다. 안에는 커다란 꽃무늬 셔츠를 입고 있었다. 이후 그녀는 다시 앉으며 말했다. 아직 일러. 조금 있으면 종업원이 뜨거운 물을 가지고 올 거야. 그 사람들은 열쇠가 있어서 심지어 문도 두드리지 않고 들어

온단 말이야. 내가 그녀에게 물었다. 맞닥뜨리게 되면 그 사람들은 뭐라고 해? 그녀는 이렇게 말했다. 난 맞닥뜨린 적 없어. 그런데 어떤 사람은 문을 쾅 닫고 밖에서 '제기랄, 정말 역겨워!'라고 한대.

천칭양과 산으로 도망치기 전에 한번은 돼지 사육장에서 돼지 죽을 끓였다. 그때 나는 불을 피워야 했고 돼지 먹이(돼지 먹이라고 하면 고구마 덩굴이나 부레옥잠과 같은 것들을 말한다)를 잘게 썰어야 했으며 가마솥 안에 쌀겨와 물을 넣어야 했다. 나는 몇가지 일을 동시에 했다. 하지만 군대표는 옆에서 아무 일도 하지 않고 빈둥거리면서 내가 얼마나 나쁜 놈인지 떠들어댔다. 그는 또 나에게 나의 '더러운 창녀' 천칭양에게 가서 그녀가 얼마나 나쁜 년인지 말해주라고 했다. 순간적으로 난 화가 폭발해 기다란 주걱을 휘둘렀고 대들보에 매달려 있던 호박씨 담긴 조롱박을 내리쳐 두 동강을 내버렸다. 군대표는 놀라 한걸음에 밖으로 달아나버렸다. 만일 그가 계속 잔소리를 늘어놓았다면 난 그의 대갈통을 찍어버렸을 것이다. 나는 그렇듯 흉악스러웠다. 왜냐하면 나는 말을 하지 않았기 때문이다.

나중에 인민보위조에 가서도 나는 거의 말을 하지 않았다. 사람들이 나를 묶을 때에도 마찬가지였다. 그래서 내 손은 항상 시퍼렇게 될 정도로 세게 묶였다. 천칭양은, 언니, 너무 아파요,라거나 언니, 손수건 좀 갖다줘요, 난 머리를 손수건으로 묶거든요,라는 말을 하곤 했다. 그녀는 항상 사람들에게 협력한 덕분에 고생을 덜했다. 우리는 모든 면에서 서로 달랐다.

천칭양은 내가 이전에는 교양이 없었다고 했다. 인민보위조에서 사람들이 우리의 포승줄을 늦추어주자 그녀의 셔츠는 밧줄 때문에 흔적이 여기저기 생겼다. 왜냐하면 그 밧줄은 평상시 불을 지피는 막사 안에 놓여 있어서 그을음과 땔감 부스러기가 묻어 있었기 때문이다. 그녀는 잘 움직여지지 않는 손으로 옷을 털었지만 앞만 털어낼 뿐 뒤는 털어내지 못했다. 그녀가 나에게 털어달라고 말하려 할 때면 난 이미 문을 성큼 나서고 있었다. 그리고 그녀가 문밖으로 나를 쫓아나올 때면 난 이미 멀리 가버린 뒤였다. 난 걸음이 빠른 데다가 한번도 뒤를 돌아보지 않았다. 바로 이런 이유 때문에 그녀는 애초부터 나를 사랑하지 않았고, 좋아한다는 말도 하지 않았다.

지도부가 정한 기준에 따르면 우리가 뒷산에서 저질렀던 일은 그녀가 코알라처럼 굴었던 것을 제외하면 죄라고 할 수 없었다. 우리가 황무지를 일구면서 저질렀던 일은 단지 자잘한 문제에 불과했다. 그래서 우리는 반성을 계속하지 않았다. 사실은 다른 일도 있었다. 당시는 뜨거운 바람이 강렬할 때여서 천칭양은 두 팔을 베고 깊은 잠에 빠져 있었다. 나는 그녀의 옷깃을 완전히 풀어헤쳤다. 그렇게 하니 그녀는 마치 일부러 그런 것처럼 상반신을 완전히 드러내게 되었다. 하늘은 파랗게 빛났으며 그늘 속에서도 파르스름한 빛이 반짝였다. 순간적으로 나는 마음이 동해 그녀의 발갛게 그을린 육체 위로 몸을 숙였다. 나는 내가 무엇을 했는지조차 잊어버렸다. 난 그 일을 천칭양이 분명 기억하지 못하리라 여겼다. 그런데 그녀는 이렇게 말했다. "기억해, 기억해! 그때 난 깨어 있었어. 당신이 내 배꼽에 입을 맞추었잖아? 아주 위험했어. 하마터면 난 당신을 사랑할 뻔했어."

천칭양은 그때 막 잠에서 깼는데 나의 산발한 머리가 자신의 배 위에 있는 것이 보였고, 그후 배꼽 위에 보드랍게 닿는 느낌이 들었다고 했다. 그 순간 그녀는 억제할 수 없었지만 계속 자는 척하면서 내가 무엇을 하려고 하는지 살펴보았다고 했다. 그런데 내가 아무것도 하지 않고 고개를 들어 사방을 둘러보더니 그 자리를 뜨더라는 것이었다.

　나는 반성문에 "그날밤, 우리는 뒷산을 떠나 죄를 저지른 현장으로 출발했습니다. 남쪽 산으로 가 자리를 잡으려는 생각에 등에 아주 많은 살림살이를 짊어지고 있었습니다"라고 썼다. 그곳은 토지가 비옥하고 큰길 양쪽으로 사람이 파묻힐 정도로 풀들이 자라나 있었다. 풀이 반자 높이밖에 되지 않는 15생산대의 뒷산과는 달랐다. 그날 저녁에 달빛이 밝아서 우리는 큰길을 한동안 걸었다. 하늘이 밝아지고 안개가 끼기 시작할 무렵에는 이미 20킬로미터를 걸어 남쪽 산에 올라와 있었다. 구체적으로 말하면 장펑자이章風寨 남쪽의 초원에서 조금 더 들어간 삼림이었다. 우리는 커다란 나무 아래서 야영을 하기로 하고 마른 쇠똥 두덩어리를 주워서 불을 피웠고 바닥에는 비닐천을 깔았다. 그런 다음 옷을 모두 벗고(옷은 이미 다 젖어 있었다) 서로 끌어안고는 석장의 담요를 휘감아 공처럼 둘둘 말고 잠이 들었다. 한시간쯤 자다가 너무 추워 잠에서 깨고 말았다. 세겹의 담요가 모두 축축하게 젖어 있었고 쇠똥불도 이미 꺼져 있었다. 나무 위에서 물방울이 소낙비 쏟아지듯 떨어지고 있었고 공기 속에서는 녹두알 크기의 물방울이 떠다니고 있었다. 그날은 1월의 건기 중에서도 가장 추운 날이었다. 산속의 그늘진 곳은 너무나 습했다.

　천칭양은 깨어났을 때 자신의 귓가에서 기관총 쏘는 소리를 들었다고 했다. 잠시도 멈추지 않고 내 윗니와 아랫니가 서로 부딪쳐댔던 것이다. 몸에서 이미 열까지 나기 시작했다. 나는 감기가 들면 잘 낫지 않아 반드시 주사를 맞아야 했다. 그녀는 몸을 일으키며 말했다. 안되겠어. 이러면 두 사람 모두 병에 걸릴 거야. 빨리 그 일을 해. 나는 움직이고 싶지 않아서 이렇게 말했다. 좀 참아봐. 조금 있으면 태양이 뜰 거야. 그리고 이어서 말했다. 당신 보기에 내가 할 수 있을 것 같아? 죄를 짓기 전의 상황은 바로 이러했다.

죄를 지을 때의 상황은 다음과 같다. 천칭양이 내 몸 위에 올라타서는 오르락내리락했다. 그때 그녀의 등 뒤로 펼쳐져 있는 하늘은 희뿌연 안개로 가득 덮여 있었다. 그때는 그다지 춥지 않았고 사방에서 소의 방울소리가 들려오는 듯했다. 그 지역의 다이족은 소를 가둬놓지 않아서 날이 밝으면 물소들이 제멋대로 뛰어다니곤 했다. 소들의 몸에는 나무로 만든 방울이 달려 있어서 걸을 때마다 묵직한 소리를 냈다. 갑자기 우리들 옆에 아주 거대한 물체가 나타났다. 귓가의 곤두선 털에는 물방울이 맺혀 있었다. 그것은 흰 물소였는데 고개를 돌려 한쪽 눈으로 우리를 바라보고 있었다.

흰 물소의 뿔로 칼자루를 만들 수 있다. 그 칼자루는 투명하게 반짝여 아주 예쁘다. 그렇지만 잘 부서지고 쉽게 갈라지곤 한다. 난 단검을 한자루 가지고 있었는데 칼자루는 흰 물소의 뿔로 만든 것이었다. 하지만 아주 드물게 조금도 갈라지지 않았다. 칼날도 좋은 재료를 써서 만든 것인데 인민보위조 사람들이 그것을 가져가버렸다. 나중에 무고함이 밝혀진 후 그들을 찾아가서 돌려달라고 했지만 그들은 찾을 수 없다는 말만 할 뿐이었다. 그들은 내 엽총도 가져갔지만 역시 돌려주려고 하지 않았다. 인민보위조의 라오궈老郭가 악착같이 매달려 사고 싶다고 하면서 50위안밖에 내놓으려 하지 않았다. 결국 나는 총도 칼처럼 돌려달라고 하지 못했다.

나와 천칭양은 호텔에서 죄를 짓기 전에 한참 동안 이야기를 나누었다. 마지막에 셔츠도 벗었지만 치마와 구두는 여전히 신고 있었다. 난 다가가 그녀 옆에 앉아서 그녀의 머리카락을 쓸어올렸다. 머리카락이 많이 하얗게 세어 있었다.

천칭양은 파마머리를 하고 있었다. 이전에는 머릿결이 좋아서 파마하는 것을 거부했지만 지금은 상관없다고 했다. 그녀는 지금 부원장인데 너무나 바빠 머리를 매일 감지도 못한다고 했다. 그밖에도 눈꼬리와 목에 주름이 많이 생겨나 있었다. 그녀는 딸이 미용 수술을 받으라고 했지만 그럴 시간이 없다고 했다.

나중에 그녀가 자, 이제 봐, 하더니 브래지어를 풀었다. 나는 그녀를 도와주려고 했지만 도와주지 못했다. 호크가 앞쪽에 있는데 난 손을 그녀의 등 뒤로 뻗었던 것이다. 당신 못되지는 않군, 하면서 그녀는 내가 볼 수 있도록 몸을 돌렸다. 나는 한동안 자세히 살펴보고 나서 약간의 의견을 말했다. 이유는 알 수 없었지만 그녀는 얼굴을 살짝 붉히면서 말했다. 자, 볼 것도 봤으니, 또 뭐하고 싶어? 그녀는 브래지어를 차려고 했다. 나는 서두르지 말고 이렇게 있으라고 했다. 그녀는 왜, 또 내 몸 구조를 살펴보고 싶어?라고 했다. 나는 물론이지, 하지만 지금은 서두르지 말고 이야기를 좀 더 나눠, 라고 했다. 그녀는 얼굴을 더욱 붉히더니 이렇게 말했다. 왕얼, 넌 평생 좋은 걸 배우지 못하겠어. 영원히 나쁜 놈이야.

내가 인민보위조에 있을 때 뤄샤오쓰가 나를 보러 왔다가 내가 쭝쯔粽子[4]처럼 묶여 있는 것을 창문 너머로 보았다. 그는 내 죄가 중해 총살을 당할 것이라고 생각하고서 담배 한갑을 창문 안으로 던져주며 얼형, 우리의 조그만 성의야,라고 했다. 그런 후 그는 울음

----

4 찹쌀을 댓잎이나 갈댓잎에 싼 후 실로 단단히 묶어서 찐 음식.

을 터뜨렸다. 뤄샤오쓰는 감정이 풍부해서 걸핏하면 눈물을 흘렸다. 난 그에게 담배에 불을 붙여 창문으로 넣어달라고 했고 그는 그렇게 했다. 그런데 그는 어깨 관절이 빠질 정도가 되어서야 간신히 내 입에 물릴 수 있었다. 그후 그는 내게 원하는 것이 또 있는지 물었고 나는 없다고 대답했다. 나는 많은 사람들이 나를 보는 일이 없도록 해달라고 했다. 그는 또 그렇게 하겠다고 했다. 그가 떠난 후 한 무리의 아이들이 창틀에 기어올라 내가 담배연기 때문에 눈을 감았다 떴다 하는 아주 보기 흉한 모습을 보았다. 대장인 듯한 녀석이 참지 못하고 건달 짓 하고 있네,라고 했다. 내가 말했다. 네놈 애비 에미가 건달이야. 그들이 건달 짓 안했으면 네가 있을 수 있겠니? 그러자 그 아이가 진흙을 움켜쥐더니 내게 던졌다. 그곳에서 나오자마자 난 그 아이의 아버지를 찾아가 말했다. 오늘 나는 인민보위조에 돼지새끼 묶이듯이 묶여 있었소. 아드님은 아직 어린데도 뜻이 커서 그때 내게 진흙을 던지더군요. 그 사람은 내 말을 듣더니 아들을 붙잡아 때려주었다. 나는 옆에서 끝까지 지켜보고 나서야 자리를 떴다. 천칭양은 이 이야기를 듣고 이렇게 평가를 내렸다. 왕얼, 넌 개자식이야.

사실 나는 결코 늘 개자식인 것은 아니다. 난 지금 집도 있고 식구도 있으며 이미 공부도 많이 했다. 나는 담배를 다 피우고 나서 그녀를 껴안고 아주 익숙하게 그녀의 앞가슴을 한차례 애무하고는 치마를 벗기려고 했다. 그러자 그녀가 말했다. 서두르지 마. 이야기를 좀더 나누자. 내게도 담배 한대 줘. 나는 담배를 불을 붙여 그녀에게 주었다.

천칭양은 장펑산章風山에서 내 몸에 올라타 오르락내리락할 때 사방의 들판을 바라보았지만 온통 희뿌연 안개뿐이었다고 했다.

그때 그녀는 순간적으로 깊은 적막과 고독을 느꼈다. 비록 나의 일부분이 그녀의 신체 속을 문질러대고 있었지만 그녀는 너무나 적막했고 너무나 고독했다. 잠시 후에 난 기운을 좀 차리고서, 위치를 바꿔, 내가 하는 것 좀 봐, 하고는 그녀의 몸 위로 올라갔다. 그녀가 말했다. 그때의 너는 그 어느 때보다도 개자식이었어.

천칭양이 그때의 내가 다른 어느 때보다도 개자식이었다고 한 것은 내가 갑자기 그녀의 발가락이 깜찍하고 예쁘다는 사실을 발견했기 때문이다. 나는 그녀의 발가락이 예뻐서, 천칭양 씨, 전 발가락을 섬길 준비가 되어 있습니다, 하고는 그녀의 두 다리를 들어올린 뒤 발바닥에 입을 맞추었다. 천칭양은 풀밭에 반듯이 누워 두 팔을 벌리고는 풀을 잡아뜯고 있었다. 갑자기 그녀가 머리를 흔들어 머리카락으로 얼굴을 가리며 헉 하는 신음소리를 냈다.

나는 반성문에다 "그때 난 그녀의 다리를 놓아주고 얼굴을 가린 그녀의 머리카락을 젖혀주었습니다"라고 썼다. 천칭양은 맹렬하게 발버둥을 치면서 눈물을 흘렸지만 날 때리지는 않았다. 그녀의 얼굴 위로 정상적이지 않은 홍조가 두군데 생겼다. 나중에 진정이 되고 나서 그녀가 내게 말했다. 개자식, 나를 어떻게 하려고 한 거야? 내가 말했다. 어땠는데? 그녀는 다시 웃으며 말했다. 별거 아니니 계속해. 그래서 나는 다시 그녀의 두 다리를 들어올렸다. 그녀는 그렇게 누워서 꼼짝도 하지 않았다. 두 손을 활짝 벌리고 아랫입술을 깨문 채 한마디의 소리도 내지 않았다. 내가 그녀를 한번 더 보았더라면 그녀는 웃음을 터뜨렸을 것이다. 그녀의 얼굴은 특별히 하얬고 머리카락은 특별히 까맸던 것으로 기억한다. 전체 상황은 이러했다.

천칭양은 그때 찬비 속에 누워 있었는데 갑자기 모든 모공 속으로 찬비가 들어오는 것 같았다고 했다. 그녀는 슬픔이 배어나와 막을 수가 없었다. 그러다가 갑자기 거대한 쾌감이 몸을 가르며 들어왔다. 차가운 안개, 빗방울이 모두 그녀의 몸속으로 스며들었다. 그 순간 그녀는 몹시 죽고 싶었다. 참을 수 없어 소리치고 싶었다. 그렇지만 나를 보자 다시 소리치고 싶어지지 않았다. 이 세상에는 그녀가 그 앞에서 마음껏 소리칠 수 있도록 해줄 그런 남자가 없었다. 그녀는 그 누구와도 맞지 않았다.

천칭양이 나중에 내게 말하길, 매번 나와 섹스를 할 때마다 깊은 고통을 느꼈다고 했다. 내면의 깊은 곳에서는 소리치고 나를 끌어안고 미친 듯이 입을 맞추고 싶었지만 그녀는 그것이 즐겁지만은 않았다. 그녀는 다른 사람을 사랑하고 싶지 않았고 그 누구도 사랑하지 않았다. 그럼에도 불구하고 내가 그녀의 발바닥에 입 맞추었을 때, 짜릿한 느낌이 그녀의 심장 속으로 뚫고 들어갔던 것이다.

나와 천칭양이 장평산에서 섹스를 할 때 한마리 늙은 물소가 옆에서 지켜보고 있었다. 그러다가 우리 둘만 남겨놓은 채 음매 하고 울면서 떠나갔다. 오랜 시간이 흘러 하늘이 점점 밝아졌고 안개가 공중에서부터 사라져갔다. 천칭양의 몸에 맺혀 있던 이슬이 반짝였다. 나는 몸을 그녀에게서 떼어내고 일어났다. 마을이 아주 가까웠다. 곧바로 저기로 가자고 말했다. 그렇게 그곳을 떠나 되돌아가지 않았다.

8

나는 반성문에 "나와 천칭양은 류영감의 뒷산에서 수없이 죄를 저질렀습니다"라고 썼다. 이는 류영감의 땅이 익숙한 곳이어서 그렇게 힘들이지 않고도 일굴 수 있었기 때문이다. 생활도 안정되어 몸 따뜻하고 배 부르니 성욕이 생겨났다. 산에는 아무도 없었고 류영감은 침대에 누워 죽어가고 있었다. 산에는 늘 안개 아니면 비가 내렸고, 천칭양은 내 허리띠를 자신의 허리에 동여매고 위쪽에 칼을 꽂아놓곤 했다. 발에는 목이 긴 장화를 신었으나 그 나머지에는 실오라기 하나 걸치지 않았다.

나중에 천칭양은 일생 동안 친구는 오로지 나 하나밖에 없었다고 했다. 그건 모두 내가 강가의 좁은 방에서 위대한 우정에 대해 떠들어댔기 때문이라고 했다. 사람은 살아가면서 몇가지 중요한 일을 해야 하는데, 우정은 그중의 하나이다. 이후에 그녀는 누구와도 우정을 나눈 적이 없었다. 같은 일은 여러번 하면 의미가 없어지는 법이니까.

나는 이것을 일찌감치 예감하고 있었다. 그래서 그녀에게 그 일을 요구할 때 이렇게 말했다. 형씨, 우리 진실하고 위대한 우정을 돈독히 하는 건 어때? 다른 부부들은 인류를 돈독히 해야 하지만 우리는 딱히 인류라고 할 만한 것이 없으니 우정을 돈독히 하자고. 그녀가 말했다. 좋아, 어떻게 돈독히 할까? 똑바로 돈독히 할까, 뒤집어서 돈독히 할까? 나는 뒤집어서 돈독히 하자고 대답했다. 그때 마침 우리는 밭두렁에 있었는데 뒤집어서 돈독히 하기 위해 도롱이 두개를 바닥에 깔았다. 그녀는 말처럼 그 위에 엎드리며 말했다. 좀 빨리 하는 것이 좋을 거야. 류영감에게 주사를 놔줘야 하거든. 내가 그 일을 반성문에 써넣자 지도부에서는 나에게 다음의 사항을 설명하라고 했다.

1. '인류을 돈독히 한' 사람은 누구인가.
2. 위대한 우정을 '돈독히 한다는 것'은 무엇인가.
3. 똑바로 돈독히 한다는 것은 무엇이고, 뒤집어서 돈독히 한다는
   것은 무엇인가.

이러한 것들에 대해 분명하게 밝히자 지도부는 앞으로 빼먹지 말고 모든 일을 다 반성문에 쓰라고 했다.

산에서 위대한 우정을 돈독히 할 때 하얀 김이 입에서 뿜어져나왔다. 날씨는 그렇게 춥지 않았지만 너무나 습해서 옷을 비틀어 짜면 물이 나올 정도였다. 도롱이 옆으로 지렁이가 기어가고 있었다. 그 땅은 정말 비옥했다. 얼마 후 우리는 옥수수가 다 익기도 전에 맷돌에 넣고 갈았다. 이것은 산에 사는 징포족의 방법이다. 그렇게 해서 만든 옥수수떡은 잘 상하지 않는다. 또 차가운 물속에 넣어놓으면 여러 날이 지나도 상하지 않는다.

천칭양은 찬비 속에 엎드려 있었다. 그녀의 유방을 만져보니 차가운 사과 같았다. 온몸의 피부가 팽팽히 당겨져 마치 광택 나는 대리석 같았다. 이후 나는 똘똘이를 빼내서 땅바닥을 향해 사정射精했다. 그녀는 질겁하는 얼굴을 하고서 한쪽에서 지켜보았다. 내가 그녀에게 말했다. 이렇게 하면 땅이 비옥해질 거야. 그녀가 말했다. 나도 알아. 그리고 다시 그녀가 말했다. 땅에서 꼬마 왕얼이 자랄까? ―이게 의사가 한 말처럼 보이는가?

우기가 지난 후 우리는 다이족처럼 꾸미고 칭펑으로 장을 보러 갔다. 칭펑에서 학교 친구를 만난 그후의 일은 이미 썼다. 꾸몄음에도 불구하고 그 사람은 한눈에 나를 알아봤다. 내 키가 너무 커서 작게 만들 수 없었기 때문이다. 그 사람이 내게 말했다. 얼형, 어디

에 갔었나요? 내가 말했다. 난 한어를 못해요! 비록 있는 힘껏 괴상한 말투를 쓰기는 했지만 여전히 베이징 표준어 톤이었다. 말 한마디에 모든 것이 탄로나버렸다.

농장으로 돌아가자는 것은 그녀의 생각이었다. 난 기왕 산에 올라온 이상 내려갈 생각이 없었다. 하지만 그녀가 위대한 우정을 위해 나와 함께 산에 올랐으니 나 역시 그녀와 함께 하지 않을 수 없었다. 사실 우리는 언제든지 도망칠 수 있었지만 그녀는 그걸 원하지 않았다. 그녀는 지금의 생활이 아주 재미있다고 했다.

나중에 천칭양은 산에서도 재미있었다고 했다. 온 산에 서늘한 안개가 잔뜩 끼면 그녀는 허리에 칼을 차고 목이 긴 장화를 신고서 빗줄기 속을 뛰어다녔다. 그러나 똑같은 일을 많이 하다보면 더이상 재미가 없는 법이다. 그래서 그녀는 산에서 내려가 세상의 박해를 견뎌볼 생각을 했다.

나와 천칭양은 호텔에서 위대한 우정을 다시 나누며 산에서 내려와 갈림길에 섰던 일에 대해 이야기했다. 그곳에는 네갈래의 길이 있었는데 각각 다른 방향으로 통했다. 동서남북은 중요하지 않았다. 한 길은 미지의 땅인 국외로 통했다. 또 한 길은 내지로 통했고, 다른 한 길은 농장으로 통했으며, 마지막 길은 우리들이 왔던 길이었다. 마지막 길은 또 후싸戶撒까지 연결된 길이었다. 그곳에는 아창阿僋족 대장장이가 아주 많이 살고 있었다. 그 사람들은 대대로 대장장이를 해오고 있었다. 비록 대대로 이어온 것은 아니지만 나 역시 대장장이 일을 할 수 있었다. 나는 그 사람들과 아주 친했고 그들은 나의 기술에 감탄하곤 했다. 아창족 여인들은 모두 아름다웠는데 몸에는 수많은 구리 테와 은돈을 달고 다녔다. 천칭양은 이러한 장식에 무척 마음이 끌려 산으로 가 아창족이 되고 싶다는 생각까지 했다. 그때는 우기가 막 끝나서 구름이 사방팔방에서 피어올랐고 하늘에서는 햇살이 잇달아 반짝였다. 우리는 여러가지 선택이 있었는데 각자 다른 방향으로 갈 수도 있었다. 그래서 한참 동안 갈림길에 서 있었다. 나중에 내지로 돌아가기 위해 도로에 서서 차를 기다릴 때에도 두가지 선택을 할 수 있었는데, 계속 기다리거나 농장으로 돌아가는 것이었다. 어떤 한 길을 따라갈 때면 마음은 늘 다른 길을 생각하기 마련이다. 그럴 때 내 마음은 무척 혼란스러워진다.

천칭양은 나의 타고난 자질은 중급이고 손재주는 아주 뛰어나지만 사람이 매우 어리석다고 말한 적이 있다. 이 말은 모두 의미가 있다. 내 자질이 중급이라는 것에 나는 그다지 동의하지 않는다. 내가 아주 어리석다는 것에 대해서는 사실 그런 면도 있으니 잡아뗄 수는 없다. 손재주가 뛰어나다는 것은 자신의 몸으로 안 것일 테다. 내 손재주는 여인을 더듬는 면에서뿐만 아니라 다른 면에서도 분명 뛰어났다. 손바닥은 크지 않지만 손가락이 매우 길어 어떠한 세밀한 작업도 할 수 있었다. 산에 있는 아창족 대장장이들이 나보다 칼날은 더 잘 벼리지만 칼 위에 무늬를 새기는 일은 누구도 나를 따라오지 못했다. 그래서 최소한 스무명쯤 되는 대장장이들이 제안해왔는데, 우리에게 그쪽으로 이사올 것을 권하면서 자신들이 칼날을 벼리면 나는 무늬를 새기는 동업을 하자는 것이었다. 만일 이사를 했더라면 지금 한어漢語를 못하게 되었을지도 모른다.

아창족 형님의 집으로 이사했더라면 지금 시커먼 대장간에서 후싸칼戶撒刀에 무늬를 새기고 있을지도 모른다. 그 집의 질퍽거리는 후원에는 분명 꼬맹이들이 한 무리 있을 테고 이들은 네가지 조합의 형태로 이루어져 있을 것이다.

1. 천칭양과 나의 아이들

2. 아창족 형님과 아창족 형수님의 아이들

3. 나와 아창족 형수님의 아이들

4. 천칭양과 아창족 형님의 아이들

천칭양은 산에서 땔감을 지고 돌아온 뒤 윗옷을 걷어붙인 채 튼실하고 커다란 젖통을 꺼내 이것저것 따지지 않고 그중의 한 아이에게 젖을 물릴 것이다. 만일 처음에 내가 산으로 돌아갔더라면 이러한 일이 일어났을 것이다.

천칭양은 그런 일은 일어나지 않았을 것이라고 했다. 왜냐하면 그런 일이 일어나지 않았기 때문이다. 실제로 일어난 일은 우리가 농장으로 돌아와 반성문을 쓰고 규탄대회에 불려나간 일이었다. 아무 때나 늘 도망칠 수 있었지만 도망치지 않았다. 이는 실제로 일어났던 일이다.

천칭양은 나의 타고난 자질이 평범하다고 했는데, 그녀는 나의 문학적인 재능을 염두에 두지 않고 말한 게 분명했다. 사람들은 모두 내가 쓴 반성문을 좋아했다. 반성문을 막 쓰기 시작했을 때에는 기분이 많이 상했다. 하지만 쓰면서부터는 거기에 빠져들었다. 내가 쓴 모든 일은 분명히 일어났던 일이기 때문이다. 정말로 일어난 일은 무엇에도 비할 수 없는 매력이 있으니까.

나는 반성문에 세세한 내용을 모두 적었다. 하지만 실제로 일어난 다음과 같은 일은 적지 않았다.

나와 천칭양은 15생산대 뒷산에 있는 움막에서 일을 치르고 나서 계곡으로 물놀이를 하러 갔다. 산에서 내려온 물이 홍토를 깨끗하게 걷어버리고 그 아래의 푸른 점토를 드러냈다. 우리는 푸른 점토 위에 엎드려 일광욕을 했다. 일광욕을 하자 똘똘이가 또다시 우뚝 섰다. 하지만 막 사정을 했기 때문에 다급한 색마처럼 보이지는 않았다. 그래서 나는 그녀의 몸 뒤에 모로 누운 채 그녀의 머리카락을 베개 삼아 베고 그녀의 몸속으로 들어갔다. 우리는 나중에 호텔에서도 이러한 위대한 우정을 다시 나누었다. 나와 천칭양이 푸른 점토 위에 모로 누워 있던 그때 하늘이 어두워지면서 바람도 다소 서늘해져갔다. 함께 누워 있으니 마음이 평온해져 이따금씩 가볍게 한번씩만 움직였다. 돌고래들 사이에는 생식적인 것과 오락적인 것 두 종류의 행동이 있다고 한다. 이것은 돌고래에게도 위대한 우정이 있다는 말이다. 나와 천칭양은 두마리 돌고래처럼 함께 붙어 있었다.

나와 천칭양은 돌고래 두마리가 바닷속에서 이리저리 움직일 때처럼 푸른 점토 위에서 눈을 감고 있었다. 날이 저물면서 햇살은 점점 붉게 물들어갔다. 하늘가에서 창백할 정도로 새하얀 구름 한 덩어리가 떠올랐다. 수많은 죽은 물고기의 뱃가죽이 뒤집어진 모양 같기도 했고 수많은 죽은 물고기의 눈알이 뒤집어진 모양 같기도 했다. 산 위에서 바람이 일렁이더니 소리 없이 살그머니 아래로 불어왔다. 천지에 슬픈 기운이 감돌았다. 천칭양이 눈물을 하염없이 흘렸다. 그녀는 경치를 보니 슬프다고 했다.

나는 아직도 그때의 반성문 부본을 가지고 있다. 한번은 그것을 영미문학을 하는 친구에게 보여주었더니 훌륭하다면서 빅토리아 시대의 지하소설 맛이 난다고 했다. 삭제한 세부사항에 대해서는 그 친구 역시 삭제하는 것이 좋다고, 그런 세부사항은 스토리의 완전함을 해친다고 했다. 내 친구는 정말 학식이 있는 사람이다. 반성문을 쓰던 당시의 나는 너무도 어렸고 특별한 배움도 없었기에 (지금도 학식이 깊지는 않다) 빅토리아 시대의 지하소설이 무엇인지 알지 못했다. 그저 다른 사람에게 내가 악영향을 주어서는 안된다고 생각했다. 많은 사람들이 이 반성문을 보고 싶어했다. 만일 그들이 반성문을 본 후 감정을 주체하지 못하고 역시 걸레 짓을 한다 하더라도 크게 문제될 것은 없다. 하지만 그것을 배우려고 하는 것은 그리 좋은 일이 아니다.

나는 반성문에서 다음과 같은 사실을 뺐다. 그 이유는 앞에서 이야기한 대로이다. 우리는 잘못을 저질렀고 본래 총살을 당해야 마땅하지만 지도부에서 우리를 살려줘 반성문을 쓰도록 했다. 이 얼마나 관대한 일인가! 그래서 나는 우리가 얼마나 나쁜 사람인지에 대해서만 쓰기로 작정했다.

우리들이 류영감의 뒷산에 있을 때 천칭양은 통치마를 한벌 만들어 입고 다이족처럼 분장한 뒤 칭핑으로 장을 보러 가려고 했다. 그런데 그녀는 그 옷을 입고 잘 걷지를 못했다. 칭핑 남쪽에서 강을 하나 만났다. 산에서 내려온 물이 얼음처럼 차가웠고 절인 갓처럼 푸르렀다. 물은 배꼽 정도의 깊이로 속도가 매우 빨랐다. 강을 건널 때 난 그녀를 어깨에 둘러메고 곧장 강을 건넌 후에 내려놓았다. 내 한쪽 어깨의 너비는 천칭양의 허리둘레와 거의 같았다. 그 순간 그녀의 얼굴이 아주 새빨개졌던 것을 나는 기억한다. 내가 말했다. 난 너를 둘러메고 칭핑까지 갔다가 다시 돌아올 수도 있어. 네가 하느작하느작 걷는 것보다도 더 빨리 말이야. 그러자 그녀가 말했다. 저리 꺼져버려.

통치마는 천으로 만든 통 같았다. 아래쪽 폭은 한자 정도밖에 되지 않았다. 입을 줄 아는 사람은 그것을 입은 채 큰 거리에서 쪼그리지 않고 오줌을 누는 것을 포함해 여러가지 일을 할 수 있다. 천칭양은 그런 기술을 영원히 배울 수 없을 것 같다고 했다. 칭핑 장을 한번 둘러보더니 그녀는 분장을 하려면 아창족으로 해야겠다고 결론 내렸다. 돌아올 때에는 산을 올라야 했는데 그녀는 기력이 완전히 고갈되어 있었다. 도랑을 건너고 둔덕을 넘어야 할 때마다 그녀는 나뭇등걸을 찾아서 다양한 자세로 올라서더니 자신을 둘러메라고 했다.

돌아오는 길에 그녀를 둘러메고 언덕을 올랐다. 건기가 막 시작되어 하늘에는 흰 구름이 여기저기 흩어져 있었고 햇살은 눈이 부셨다. 그렇지만 산속에서는 이따금씩 보슬비가 내려 홍토가 펼쳐진 곳은 유난히 미끄러웠다. 나는 처음 스케이트장에 간 사람처럼 그 진흙판을 조심스레 밟으며 나아갔다. 오른손으로는 그녀의 허벅지를 꽉 잡고 왼손으로는 엽총을 들고 등에는 또 광주리를 짊어진 상태로 미끄러운 비탈길을 걷는 것은 너무나 힘이 들었다. 순간적으로 나는 왼쪽으로 미끄러졌다. 곧장 산골짜기로 미끄러져 내려갈 뻔했지만 다행히도 손에 총을 들고 있어서 그것으로 땅을 짚고서 몸을 지탱했다. 그때 나는 온몸을 팽팽하게 하면서 결사적으로 땅을 짚고 버티었다. 하지만 이 멍청이가 또 성가시게 등에서 발버둥을 치면서 내려달라고 했다. 그때 하마터면 죽을 뻔했다.

내가 잠깐 숨을 돌릴 수 있게 되자 총을 오른손에 바꿔 쥐고 왼손을 들어 그녀의 엉덩이를 세게 두번 찰싹 갈겼다. 그 사이에 얇은 천만 있어서 그곳은 너무나 미끄러웠다. 그녀의 엉덩이는 매우 동그랬다. 씨발, 느낌이 아주 좋군! 그녀는 두대를 맞더니 금방 온

순해졌다. 매우 얌전하게 굴면서 한마디도 하지 않았다.

물론 천칭양의 엉덩이를 때린 것은 잘한 일이 아니지만 다른 걸레와 기둥서방 사이에는 이런 일이 있을 것 같지 않았다. 이 일은 주제에서 벗어나 기록하지 않았다.

9

나와 천칭양이 장평산에서 섹스를 할 때 그녀의 피부는 아주 하얬다. 관자놀이의 혈관이 아주 선명하게 보였다. 나중에 산속에서 햇볕에 그을려 검게 변했지만 농장으로 돌아오자 다시 하얗게 변했다. 군민합동변경방위건설 시기에 일요일이면 기무부에서 트랙터 한대를 보내서 문제가 있는 사람들을 태운 뒤 벽돌가마로 데리고 가 벽돌을 싣게 했다. 벽돌을 다 실으면 변경방위선에 있는 생산대로 다시 보내 선전대와 함께 모이도록 했다. 우리들이 탄 차에는 역사적인 반혁명분자, 도둑, 주자파, 걸레 짓을 한 사람 등등 적대적 모순을 지닌 사람들과 인민 내부적 모순을 지닌 사람들이 모두 함께 있었다. 일을 마치면 변경으로 가서 규탄대회를 한바탕 벌임으로써 정치적 변경 방위를 공고히 했다. 이러한 일을 하러 나가면 공공기관에서 밥을 주었다. 우리는 무장한 민병들의 강압하에 땅바닥에 쪼그리고 앉아서 밥을 먹었다. 밥을 다 먹고 나서 나와 천칭양이 트럭에 기대어 서 있자 한 무리의 여자들이 몰려와 그녀에 대해 이러쿵저러쿵 품평을 해댔다. 결론은 천칭양의 피부가 하얗기 때문에 걸레 짓을 한 게 이상하지 않다는 것이었다.

난 인민보위조의 궈郭선생을 찾아가 우리들에게 이러한 일을 시키는 것이 어떤 의미가 있는지 물어보았다. 그는 대면하고 있는 불순분자에게 이쪽이 얼마나 엄격한지 알게 해줘 감히 다가오지 못하게 하는 것밖에는 없다고 했다. 본래 우리를 내보내서는 안되지만 숫자를 다 채우지 못해서 그랬다고 했다. 어쨌든 우리 역시 좋은 놈이 아니니 가더라도 별 문제 없지 않으냐고 했다. 난 가는 것은 괜찮은데 사람들이 천칭양의 머리카락을 잡아당기지 못하게 해달라고 했고, 화가 나면 이 몸은 다시 산으로 도망칠 거라고도 했다. 그는 그런 일이 있었는지 몰랐다고 하면서 반드시 일러두겠다고 했다. 사실 나는 벌써부터 산으로 가고 싶었지만 천칭양은 이렇게 말했다. 됐어, 머리카락 좀 잡히는 게 어때서.

규탄대회에 불려나갈 때면 천칭양은 내 학생복을 입었다. 그 옷은 그녀에게 매우 커서 소매가 손바닥까지 왔고 옷깃을 세우면 뺨을 가릴 수 있었다. 나중에 그녀는 그 옷을 가져가고 싶어했다. 그녀는 그 옷을 아직도 가지고 있으며 청소하거나 유리창을 닦을 때 입는다고 했다. 규탄을 받으려 할 때 그녀는 아주 능숙한 모습을 보여주었는데, 우리의 이름이 불리면 그녀는 가방에서 깨끗하게 빨아 삼밧줄로 잘 묶은 해방화解放鞋를 꺼내 목에 걸고는 단상에 올라갈 준비를 했다.[5]

천칭양은 집에서 목욕을 하고 나서 그 옷을 꺼내 목욕 가운처럼 입고 당시 어떤 모습으로 규탄을 받았는지 딸에게 보여주었다고 했다. 몸을 숙이고 있다가 때로는 얼굴을 들어 사람들이 볼 수 있도록 했는데 브라질 삼바춤을 추는 모습과 같았다고 했다. 그러

---

[5] 중국에서 '헌 신발(破鞋)'은 음란한 여자를 가리키며 신발을 목에 걸게 하는 것은 음란한 여자임을 표시하기 위함이다. 해방화는 중국 인민해방군 병사가 주로 신었으며 일반 운동화로도 쓰였다.

자 아이가 물었다. 아빠는? 천칭양이 대답했다. 네 아빠는 비행기 자세를 하고 있었지. 아이는 무척 재미있어서 깔깔대며 웃었다고 한다.

나는 이 말을 듣고 바늘방석에 앉은 듯한 느낌이 들었다. 첫째, 나는 비행기 자세를 하고 있지 않았기 때문이다. 규탄을 받을 때 젊은 쓰촨四川 사람 두명이 나를 잡고 있었는데 그들은 항상 매우 정중하게 왕형, 조금만 참으세요,라는 사과의 말을 하고 나서 내 몸을 숙였다. 하지만 그녀를 잡고 있던 사람은 선전대의 젊은 화냥년 두명이었는데 팔을 꺾고 머리카락을 잡아당기기까지 했다. 그녀의 말에 따르면 사람들이 그녀보다 내게 더 못되게 굴었던 것 같지만, 그렇게 말하는 것은 그때의 젊은 두 쓰촨 사람에게는 부당한 일이다. 둘째, 난 그녀의 아빠가 아니다. 우리에 대한 규탄이 끝나면 공연이 열렸다. 우리는 무대 아래로 끌어내려져 트랙터에 태워진 다음 그날밤 농장으로 돌아갔다. 규탄대회에 불려갔다 올 때마다 천칭양은 성욕이 솟아났다.

우리는 농장으로 돌아온 뒤 비판을 받거나 규탄대회에 불려나갔다. 하지만 그런 일도 이따금씩만 있었다. 때로는 단장이 우리를 자신의 집으로 불러 우리가 저지른 잘못을 거론하면서 자신도 그런 잘못을 저지른 적이 있다고 했다. 그리고 천칭양과 전립선에 대해 이야기를 나누었다. 그럴 때면 난 그가 시계를 수리해달라고 하지 않는 이상 작별을 고했다. 이따금 우리는 심하게 괴롭힘을 당했는데, 일주일에 두번씩이나 규탄대회가 열린 것이다. 정치위원은 왕얼과 천칭양 같은 사람은 규탄을 해야 한다고, 그러지 않으면 사람들이 모두 산으로 도망칠 테니 농장일이 되겠느냐고 했다. 냉정하게 말해서 정치위원의 이야기는 이치에 맞았다. 또 그에게는 전립선염도 없었다. 그래서 천칭양은 어느 때나 사용할 수 있게 책가방 속에 넣어둔 헌 신발을 버리지 않았다. 얼마간의 시간이 흐르자 우리는 더이상 규탄대회에 불려나가지 않게 되었는데, 정치위원이 회의하러 나갈 때 단장이 군무과에 가서 나를 내지로 돌려보내라고 했던 것이다.

질 낮은 규탄대회에 관한 일을 말하자면 이렇다. 그 지역에는 전통적인 오락활동이 하나 있었으니 바로 걸레규탄놀이였다. 농번기가 되면 사람들이 모두 지친다. 그때 생산대장이 오늘 저녁에 걸레규탄놀이를 하자고 한다. 그러나 나는 그들이 어떻게 노는지 본 적이 없다. 걸레규탄놀이를 할 때면 늘 결혼하지 않은 사람을 쫓아냈기 때문이다. 게다가 걸레들은 얼굴이 솥 바닥처럼 시꺼멓고 젖가슴이 축 처져 있어서 보고 싶지도 않았다.

나중에 한 무리의 군대 간부들이 와서 농장을 관리하면서부터 걸레규탄놀이를 허락하지 않는다는 명령이 내려졌다. 정책에 부합되지 않는다는 것이 그 이유였다. 그런데 군민합동건설 시기가 되자 다시 걸레규탄놀이를 허락한다는 명령이 내려졌다. 병단은 우리에게 명령을 내려 선전대에 가서 신고를 하고 규탄대회에 참가할 준비를 하라고 했다. 나는 곧바로 산속으로 도망쳐 들어가려고 했지만 천칭양은 나와 함께 가려고 하지 않았다. 그녀는 자신이 이 지역에서 규탄하는 걸레 중 가장 예쁘다는 것을 의심하지 않는다고 했다. 그녀를 규탄할 때면 주위의 여러 생산대에서 사람들이 잔뜩 보러 오는데, 이것이 그녀에게는 아주 큰 자부심을 갖게 했다.

병단에서는 우리에게 선전대의 활동을 따르라고 하면서 다음과 같은 분부를 내렸다. 우리 두 사람은 인민 내부의 모순인데, 말하자면 죄가 뚜렷하지는 않지만 정책을 잘 따라야 한다는 것이다. 그런데 또 말하길, 만일 군중이 분노하여 우리를 심하게 규탄하길 원할 경우에는 융통성 있게 대처하라고 했다. 결과적으로 군중은 우리를 보고 분노했다. 선전대장은 단장의 사람인데 우리와 사적인 관계가 나쁘지는 않았다. 그가 초대소로 뛰어와서 우리와 함께 상의했다. 천의사가 모욕을 좀 받아도 되겠습니까? 천칭양은 괜찮다고 했다. 다음 차례에 그녀는 헌 신발을 목에 걸었다. 하지만 사람들은 그래도 만족하지 않았다. 그는 할 수 없이 천칭양에게 다시 한번 모욕을 참아달라고 했다. 그가 마지막으로 말했다. 두분 모두 지각이 있는 사람들이니 저도 더이상 말하지 않겠습니다. 두분께서 부디 양해해주십시오.

나와 천칭양은 규탄대회에 불려나갈 때 처음에는 늘 파초나무 뒤에서 기다렸다. 그곳은 무대 뒤쪽이었다. 우리 순서가 될 때쯤에 그녀는 일어나 머리의 핀을 빼서 입에 물고는 다시 하나씩 능숙하게 꽂았다. 그리고 옷깃을 세우고 소매를 내린 뒤 두 손을 뒤로 뻗어 묶기를 기다렸다.

천칭양은 사람들이 대나무를 깎아 만든 줄이나 잉아줄로 묶는 바람에 자신의 손이 늘 부어 있었다고 했다. 그래서 그녀는 집에서 빨랫줄로 쓰는 면으로 된 끈을 가져왔다. 다른 사람들도 여자는 묶기 어렵다고 투덜거렸다. 온몸이 동글동글해서 끈으로 잘 묶을 수 없다는 것이었다. 이 말과 동시에 커다란 두 손이 등 뒤에서 그녀의 손목을 잡아챘고 다른 두 손이 그녀를 단단히 묶었다.

나중에 그 사람들이 그녀를 끌고 나가자 뒤에 있던 누군가가 그녀의 머리채를 잡아당겨서 그녀가 양옆을 보지 못하도록 했고 머리를 숙이지도 못하게 했다. 그래서 그녀는 고개를 살짝 틀어 파르스름한 가스등 불빛만 쳐다볼 수밖에 없었다. 이따금 고개를 앞쪽으로 돌려 낯선 얼굴들이 보이면 그녀는 그들을 향해 살짝 웃어주었다. 그때 그녀는 이런 생각을 했다. 이것이야말로 진정한 낯선 세계로구나! 그녀는 이곳에서 어떤 일이 발생할지 조금도 알지 못했다.

천칭양이 아는 것은 현재 자신이 걸레라는 사실이었다. 몸이 끈으로 묶인 그녀는 몸에 착 달라붙는 옷을 입은 것처럼 보였다. 그때 그녀는 온몸의 곡선이 고스란히 드러나 있었다. 그녀는 그 자리에 있는 남자들의 바짓가랑이 속이 모두 불뚝 솟는 것을 보았다. 그녀는 자신 때문이라는 것을 알고 있었다. 하지만 왜 이렇게 되었는지 그녀는 조금도 알지 못했다.

규탄대회에 불려나갈 때면 사람들이 늘 자신의 머리채를 움켜쥐고 사방을 빙 둘러보게 했다고 천칭양은 말했다. 그래서 그녀는 머리를 두갈래로 빗은 뒤 고무줄로 묶었다. 그렇게 한 이유는 사람들이 한 손으로 그녀의 손목을 잡고 다른 손으로 그녀의 머리채를 잡는 데 매우 편리했기 때문이다. 그녀는 사람들에 의해 끌려다니며 모든 것을 보았고 모든 것을 마음속에 담았지만 아무것도 알지 못했다. 그러나 그녀는 그 사람들이 시키는 일을 기분 좋게 모두 다 했다. 그 나머지 일은 그녀와 무관했다. 그녀는 이렇게 무대 위해서 걸레 역할을 연기했다.

우리에 대한 규탄이 끝나면 예술공연이 있었다. 우리는 당연히 볼 자격이 없었기 때문에 트랙터를 타고 농장으로 돌아갔다. 트랙터를 모는 기사는 빨리 집에 돌아가고 싶어 안달이 나 있어서 진작부터 시동을 걸어놓고 있었다. 그래서 천칭양은 포승줄을 풀 여유도 없었다. 나는 그녀를 안아서 트랙터에 올려준 다음에야 차를 탔다. 차가 심하게 덜컹거리고 하늘이 어두워 애는 썼지만 끈을 풀 수가 없었다. 농장에 도착한 후 그녀를 초대소까지 둘러메고 가서 전등불 아래서 천천히 끈을 풀어주었다. 천칭양이 얼굴을 붉히며 말했다. 위대한 우정을 돈독히 해야지? 난 조금도 기다릴 수가 없어!

그 순간에 자신은 막 포장이 벗겨지는 선물상자가 된 듯한 느낌이 들었다고 천칭양은 말했다. 그리하여 그녀는 마음의 기쁨으로 분노를 불살라버렸고 마침내 모든 번뇌에서 해탈하게 되었다. 자신이 왜 걸레인지, 도대체 무엇을 걸레라고 하는지, 그리고 우리가 왜 이러한 곳에 와 있는지, 혹은 무엇을 하러 와 있는지 등과 같은 이해할 수 없는 일들은 더이상 생각할 필요도 없었다. 그 순간 그녀는 자신을 내 손 안에 맡겨두었다.

농장에서 매번 규탄대회에 불려나갔다 올 때마다 천칭양은 꼭 위대한 우정을 돈독히 할 것을 요구했다. 그리고 항상 책상 위에서 그 일을 했다. 내가 반성문을 그 책상에서 쓰기도 했으니 아주 적합한 장소였다. 그녀는 책상 위에서 코알라처럼 있다가 쾌감이 밀려오면 참지 못하고 소리를 질러댔다. 그때 불을 끄고 있어서 그녀의 표정을 볼 수가 없었다. 우리의 뒤쪽에 있는 창은 늘 열려 있었고 창 뒤에는 가파른 언덕이 있었다. 그런데 늘 누군가가 머리를 들이밀어 살펴보곤 했다. 창틀로 들이민 머리는 흡사 나뭇가지 위에 앉은 갈까마귀 같았다. 내 책상 위에는 항상 똘배가 몇개 놓여 있었다. 사람의 이도 들어가지 않을 정도로 딱딱했고 오직 돼지만 먹을 수 있었다. 그녀가 가끔 하나를 들어 내 어깨 위에서 밖을 향해 던졌는데 백발백중이었다. 그 탄알에 맞은 사람은 언덕에서 굴러떨어지곤 했다. 하지만 그런 일은 나에게 별로 기분 좋은 일이 아니어서 마지막에 사정한 정액이 모두 냉랭했다. 솔직히 말하자면 난 사람을 쳐서 죽일까봐 걱정스러웠다. 이러한 일을 반성문에 써넣을 수도 있었지만 난 내가 조사받는 기간에 잘못을 계속 저질 렀다는 사실을 다른 사람들이 알게 되어 나의 죄가 하나 더 늘어날 까봐 두려웠다.

10

나중에 호텔에서 위대한 우정을 다시 나누면서 우리는 여러 일 들에 대해 이야기했다. 당시의 여러 가능성에 대해 이야기했고, 내 가 썼던 반성문에 대해서도 이야기했으며, 나의 똘똘이에 대해서 도 이야기했다. 그 물건은 다른 사람이 자신에 대해 말하는 것을 듣기만 해도 흥분해 쉴 새 없이 꿈틀거렸다. 그래서 난 결론적으로 이렇게 말했다. 그때 사람들이 우리를 거세하려고 했지만 그러지 는 않았지. 난 지금도 여전히 처음처럼 단단해. 위대한 우정을 위해 서라면 난 아직도 거리에서 엉덩이를 모두 드러낸 채 세바퀴를 돌 수 있어. 나라는 사람은 원래 체면이라는 것을 잘 몰라. 무슨 말을 하든 간에 그때는 나의 황금시대였어. 비록 사람들에게 건달 취급 을 당하기는 했지만 말이야. 난 말에 물건을 싣고 장사하는 떠돌이 나 산에 사는 징포족 등 그곳의 많은 사람들을 알고 있었어. 시계 고치는 왕얼이라고 하면 모두 다 알았지. 난 그들과 불 옆에서 한 근에 2마오 하는 싸구려 술을 마시곤 했는데 아주 잘 마셨어. 그 사 람들은 날 아주 좋아했지.

그 사람들 말고 돼지우리의 돼지들도 날 좋아했다. 왜냐하면 내 가 돼지를 키울 때에는 돼지 사료 속에 넣은 곡식이 평소보다 세배는 많았기 때문이다. 그것 때문에 나중에 사무장과 싸우기도 했는데 난 우리 돼지들이 늘 배부르게 먹어야 한다고 주장했다. 난 내가 가시고 있는 많은 위대한 우정을 모든 사람에게 나누어주고 싶었다. 하지만 그들이 원하지 않았기 때문에 천칭양의 몸에다 몽땅 쏟아부었다.

나와 천칭양이 호텔에서 위대한 우정을 돈독히 한 일에는 쾌락적인 성격이 있었다. 중간에 살짝 빼서 보니 똘똘이에 핏자국이 얼룩덜룩했다. 그녀는 나이가 들어 안쪽이 조금 얇아졌으니 그렇게 세게 하지 말라고 했다. 그리고 또 남쪽 지방에서 오래 있다가 북쪽 지방으로 오니 손이 갈라지더라고 했다. 조개기름은 품질이 떨어져 손에 발라도 효과가 전혀 없다고 했다. 말을 마친 그녀는 작은 글리세린 병을 꺼내 내 똘똘이에 발라주었다. 그러고 나서 마주 보니까 대화하기가 편했다. 나는 쪼개지기를 기다리는 목재처럼 벌어진 그녀의 두 다리 사이에 드러누웠다.

천칭양의 얼굴에 나 있는 수많은 잔주름이 불빛 아래서 하나하나 금실처럼 보였다. 나는 그녀의 입술에 키스를 했다. 그녀는 거부하지 않았다. 그녀의 입술이 부드럽게 벌어졌다. 이전에 그녀는 내가 자신의 입술에 키스하는 것을 허락하지 않고 턱과 목의 경계 부분에만 키스하도록 했다. 그녀는 그렇게 해야 성욕이 자극된다고 했다. 이후 우리는 계속 과거의 일들을 이야기했다.

천칭양은 자신에게도 그때가 황금시대였다고 했다. 비록 다른 사람들이 걸레라고 부르기는 했지만 자신은 결백했고 무고했다고 했다. 지금도 자신은 여전히 무고하다고 했다. 이 말을 듣고 나는 웃음을 터뜨렸다. 그런데 그녀는 우리가 지금 하고 있는 일을 죄라고 할 수 없다고 했다. 우리는 위대한 우정이 있어서 함께 도망쳤고 함께 규탄대회에 불려나갔다. 그래서 이십년이 지나 다시 만난 그녀는 당연히 두 다리를 벌려 내가 엎드려 들어갈 수 있도록 했다. 따라서 이것이 죄라고 한다면 그녀는 죄가 무엇인지 모르겠다고 했다. 더욱 중요한 것은 그녀가 이 죄라는 것에 대해 아무것도 알지 못한다는 사실이다.

그러고 나서 그녀는 또 한번 다급하게 헐떡였다. 그녀의 얼굴은 발갛게 변했고 두 다리는 나를 힘껏 조였으며, 몸은 내 아래서 팽팽해졌다. 그리고 억눌린 신음소리가 한번 또 한번 입에서 새어나왔다. 한참이 지나서야 긴장이 풀렸다. 이때 그녀는 아주 좋았다고 했다.

아주 좋았던 순간이 지난 후 그녀는 이것은 죄가 아니라고 했다. 이는 그녀가 소크라테스처럼 아무것도 알지 못하기 때문이었다. 사십년을 넘게 살았지만 눈앞에는 여전히 기괴한 신세계가 펼쳐져 있었다. 그녀는 사람들이 왜 자신을 윈난의 그 황량한 곳으로 가도록 했는지 알지 못했고, 왜 자신을 되돌아오도록 풀어주었는지도 알지 못했다. 왜 자신을 걸레라고 부르며 무대 위로 끌고 올라가 규탄했는지 알지 못했으며, 왜 자신을 걸레가 아니라고 하며 이미 쓴 반성문을 다시 빼냈는지도 알지 못했다. 이러한 일에 대해 여러 설명이 있었지만 그녀는 하나도 이해할 수 없었다. 그녀는 아는 것이 없기 때문에 무죄였다. 모든 법률서에는 그렇게 적혀 있다.

천칭양은 사람이 세상을 사는 이유는 박해를 이겨내기 위해서이고 죽을 때까지 그러하다고 했다. 이 점을 분명히 깨달으면 모든 일에 태연자약하게 대처할 수 있을 거라고 했다. 그녀가 어떻게 이러한 식견을 갖게 되었는지를 설명하려면 내가 병원에서 돌아와 그녀가 머물던 곳을 거쳐 산으로 들어갔던 그때로 되돌아가야 한다. 나는 그녀에게 나를 보러 오라고 했지만 그녀는 계속 망설였다. 그녀가 결심을 하고 정오의 뜨거운 바람을 뚫고 나의 움막 앞까지 왔던 그 순간 그녀의 마음속에는 수많은 아름다운 상상으로 가득했다. 그녀는 내 움막에 들어왔을 때 추악한 형구形具처럼 빳빳하게 서 있던 내 똘똘이를 보게 되었다. 그때 그녀는 놀라 소리를 질렀고 모든 희망을 포기해버렸다.

천청양은 그때로부터 이십여년 전 어느 겨울날 자신이 마당으로 들어갔다고 했다. 그 계절에 솜옷을 입고서 힘겹게 대문의 문지방을 기어서 넘어갔다고 했다. 갑자기 모래알이 자신의 눈에 들어오는 바람에 너무나 아팠고 차가운 바람이 매섭게 얼굴을 할퀴어 눈물이 쉴 새 없이 나왔다고 했다. 그녀는 견디기 힘들어 통곡을 하기 시작했고 악몽에서 깨어나려고 했다. 이것은 사람이 태어나면서부터 갖고 있는 고질적인 버릇인데, 대성통곡을 해서 하나의 꿈에서 다른 꿈으로 넘어가겠다고 하는 것은 모든 사람이 지니고 있는 사치스러운 욕망이다.

천청양은 자신이 나를 만나러 갔을 때 숲속에서 금파리들이 춤추며 날고 있었다고 했다. 바람이 사방에서 불어와 옷섶을 뚫고 들어오더니 몸 위를 기어다녔다. 내가 있던 곳은 인적이 없는 산속이라고 할 수 있었다. 작열하는 태양빛이 잘게 쪼개진 운모석雲母石 조각처럼 하늘에서 쏟아져내렸다. 얇은 흰 가운 아래로 그녀는 이미 벌거벗은 몸을 다 드러내고 있었다. 그때 그녀의 마음속에도 많은 사치스러운 욕망이 있었다. 무슨 말을 하든 간에 그때는 그녀에게도 황금시대였다. 그 당시 그녀가 사람들에게 걸레라고 불리긴 했지만 말이다.

천칭양은 자신이 산속의 나를 찾아갈 때 헐벗은 구릉을 넘었다고 했다. 바람이 옷 밑으로 불어와 그녀의 성감대를 자극했다. 그때 그녀는 바람처럼 종잡을 수 없는 성욕을 느꼈다. 그러다가 그것은 산과 들에 부는 바람처럼 흩어져버렸다. 그녀는 우리의 위대한 우정이 생각났고 내가 산에서 황급히 내려가던 모습이 떠올랐다. 자라서 봉두난발이 된 내 머리카락도 기억났고, 내가 자신이 걸레라는 것을 논증할 때 자신을 똑바로 쏘아보던 눈빛도 기억났다. 그녀는 내가 필요하다고, 우리가 하나 되어 자웅동체의 몸을 이룰 수 있다고 느꼈다. 어린 시절 문지방을 기어서 넘으며 바깥에서 불어온 바람을 맞던 그런 느낌이었다. 하늘은 너무나 푸르렀고 햇빛은 너무나 눈부셨으며 하늘에는 비둘기가 날고 있었다. 비둘기 우는 소리는 평생 잊을 수 없었다. 그 시절 그녀가 외부세계와 하나 되어 천지 속으로 녹아들기를 갈망했던 것처럼, 그 순간 그녀는 나와 대화하고 싶었다. 만일 세계에 그녀 혼자만 있다면 정말 너무나 고독할 것이다.

천칭양은 자신이 나의 움막에 이르렀을 때 다른 모든 것은 생각해보았지만 똘똘이는 생각해보지 않았다고 했다. 그 물건은 너무나 못생겨서 정말이지 꿈속에서도 나타나면 안되었다. 그때 천칭양은 한바탕 통곡을 하고 싶었지만 누군가에게 목을 졸리고 있기나 한 것처럼 울음이 나오지 않았다. 이것은 이른바 진실이다. 진실은 잠에서 깨어날 방법이 없다. 그 순간 그녀는 마침내 세계에 무엇이 있는지를 깨달았다. 그리고 다음 순간 앞으로 나아가 모욕을 받아들이기로 결심했다. 마음이 몹시 즐거워졌다.

천칭양은 그 순간 자신이 문지방 위에서 통곡했던 때가 다시 떠올랐다고 했다. 그때 그녀는 울고 또 울었고 제정신이 아닐 정도로 울었다. 하지만 고통이 조금도 줄어들 기미가 보이지 않았다. 그녀는 한참 동안 울었지만 희망을 버리지는 않았다. 그녀는 이십년 후 똘똘이를 마주할 때까지 줄곧 희망을 버리지 않았다. 그녀가 그때 처음으로 똘똘이를 마주했던 것은 아니다. 그렇지만 예전에는 세상에 이런 것이 있다는 사실을 믿지 않았다.

천칭양은 그 추악한 물건을 보고서 위대한 우정을 떠올렸다고 했다. 대학 때 도깨비처럼 추악하게 생긴(어떤 사람은 그놈 모양으로 생겼다고도 했다) 여동창생이 있었는데 자신과 한 침대에서 잘 수밖에 없었다. 그뿐만 아니라 밤이 깊어 조용해지자 자신의 입술에 키스하고 자신의 가슴을 더듬으려고 했다. 솔직히 말해 그녀는 그쪽 방면으로는 취미가 없었다. 하지만 우정을 위해 그녀는 참았다. 지금 이 물건이 흉악하게 날뛰며 요구하는 바도 똑같은 것이다. 하고 싶은 바를 하도록 하는 것도 벗을 사귀는 방법이라고 할 수 있다. 그래서 앞으로 나아가 그 추악한 것을 깊이 파묻어버렸더니 마음이 몹시 즐거워졌다.

천칭양의 말에 따르면, 그녀는 그때까지도 여전히 자신이 무고하다고 믿었다. 심지어 나와 함께 깊은 산으로 도망쳐 거의 매일 위대한 우정을 돈독히 할 때에도 그렇게 믿었다. 그녀는 자신이 나와 내 똘똘이가 왜 그랬는지 알지 못했기 때문에 그 일로는 자신이 얼마나 나쁜지 조금도 설명할 수 없다고 했다. 그녀가 그렇게 한 것은 위대한 우정 때문이었고, 위대한 우정은 일종의 약속이었다. 신의를 지키는 것은 분명 죄가 되지 않는다. 그녀는 모든 방면에서 나를 도와주겠고 약속했다. 그렇지만 나는 깊은 산에서 그녀의 엉덩이를 두대 때림으로써 그녀의 결백을 완전히 더럽히고 말았다.

11

나는 오랜 시간에 걸쳐 반성문을 썼지만 지도부에서는 철저하게 반성하지 않았으니 반성을 계속하라고 했다. 그래서 난 나의 나머지 인생은 반성하면서 살게 될 것이라고 여겼다. 마지막에 천칭양은 반성문을 써서 나에게 보여주지도 않고 인민보위조에 제출했다. 그다음부터 그들은 더이상 우리에게 반성문을 쓰라고 하지 않았다. 그뿐만 아니라 우리는 규탄대회에 불려나가지도 않았다. 또 천칭양이 나를 냉담하게 대하기 시작했다. 나는 영문도 모른 채 얼마의 시간을 보내고 나서 내지로 돌아왔다. 그녀가 도대체 뭐라고 썼는지 나는 아무리 해도 짐작할 수가 없었다. 윈난에서 돌아올 때 나는 모든 물건을 잃은 상태였다. 나의 총, 나의 칼, 나의 도구. 단지 한가지 많아진 것이 있었는데 바로 서류철이 두둑해진 것이었다. 그 안에는 내가 쓴 반성문이 있어서 이후에 내가 어디를 가든 사람들은 모두 내가 건달이었다는 사실을 알 수 있었다. 다른 사람들보다 조금 일찍 도시로 돌아온 것은 좋은 점이었지만, 조금 일찍 돌아온 것이 뭐 그리 좋지도 않았다. 나는 다시 베이징 근교에 있는 인민공사 생산대에 들어가야 했다.

윈난에 갈 때 난 탁상용 펜치나 소형 바이스 등의 공구를 온전히 갖추고 있었다. 조립도구 외에 시계 수리를 위한 공구 세트도 갖추고 있었다. 류영감의 뒷산에 있을 때 나는 그것을 이용해 다른 사람들의 시계를 고쳐주기도 했다. 비록 텅 빈 산에는 아무도 살지 않았지만 마바리꾼이 그곳을 지나가곤 했다. 그때 어떤 사람은 내게 밀수한 시계를 감정해달라고 하기도 했다. 내가 얼마라고 하면 그것이 곧 가격으로 되었다. 물론 공짜로 해준 것은 아니었기에 난 산에서 살아갈 수가 있었다. 만일 산에서 내려오지 않았더라면 난 지금 부자가 되었을 것이다.

그 쌍발엽총은 그야말로 보물이었다. 본래 그곳에서 카빈총과 장총은 흔했지만 그런 보물은 볼 수가 없었다. 총신이 꽤 굵고 총열이 두개나 있어서 그것을 들고 있는 것만으로도 사람을 위협할 수 있었다. 그것을 가지고 있지 않았더라면 우리는 벌써 변을 당했을 것이다. 나나 특히 류영감은 변을 당하지 않았겠지만 아마 천칭양은 변을 당했을 것이다. 내 칼은 늘 소가죽 허리띠에 꽂혀 있었다. 그리고 소가죽 허리띠는 늘 천칭양의 허리에 매여 있었다. 그녀는 잠을 자거나 섹스를 할 때에도 그것을 풀지 않았다. 그녀는 칼을 차고 있으면 큰 기상을 느낀다고 했다. 그래서 그 칼은 이미 천칭양의 것이 되었다고 할 수 있었다. 앞에서도 말했지만 총과 칼은 인민보위조에서 가져가버렸다. 내 공구는 산을 내려올 때 가져오지 않았다. 그냥 산에 두었다가 일이 잘 풀리지 않으면 다시 산으로 도망칠 생각이었다. 되돌아올 때에는 너무나 급히 오는 바람에 챙겨 가지고 올 틈이 없었다. 그래서 나는 완전히 알거지가 되고 말았다.

나는 천칭양에게 그녀가 마지막 반성문에서 뭐라고 썼는지 아무리 해도 생각해낼 수 없었다고 했다. 그러자 그녀는 지금은 말해줄 수 없고, 나에게 그것을 말해주려면 헤어질 시간이 되어야만 한다고 했다. 이튿날 그녀는 상하이로 돌아가야 했고 나에게 기차역까지 배웅해달라고 했다.

천칭양은 모든 방면에서 나와 달랐다. 날이 밝자 냉수욕을 하더니(뜨거운 물이 나오지 않았다) 몸치장을 하기 시작했다. 속옷에서 겉옷까지 그녀는 온통 향기로운 lady였다. 하지만 나는 속옷부터 겉옷까지 모두 진짜 토박이 건달이었다. 따라서 사람들이 그녀의 반성문을 빼내면서도 내 것을 빼내려 하지 않은 것은 당연한 일이었다. 결국 그녀는 파열된 처녀막이 다시 자란 셈이다. 하지만 나는 근본적으로 그런 것이 생겨난 적이 없다. 그밖에 나는 또 교사죄도 저질렀다. 우리는 함께 수많은 잘못을 저질렀지만 그녀는 죄를 몰랐으니 그것은 모두 나의 몫이다.

우리는 계산을 마치고 거리로 나갔다. 그때 나는 그녀의 반성문이 상당히 외설적이었을 것이라는 생각이 들었다. 반성문을 읽은 사람들은 모두 마음이 돌처럼 딱딱하고 수준이 더할 나위 없이 높은 사람들인데 그 사람들이 반성문을 보고 참을 수 없었으니 좋을 내용일 리가 없잖은가? 하지만 천칭양은 반성문에 아무것도 쓰지 않았고 그저 자신의 진실한 죄만을 기록했다고 했다.

천칭양은 자신의 진실한 죄가 칭핑산에서의 일을 가리킨다고 했다. 그때 그녀는 두 다리를 바짝 감은 통치마를 입고 머리카락은 내 허리춤까지 늘어뜨린 채로 내 어깨 위에 걸쳐져 있었다. 하늘에는 흰 구름이 가득했고 깊은 산속에는 우리 두 사람만 있었다. 나는 막 그녀의 엉덩이를 두대 때렸는데 너무나도 강하게 때려 따끔하고 화끈거리는 느낌이 확 퍼졌다. 나는 때리고 나서 다른 것은 신경쓰지 않고 계속 산으로 올라갔다.

천칭양은 그때 온몸에 힘이 빠져 축 늘어진 상태로 내 어깨 위에 걸쳐져 있었다고 했다. 그 순간 봄날의 등나무가 나무를 휘감는 듯했고, 어린 소녀가 어른에게 기대어 있는 듯한 느낌이 들었다고 했다. 그녀는 더이상 다른 일을 떠올리고 싶지 않았다. 그리고 그 순간 모든 것을 잊어버렸다. 바로 그 순간 그녀는 나를 사랑하게 되었고, 그 일은 영원히 바뀔 수 없었다.

열차 역에서 천칭양은 그 반성문을 제출하니 단장이 받아서 읽었으며 다 보더니 마치 내 똘똘이처럼 귀까지 빨개지더라고 했다. 나중에 그녀의 반성문을 본 사람들은 한명 한명 모두 내 똘똘이처럼 귀까지 빨개졌다. 나중에 인민보위조 사람들이 그녀를 여러번 찾아와서 반성문을 다시 쓰라고 했지만 그녀는 이것은 진실한 상황이기 때문에 한 글자도 바꿀 수 없다고 했다. 사람들은 그것을 우리의 서류철에 집어넣을 수밖에 없었다.

천칭양은 이것을 인정하면 모든 죄를 인정하는 것과 같다고 했다. 인민보위조에서 사람들은 각종 반성문을 그녀에게 보여주었다. 어떤 사람도 반성문을 그렇게 쓰지 않는다는 사실을 알려주고 싶었던 것이다. 하지만 그녀는 한사코 그렇게 쓰기를 고집했다. 그녀는 자신이 이 일을 가장 마지막에 쓴 이유는 이 일이 그녀가 행했던 그 어떤 일보다 나쁜 일이었기 때문이라고 했다. 이전에 그녀는 다리를 벌린 사실만 인정했지만 이제 그녀는 그런 일을 한 것은 그것이 좋았기 때문이라는 말을 덧붙였다. 그 일을 했다는 것과 그 일을 좋아한다는 것은 아주 다른 것이다. 전자는 규탄대회에 불려 나가야 할 일이지만 후자는 온몸이 갈기갈기 찢기는 능지처참을 당할 수도 있는 일이다. 그러나 그 누구도 우리를 능지처참할 권한이 없었고 그래서 우리를 그냥 풀어줄 수밖에 없었다.

천칭양이 나에게 이 일을 말하고 나니 기차가 움직이기 시작했다. 이후 나는 그녀를 더이상은 만나지 못했다.

* * *

이 작품은 1991년 타이완 『롄허바오^{聯合報}』 부간^{副刊}에 처음 연재되었다. 1992년 3월 홍콩 판룽출판사^{繁榮出版社}에서 출판한 왕샤오보 소설집 『왕얼 풍류사^{王二風流史}』에 이 작품이 수록되었다. 1992년 8월 타이완 롄징출판사 업공사^{聯經出版事業公司}에서 『황금시대^{黃金時代}』라는 이름으로 출판되었다.

혁명시대의 연애
革命時期的愛情

서

이것은 섹스에 관한 책이다. 섹스는 본인의 힘을 추진력으로 하지만, 때로는 자발적으로 어떤 일을 하는 것이 허락되지 않는다. 이는 일을 아주 복잡하게 만든다. 예를 들자면 이허위안頤和園은 우리 집의 북쪽에 있다. 그런데 만일 북쪽이라는 이 방향이 없다면 나는 남쪽으로만 가야 한다. 남극과 북극을 지나 4만 킬로미터 이상을 가야 그곳에 도착할 수 있을 것이다. 내가 말하고자 하는 것은 사람들이 분명 모든 것을 견강부회하여 해석할 수 있다는 사실이다. 섹스도 역시 그러하다. 그러므로 섹스에도 정말 믿을 수 없는 이유가 있을 수 있는 것이다.

작가

1993년 7월 16일

이 소설에 대하여

왕얼ㅋ=은 1993년 여름에 마흔두살이 되었고 한 연구소에서 연구활동을 하고 있다. 작가의 작품 속에서 그는 같은 이름의 형제들이 꽤 많이 있다. 작가 자신도 젊었을 때에는 '왕얼'이라고 불렸다. 그러므로 그는 작가의 동명 형제이기도 하다. 다른 왕얼과 다른 점은 그는 여태껏 인민공사 생산대에 배치된 적이 없고, 체구는 왜소하지만 몸은 튼실하며, 털이 무성한 사람이라는 것이다.

제1장

1

왕얼은 젊었을 때 베이징의 한 두부공장에서 노동자로 일한 적이 있다. 그곳은 대저택이었는데 사람들의 말에 따르면 과거에 어떤 성省의 회관이었다고 한다. 다시 말해 베이징이 회색 벽돌로 둘러싸인 도시였을 때 어떤 성의 몇몇 관료와 상인들이 돈을 모아 이저택을 지어서 과거시험을 보기 위해 베이징에 온 거인擧人들을 머무르게 했던 것이다. 이 일은 너무도 오래된 일이다. 정교한 벽돌과정교한 기와로 된 회색 저택은 매우 낡은 상태였다. 본래는 높디높은 대문이 있고 문 앞에 노둣돌과 말말뚝 같은 것들이 있었을 테지만 나중에 모두 없어졌다. 다만 시멘트 기둥에 철책 문이 있고 문안으로 짧은 길이 나 있어 두부 운송용 자동차가 다닐 뿐이었다. 그 길 옆에는 철판으로 만든 자전거 보관소가 있어서 노동자들이 출근할 때 자전거를 그 안에 놓아두었다. 보관소 끝에는 붉은 벽돌을 쌓아 만든 작은 집이 하나 있었는데 봄, 여름, 가을, 겨울을 막론하고 안에서 아주 역한 냄새가 났으며 밤이나 낮이나 그 안에 항상 불이 켜져 있었으니 그곳은 변소였다. 어떤 사람이 그 안쪽 벽에 나체 그림을 그려놓았는데 사람들은 왕얼이 그린 것이라고 했다.

왕얼이 두부공장에서 노동자로 일했을 때 베이징의 겨울 스모그는 자홍색을 띠고 있었다. 도시에 있는 수백만개의 석탄 화로에서 이산화황이 함유된 매연을 뿜어댔기 때문이다. 태양빛은 힘겹게 이 매연을 뚫고 하늘에 다른 색깔을 남기곤 했다. 그 색깔은 그가 어렸을 때 보았던 연기 색깔과 매우 흡사했다. 색에 대해 왕얼은 특별한 기억력을 가지고 있었다. 그런데 당신이 믿어도 좋고 믿지 않아도 좋은데 그는 분명히 색맹이었다. 그는 자신이 색맹이라는 사실을 일찌감치 알았기에 그림을 배우지 않았다. 그래서 많은 번거로운 일을 덜 수 있었다.

왕얼이 두부공장에서 노동자로 일했을 때 사람들은 그가 색맹이어서 화가가 될 수 없다는 사실을 알지 못했다. 그들은 오히려 다른 사람은 그렇지 않은데 그만 오른쪽 손가락이 늘 시커멓다는 사실을 알게 되었다. 이는 그가 종종 목탄으로 소묘를 그리고 다른 사람은 그리지 않는다는 사실을 말해주었다. 변소 벽에 있는 나체 그림은 바로 목탄으로 그린 것이었다. 그밖에도 흰 벽의 나체 여인은 백묘법白描法[1]으로 그려져 있었다. 듬성듬성한 몇가닥의 선으로만 이루어져 있었지만 몇가닥의 그 선이 매우 노련해 분명 그림을 자주 그려본 사람만이 그릴 수 있는 것이었다. 이러한 사실은 그가

---

1 동양화에서 진하고 흐린 곳이 없이 먹으로 선만을 그리는 화법.

그 그림을 그렸다는 것을 충분히 증명해주고 있었다. 그 여인은 그곳에 그려진 이후 변소에 가는 사람들과 아무 탈 없이 잘 지냈다. 그런데 나중에 누군가가 그 위에 가는 연필로 털이 보슬보슬 난 기관과 그 이름을 덧붙이면서 문제가 심각해지기 시작했다. 그가 보기에 본래의 그림과 나중에 덧붙인 것은 분명 한 사람이 한 것은 아니었다. 그렇지만 이 말을 들으려는 사람은 없었다. 변소 벽을 새로 칠해놓으면 며칠 지나지 않아 누군가가 다시 변소 안에 이 여인을 그렸고 금방 누군가가 다시 똑같은 것을 덧붙여놓았다. 그야말로 누가 일부러 문제를 일으킨 것이었다. 당신이 알아두어야 할 것은 그 여인의 옆에 씌어 있는 이름이 '라오루老魯'이며 라오루는 공장 우두머리(혁명위원회 주임)의 이름이라는 사실이다. 이 라오루는 그때 마흔대여섯살쯤 되었고 뚱뚱했으며 두 뺨은 연지라도 찍은 것처럼 발그스름했지만 사실은 아무것도 칠하지 않은 모습이었다. 그녀가 말할 때면 마치 싸움하는 것 같았는데, 어떤 때에는 활짝 펼쳐진 공작의 꼬리처럼 머리카락이 곤추서 있었다. 그녀는 위에서 파견되어 내려온 우두머리였다. 사람들은 그녀가 있든 없든 똑같이 두부를 만들었고 두부를 팔았다. 하지만 그 누구도 그녀에게 꼬투리를 잡히지 않으려고 했다. 여전히 왕얼이 그 그림을 그렸다고 할 수 있는 증거가 없었지만 그녀는 종종 왕얼에게 달려들어 그의 얼굴을 짓이겨놓고 싶어했다. 다행히 그때마다 늘 누군가가 옆에 있어 그녀를 말리곤 했다. 그러면 그녀는 왕얼을 향해 침을 뱉었다. 침을 뱉을 때 정확하게 뱉으려면 일정한 연습과 폐활량이 필요하지만 라오루는 그러한 조건이 구비되어 있지 않았다. 그래서 거의 왕얼을 맞추지 못하고 항상 다른 사람의 몸에 뱉고 말았다.

변소의 그 여인은 오줌통 위쪽에 그려져 있었다. 쪼그리고 앉아서 손을 머리 뒤로 올린 모습이 다소 덴마크의 안데르센을 기념하기 위한 인어상 같기도 했다. 하지만 손을 머리 뒤로 올려 단장을 하고 있는 모습 같기도 했다. 털이 복슬복슬 난 그 기관은 완전히 잘못된 장소인 배 위에 그려져 있었다. 이는 그 그림에 함부로 덧붙인 사람이 최소한의 인체 해부 지식도 갖추고 있지 못하다는 사실을 말해준다. 만일 라오루의 그 부분이 정말로 그렇게 위쪽에 붙어 있다면 그녀의 생활은 너무나 불편할 것이다. 변소에 들어온 사람들은 여인의 아랫부분에 오줌을 누었고 다 눈 후에는 고개를 들어 여인을 보면서 몸을 몇번 부르르 떨었다. 그런 후에 옷을 추스르고 나갔다. 나의 추측으로는 이름을 알지 못하는 그 화가가 몸을 몇번 부르르 떨 때 이 여인을 그렸을 것이다. 모두 다해서 5초를 넘기지 않았을 테지만, 그 5초가 하마터면 왕얼을 평생 불운하게 만들 뻔했다.

왕얼이 두부공장에서 노동자로 일한 것은 1973년의 일이다. 그때 베이징은 너무나 초라했는데, 이는 도시에 사는 사람들의 옷차림이 허름했기 때문이다. 당시에는 유행이라고 할 만한 것도 없었고 멋이라고 할 만한 것도 없었으며 사람들 모두 어떠한 재산도 없었다. 유행음악도 없었고 볼 만한 영화도 없었다. 따분하기 그지없는 가운데 사람들은 모두 다른 사람들을 찾아가 성가시게 할 생각만 했다.

1973년은 이미 지나갔고, 변소 안의 음화淫畵는 늘 보는 것이 되어버렸으며, 라오루와 같은 사람 역시 새로울 건 없다. 그래서 우리는 앞에서 말한 것들을 보면서 지나간 신문의 사진을 볼 때처럼 어떤 매력적인 부분이 있다고 생각하지 않는다. 하지만 이러한 상황에 변화를 줄 수 있는 것이 딱 한가지가 있다. 그것은 그 왕얼이 공교롭게도 바로 당신이라는 것이다. 이렇게 생각하면 모든 것이 완전히 달라진다.

2

난 어린 시절 화가가 되고 싶었지만 색맹이었기 때문에 꿈을 이루지 못했다. 난 종종 내가 이런저런 병이 있지 않은가 의심하기도 했지만 그 의심은 맞지 않았다. 예를 들어 난 내가 정신병이나 몽유병 같은 것이 있지 않은가 의심했지만 모두 아니었다. 정확한 의심의 방식은 다음과 같다. 만일 당신이 화가가 되고 싶다면 자신이 색맹이 아닌가 의심해야 한다. 음악가가 되고 싶다면 귀머거리가 아닌가 의심해야 하며, 사상가가 되고 싶다면 자신이 바보가 아닌가 의심해야 한다. 만일 이러한 문제가 없다면 당신은 그런 사람이 되고 싶지 않을 것이다. 물론 내가 화가가 되고 싶은 이유에는 색맹이라는 것 외에 또다른 것이 있었다. 그 상황에 대해 나는 앞으로 천천히 말할 것이다.

몇년 전 여름 우리는 유럽에 놀러 갔다. 그때 난 학생이어서 여름방학을 이용해 놀러 갔다. 나와 함께 간 사람 중에는 나의 아내도 있었는데 그녀 역시 학생이었다. 난 노동자도 해보고 선생도 해보았지만 가장 오랫동안 했던 것은 학생이었다. 우리는 여러 곳을 둘러본 뒤 마지막으로 벨기에에 도착했다. 브뤼셀에 한 현대예술 화랑이 있었다. 비록 우리는 현대화를 조금도 이해하지 못했지만 교양 있는 사람이라는 티를 내고 싶어서 다들 가서 보길 원했다. 그 화랑은 지하에 있었고 커다란 우물처럼 생겼는데, 나선형의 복도가 위에서부터 우물 아래로 뻗어 있었다. 복도를 따라 내려가니 왼쪽에 투명한 유리창이 있고 오른쪽에 눈처럼 흰 벽이 있었는데, 벽에는 현대화가 걸려 있었다. 나는 달리의 그림 앞으로 가서 공중에 떠 있는 건물, 가늘고 긴 하체를 지니고 구름까지 죽 늘어진 사람과 말을 그린 그의 그림을 보았다. 그때 내 오른쪽 손가락이 갑자기 경련을 일으키며 무슨 병에라도 걸린 것처럼 검지가 왼쪽 오른쪽으로 획획 움직였다. 나중에서야 난 내 손가락이 '위爲'자를 정자로 쓰려고 안간힘을 쓰고 있다는 것을 발견했다. 이런 문제는 이전에도 있었다. 그리고 꿈에서 종종 붉은 벽돌담에 거대한 소의 머리 같은 '위' 자가 씌어 있는 것을 보기도 했다. 그런 후 나는 화랑에서 한참 동안 앉아 있었는데, 어렸을 때의 일이 하나 떠올랐다. 어렸을 때 난 대학 안에서 살았다. 어느날 오전 집에서 뛰어나오다가 벽돌담 곳곳에 흰 가루로 '1070을 위하여'라고 크게 써놓은 표어를 보았다. 그 글자들의 모습을 난 똑똑하게 기억한다. 주위에 있던 점까지도 전부 똑똑하게 기억한다. 하지만 나는 당시 한 글자도 알지 못했다. '위爲' 자가 소머리처럼 생겼고 '일一' 자가 소꼬리처럼 생겨 있었던 것이 기억난다. 만일 소머리와 소꼬리가 왜 떠올랐는지 자세히 생각해보았더라면 집에 있는 화려한 색깔의 작은 그림책을 떠올렸을 것이다. 나는 그 벽돌담을 따라 학교 동쪽 운동장으로 갔다. 그곳에는 머리에 헬멧을 쓰고 손에 장총을 든 수많은 거인들이 왔다 갔다 했다. 나는 또 하늘이 자줏빛이었고 고막을 찢을 듯한 어떤 소리가 늘 하늘에서 내려왔던 것을 기억한다. 그래서 종종 멈추어 선 채 귀를 막아 소리가 들리지 않게 했다. 그리고 또 누군가가 애들은 집으로 돌아가, 이곳은 위험해,라고 여러번 말했던 것을 기억한다. 일반적으로 말해 나는 담이 약해서 위험하다는 말을 들으면 숨어버리곤 했는데, 예외가 있었으니 바로 꿈속에서였다. 난 항상 사람들을 죽이는 꿈을 꾸곤 했다. 그런 꿈을 꿀 때 나는 눈앞에 재미있는 꿈나라가 펼쳐지고 있다고 생각해 즐겁게 웃으며 앞으로 나아갔고 기묘한 세계 속으로 걸어들어가곤 했다. 정말로 그다음에 내가 본 장면은 달리의 그림과 매우 비슷한 면이 있었다. 사실 달리는 1958년에 중국에 온 적도 없고 그해에 일어난 대련강철大煉鋼鐵[2]을 본 적도 없다. 어쩌면 그는 대련강철을 본 적은 없지만 다른 것을 보았을지는 모른다. 이러한 것으로부터 난 초현실주의에 대한 개념을 만들어냈다. 그건 바로 다른 사람들과 어린 시절 사이에는 꾸불꾸불한 시간의 터널이 있다는 것이다. 물론 그것은 다 말할 수는 없고, 다 말한다 하더라도 별 의미는 없다.

1958년에 난 운동장으로 갔다. 그리고 기괴한 건축물 사이로 들어갔다. 그 건축물 꼭대기에는 기이한 모습의 누런 굴뚝이 많이 있었으며, 그곳에서 보랏빛 연기가 뿜어져나오고 있었다. 그 연기는 하늘로 올라가 하늘의 보랏빛과 뒤섞여 하나가 되었다. 이는 내게 하늘은 굴뚝에서 뿜어져나온 것이라는 초현실주의적 생각을 불러일으켰다. 그렇지만 난 달리가 아니어서 굴뚝에서 뿜어져나온 하늘을 화폭에 그릴 수 없었다. 그밖에도 웅웅거리는 신비한 소리가 주변에서 울려댔다. 내가 마치 날아다니는 수천수만 마리의 쇠똥구리 사이에 있는 듯했다. 나중에 내가 다시 그 운동장을 찾아갔을 때 이러한 기괴한 모습은 사라지고 단지 평범한 운동장만 남아 있었다. 이런 현상은 나를 미친 듯이 희열에 들뜨게 만들었다. 이것은 나의 꿈이고 나만을 위해 있는 것이기에 나 말고는 아무도 하늘에

---

2 1958년 1070만 톤의 강철과 1840만 톤의 철을 생산하자는 중국 공산당 중앙위원회의 목표를 완수하기 위하여 중국 각지에서 일어난 제철제강운동.

서 내려온, 고막을 찢는 듯한 소리를 듣지 못했다고 여겼다. 그 소리에 뒤이어 기이한 소리가 울려서 나와 많은 사람들은 함께 기괴한 집 앞으로 몰려갔다. 사람들이 장총을 사용해 벽에 구멍을 내더니 그 안에서 한 무더기의 새빨갛고 기이한 것을 끄집어냈다. 기이한 것의 모양은 약간은 사치마薩其馬3 같기도 했고 약간은 쇠똥 같기도 했는데, 멀리 떨어져 있었지만 뜨거워 얼굴이 화끈거렸다. 모든 사람이 그것을 에워싸고 미친 듯이 광분하는 모습은 마치 원시적인 제전祭典 같았다. 지금은 그것이 대련강철에서 무쇠솥 조각을 가지고 제련한 강철임을 안다. 그때 소학교에 다니고 있던 내 형은 종종 같은 나이의 아이들과 함께 부근의 농민들 집에 쳐들어가 큰 소리로 "대련강철" 하고 외치며 밥 짓는 무쇠솥을 가지고 나오면서 정말 형편없이 적은 액수인 1마오의 동전만 던져주곤 했다. 그리고 그 솥을 광장으로 가지고 와서 잘게 부수었다. 그것은 아직 제련하지 않았을 때에는 깨진 유리처럼 바닥에 널려 있었지만 제련을 거친 이후에는 한데 엉겨붙었다. 하지만 난 당시에 꿈을 꾸고 있다고 여기며 미친 듯이 광분했다. 옆에 많은 사람들이 있었지만 나만 기뻐 날뛴다고 여겼다. 왜냐하면 어차피 꿈이니 다른 사람들은 모두 가짜이고 나만 진짜일 것이기 때문이었다. 그러한 광분은 달리가 화폭에 그린 것과 같은 모습이었다. 나중에 다른 사람들 역시 대련강철을 경험했음을 알게 되자 나는 너무나 큰 실망감을 느끼게 되었다.

　나중에 브뤼셀의 화랑에서 나는 달리가 그린 그림의 왼쪽 밑 귀퉁이에서 엉덩이를 드러낸 작은 사람이 환호작약하는 모습을 보

---

3 기름에 튀긴 국수에다 물엿을 부어서 굳힌 뒤 네모나게 자른 만주족의 전통과자.

았다. 그 사람은 아마 달리 자신일 것이다. 난 비록 스페인에 가보지는 않았지만 그곳에 괴상한 모습의 탑이 아주 많고, 집단적으로 광분하는 사육제 때가 되면 사람들이 모두 괴상한 모습으로 분장한다는 것을 알고 있다. 그러니 틀림없이 그는 세살 때 어떤 기이한 모습을 보고서 자신이 괴상한 꿈을 꾸었다고 여기며 바보같이 즐거워했을 것이다. 사육제라는 말의 개념은 어려운 것이 아니어서 네다섯살이 되자 이해할 수 있었다. 하지만 대련강철이 어떤 의미인지는 열 몇살이 되어서도 이해할 수 없었다. 난 1952년에 태어났으니 1958년에는 여섯살이었고 그때 대학 안에서 살았다. 그래서 왕왕거리는 것은 고음의 메가폰이고 웅웅거리는 것은 송풍기이며 1070은 일년에 1070만 톤의 강철을 제련해야 한다는 것이며 거인들은 대학생들로 그들의 손에 들린 장총은 강철제련용 드릴로드였다는 사실을 아무리 해도 이해할 수 없었다. 더구나 웅웅거리는 '소토군小土群'[4] '소양군小洋群'[5]이라는 것이 무엇인지 더더욱 이해할 수 없었다. 더구나 머리만 있고 꼬리가 없는 것처럼 나중의 일이 기억에서 사라져버려 그날 일이 더욱더 꿈속의 일 같다는 느낌이 들었다. 스무살이 되어 팔뚝 위에 난 상처를 정면으로 보고서야 모든 것이 완전히 생각났다. 그날 난 강철이 나오는 것을 보고 돌아가다가 강철 더미 옆에서 넘어졌다. 그때 용광로에서 뽑은 쇳덩어리 속에 있던 솥 밑부분에 하마터면 내 팔뚝이 두 동강으로 절단될 뻔했다. 그 일은 너무나 끔찍해서 기억에 남아 있지 않았다. 프로이트의 말을 빌리자면 억압되었던 것이다. 기억이 십 몇년간 억압되었다가 떠올랐는데, 그날 나는 꽤 많은 피를 흘리면서 아버지

---

4 1958년 대약진 시기에 존재한 재래식 기술로 건설한 제철 생산설비.
5 서양식으로 건설한 제철 생산설비.

에게 귀를 잡힌 채 병원으로 갔다. 그것에 대해 난 조금도 아버지를 원망하지 않았다. 우리 집에는 아이들이 많았는데, 아이들이 모두 팔을 다치게 되면 밥 먹을 돈까지 없어졌을 것이기 때문이다. 나중에 생각해보니 용광로에서 몇시간이나 제련을 했는데도 솥 조각이 내 팔에 상처를 냈다면 야금학적 시각에서 볼 때 그 용광로가 너무 차가웠던 것 같다. 그래서 난 야금학을 가르치는 한 교수님에게 1958년의 재래식 평로平爐로 강철을 제련할 수 있는지 물어보았다. 처음에 그분은 내게 할 수 있다고 했다. 차가운 공기 대신 순수한 산소만을 불어넣고, 석탄가루 대신 질 좋은 코크스를 태운다면 강철을 제련할 온도에 도달할 수 있다는 것이었다. 하지만 나중에 그는 또 그 정도의 온도에 도달하면 재래식 평로는 녹아버릴 것이기 때문에 할 수 없다고 했다. 재래식 평로는 내화점토를 사용하지 않고 벽돌을 쌓아 만든 것으로, 위에 있는 괴상한 굴뚝은 질그릇으로 만든 관인데 그런 물건은 본래 강철제련을 할 때가 아니라 하수도를 만드는 데 사용되는 것으로 강철제련을 하면 하늘로 올라가버린다고 했다. 사람들 모두 수치지심羞恥之心을 지니고 있어서 대련 강철이 지나가자 마치 아무 일도 일어나지 않았던 것처럼 용광로를 깨끗하게 헐어버리고 바닥을 평평하게 다져버렸다. 하지만 흔적을 찾아낼 수는 있었다. 뜰 안 구석진 곳에 난 잡초 속에 약간의 벽돌 더미가 남아 있는데, 응고된 기포와 까만 혹이 마치 따개비나 굴 껍데기로 가득 덮인 바닷가 암초처럼 벽돌의 윗부분에 가득 있었다. 이는 그리 뜨겁지 않은 용광로도 벽돌을 망가뜨릴 수 있음을 말해준다. 그런 괴이한 벽돌은 사람들에게 매우 깊은 인상을 남겼다. 그와 같은 물건을 나는 그 화랑에서도 발견했다. 이같은 기억은 우리 모두에게 있었지만 언급하는 사람도 없었고 그림을 그리는 사람도 없었기 때문에 우리의 기억이 흐려지면서 잊혀져버렸다. 내가 이러한 일을 떠올렸다는 것은 내게 화가가 될 능력이 충분히 있다는 점을 밀해준다. 사실 나처럼 황당무계한 어린 시절을 경험한 사람에게 화가 말고 다른 어떤 일이 더 적합한지는 떠오르지 않는다. 그렇지만 난 화가가 되지 않았다. 왜냐하면 난 색맹이기 때문이다. 이러한 사실은 내가 스물여섯살이 되기 전에는 아무도 몰랐다. 심지어 나 자신까지도 몰랐다. 이것은 내가 색맹이라고 할 것까지는 없고 기껏해야 약간의 색약에 불과하다는 사실을 말해준다. 하지만 의사가 그렇게 진찰해버렸다. 그래서 나는 예술을 하지 않고 수학으로 방향을 바꾸었다.

3

공장에는 높은 탑이 하나 있었는데, 왕얼은 바로 그 탑 꼭대기의 방에서 콩물을 만들었다. 나중에 두부공장을 나온 다음에도 그는 종종 꿈에서 그 탑을 보곤 했다. 프로이트의 말에 따르면 이것이 무엇을 의미하는지는 말하지 않아도 알 것이다. 더구나 하얀 콩물이 늘 탑 꼭대기에서 모든 작업장으로 흘러내리기까지 했으니 말이다. 두부공장에서의 콩물은 도시에서의 수돗물처럼 중요하다. 사실 프로이트를 들먹일 필요도 없이 그 탑이 무엇과 비슷하게 생겼는지는 모든 사람이 다 알고 있었다. 어떤 사람은 이렇게 말했다. 우리 공장의 그 탑은 거시기처럼 생겼는데, 이 말은 그 탑에 팬티를 입혀야 한다는 말이야. 탑 위와 연결된 사다리는 굴뚝을 오르는 비계사다리였다. 이는 탑에서 일하는 사람이 모두 젊은 남성 노동자였기 때문이다. 콩물을 보내는 관의 절반은 공중에, 나머지 절반은 지붕에 걸쳐져 있었다. 그는 콩물처럼 그 관을 타고 공장을 사통팔달로 다니면서 거의 땅으로 내려오지 않았다. 이는 이미 고인이 된 이딸리아 작가 깔비노의 『나무 위의 남작』을 떠오르게 했다. 이 작가의 작품은 백번을 읽어도 질리지가 않는다. 라오루가 땅에서 이 모습을 보더니 왕얼에게 내려오라고 목이 터지도록 소리 질렀다. 그렇지만 왕얼은 그녀를 거들떠보지도 않았다. 추운 날 관이 얼거나 막히면 서둘러 가서 뚫어야 했기 때문이다. 그녀는 왕얼이 마당의 관을 넘어 지나가는 것을 볼 때마다 늘 왕얼이 발을 헛딛고 떨어져 자신에게 잡혔으면 하는 한가닥 희망을 가졌다. 그러나 그는 몇년간 위쪽으로 다녔지만 한번도 발을 헛디딘 적이 없었다. 설사 가끔 평형을 잃더라도 대부분은 볼링을 칠 때처럼 비틀거리는 걸음을 몇번 걸을 뿐 떨어지는 일은 결코 없었다. 만일 할 수만 있었다면 그녀는 분명 석탄 덩어리를 집어던져서 그를 맞추었을 테지만 한겨울에 중국식 솜저고리를 입은 뚱뚱한 여인이 돌덩이를 그렇게 높이까지 던질 수 있겠는가? 그녀가 할 수 있는 가장 위협적인 행동은 지붕의 닭털을 떨어내는 기다란 장대 떨이를 들고 그의 다리를 찌르는 것이었다. 그러면 왕얼도 어쩔 수 없이 본래 있던 지붕으로 다시 돌아갔다. 그렇지만 잠시 후 누군가가 맞은편 작업장에서 죽어라 하고 관을 두드리며 왜 콩물이 아직 오지 않느냐고 소리를 쳤다. 이러한 상황이 되면 라오루는 장대를 거두고 그가 지나가도록 할 수밖에 없었다. 어쨌든지 간에 그녀는 공장의 혁명위원회 주임이니 지나치게 문제를 크게 만들어 공장에서 두부를 생산해내지 못하게 하면 안되었다. 그런데 두부를 생산해낼 수 있느냐 없느냐는 왕얼이 건너가서 관을 뚫어 콩물이 흐를 수 있도록 하는 것에 달려 있었다. 라오루를 제외하면 왕얼과 공장 안의 모든 사람은 그가 그런 그림을 그린 적이 없다고 했다. 본래 왕얼이 라오루에게 이 말을 할 수도 있었지만 그는 그녀 앞에 설 용기가 없었다. 어쨌든 그녀가 나를 붙잡을 수는 없을 터이니 그냥 아래에서 떠들도록 놔두자,라고 그는 생각했다.

이 일에 대해 좀더 보충해야 할 것이 있다. 왕얼이라는 이 작자는 키가 작고 이제 막 스물이 넘었으면서 벌써 구레나룻을 기르고 있었다. 얼굴에는 주름이 가득 덮여 있었는데 가로로 된 것은 하나도 없고 모두 세로로 된 주름뿐이었다. 곱슬머리가 자연적으로 생겼으며 얼굴색이 새까맣고 얼굴에 우툴두툴 뾰두라지가 나 있었다. 얼굴 표정은 매우 험악했고 웃고 싶어도 웃지를 못했으며 검은 두 눈썹은 납작하게 눌려 있었다. 겨울에 그는 오토바이를 타고 전보를 전해주는 사람들이 입는 검은 가죽옷을 입고 평지를 걷는 것처럼 관으로 된 길을 타고 다녔다. 다른 사람들은 사지로 땅을 기더라도 약간 부자연스러움을 느낄 텐데 그는 너무나 편안하고 자연스러워 보였고 심지어 다리를 코앞까지 뻗으면서도 자연스럽게 느껴졌다. 나는 듯이 재빨리 한바퀴를 돌아도 무릎에 흙이 조금도 묻지 않았다. 이런 모습은 사람들에게 고양잇과 동물 같다는 인상을 주었다. 이러한 기형적인 모습 때문에 사람들은 모두 그를 나쁜 놈으로 여기게 되었고, 그 자신도 그러한 생각을 어느정도 받아들이고 있었다.

라오루는 본래 상급기관에서 일을 했는데 그곳에서 하도 사람들과 문제를 일으켜 이 공장으로 쫓겨났다고 한다. 그녀는 왕얼을 잡기 위해 매일같이 이른 아침에 일어나 공장 입구에 일찍 도착해서 기다렸는데, 아침에 너무도 추워 경비실에서 앉아 기다리곤 했다. 자전거를 타고 출근하던 왕얼은 항상 힘을 비축하고 있다가 공장 입구에 도착하기만 하면 쏜살같이 내달렸다. 이와 동시에 벨을 울리면서 입으로는 "비켜, 비켜!" 하고 소리쳤다. 그녀가 경비실에서 뛰어나와 왕얼에게 서라고 외치며 사람들에게 그를 잡으라고 할 때면 그는 이미 연기처럼 공장 안의 마당길로 사라진 뒤였다. 그녀는 콩물 탑 아래까지 쫓아갔지만 왕얼은 이미 비계사다리를 타고 올라가버린 뒤였다. 탑으로 올라갈 수 있는 방법이라고는 오르기 힘든 사다리를 타는 것뿐이었고, 그밖에는 콩을 운반하는 사다리형 승강기가 있었다. 만일 그녀가 사다리형 승강기를 타고 올라가게 된다면 분명 구불구불하면서 가늘고 길게 늘어져 크리스마스 초처럼 될 터이므로 왕얼은 위쪽에서 아주 안전하게 있을 수 있었다. 왕얼은 그녀가 아래서 아무리 시끄럽게 떠들어대더라도 듣지 못한 척했다. 왕얼이 유일하게 우려한 것은 그녀가 사냥개를 잡아채는 멧돼지처럼 땅에서 자신을 붙잡는 것인데, 이것은 넓은 장소에서는 그다지 가능한 일이 아니었다. 하지만 공장 안은 그리 넓지 않았고 건물이 사방으로 빙 둘러 있는 진지 같은 모습이었다. 과거에는 집을 지을 때 문을 길과 곧바로 통하게 하면 잘못 지었다고 했다. 아주 작은 저택이라 하더라도 입구에 가림벽을 두어 굽어지게 해야 했다. 그래서 왕얼은 출근할 때 라오루를 만나지 않았거나 그녀를 떼어버렸다 하더라도 매번 위험스러운 굽은 길 앞에서는 항상 멈추었다. 그리고 앞에 있는 지형지물을 다시 떠올리며 만일 라오루가 벽 뒤에 숨어 있다면 어떻게 해야 할지를 생각하고서 앞으로 갔다. 그래서 라오루가 자전거 뒷좌석을 잡고 득의만만하게 "내가 널 잡게 되었군" 하고 말했을 때에도 당황하지 않았다. 그럴 때면 그는 종종 자전거에 앉아 있는 것이 아니라 일어나 마치

곡예라도 하는 것처럼 한 다리로는 안장을 딛고 다른 한 다리로 페달을 밟았다. 그녀가 뒷좌석을 잡으면 왕얼은 도약을 해 공중에 걸쳐져 있는 콩물 괸을 잡고 아주 멋지게 공중제비를 돈 뒤 공중에서 길을 가는 사람에게 말했다. 쉬侖씨, 미안하지만 자전거 좀 맡아줘요. 라오루는 아래에서 원망스럽게 쉬씨를 보면서 말했다. 언젠가 왕얼을 잡아서 물어뜯고 말 테야. 이와 동시에 그녀의 머리카락은 마치 젖혀진 인력거 천막처럼 머리 뒤에서 앞쪽을 향해 곧추서 있었다. 사람들은 모두 라오루의 성격이 괴상해서 왕얼이 골치 아프겠다고 여겼다. 그렇지만 그녀가 나쁜 사람이라고 생각하는 사람은 없었다. 왜냐하면 그녀는 사십이 조금 넘은 아줌마였기 때문이다. 그런 사람 중에 나쁜 사람은 있을 수 없다.

4

1958년에 나는 혼자 집에서 뛰어나오다가 '강철' 더미 근처에서 넘어져 팔뚝이 베였다. 몸을 일으킨 뒤 팔뚝에 난 커다랗게 베인 상처를 보았다. 속에서 반들반들하면서 반짝거리는 하얀 것이 드러났지만 조금 지나자 피로 뒤덮였다. 여섯살 아이였던 나는 당연히 그것이 무엇인지 알지 못했다. 그래서 난 줄곧 젖은 솜처럼 하얗고 반들반들하면서 끈적끈적한 것이 나의 몸 안에 가득 있다고 여겼다. 나중에 여남은살 무렵 몽정을 했을 때에도 이상하다고 생각하지 않았는데, 그 까닭은 안에 있던 그 무엇이 흘러나온 것에 불과하다고 여겼기 때문이다. 나중에 그림을 배우면서 해부학 책을 몇권 보고서야 비로소 그때 보았던 것이 나의 근막筋膜이라는 사실을 알게 되었다. 근막은 몸 전체가 아니라 몇군데에만 있는 것이다. 그런데 아버지가 나를 잡아끌고 대학병원에 데려갔을 때, 그리고 의사가 두꺼운 바늘과 실로 나의 살을 꿰맬 때, 난 이불을 적신 일만 생각하고 있어서 우는 것도 잊은 채 멍하니 있었다. 의사가 나를 진찰한 뒤 관심을 기울이며 말했다. 왕선생님, 혹시 이 아이의 머리에 문제가 없나요? 그러자 아버지는 없다고, 얘는 항상 멍하니 있는다고 하면서 내 머리에 꿀밤을 때렸고, 나는 으앙하고 울었다. 그후 아버지가 흥분한 모습으로 두 손을 비비며, 보셨죠, 울 줄 알잖아요, 괜찮아요,라고 말하는 것을 나는 보았다. 나중에 난 클립이 내 살 속으로 들어갔다 나오는 것을 보고 더 큰 소리로 울었는데, 아버지가 너무 시끄럽다며 다시 내 머리에 꿀밤을 때려서 울음소리를 낮추었다. 나는 또다시 이불을 적신 문제에 대해 생각하기 시작했다. 아버지는 번갯불에 콩 볶아 먹듯 아주 짧은 시간에 여섯명의 아이를 연달아 만들었다. 머리에 꿀밤 한대만 때려도 으앙하고 울음을 터뜨리자 아버지는 아주 만족해했다. 이 일은 겉으로 멍청하고 순박해 보여도 속으로는 근심이 많고 민감하면서 비관적이고 염세적일 수 있음을 말해준다. 이러한 것들이 바로 나의 본성이다. 그렇지만 나는 그때 비록 염세적이기는 했지만 색맹일 것이라고는 생각도 못했다.

내가 어린 시절에 살았던 대학과 나중에 브뤼셀에서 본 그 현대예술관은 완전히 다른 장소였다. 전자는 네모반듯한 커다란 건물로서 안에 있는 콘크리트 건물 역시 네모반듯했고, 교정에 있는 길도 평평하고 반듯하게 되어 있어 낭만적인 느낌이 거의 없었다. 그러나 벨기에의 그 현대예술관은 지하로 깊이 들어간 커다란 우물 형태로 화랑은 나선형 계단같이 생긴 우물벽을 따라 펼쳐져 있었다. 우물 바닥에는 분수대가 있었으며 너무나 예쁜 화단도 있었다. 이 두 장소는 전혀 닮지 않았지만 달리와 대련강철로 인해 내 머릿속에서 매우 밀접하게 연결되었다.

　1958년에 나는 또다른 풍경도 본 적이 있다. 조명시설이 있는 구장에 만든 실험용 밭에다 씨앗을 뿌리고 조명을 밤새도록 끄지 않으면 농작물의 성장이 빠르다고 했다. 하지만 전세계의 모기와 나방이 모두 날아와 열댓겹으로 등불을 둘러싸는 장관이 만들어졌다. 그리고 방송용 스피커를 통해 놀라운 호언장담의 소리가 전해졌다. 그렇지만 이러한 것은 모두 중요하지 않았다. 중요한 것은 광장에서의 대련강철과 내가 팔뚝을 베였다는 사실이었다. 나의 모든 일은 팔목에 커다란 상처가 생기면서 시작되었다. 나중에 나는 그림을 배우기 시작했고 화가가 되고자 했다. 그렇게 하지 않으면 내 마음속의 기이함을 표현할 방법이 없었기 때문이다. 달리가 같은 이유 때문에 화가가 되었는지는 잘 모르겠다. 자신이 색맹이라는 사실을 그때까지 나는 알지 못했다. 그뿐만 아니라 난 여전히 색을 변별하는 능력이 다른 모든 사람보다 낫다고 여기고 있었다. 홍당무를 예로 들면 다른 사람들에게는 주황색 덩어리로 보이겠지만 나에겐 그렇게 보이지 않는다. 그것은 바깥이 연보라색으로 뒤덮여 있고 안쪽이 옅은 노란빛을 띠고 있는 반투명한 물체로, 좀더 안쪽을 보면 온통 차가운 푸른색이다. 홍당무는 차가운 것이니까 내가 보기엔 이게 맞다. 이렇게 그려낸 홍당무에 대해 사람들은 온갖 말을 다 했다. 어떤 사람은 인상파라고 했고, 어떤 사람은 삐까소의 청색시대라고 했으며, 또 어떤 사람은 자산계급의 퇴폐주의라고 했다. 하지만 그것을 홍당무라고 하는 사람은 없었다. 1977년 미술대학 시험을 치를 때 교수들의 의견도 이런 식으로 분분했다.

만일 내가 일부러 깊이있는 척하고 한쪽 옆에 앉은 채 한마디도 하지 않았다면 아마도 대학에 합격했을 것이다. 운이 없었는지 난 그들에게 다가가 내 눈에는 홍당무가 이렇게 보인다고 했다. 그러자 어느 천재분이신지는 모르겠지만 내게 병원에 가서 눈 검사를 받아보라는 의견을 말씀하셨다. 검사를 마치고 돌아오자 교수들은 웃음을 터뜨리며 데굴데굴 구르더니 나를 쫓아내버렸다. 사실 나는 안과의 색맹검사표 몇장을 파악하지 못했을 뿐이었다. 나 역시 아무도 파악할 수 없는 카드를 한 세트는 능히 그려낼 수 있다.

나의 색깔 판별력은 이러했다. 즉 나는 홍당무 바깥층의 보라색이 자외선이고 안쪽의 푸른색이 적외선인 것을 본 것이다. 옅은 노란색만이 가시광선이었다. 라디오 용어를 사용해서 말하면 내 눈의 주파수대는 넓은 편이다. 난 모든 것을 볼 수 있기 때문에 모든 것을 세심하게 보지 못한다. 라디오 용어로 말하면 눈을 안테나라고 한다면 빛을 볼 수 있는 주파수대에서 내 눈의 증폭 범위는 그렇게 크지 않다. 나 같은 사람은 화가가 되기에 분명 적합하지 않다. 자외선, 적외선 화가는 초음파 음악가처럼 미래가 없을 것이다. 그러나 내 시력에 좋은 점이 없지도 않은데, 자외선을 볼 수 있어서 어떤 옷감은 내게 거의 투명하게 보여 옷을 입어도 안 입은 것처럼 보인다는 사실이다. 여름이 되면 내 눈은 호강을 한다. 눈을 크게 뜨지 않고 실눈을 뜨면 더 똑똑하게 보인다. 이러한 사실을 내 아내가 알면 안된다. 알게 된다면 강제로 내게 썬글라스를 씌우거나 엉터리 고약으로 내 눈을 막아버리고 흰 지팡이를 주면서 장님처럼 길을 가라고 할 것이기 때문이다. 나의 예술적 삶은 끝나버렸지만 그것은 내가 색맹이기 때문은 아니었다. 그 이유는 내가 그림을 그리고 싶어하지 않았기 때문이다. 또 사람들이 나에게 눈에 보이는 풍경을 그릴 기회를 주지 않았기 때문이다. 만일 사람들이 내게 그럴 기회를 주었다면 내 눈을 통해 자외선과 적외선을 볼 수 있었을 것이다.

5

라오루는 왕얼을 잡으려고 했지만 늘 성공하지 못했다. 왕얼의 신발 한짝을 잡아챈 것이 가장 좋은 성적이었다. 그때는 그녀가 탑 아래의 구석에 숨어서 기다리고 있었기 때문에 아주 위험했는데, 왕얼이 그녀를 알아봤을 때에는 이미 상당히 가까워진 후였다. 왕얼은 궁지에 몰려 자전거 안장에서 훌쩍 뛰어 위쪽에 있는 사다리 발판을 잡았다. 새 자전거는 우당탕 소리를 내며 바닥에 넘어졌다. 바로 이렇게 하여 가까스로 발목은 잡히지 않았지만 신발 한짝을 뺏기고 말았다. 나중에 그녀는 이 해방화 한짝을 사무실 앞의 깃대에 걸어놓고 자신의 승리를 뽐냈다. 그리고 왕얼이 직접 와서 가져가지 않으면 누가 와도 주지 않을 것이라고 선포했다. 그렇지만 왕얼은 퇴근 때 자전거를 타고서 한 손으로는 손잡이를 잡고 다른 한 손으로는 기다란 대나무 장대를 들어올려서 단번에 신발을 낚아채버렸다. 결국 신발을 잃어버리지 않았으니 다행히 아무 손해도 입지 않은 셈이었다. 하지만 왕얼은 언젠가는 철제 사다리에 입술이 부딪혀 찢어지지 않을까 걱정스러웠다. 또다른 걱정도 있었다. 예를 들면 공장에서 자전거를 빨리 몰다가 임산부를 치는(그때 임신한 상태에서 출근하는 사람이 여러명 있었다) 일이었다. 그래서 왕얼은 방법을 바꿔 자전거를 옆에 있는 술공장까지 타고 간 뒤 그곳에서 벽을 타고 넘어왔다. 술공장과 두부공장 사이에 골목이 있었지만 증기를 뿜어내는 관이 공중에 가로질러 걸려 있었고 왕얼은 바로 그 위로 건너왔다. 골목 안에는 늘 새장을 들고 나와 산책하는 노인들이 있었는데 왕얼을 보면서 말했다. 저렇게 다 큰 어른이 창피하지도 않나. 그러나 왕얼은 못 들은 체했다.

결국 왕얼은 라오루에게 쫓겨다니는 성가심을 견디다 못해 도망치지 않기로 마음먹고는 천천히 자전거를 밀면서 정문을 통과했다. 속으로 그는 그 여자가 감히 날 물려고 하면 패버리겠다고 생각했다. 그런데 이렇게 마음먹은 이후로 라오루는 더이상 왕얼을 쫓아다니지 않았고, 심지어 정문에서 얼굴을 마주쳐도 달려들지 않고 얼굴을 돌려 다른 사람과 이야기를 나누었다. 이것은 정말 너무나 기이한 일이 아닐 수 없었다. 이전에 죽을힘을 다해 도망칠 때 왕얼은 다양한 '다행'에 대해 생각한 적이 있다. 다행히도 그는 공중으로 출근했고, 다행히도 그는 어려서부터 나무를 타고 지붕에 오르는 것을 좋아했으며, 다행히도 그는 중학교 때 체조선수여서 철봉을 할 수 있었다 등등. 만약 그러지 않았더라면 일찌감치 라오루에게 잡혔을 것이다. 하지만 나중에 왕얼은 또 이러한 것이 조금도 다행이 아니라는 점도 알게 되었다. 만일 나무를 타거나 지붕에 오르지 않았고 철봉을 하지 않았으며 공중으로 도망칠 수 없었다면, 왕얼은 일찌감치 땅을 디디고 서서 주먹을 꽉 쥐고 있다가 라오루가 감히 그의 옷깃을 잡으려고 하면 그녀의 얼굴에 주먹을 날려 그 통통한 얼굴을 울긋불긋하게 만들어주었을 것이다. 만일 후자의 상황이었다면 문제는 일찌감치 해결되어 때릴 필요조차 없었을 것이다. 이러한 다행과 불행 사이에 복잡하기 그지없는 인과관계가 더해지자 그는 정말 까무러칠 것만 같았다.

116

이런 쫓기는 일이 바로 나에게 발생했다. 그때는 1974년이었다. 겨울날의 분위기가 혼탁해서 화장실 속 음화나 각종 정치운동 같은 것을 제외하고는 말힐 만한 섯이 별로 없었다. 정치운동은 날씨 같아서 많이 떠들어봤자 재미가 없었다. 그때 베이징 성벽은 이미 허물어져 고풍스러운 도시가 휑하게 변해버렸고, 도시에서는 젊은 사람들이 사라져 생활이 아주 단조로웠다. 그때 나는 스물두살로 얼굴 가득 털이 무성하게 난 청년이었다. 아마도 바로 이러한 이유 때문에 라오루가 나를 잡아야겠다고 결심했는지도 모른다. 그 기간 동안 나는 종종 건물 위로 달아났지만 매월 몇번씩은 땅으로 내려와야 했는데, 예컨대 임금을 수령하기 위해 싸인을 하거나 노동조합에 가서 영화표를 받아야 할 때였다. 경리부 사무실로 들어가서 문을 잠그기만 하면 안전한데 위험은 늘 그 과정에서 발생했다. 왜냐하면 틀림없이 라오루와 만날 것이기 때문이다. 임금이 나오는 날이면 경리부 사무실 입구는 항상 지켜보며 기다리는 수많은 사람들로 북적였다. 그날이 되면 라오루의 얼굴은 평상시보다 몇배는 붉어졌고 머리카락도 강냉이 튀기는 기계에 튀긴 것 같았다. 적을 공격할 때면 개코원숭이도 얼굴을 붉게 하고 코브라도 뺨을 부풀린다. 하지만 그러한 것은 모두 중요하지 않으며 신경쓸 필요가 없다. 중요한 것은 그녀의 공격노선을 잘 살피는 일이다. 만일 그녀가 나의 앞가슴을 노려보면 내 멱살을 잡으려는 것이고, 그녀의 눈길이 아래쪽을 살피면 그건 내 다리를 잡으려는 것이다. 그녀가 어디를 공격하든지 간에 달려들 때 맞받아쳐야 한다. 정면으로 맞부딪치는 어느 순간, 만일 그녀가 손을 들어 멱살을 잡으려고 하면 몸을 낮추어 그녀의 옆구리 밑으로 빠져나가야 하고, 그녀가 몸을 낮추어 다리를 잡으려고 하면 그녀의 어깻죽지를 누르고 뛸

틀 동작을 하며 머리 위쪽으로 공중제비를 해 지나가야 한다. 당시 라오루가 왕얼을 잡으려는 모습은 우리 공장에서 매월 정기적으로 몇번씩 출현하는 모습이었다. 그렇지만 그것은 이미 아주 오래전에 있었던 일이다.

내가 있었던 두부공장에 대해 보충해야 할 내용이 많이 있다. 그 공장은 베이징 남쪽 작은 골목에 있었다. 비록 그 골목은 이미 확장되어 아스팔트가 깔렸지만, 길옆으로는 여전히 대문이 길 쪽으로 나 있는 허름한 집들이 많았다. 창문에는 유리가 몇군데 박혀 있기는 했지만 중요하지 않은 창틀에는 창호지가 발라져 있었다. 집들의 지대가 도로보다 낮아 이상하게 낮다는 인상을 주었는데 지붕에 나 있는 마른 잡초는 마치 눈앞에 펼쳐져 있는 것 같은 느낌을 주었다. 우리 공장 입구에는 너무나 보기 싫은 시멘트 기둥이 두개 세워져 있었다. 그리고 그 안쪽에는 너무나 흉악스러운 라오루가 나를 잡으려고 기다리고 있었다. 이 모든 것은 내가 이 세상에 잘못 태어난 듯한 느낌을 주었다. 다른 사람들과 비교해보면 어쩌면 이 모든 것이 그렇게 재수 없는 것이 아닐지도 모르지만, 이후에 발생한 일들에 대해 나는 마음의 준비가 되어 있지 않았다고 할 수 있다. 나는 어렸을 때 이렇게 석탄가루가 가득 쌓인 저택이 있고 그 안에서 두부를 만든다는 생각을 하지 못했으며, 그곳에 나를 물어뜯으려는 라오루가 있으리라고는 더더욱 생각하지 못했다.

6

나는 이미 마흔살이 되었다. 화가도 아니고 수학자도 아니고 두부공장의 노동자는 더더욱 아니다. 난 엔지니어가 되었다. 이는 (나의 가족을 포함해 과거에 나를 알았던 사람들에게) 예상을 뛰어넘은 것이지만 나 자신은 조금도 의외라고 여기지 않는다. 한동안 현관 앞에 커다란 닭장이 있었던 어린 시절로 시간을 돌리면, 그때 나는 팔에 난 상처가 이미 다 아물어 있었다. 내가 살던 이층 발코니에서 아래를 내려다보면 공터에 이런저런 물건으로 칸막이를 쳐서 닭장을 만들어놓았기 때문에 벌집 같은 모습만 보였다. 칸막이를 치는 데 사용된 물건들에는 베니어합판, 함석판, 나뭇가지 등이 있었다. 원래의 구상은 이러한 것들을 사용해 닭을 안쪽에 가두고 나오지 못하게 하려는 것이었지만, 아무 때고 수많은 닭들이 닭장 사이에 있는 공터에서 머리를 세우고 활보하는 모습을 볼 수 있었고, 도처에서 필터 없는 카멜담배 맛과 같은 닭똥 냄새를 맡을 수 있었다. 집 앞 공터에서뿐만 아니라 위층의 발코니에서도 닭을 키웠다. 수탉 한마리가 종종 밑에서 내 위의 사층 발코니로 날아오곤 했다. 나는 천천히 걷는 수탉의 자태를 보고 언제 날아오를지 판단할 수 있었다. 그래서 그 녀석이 날아오르는 장면을 거의 놓친 적이 없었다. 일반적으로 녀석은 바닥에서 한번 웅크렸다가 필사적으로 날개를 파닥이면서 땅을 박차고 공중으로 뛰어오르며 날아올랐다. 내 관찰에 의하면 순간적으로 중력을 이기고 수직으로 오를 수는 있었지만 자유롭게 공중을 날기에는 역부족이었다. 왜냐하면 종종 발코니로 정확히 뛰어들지 못하고 공중에서 파닥거리며 아래로 떨어졌기 때문이다. 당시에 난 닭이 발코니로 날아오르는 모습에 무척 매혹돼 있었지만 그것이 무엇을 암시하는지는 알지 못했다. 근 삼십년이 지나 미국의 쎄인트루이스를 방문해 그 유명한 스테인리스 아치 아래서 수직 이착륙을 하는 해리어기 옆에서 사진을 찍을 때 약간의 한탄스러움과 함께 그 일이 떠올랐다. 왜냐하면 그 비행기의 외형이 바로 그 수탉과 비슷했고 날아오르는 모습은 더더욱 비슷했기 때문이다. 나의 한탄스러움은 바로 내가 그 비행기를 발명했어야 했다는 생각에서 비롯된 것이었다. 이러한 모든 일들은 내 삶에서 붙잡고 기어오르는 것 외에도 또다른 주제, 즉 발명이 있다는 사실을 말해준다. 비록 나는 지금까지 무슨 대단한 것을 발명하지는 못했지만 이것 역시 내가 태어나면서부터 지니고 있는 품성이다.

어린 시절 나는 종종 굶주림에 시달렸고 우리 집 현관 앞은 온통 닭장 천지였다. 그렇지만 중국의 대학이 온통 닭장으로 가득하다고 생각하면 오산이다. 그랬던 시간은 그렇게 길지 않았다. 또한 닭뿐만 아니라 토끼도 잡아먹을 수 있기 때문에 많이들 키웠다. 굶주림에 시달렸을 뿐만 아니라 모든 것이 부족했다. 하지만 돈은 부족하지 않았다. 그렇지만 돈만 있고 배급표가 없으면 물과 나무 꼬챙이로 이루어진 아이스케이크를 제외하고는 아무것도 살 수 없었다. 돈이라는 것은 물건을 살 수 없으면 아무런 쓸모도 없게 된다. 똥 닦는 휴지로 쓰기에는 너무 빳빳하고 그마저도 범법행위이다. 채소조차도 배급표가 있어야 했다. 이러한 점은 사회주의를 옹호하는 우리 아버지도 너무 지나치다고 느꼈다. 하루는 집에 있는데 누군가 아래에서 소리치는 소리가 들렸다. 채소 배급표가 필요없는 시금치입니다! 외할머니가 내게 사오라고 시켰다. 시금치 한 단을 사와서 세우니 나보다도 키가 컸다. 닭에게 주고 싶어도 목이 메어 죽을까봐 먹이지 못했고 토끼에게밖에 먹일 수가 없었다. 농촌에서 온 전족을 한 노부인인 외할머니가 손가락을 빨면서 말했다. 이렇게 질긴 시금치는 지금까지 본 적이 없구나! 나중에 외할머니는 머리를 써서 시금치 속의 섬유질을 빼내 신발 바닥을 기우려고 했지만 결국 성공하지 못했다. 이것은 내 외할머니에게도 발명가의 품성이 있었다는 사실을 말해준다. 설사 배 속이 텅 비었다 하더라도 사람들은 모두 비현실적인 생각을 할 수 있다.

내가 어렸을 때에는 휴지도 없었다. 아버지는 1958년에 나온 선전물을 화장실에 갖다놓고서 우리들더러 그것으로 똥을 닦으라고 했다. 그 선전물 속에는 발명에 대한 것들이 많았다. 난 화장실에서 그것들을 읽다가 점점 빠져들었다. 형과 누나가 화장실 문 앞에서 줄을 서 있다가 용변을 참으며 주먹으로 문을 두드렸지만 나는 조금도 듣지 못했다. 그 발명품들 중에서 어떤 것들은 아주 평범했는데, 예를 들면 무슨 나무로 구슬을 깎아 볼베어링을 만든다거나 솥으로 똥을 끓여 비료를 만든다는 등 상상력이 조금도 없었다. 그렇지만 뛰어난 것들도 있었다. 가령 이런 것이 있었다. 돼지 한마리를 기를 때 일반적인 사육조건에서는 매일 300그램밖에 살을 찌우지 못한다고 한다면 이 발명을 이용하면 900그램을 찌울 수 있다. 그 방법은 땅콩기름 600그램에 달걀노른자 두알을 섞어 돼지에게 근육주사를 놓는 것이었다. 이렇게 기른 돼지는 살이 많을 뿐만 아니라 육질도 매우 부드럽다고 했다. 그때 난 이 발명이 좋기는 하지만 아주 훌륭하지는 않다고 생각했다. 왜냐하면 마땅히 간장과 맛술을 넣어서 돼지가 칼을 받기 전에 거대한 광둥 쏘시지로 변하도록 했어야 했기 때문이다. 솔직히 말해 이런 발명 선전물로 엉덩이를 닦으면서 난 마음이 아팠다. 물론 발명 선전물로만 엉덩이를 닦은 것이 아니라 다른 것들도 사용했다. 예를 들어 인쇄된 시선집도 많이 있었다. 1958년에는 모두들 발명을 했을 뿐만 아니라 시를 쓰고 시 백일장에 참가하고 싶어했다. 나의 형은 1958년에 소학교

3학년이 되었는데 저녁에 배가 고파 잠이 오지 않을 때 내게 자신이 지은 시를 들려주곤 했다.

> 공산주의는
> 쉽게 오지 않아.
> 빨리 오게 하려면
> 모두들 노력해야 해.

그리고 형은 내게 공산주의가 오면 워터우窩頭[6]에 난 구멍이 작아질 것이라고 했다.(워터우에 난 구멍이 너무 크면 먹어도 배고픔을 달랠 수가 없다.) 나는 이 시를 인쇄된 시선집에서 찾아냈는데 소학교 3학년 학생인 왕모의 작품이라고 밝혀져 있었다. 난 조금도 망설이지 않고 형의 작품을 휴지로 사용했다. 난 그때 아홉살에 불과했지만 이 시는 엉터리라고 여겼다. 난 그저 발명만 좋아했다. 형은 내가 발명을 좋아한다는 사실을 일찌감치 발견하고서 내가 이 방면에 놀랄 만한 재능이 있다고 단언하기까지 했다. 하지만 지금까지 나의 그 재능은 여전히 발휘되지 못하고 있다.

공산주의적 워터우에 대해 이야기하고 나니 더욱 배고픔을 참을 수 없어서 우리 두 사람은 집을 빠져나와 다른 사람의 밭에서 홍당무를 훔쳐 먹었다. 연한 홍당무는 달지 않아서 조금도 맛이 없었다. 어려서부터 어른이 될 때까지 나는 나쁜 짓을 이 한가지만 저질렀다. 그리고 이 나쁜 짓을 난 아주 여러번 반성했다. 이는 내가 얼마나 결백한지를 말해준다.

---

6 옥수수나 수수 따위의 잡곡 가루를 원뿔 모양으로 빚어서 찐 빵.

1958년의 대발명과 시 백일장에 대해서는 보충해야 할 점이 있다. 그것은 내가 어렸을 때 상상했던 것처럼 그렇게 낭만적이지 않았다. 예를 들어 당시의 발명에는 목표치가 있었다. 우리가 있는 대학에서는 한달에 반드시 3천건의 발명을 해야 했고 3만수의 시를 지어야 했다. 이런 목표치라는 것이 모든 낭만적인 정서를 죽여버렸다. 만일 상부에서 나에게 매주 아내와 섹스를 세번 하라는 목표치를 내준다면 나는 내 거시기를 잘라버릴 것이다. 목표치라는 것을 없애버리면 발명과 시 백일장은 너무나 즐거운 일이 된다. 다만 나중에 모두가 죽을 지경의 배고픔을 겪게 된다는 것은 아쉽지만 말이다. 한동안 모두가 굶주림을 멈출 방법을 발명하는 일에 정신이 없었고 나 역시 이것 때문에 골머리를 앓았다.

　　배가 고플 때 내 눈앞은 녹색이었다. 가장 행복한 순간은 밥 먹기 전이었는데, 그 이유는 먹을 수 있기 때문이었다. 가장 불행한 순간은 밥을 먹은 다음이었는데, 그 이유는 먹을 것이 더이상 없기 때문이었다. 이후 어느날(열두살 때) 갑자기 머리끝에서부터 발끝까지 온몸이 불편해 병이 난 것 같기도 했고 다른 사람으로 변한 것 같기도 했다. 곰곰이 생각해보니 그 이유는 배가 고프지 않기 때문이었다. 배가 부른 이후 발명 욕구가 어느정도 줄어들었지만, 성냥 대가리를 탄약으로 사용하는 권총, 자전거 바큇살을 발사하는 활 등 난 이미 많은 것들을 발명했다. 나는 이런 무기로 사냥을 해서 사냥한 것을 닥치는 대로 구워 먹었다. 한번은 작은 고슴도치를 잡아먹고 온몸에 홍반성 낭창과 같은 과민성 두드러기가 생겨 아버지에게 호되게 두드려맞기도 했다.

7

　어린 시절 난 나의 태어난 시간이 좋지 않아 장래에 분명 세번의 재난과 여섯번의 어려움이 끊이지 않고 올 것이라고 생각했다. 이것은 아이의 생각이라고 할 수 없지만 실제로 그랬다. 이 점에 대해 나는 보충할 것이 많이 있다. 이 소설을 시작할 때 난 자신을 왕얼이라고 부르면서 차분하게 이야기를 시작했지만 어떤 곳에서는 어조를 바꾸어 일인칭으로 이야기할 수밖에 없었다. 이렇게 하지 않으면 안되는 일이 하나 있었다. 어린 시절 학교 운동장으로 뛰어가서 보랏빛 하늘을 본 일은 삼인칭으로 이야기할 수도 있지만, 내가 팔뚝을 베인 사건은 그럴 수 없었다. 삼인칭은 허구적인 요소를 담고 있지만 내 팔뚝에는 지금도 상처가 남아 있기 때문이다. 팔뚝을 베인 일을 이야기할 때 허구는 끝나버렸다.

　여섯살 때 팔뚝을 베인 나는 한편으로 큰 소리로 울면서 다른 한편으로는 이렇게 생각했다. 정말 재수 없어! 어떤 재난이 또 나를 기다리고 있을지 모르겠군. 지금도 난 브리지 게임을 할 때면 패를 보기 전에 꼭 한마디 하곤 한다. 또 어떤 재수 없는 패가 나올지 모르겠군! 게임을 하고 있는 경우에 상대는 연달아 고개를 저어댄다. 그런데 이러한 일은 내가 신사가 아니라는 사실을 말해주는 것이 아니라 내가 구제할 수 없는 비관주의자일 뿐이라는 사실을 말해준다. 스물두살 때 두부공장에서 라오루에게 이리저리 쫓겨다니면서도 그런 생각을 했다. 나와 같은 작업장에 있던 잔빠髒巴가 이를 증명해줄 수 있다. 그때 난 그에게 말했다. 난 재수가 없을 거야. 복은 쌍으로 오는 법이 없고 화는 홀로 오는 법이 없으니까. 아니나 다를까, 며칠 지나지 않아 나는 잔빠를 쳐서 그의 갈빗대 끝의 연골을 부러뜨리고 말았다.

잔빠 자식은 희멀겋게 생겨가지고 나보다 머리 절반 정도는 더 컸지만 힘이 조금도 없었다. 눈은 잠자리처럼 큼지막했고 어깨는 축 처진데다가 오목가슴이었으며 목소리는 낮고 여자처럼 앵앵거렸다. 그의 성기는 아이의 것과 같은 모양으로 포경이었다. 우리 둘은 종종 함께 술공장으로 가서 목욕을 했기 때문에 이 녀석의 모든 것을 나는 손바닥 보듯이 훤히 알고 있었다. 내가 나중에 그를 때린 것도 목욕과 관계가 있다. 난 내가 그를 때리는 날이 오리라고 상상도 해본 적이 없었다. 왜냐하면 그는 공장에서 나의 유일한 막역지우였기 때문이다. 그러니 내가 그를 때리면 다른 사람들이 나를 어떻게 보겠는가? 하지만 그해의 운세가 나빠서 생기지 말아야 할 일이 생기고 말았다.

왕얼이 잔빠를 때린 일의 진상은 다음과 같다. 전날 오후에 근무를 교대하는 사람들이 오자 그가 잔빠에게 말했다. 잔, 우리 술공장으로 목욕하러 가자. 네가 비누를 가지고 와. 잔빠는 아무런 대꾸도 하지 않고 비누를 들고 따라 나섰다. 이때 그는 이 녀석이 오늘 이야기가 별로 없는 걸 보니 아주 수상쩍은걸 하고 생각했다. 술공장 목욕탕의 탈의실에 도착해 옷을 다 벗자 잔빠가 그에게 먼저 들어가라고 했다. 그래서 그는 욕탕에 들어갔지만 곧바로 다시 나왔다. 그 순간 그는 잔빠가 자신의 윗도리 주머니에 손을 집어넣는 것을 목격하였다. 먼저 왼쪽 주머니를 뒤지더니 다시 오른쪽 주머니를 뒤져 안에서 반토막 난 담배 하나를 끄집어냈다. 그는 곧 잔빠가 주머니에서 목탄을 찾고 있구나 하고 생각했다. 여기까지 말하고 나니 나를 왕얼이라고 칭하는 것이 어려울 듯하다. 왜냐하면 그때의 느낌은 일인칭을 사용하지 않고서는 표현하기 어렵기 때문이다. 내가 아는 바에 따르면 만명의 사람 중에서 기껏해야 한명만이 여섯살 때 때 팔뚝을 베이고, 같은 이치로 만명 중에서 한명만이 반혁명적인 음화를 그렸다는 의심을 받아 주머니를 수색당하는 경우를 만난다. 이렇게 만명 중에서 선택된 느낌은 복권에 당첨된 느낌과 비슷하다. 그리고 또 이러한 느낌은 시험관 속의 차가운 물이 정수리의 어떤 혈자리를 통해 뇌 속으로 들어가는 느낌과 비슷하다.

물론 나를 수색한 것은 의심 가는 사람의 주머니를 뒤져 반혁명적인 음화를 그리는 데 사용된 목탄을 찾으라는 지도부의 지시에 의한 것이었다. 그렇지만 잔빼는 내 주머니를 뒤지지 말았어야 했다. 그때 나는 너무나 화가 치밀었지만 때리겠다는 생각까지는 하지 않았다. 나중에 욕탕에서 그의 벗은 몸을 보자 갑자기 한대 때려줘야 될 것 같은 느낌이 들었다. 이튿날 그가 또다시 내 주머니를 뒤졌을 때 난 이미 그를 어떻게 때릴 것인가를 모두 다 생각해 놓고 있었다. 본래는 그가 찍소리 못할 정도로만 때릴 생각이었는데 생각지도 않게 손을 잘못 내뻗는 바람에 엑스레이에 찍힐 정도의 상처를 입히고 말았다. 또다시 잘못된 상황에 빠지고 만 것이다. 그렇지만 이는 고의가 아니었다. 난 어려서부터 다른 사람들과 싸울 때면 매번 상대의 옆구리 아래를 때렸기 때문에 뭘 부러뜨리거나 하지는 않았다. 만일 내가 그의 갈비뼈를 부러뜨릴 줄 알았더라면 절대 그곳을 때리지 않았을 것이다.

우리 공장에서 그런 그림이 나타나자 라오루는 호들갑을 떨며 공안국에 전화를 걸어 사건을 해결하라고 했다. 공안국에서 파출소로 사건을 넘기자 파출소에서는 경찰을 한명 보내 살펴보도록 했는데, 그 경찰은 당신들 조직에서 해결해야 할 일이라고 말했다.

마지막으로 회사의 보위과에서 기름때가 잔뜩 낀 옷을 입은 라오류老劉를 보냈다. 그는 얼굴이 불그레하니 취기가 가득했는데, 금세기 40년대에 대량으로 생산했던 차이스 사진기를 들고 변소에 들어가서 사진을 찍느라 어린아이 주먹만한 크기의 섬광전구를 다 써버렸다. 그 전구는 안에 흐물흐물한 종이 같은 것을 가득 채운 알루미늄박을 사용했기 때문에 한번 번쩍거리고 나면 마치 백내장을 앓는 눈처럼 하얗고 불투명한 모습으로 변했다. 하지만 그는 사진을 찍을 때 필름 넣는 것을 잊어버려 사진을 뽑지 못했다. 그에게 다시 찍도록 하는 것도 불가능했다. 왜냐하면 그것이 마지막 섬광전구였고 사고 싶어도 살 수가 없었기 때문이다. 이는 분명 라오루의 말을 진지하게 여기지 않은 것이었다. 이 라오류는 나도 아는 사람으로 내가 본 바에 따르면 그는 영락없는 후레자식이었다. 나와 다른 점은 그는 평생 한번도 사고를 일으키지 않았다는 것이다. 라오루는 아주 화가 나서 직접 이 사건을 해결하기 위해 공장 전체에서 좋은 사람들(공산당원, 열정적인 인물)을 소집해 회의를 열었다. 내 생각에 그들이 취한 첫번째 조치는 왕얼이 범죄를 저질렀다는 확실한 증거를 찾아내는 것이었다. 잔빠 이놈도 회의에 참석했던 사람 중 하나였다.

그 그림에 대해서는 보충할 내용이 더 있다. 당신이 라오루라고 가정해보자. 그 재미없는 시대를 살면서 매일 중국식 솜저고리와 털신 외에는 입을 것도 없고, 인조가죽으로 된 검은 가방을 들고 가서 회의하는 것 외에는 할 일도 없으니 당연히 너무나 짜증스러웠을 것이다. 그런데 남자 변소에 그러한 그림이 나타나 그녀가 주목받는 중심인물이 되었으니 당연히 흥분을 느꼈을 테고 뭔가 하고 싶었을 것이다. 난 이러한 것을 모두 이해할 수 있다. 내가 이해하지 못하는 것은 단지 그녀가 왜 나를 희생양으로 삼았는가 하는 점뿐이다. 지금 생각해보니 어쩌면 내가 검은색 가죽옷을 입고 있었기 때문이거나 내가 화가가 되고 싶어했기 때문이었는지도 모른다. 무엇 때문이었든 간에 결국 내가 좋은 사람 같아 보이지 않았던 것은 의심할 수 없는 사실이다.

8

내가 좋은 사람 같아 보이지 않았던 것에 대해서는 다음의 일이 증명해줄 수 있다. 나중에 미국으로 유학을 갔을 때 난 식당에서 종업원으로 아르바이트를 했다. 그때 괴상한 서양 여자애 몇명이 늘 내가 써빙 하는 식탁으로 와서 식사를 하고는 팁을 아주 많이 주곤 했다. 그밖에도 내가 알아듣지 못하는 말을 하기도 했다. 며칠이 지나자 주인은 홀에서 일하지 말고 뒤쪽에 가서 접시를 닦으라고 했다. 그의 말에 따르면, 자신은 상관없지만 다른 손님들이 나의 이러한 모습에 대해 풍기가 문란해 보인다고 했다는 것이다. 사실 나는 용모가 조금 사납고 검은 가죽옷을 즐겨 입는 것 외에는 다른 문제가 없었다. 검은 가죽옷을 입는 것은 어려서부터 몸에 밴 습관으로, 단지 그 옷이 더러움을 잘 타지 않고 질기기 때문에 입는 것이지 누구를 희롱하기 위해 입는 것은 결코 아니었다. 그렇지만 만일 내가 착한 사람이었다면 더러움을 잘 타지 않고 질기다 할지라도 검은 가죽옷은 입지 않았을 것이다.

난 잔빠를 패기 전에 그의 멱살을 잡고 이삼분 정도 "도둑이야" 하고 소리쳐서 욕탕에 있던 사람들을 모두 뛰쳐나오게 했다. 그때 나는 벌거벗은 채였고 몸에 비누거품까지 묻어 있었다. 잔빠는 창피하기도 하고 화도 난데다가 벗어날 수도 없게 되자 자신도 모르게 내게 따귀를 몇대 때렸다. 이것은 모두 내 계산 안에 들어 있었던 일이었다. 왜냐하면 싸움이라는 것은 어느 때든지 먼저 손을 쓰는 사람이 잘못이기 때문이다. 그가 먼저 나를 때리는 것을 사람들이 모두 분명히 보고 난 후에야 나는 그를 패기 시작했다. 그때 잔빠는 옷을 반만 벗은 상태였다. 위에는 스웨터를 입고 있었고 아래에는 중간에 구멍이 있는 속바지를 입고 있었다. 그 구멍으로 반토막밖에 안되는 아이의 것과 같은 모양의 음경이 고양이 주둥이에서 비어져나온 반토막 난 생선 창자처럼 고개를 내밀고 있었다. 나처럼 아무것도 입지 않은 것보다 깔끔하지 못했다. 손을 대기 전에 나는 먼저 녀석을 노려보았고 이런 것들을 보고 나서 때리기 시작했다. 첫번째 주먹으로 그의 오른쪽 눈언저리를 때려 그쪽 눈을 시퍼렇게 만들었다. 한쪽 눈은 시퍼런데 다른 한쪽 눈이 허연 것이 보기 안 좋아 호의로 다시 왼쪽 눈을 쳐서 아주 보기 좋게 만들어주었다. 이것에 대해서는 약간 보충해야 할 점이 있다. 첫째로 잔빠가 흰 피부에 커다란 눈을 가졌다는 것, 둘째로 그에게 쌍꺼풀이 있다는 것, 마지막으로 그의 눈이 움푹 들어갔다는 것이다. 결국 그는 눈이 시퍼렇게 된 후 더욱 아름다워졌다. 술공장의 기사들이 모두 나에게 갈채를 보냈다. 그때 나는 조금 우쭐해져 싸움에서 다른 사람을 쳐서 다치게 하는 건 도리에 어긋난 일이라는 사실을 잊어버렸다. 당시 나는 엉덩이를 드러낸 채로 너무나도 흥분해서 때리는 바람에 발기상태가 되어버렸다. 그놈은 빳빳해져서 마치 고대의 사남司南 같았다.(사남은 나침반의 전신으로, 칠해놓은 판 위에 자석 숟가락이 놓여 있는데 숟가락의 손잡이는 늘 정남쪽을 가리킨다. 그런데 나의 이 사남은 잔빠를 가리키고 있었다.) 나중에 그가 나에게 원망스럽게 말했다. 나를 아주 의기양양해서 때리더 구면. 그것까지 벌떡 서고 말이야! 물론 이는 오해에서 나온 말이었다. 나에게는 나체로 달리기 시합을 하는 모습이 그려진 고대 그리스 시대의 도자기 그림을 찍은 사진이 여러장 있다. 그 사진들은 사람이 맹렬한 운동을 할 때 그것이 모두 빳빳해진다는 사실을 증명해주고 있다. 잔빠를 때린 일은 바로 극렬한 운동이었던 것이다. 아드레날린이 솟구쳤기 때문이지 성적인 의미를 담고 있지는 않았다. 내가 싸디스트임을 말해주는 것은 더더욱 아니었다. 나도 상처를 입었고 오른손에 건초염이 생겼지만 나중에 이것에 대해 감히 말을 꺼낼 수가 없었다. 왜냐하면 이것은 주먹을 쥐고서 다른 사람의 몸을 쳤을 때 생기는 것이기 때문이다. 내가 그를 패준 결과 그는 도둑놈이라는 오명을 얻게 되었다. 그가 내 주머니를 뒤진 일이 비록 윗사람이 맡긴 임무이기는 했지만, 이 일은 비밀공작(under-cover)으로서 윗사람은 자신이 사람을 파견해 직원의 주머니를 뒤지게 했다는 사실을 절대 인정할 리가 없었다. 나 역시 악독하고 잔인한 악당이라는 이름을 얻게 되었다. 내가 보기에 이러한 결과는 공평했고, 우리 두 사람은 서로에게 갖게 된 원한을 깨끗이 풀어버릴 수도 있었다. 하지만 출근하자마자 그는 공구상자 위에 앉아 일은 조금도 하지 않고 강간이라도 당한 것처럼 나를 쏘아보았다. 나는 그의 쏘아보는 눈길에 화가 나 말했다. 잔빠, 네가 잘못한 것이 없다고 생각하지 마. 바꿔 생각해봐. 나라는 인간은 덜렁대는 편인데 만일 어느날 목탄을 주머니에 넣고 공장에 왔다가 너에게 걸렸다면 그걸로 끝장나지 않았겠어! 그러니 내가 널 때리지 않을 수 있겠니? 이 말이 그의 말을 끌어냈다. 그는 내가 깡패처럼 자신을 때렸고, 아주 악랄한 수단만 썼다고 원망스럽게 말했다. 이 말은 그 역시 내가 때린 일이 정당했음을 인정한다는 것이었다. 다만 그렇게 심하게 때리지 말았어야 했다는 것이다. 이것에 대해 나도 할 말이 있었다. 첫째, 만일 내 주머니에 목탄이 있어서 그걸 그가 찾아냈다면 그후의 결과에 대해서는 상상할 수도 없다. 그렇기 때문에 그가 먼저 악랄한 수단을 쓴 것이다. 둘째, 만일 그에게 약간의 전투력이 있었다면 나도 그렇게 되도록 그를 때릴 수는 없었을 것이다. 그렇기 때문에 이것 역시 잔빠 자신을 탓해야 한다. 그래서 우리 둘은 논쟁을 시작했다. 그는 싸움에서와 마찬가지로 궤변 분야에서도 전혀 내 적수가 되지 못했다. 논쟁을 하고 나서 그는 못나게도 울음을 터뜨렸다.

잔빠는 몸이 나은 이후 한참이 지나서야 눈에 있던 시퍼런 상처가 없어졌다. 그 시간 동안 그의 눈꺼풀에는 마치 검은 레이스의 띠가 둘러져 있는 것 같았다. 하지만 자세히 보면 검은 알갱이가 눈이 움푹 들어간 곳에 퍼져 있는 것을 볼 수 있었다. 그 기간 동안 나는 종종 내가 만든 걸작을 오랫동안 자세히 살펴보곤 했다. 어떻든지 간에 그것은 보기 좋았다.

잔빠라는 이 아이는 아주 열심히 배웠다. 일을 할 때 종종 나에게 묻기도 했는데 어떤 때에는 기하학이었고 어떤 때에는 전고典故였다. 나는 할 수 있는 한 성심껏 그에게 대답을 해주었다. 한번은 그가 나에게 "잔빠가 안으로 찔러 들어갔다"가 무슨 말이냐고 물었다. 나는 이 질문에 정말 당황했다. 난 그에게 어디에서 보았느냐고 물었지만 그는 말해주지 않았다. 나중에 혼자 생각해보니 추측건대 『홍루몽紅樓夢』에서 보았을 것이다! 『홍루몽』에서는 좆을 털모毛 변을 써서 지빠㩇㧐라고 했는데(난 조설근이 만들어낸 글자가 아닐까 생각한다), 그는 그것을 잔빠로 알았던 거다. 그때부터 난 그를 잔빠, 아잔阿甄, 샤오잔小甄 등으로 불렀다. 어느날 저녁 나는 단파 라디오에서 비틀스 노래를 들었다. 이튿날 일을 하면서 하루 종일 잔잔잔잔잔잔잔 하고 그 노래를 따라 불렀다. 내가 그를 잔빠라고 부르는 것을 듣고 다른 사람들도 따라서 그렇게 불렀다. 잔빠는 이 이름을 처음 들었을 때 펄쩍 뛰면서 노발대발했고 나에게 필사적으로 대들었는데(당연히 이때 그 역시 잔빠가 어떤 의미인지 분명히 알고 있었다), 내게 가까이 다가오기도 전에 나에게 손목이 잡혀 밀쳐졌다. 나중에 모든 사람이 그를 잔빠라고 부르자 그도 어쩔 수 없이 응답하게 되었다. 그때부터 그는 다른 이름은 사라지고 잔빠라고 불리게 되었다. 그가 바로 이것 때문에 나를 원망했고 심지어 나를 해치려는 음모에 참가했으리라고 누가 생각할 수 있었겠는가. 이는 그가 비열한 소인임을 말해준다. 그렇지만 그는 이러한 평가에 동의하지 않고 오히려 반박하며 만일 그가 나를 잔빠라고 부르는 데 내가 동의한다면 자신이 비열한 소인임을 인정하겠다고 했다. 나는 그와 이러한 실험을 하지 않았다. 왜냐하면 그가 비열한 소인이든 비열한 소인이 아니든 간에 나의 고통은 이미 시작되었기 때문이다. 이러한 상황에서 내가 또 잔빠라고 불릴 필요까지는 없지 않겠는가?

내가 잔빠를 패서 다치게 하자 라오루는 당장 전화로 경찰을 불러 나를 잡아가게 했다. 그렇지만 그녀가 말할 때의 목소리가 지나치게 크고 모습도 많이 이상해 오히려 경찰들의 의구심을 자아냈다. 그들은 나를 잡으러 오지 않고 먼저 병원으로 가서 잔빠를 만났다. 그때 잔빠는 남자의 본색을 드러내며 경찰에게 우리가 요란스럽게 놀다가 왕얼이 실수로 자신을 다치게 한 것이라고 설명했다. 그리고 또 우리는 형제 같은 사이로 내가 잡혀간다면 자신은 매우 마음이 아플 거라고 했다. 경찰은 이 말을 듣더니 바로 경찰서로 돌아가버렸다. 그리고 아무리 다시 오라고 해도 오려고 하지 않았다. 하지만 이는 잠깐 동안 나를 지켜준 평온무사에 불과했다. 왜냐하면 라오루가 할 말이 있다면서 회의를 할 때마다 이렇게 말했기 때문이다. 왕얼 같은 그런 건달을, 사람이나 패는 그런 흉악한 놈을, 그런 천한 놈을 우리가 왜 비호하려고 하는 거죠? 계속 이런 말만 해서 두부 관련 문제는 회의 일정에 오를 수도 없게 되자 사람들이 모두 짜증이 나서 견딜 수 없어했다. 어쨌든 그녀는 우두머리였기 때문에 사람들은 나를 미워하기 시작했다. 공장의 지도부에서 이미 적당한 기회만 있으면 나를 내보내기로 결정했다는 이야기가 들려왔다. 나를 노동개조에 보낼 수 있으면 노동개조에 보내고 노동교육에 보낼 수 있으면 노동교육에 보내, 결국 다시는 돌아오지 못하게 하기로 했다는 것이다. 그밖에도 모든 노동자와 기사들이 더이상 나를 동정하지 않았다. 이전에는 점심식사 때 내가 주방의 지붕창으로 기어올라가 식권과 도시락통을 내려뜨리면 주방장들이 앞다퉈 내게 밥을 담아 주었다. 라오루가 밥을 주지 말라고 소리쳤지만 주방장들은 대담하게 이렇게 대꾸했다. 사람이 다 밥심으로 사는데 어떻게 밥을 먹지 못하게 할 수 있습니까? 하지만 이제는 그러지 않았다. 그들은 나에게 밥을 담아 주지 않고 이렇게 말했다. 이놈 새끼, 내려와. 꼬리가 길면 잡히게 돼 있어! 다행스럽게도 꾸준히 잔빠가 내게 밥을 담아 주었다. 그가 담아 주지 않으면 어쩔 수 없이 점심을 굶어야 했다. 이 일의 진실한 함의는 내가 사고를 쳤다는 것이다. 후레자식으로 태어났더라도 한평생 사고를 치지 않는다면 천수를 누릴 수 있다. 하지만 사고를 친다면 마치 동성연애자가 에이즈에 걸릴 때처럼 순식간에 끝장나고 만다.

사람들은 모두 나를 미워했지만 나는 사람들을 미워할 수 없었다. 그들의 태도는 반인륜적이라고 할 수 있었다. 나는 라오루도 미워할 수 없었다. 그녀는 우두머리였기 때문이다. 그래서 나는 나체 여인을 그려 내게 억울한 누명을 씌운 그놈을 미워했다. 잡기만 하면 꼭 그 녀석을 패주리라 맹세했다. 하지만 나는 그가 누구인지 도무지 생각해낼 수 없었다. 잔빠가 말했다. 됐어, 왕얼. 아닌 체하지 마. 지금 이곳에는 우리 둘뿐이잖아. 이 말은 나를 얼떨떨하게 만들었다. 그는 내가 그 그림을 그렸다고 확실하게 믿는 것 같았다. 그러나 나는 나 자신이 몽유병과 같은 문제는 없었던 것으로 기억한다. 더구나 우리 집은 공장에서 아주 멀어 그곳까지 걸어갈 수도 없었다. 이 수수께끼는 삼년이 지나, 바꿔 말하면 1977년이 되어서야 비로소 밝혀졌다. 그해 우리 공장에 다니던 찐빵이라 불리는 한 녀석이 미술대학에 입학했다. 사람들이 말하기를 그 찐빵이라는 녀석에게는 세가지 알 수 없는 점이 있다고 했다. 1. 그는 사내인가 계집인가. 2. 그는 말을 할 줄 아는가 모르는가. 3. 그에게 검은 눈동자가 있는가 없는가 — 이는 그가 눈을 너무 자주 희번덕거리며 뒤집었기 때문이다. 작은 두부공장에서 나 외에 그림을 그릴 줄 알고 색맹이 아닌 사람이 또 있으리라고는 전혀 생각하지 못했다. 너무나 놀라서 그를 패주어야 한다는 것도 잊어버렸다.

9

잔빠에 대해서는 보충해야 할 점이 아주 많다. 나는 줄곧 그를 아주 사랑했다. 이는 결코 내가 동성애자이기 때문은 아니었다. 나는 털이 아주 많고 키가 작은 사내이면서 말할 때 쉰 목소리가 났다. 쟈빠는 점잖고 고상하며 마르고 키가 컸다. 말할 때에는 중후한 비음이 섞여 있었다. 난 영원히 그와 함께하고 싶었지만 그것은 불가능한 일이었다. 나중에 난 어느 곳에 가든 그에게 엽서 보내는 것을 잊지 않았다. 예를 들어 로마의 성 베드로 성당 앞에서 나는 이렇게 엽서를 썼다.

사랑하는 쟌
난 로마에 도착했네. 다음 도착지는 오스트리아라네.

왕얼

내가 이렇게 엽서를 보낸 이유는 쟌빠가 우표를 수집하고 있었기 때문이다. 그에게 편지를 써 보낼 때에 아주 특별한 어려움이 하나 있었다. 그의 성姓이 무엇인지 계속 생각이 나지 않는다는 것이었다. 지금도 기억이 나지 않으며 언제 다시 기억이 떠오를지 알 수 없다. 당연히 그의 성은 쟌詹이 아니다. 그가 내 주머니를 뒤져 목탄을 찾으려고 한 것은 절대 라오루에게 비밀보고를 하기 위해서가 아니었다. 그건 다른 누군가가 지시한 일이었다. 그는 그 일과 관련해 충분히 용서받을 만한 동기를 지니고 있었다. 그렇지만 그는 정말로 너무나 귀여워 때리지 않을 수 없었다. 만일 80킬로그램이 나가는 건장한 사내가 내게 이런 잘못을 했다면 난 당연히 화가 나긴 했겠지만 그렇다고 손을 대는 정도까지 노기를 표시하지는 않았을 것이다. 그 사람이 그리 귀엽지 않아 때릴 수 없기 때문이다.
나중에 내가 귀국해 쟌빠를 만났을 때 그는 소리를 지르며 내게 달려들어 내 목을 조르려고 했다. 내 엽서로 인해 사람들이 모두 그가 잔빠라는 사실을 알아버렸기 때문이다. 본래 그가 죽을힘을 다해 두부공장을 떠나 의대에 들어갔던 이유는 더이상 그를 잔빠라고 부르는 사람이 없기를 원했기 때문이다. 그런데 그가 의사가 되자 내가 그에게 이러한 엽서를 보내 또다시 그의 모든 노력을 물거품으로 만들어버렸던 것이다. 이제 막 간호학교를 졸업한 어린 간호사들조차도 모두 그를 잔의사라고 불러 정말 그의 울화통을 터지게 만들었다.

만일 내게 잔빠를 그리라고 한다면 난 그를 달수가 다 차지 않은 태아의 모습으로, 즉 남극노인과 같은 이마,[7] 뜨지도 않고 감지도 않은 메기 같은 눈, 목 위에 뺨과 같은 것이 있는 모습으로 그릴 것이다. 손과 발의 모양은 청개구리처럼 함께 모아져 있어 펼쳐지지 않고, 몸 전체는 둥글게 모아져 있고 꼬리도 있으며 투명한 막에 쌓여 있을 것이다. 지금은 이러한 모습이 아니지만 적어도 엄마 배 속에서 나오기 전에는 이러했을 것이다. 난 잔빠를 보면서 그가 엄마 배 속에 있었을 때의 모습을 상상했다. 난 그가 엄마 배 속에 있는 모습을 상상하길 좋아하고, 그의 지금 모습도 좋아한다. 난 그를 사랑하며 죽을 때까지 줄곧 사랑하려고 한다.

----

7 인간의 수명장수를 빌며 천하의 안녕을 기원하는 별 남극성을 의인화한 남극노인은 예로부터 그림 속에서 이마가 툭 튀어나온 모습으로 그려진다.

제2장

1

미국에서 돌아온 이후 난 인공지능을 연구하는 연구소에서 일하고 있다. 이 연구소에 있는 사람의 절반은 중국문학이나 철학 등 문과에서 전공을 바꾼 사람들이다. 그리고 절반은 수학이나 물리 등 이과를 전공한 사람들이다. 이 사람들이 인공지능에 대해 이해하는 것은 그것을 줄여서 'AI'로 쓴다는 것밖에는 없고, 서로 일치하는 점이 조금도 없다. 그들은 만나기만 하면 논쟁을 벌였는데, 나는 한쪽 옆에서 아무 말도 하지 않았다. 그들이 나의 의견을 물으면 나는 이렇게 말했다. 여러분이 말씀하시는 것이 다 맞아요. 듣고 배워야지요. 지금 그들은 연구소 이름을 바꾸는 문제에 대해 상의하고 있다. 한 무리의 사람들은 연구소 이름을 '인류지혜연구소'로 바꾸려고 하고, 다른 한 무리의 사람들은 '고급지능연구소'로 바꾸려고 한다. 하지만 의견이 일치하지 않아 아직 바꾸지는 못했다. 내 의견을 묻기에 나는 모두 다 좋다고 했다. 사실 난 무엇을 'AI'라고 하는지만 겨우 알고 있지 '인류지혜'가 무엇인지는 전혀 모르고 '고급지능'이 무엇인지는 더더욱 모른다. 내 생각에 그것은 당연히 신기한 것이어야 한다. 그리고 난 신기한 것은 원래 존재하지 않는다는 사실을 일찌감치 알고 있었다. 하지만 그렇다고 해서 내가 매일 아침마다 지혜 혹은 고급지능이라고 불리는 연구소에 출근해 아무 말도 하지 않으면서 사무실에 앉아 있는 것이 문제가 되는 것은 아니다. 이는 신중함을 즐기는 것이라고 할 수 있다. 하지만 내가 지혜나 고급지능을 갖추고 있어야 한다는 사실을 생각하면 마음이 매우 착잡해진다. 유일하게 내가 흥이 나는 것은 작업복을 입고 자료실 이사를 도와주는 일이다. 자료실은 늘 쉴 새 없이 일층에서 오층으로 다시 오층에서 일층으로 이사를 했다. 한번에 2주씩 걸렸다. 일을 마치고 나면 다시 이사를 해야 했기에 자료실이 문을 여는 것을 본 적이 없다. 이사를 할 때 나는 앞장서서 일을 했기에 땀에 흠뻑 젖곤 했다. 매번 쓸데없이 이사하는 것이지만 나는 조금도 조롱을 받는다고 생각하지 않았다.

다른 사람이 왕얼을 향해 갑자기 손을 뻗을 때면 왕얼은 (무의식적으로) 자신의 오른손을 내밀어 상대방의 손목을 낚아채곤 했다. 상대가 아무리 재빨리 손을 숨긴다 하더라도 낚아채지 못한 적이 한번도 없다. 이는 왕얼이 어린 시절 다른 사람과 싸울 때 상대의 손목을 낚아채길 좋아했고 또 싸움을 아주 많이 해봤기 때문이다. 지금 왕얼은 아이가 아니어서 왕얼에게 싸우자고 하는 사람은 없지만 사람들이 갑자기 손을 뻗기만 하면 왕얼은 여전히 그가 누구든지 간에 자신도 모르게 낚아채버리곤 한다. 만일 싸우디아라비

아에서 이런 실수를 한다면 십중팔구는 손이 잘린다는 것을 알고 있기에 그는 최대한 이러한 실수를 하지 않도록 자제를 했다. 가장 최근의 실수는 삼년 전에 한 것이었다. 그때 왕얼은 미국에서 유학을 하고 있었는데 돈이 없어 식당에서 접시를 닦고 있었다. 한 태국 waitress가 접시를 가지러 왔다가 닦지 않은 접시 더미에 손을 뻗었다. 그 순간 왕얼의 오른손이 금세 날아가서 그녀의 손목을 잡았다. 비록 십분의 몇초 만에 왕얼이 손을 놓아주면서 그 접시는 아직 씻지 않았으니 다른 것을 가져가라고 했지만, 그날 저녁 내내 태국 아가씨는 왕얼에게 온갖 교태를 부렸고 퇴근할 때에는 그의 차를 타고 귀가하길 원했다. 잘 아는 한 부인이 왕얼에게 알려준 바에 따르면, 그의 손놀림은 전혀 보이지 않을 정도로 아주 빨랐고, 게다가 전기가 통할 듯 좋아져 심장이 두근두근 방망이질을 하게 했으며, 몸의 절반을 마비시킬 정도였다는 것이다. 어린 시절 왕얼과 함께 놀던 아이들도 각자 나름의 문제가 하나씩 있었다. 어떤 사람은 다른 사람의 목을 조르길 좋아했고, 어떤 사람은 다른 사람의 사타구니를 발로 차기를 좋아했다. 그들의 문제가 고쳐졌는지 여부는 잘 모르겠다.

두부공장에서 모든 사람이 왕얼이 죄를 지었다고 생각할 때, 그 또한 자신에 대한 믿음을 상실해버렸다. 하지만 잔빠는 계속 왕얼에게 용기를 주면서 방법을 다시 생각해볼 수 있을 것이라고 했다. 나중에는 왕얼에게 ×하이잉海鷹을 찾아가보라는 구체적인 제안까지 했다. 왕얼은 ×하이잉을 전혀 모른다고 대답했다. 그러자 그가 이렇게 말했다. 아니, 그 사람은 이곳에 온 적이 있어. 이건 더 이상했다. 이름을 들어보면 여자인데 콩물을 만드는 탑에는 지금껏 여자가 온 적이 없었던 것이다. 나중에 잔빠가 다시 한번 일깨워주자 왕얼은 그제야 비로소 가을에 그랬던 날이 있었음이 기억났다. 어떤 한 여자가 온몸에 낡은 군복을 입고 고무장화를 신고는 그들이 문이라고 부르는 구멍을 통해 기어들어왔다. 겨울이 되면 그들은 무명 커튼으로 문을 막았고 창문이라고 부르는 몇몇 구멍도 비닐 천으로 막았다. 방에는 콩을 불리는 높고 큰 물탱크가 하나 있었고, 그밖에도 콩을 가는 맷돌과 모터 등 필요한 것들이 있었다. 그날 왕얼은 벽에 기대고 서서 두 손을 겨드랑이에 낀 채 마음속으로 어떤 일을 생각하고 있어서 사람이 다가오는 것을 눈으로는 보았지만 마음으로는 보지 못했다. 잔빠의 말에 의하면 왕얼은 종종 이러한 병이 도져 멍하니 넋이 나간 눈을 하고 말을 걸면 동문서답을 하곤 했다. 예를 들어 그가 왕얼에게 틀국수 작업장에서 관을 두드리는데 네가 갈래? 아니면 내가 갈까? 하고 물으면, 두 사람 중 아무나 말하면 되는데 왕얼은 왕왕거리는 소리만 질러댔다. 그래서 사람들이 왕얼과 이야기할 때 그의 대답이 무엇인지는 정말 알 수 없는 수수께끼였는데, 그 자신은 사건의 진상을 알고 싶어하지 않았다. 그녀는 방 안을 몇바퀴 돌다가 왕얼 옆으로 와서 손을 뻗어 스위치를 누르려고 했다. 다행히 왕얼이 멍한 상태이기는 했지만 잠이 들지는 않아서 단번에 그녀를 잡았다. 만일 그녀가 버튼을 눌렀다면 아주 큰 일이 벌어졌을 것이다. 그랬다면 나선형으로 움직이는 사다리형 승강기가 웅웅거리며 움직였을 테고 콩들이 솟아올라 물탱크 속으로 들어갔을 것이다. 그때 마침 잔빠는 물탱크 바닥에서 쌓여 있는 오물을 치워내고 있었다. 그 물탱크는 좁고 깊어 사람을 안에서 밖으로 끌어내기가 쉽지 않았다. 사실 왕얼은 스위치를 지키기 위해 그곳에 서 있었기 때문에 처음부터 하이잉이 접근하지 못하게 막아야 했으니 이러한 일이 생긴 것은 그에게도 책임이 있었다. 그러나 이 녀석은 굳은 표정으로 그녀에게 말했다. 작업장에 들어와서 함부로 행동하지 마시오. 그러고는 잡았던 그녀를 놔주었다. 그때 잔빠가 밖에서 무슨 소리가 나는 것을 듣고 큰 소리로 외쳤다. 왕얼, 너 무슨 짓을 하고 있는 거야? 이건 장난이 아니야! 왕얼과 같은 사람의 손에 생명을 맡기고 방심해서는 절대 안된다. 그녀는 성가신 일이 벌어지자 급히 자리를 떴다. 그래서 왕얼이 그녀를 만났다고는 할 수 있었지만 그녀가 어떻게 생겼는지는 전혀 기억하지 못했다. 그저 그녀가 얼굴은 아주 평범하게 생겼지만 몸매는 꽤 좋았던 것만 기억이 났다. 나중에 그는 잔빠에게 이렇게 말했다. 어떤 사람은 스스로를 ×× 지도자라고 여겨 아무데서나 스위치를 마구 눌러대. 이런 사람을 '뱃가죽에 구멍을 내서 ×가 두개 있는 체한다'라고 하지. 당연히 ×는 생식기를 가리킨다. × 하나는 여성 생식기이고 × 두개는 남성 생식기이다. 여기서 왕얼의 평소 언어품격을 살펴볼 수 있다. 잔빠가 왕얼에게 말했다. 바로 그 사람이야. 그녀는 새로 파견된 기술원이고 지금 공산주의청년단 지부서기야. 그는 또 왕얼처럼 잘못을 저지른 사람은 빨리 조직에 기대야 살 길이 보인다고도 했다. 그때 왕얼은 스물두살로 마침 공청단과 접촉해야 할 나이였다. 만일 공청단의 보조교육 대상에 들어갈 수 있다면 노동개조에 가지 않을 수도 있다. 최소한 공장에서 왕얼을 노동개조에 보내기 전에 보조교육이 효과를 거두지 못했다는 공청단의 발표를 기다려야 한다. 잔빠는 공청단 지부의 위원이어서 이 방면에서 왕얼을 조금이나마 도울 수 있었다. 왕얼은 괜찮은 구명방법이라고 여겨 잔빠에게 자신을 위해 말을 좀 해달라고 했다. 본래 아무 희망도 품고 있지 않았지만 곧바로 회답이 왔다. 하이잉이 탑 위로 올라와 왕얼에게 말했다. 조직의 품 안으로 왕얼이 들어온 것을 환영합니다. 이제부터 왕얼은 후진청년後進靑年으로 매주 월수금 오후에 그녀에게 가서 보고를 해야 했다. 그리고 그녀가 그의 생명 안전을 보장했기 때문에 지금부터 그는 자유롭게 밑으로 내려갈 수 있게 되었다. 그녀는 또 공장에서 원래 왕얼을 학습반에 보내려고 했지만 자신이 단호하게 막았다는 말도 했다. 그녀는 왕얼을 개조할 자신이 있다고 했다. 이렇게 그녀는 왕얼의 몸과 마음을 홀가분하게 해주었다. 첫째, 지금 어쨌든 살 수 있는 기회가 생긴 셈이다. 둘째, 잔빠를 때린 이후로 그는 줄곧 심한 죄책감에 시달렸다. 하지만 지금은 그 녀석이 맞아도 싸다는 것을 알게 되었다. 만일 그가 왕얼을 배신하지 않았다면 왕얼이 라오루의 포위 때문에 지붕에서 철통에다 오줌을 눈 사실을 ×하이잉이 어떻게 알았겠느냔 말이다.

처음으로 내가 ×하이잉을 만났을 때 그녀는 내게 이렇게 말했다. 이후로는 더이상 철통에다 오줌을 눌 필요가 없어요. 난 곧바로 내가 어떻게 오줌을 누는지를 잔빠가 ×하이잉에게 말했다고 생각했다. 하지만 그녀가 어떻게 오줌을 누는지 내게 말해준 사람은 없었다. 이로 인해 난 바보 취급을 당한 듯한 느낌이 들었다. 실제로 내가 어떻게 오줌을 누는지 알았다고 해서 나를 바보로 취급할 수는 없다. 하지만 만일 그녀가 나의 모든 것을 손바닥 보듯이 알고 있지만 난 그녀에 대해 아무것도 알지 못한다면 결국 난 바보 취급을 당하지 않을 수 없게 된다. 나란 사람의 문제는 바로 자신이 바보 취급을 당할 가능성이 있음을 아는 순간 자신이 이미 바보 취급을 당했다고 생각해버리는 것이다.

만일 나에게 ×하이잉을 그리라고 한다면 이집트 피라미드 벽화의 모습, 즉 제도용 컴퍼스처럼 다리를 벌리고 손을 벌린 모습으로 그릴 것이다. 왜냐하면 그녀의 모습은 고대 이집트 무덤 그림에 있는 인물과 상당히 비슷했기 때문이다. 고대 이집트 사람들은 항상 인물의 정면 모습을 그리지 않고 행진하고 있는 듯한 측면 전신상을 그렸다. 그런데 그림에서 그 인물들이 걷는 것을 보면 다리를 내디딜 때 같은 쪽 팔을 뻗는다. 이러한 것을 속칭하여 납순拉順이라고 한다. 고대 이집트 사람들이 이렇게 걸었다면 그때 나일 강변 도처에는 모두 납순하는 사람들로 가득했을 것이다.

   2

   나는 어린 시절 집에서 뛰어나와 자홍색의 하늘과 여러 기괴한 정경을 보았다. 얼마 후 이러한 모습들은 한순간에 모두 사라져버렸다. 하늘로 올라갔는지 아니면 땅으로 꺼졌는지 알 수 없었다. 이러한 모습들이 사라지자 큰 슬픔을 느꼈다. 나는 조금 더 자라서 원숭이처럼 하늘로 기어오르는 것을 좋아하게 되었고 쥐처럼 구멍 뚫는 것을 좋아하게 되었다. 사라져버린 정경을 찾고 싶어서 그랬는지는 나도 단언할 수 없다. 심리학자들이 분석해주기만을 바랄 뿐이다. 가을이 되면 집에서 배추 구덩이를 팠다. 난 종종 삽을 들고 학교의 육묘장 뒤쪽으로 가서 나만의 비밀 구덩이를 팠다. 그렇지만 이 비밀 구덩이는 나중에 개구쟁이들이 똥을 누는 장소가 되어버렸다. 난 약간의 결벽증이 있어 다른 사람이 똥을 누는 구덩이는 원하지 않았다. 그래서 늘 구덩이 입구 쪽을 가리기 위해 머리를 짜내야 했다. 구덩이는 모두 그리 깊게 파지는 않았다. 차라리 하늘로 기어오르는 일이 비교적 편리했는데, 똥을 하늘로 눌 수 있는 사람은 없기 때문이다. 나는 이 방면에서 큰 성공을 거두었다. 학교 아이들 모두 벽을 타거나 나무를 기어오르는 면에서는 세계에서 그 누구도 왕얼을 따를 사람이 없다고 인정했다. 하지만 나는 하늘로 오르고 땅속으로 들어가더라도 여섯살 때 느꼈던 그 환희를 다시 찾을 수 없었다.

어린 시절 우리 마을의 한 모퉁이에는 작은 용광로가 하나 있었다. 높이가 대략 7, 8미터 정도 되는 벽돌 원통이었다. 그곳에는 본래 특별한 설비가 있었지만 나중에 없어졌을 것이라고 나는 생각했다. 여덟아홉살이 되었을 때 그 위에 "용광로는 반드시 회복되어야 한다"라는 표어가 적혀 있었다. 틀림없이 어떤 대학생이 돈끼호떼 방식으로 결심을 표시하기 위해 써놓았을 것이다. 그 표어는 내게 그 안으로 들어갈 수만 있다면 무언가를 발견할 수 있으리라는 희망을 주었다. 하지만 아쉽게도 누군가가 용광로 입구를 나무 그루터기로 막아놓았다. 만일 그것을 치울 수만 있다면 안으로 들어갈 수 있을 것이다. 하지만 아쉽게도 나에게 그렇게 큰 힘은 없었다. 시도해보고 또 시도해보았지만 개미가 나무를 흔들려고 덤비는 꼴이었다. 벽을 타고 7, 8미터 높이의 벽을 올라가려고 했지만 역시 힘이 부족했다. 젖 먹던 힘을 다해 3, 4미터 되는 곳까지 올라가긴 했지만 점점 미끄러져 내려왔다. 밥을 배불리 먹지 못해서 체력이 나이만큼 신장되지 못했기 때문이다.

그 벽은 잴 수 없을 정도로 높아서 영원히 올라갈 수 없을 것처럼 느껴졌다. 벽돌 원통으로 된 이 재래식 용광로는 넓이가 몇 평방미터밖에 되지 않았지만 난 그 안에 어떤 신비한 세계가 있을 것만 같았다. 만일 내가 그것을 볼 수 있다면 마음속의 모든 수수께끼가 풀릴 것만 같았다. 사실 난 기어오르는 기술이 부족하지는 않앞지만 지구력이 부족해 입구에서 한 팔 정도까지 올라갔을 때 힘에 부쳐 미끄러져 내려오곤 했다. 앞가슴의 살갗이 벽돌에 새빨갛게 쓸려서 미칠 듯이 아팠다. 이 세계의 그 어떤 고통도 이것과 비교할 수 없을 것 같았다. 하지만 난 그래도 벽을 기어오르고 싶었다. 어느날 형이 헛수고를 하고 있는 나를 보고 무얼 하고 있느냐고 물었다. 난 안에 들어가서 보고 싶다고 했다. 형이 한참 깔깔거리며 웃더니 용광로 입구를 막은 그루터기를 한발로 차버려 내가 들어가서 볼 수 있도록 해주었다. 안에는 벽돌 더미가 어지러이 흩어져 있었고 벽돌 위에는 많은 배설물이 있었다. 이는 나 이전에 이미 많은 사람들이 들어온 적이 있었음을 말해주는 것이었다. 비록 확실한 증거가 말해주는 것이 이 용광로 원통 안에 아무것도 없다는 사실이었지만, 여전히 나는 형이 문 앞을 막았던 나무 그루터기를 차버리는 것이 아니라 내가 직접 기어올라서 들어갔더라면 상황은 달랐을 것이라고 믿었다. 그래서 난 용광로 밖으로 나와서 형에게 그 나무 그루터기를 다시 본래의 자리로 옮겨달라고 부탁했다. 어렸을 때 내가 용광로 벽을 기어올라갔던 일은 바로 이러했다.

내가 용광로를 기어올라갔을 때는 대략 아홉살에서 열두살 무렵이었다. 마흔살이 넘어서 나는 내가 그후로 어떤 일을 할 때 그때와 같은 백절불굴의 결심이 없었다는 사실을 발견했다. 그리고 나중에 한 어떤 일들도 그 일처럼 바보스럽지 않았다. 용광로를 오르는 일에 좋은 점은 하나도 없고 단지 뼈에 사무치는 고통만 수반될 따름이었다. 하지만 난 그래도 오르고 싶었다. 이는 아마도 하려는 일이 멍청할수록 결심은 더 커진다는 사실을 말해주는 것일 테다. 그리고 이는 내가 다른 사람에게 바보 취급을 당하는 것은 싫

어하지만 스스로를 바보로 취급하는 것은 좋아한다는 사실을 말해
주는 것이기도 하다.

3

그후 왕얼은 종종 ×하이잉의 사무실에 가서 그녀의 사무용 책
상 앞에 있는 의자에 앉아 있곤 했다. 그는 그곳에서 자신이 마치
끈끈이에 들러붙은 파리 같다는 느낌을 받았다. 그녀가 왕얼에게
몇가지 질문을 했다. 그는 어떤 때에는 성실하게 대답했지만 어떤
때에는 허튼 생각에 골몰해서 대답하는 것을 잊어버리기도 했다.
그랬던 원인 중 하나는 왕얼이 그곳에서 엉덩이 비비기를 했기 때
문이다. 엉덩이 비비기의 재미는 모두가 잘 알 것이다. 아래쪽을 비
벼대다보면 머잖아 위쪽에서 넋을 잃게 되는데, 이는 자연스러운
천성이다. 또다른 원인은 왕얼이 치질을 앓고 있어서 엉덩이 밑이
몹시 아팠기 때문이다. 예전에 디드로는 중이염을 앓았을 때 허튼
생각으로 통증을 없앴다고 한다. 물론 이런 방법은 시대에 뒤떨어
진 것이다. 당시에 유행한 것은 마오 주석의 어록을 학습하는 것이
었다. 그렇지만 그는 아픈 부위가 대체로 똥구멍 안이어서 마오 주
석의 어록으로 고통을 멈추는 것이 모독이라고 여겼다. 게다가 그
는 이러한 치료법에 대해 근본적으로 그다지 신뢰하지도 않았다.
왕얼이 얼이 빠져 있을 때에는 일부러 도도한 척하는 것도 아니고,
반항하려는 마음이 있는 것도 아니었다. 그냥 얼이 빠져 있는 것이
었다. 그러나 이러한 점은 ×하이잉이 이해하기에 매우 어려운 것
이었다. 왕얼은 그녀의 사무실에서 오후 내내 한마디의 말도 하지

않고 그녀의 얼굴만 쳐다보면서 앉아 있었다. 그녀가 그에게 자신이 저지른 나쁜 일을 고백하라고 하고 또 위협적으로 그를 학습반에 보내겠다고 하는 말을 희미하게 들었다. 그런 후에도 왕얼이 전혀 반응이 없자 그녀는 다시 그가 머릿속으로 무슨 생각을 하는지 물었다. 하지만 얻어낸 것이라고는 목구멍에서 낮게 울리는 크크 하는 소리뿐이었다. 솔직히 말해서 이는 사상전선에서 일하는 사람들이 직면하는 가장 큰 난제였다. 당신이 목이 터져라 말하건만 상대방이 한마디도 대꾸하지 않으면 말을 알아들었는지 여부를 어떻게 알 수 있겠는가? 그래서 사람들의 머리 위에 커다란 컬러텔레비전 스크린을 설치하고 전극을 그 사람의 뇌신경에 직접 연결해 마음속으로 생각하는 모든 것이 머리 위 스크린에 표시되도록 하면 좋을 것 같다. 이렇게 하면 모든 것을 한눈에 알 수 있을 것이다. ×하이잉의 피부는 까무잡잡했다. 왕얼은 그녀의 얼굴을 쳐다보면서 마음속으로 이렇게 생각했다. 이런 얼굴은 어떻게 그려야 다른 사람들이 내가 흑인을 그린 것이 아니라는 사실을 알 수 있을까? 만일 그녀가 왕얼의 머리 위 스크린에서 이 생각을 보았더라면 분명 달려들어 알밤을 먹였을 것이다.

　×하이잉의 사무실은 자그마한 동편의 곁채였다. 바닥에는 쓸려서 마모된 사각 벽돌이 깔려 있었다. 그 건물에 있으면 사각형의 기둥, 다른 건물의 담 모퉁이, 절반 정도 드러난 처마를 볼 수 있었다. 이는 그 건물이 예전에는 집이 아니라 긴 회랑의 일부였다는 사실을 말해준다. 두부공장 안에는 긴 회랑과 응접실의 흔적이 남아 있을 뿐만 아니라 석탄 덩어리에 반쯤 묻힌 타이후석太湖石[8]도 찾

---

8 장쑤성(江蘇省) 타이후(太湖)에서 나는 돌로서, 주름과 구멍이 많아 가산(假山)을 만들거나 정원을 꾸미는 데 많이 쓰인다.

을 수 있었다. 회관으로 사용되던 그 건물은 정말 위풍당당했다. 왕얼은 그 건물이 회관이었다는 사실만 알았지 어느 성省의 회관이었는지는 몰랐다. 그가 생각했던 후보지는 다음과 같다. 안후이安徽, 안후이는 과거에 소금 상인들을 배출했고 소금 상인들이 돈이 아주 많다는 것은 누구나 아는 사실이다. 산시山西, 산시성 사람들은 금융업과 전당포를 많이 한다. 아니면 과거시험에서 장원을 많이 배출한 쑹장푸松江府일 수도 있고, 심지어는 윈난성雲南省일 수도 있다. 윈난에는 아편이 생산되므로 아편 판 돈으로 회관을 지었을 수도 있기 때문이다. 물론 이는 아편전쟁 이후의 일일 것이다. ×하이잉이 혁명원칙에 대해 설명하고 있을 때 이런 어지러운 잡생각이 왕얼의 머릿속을 스쳐 지나갔다. 왕얼은 나중에 대학생과 대학원생이 되었고 최근에는 강사를 거쳐 부교수가 되었지만, 여전히 종종 의자에 앉아서 보조교육을 받아야 했고, 그럴 때면 머릿속에서 이런 생각들이 이리저리 굴러다녔다. 만일 머리 위에 컬러텔레비전이 있었더라면 ×하이잉뿐만 아니라 당위원회 서기, 원장, 주임 등 수많은 사람들이 화를 냈을 것이다.

나중에 ×하이잉은 왕얼에게 더이상 혁명원칙에 대해 설명하지 않고 말투를 바꾸어 말했다. 당신은 어떻든지 간에 뭔가에 대해 반성해야 해. 그러지 않으면 내가 어떻게 당신을 위해 '보조교육' 글을 써줄 수 있겠어? 이 말은 이치에 맞았기 때문에 왕얼은 마음속에 깊이 새겼다. 그때는 선진적인 사람에게 상을 주든 후진적인 사람을 도와주든 전형典型이 하나 정해지기만 하면 이야기를 만들어내야 했다. 왕얼과 같은 경우에는 이런 이야기가 필요했다. 예를 들어 그는 본래 귀머거리를 때리고 벙어리를 향해 욕하고 무덤을 파헤칠 정도로 아주 나쁜 사람이었다. 하지만 공청단 조직의 도움을 받아 개과천선해서 새까만 까마귀가 하얀 비둘기가 되듯 나쁜 놈이 좋은 인간으로 변했다. 왕얼은 지금 잔빠를 때려 곤경에 빠졌는데 사람들이 그를 도와주었다. 결국 그는 이러한 이야기를 만들어내는 데 협조하게 되었는데, 우선 왕얼이 원래 얼마나 나쁜 놈인지를 말해야 했다. 하지만 그는 아무것도 생각해낼 수 없었다. 강요에 못 이겨 어쩔 수 없이 어린 시절 옆집의 홍당무를 훔쳤던 일을 자백했다. 그녀는 보물이라도 얻은 것처럼 책상 앞에 앉아 글을 쓰면서 큰 소리로 말했다. "어-렸-을-때-옆-집-의-물-건-을-훔-친-적-이-있-다!" 그녀는 다 쓰고 나서 다시 왕얼에게 질문했지만 그는 더이상 말하지 않았다.

4

이 일은 분명히 내 이야기이다. ×하이잉은 물론 성도 있고 이름도 있지만 나는 여전히 그것을 감추는 것이 좋겠다고 생각한다. 그녀는 다른 모든 여자와 마찬가지로 말에 신용이 없었다. 나에게 땅 위에서의 생명 안전을 보장한다고 말했지만, 라오루는 여전히 나를 물어뜯으려 하고 있었다. 내가 그녀에게 호소를 하자 그녀는 도리어 이렇게 말했다. 하늘에서 비가 내리려고 하고 여자가 시집을 가려고 하는 것을 내가 어떻게 막을 수 있겠어. 그녀는 또 이렇게도 말했다. 당신 스스로 좀더 주의를 기울이도록 해. 쫓기다가 더이상 도망갈 곳이 없으면 남자 화장실로 들어가. 그러면 라오루가 감히 따라서 들어오지 못할 테니까.(이는 현명하지 못한 생각이다. 화장실에 문이 하나밖에 없어서 들어갔다가는 그 안에 갇히게 되는데, 병법에서 말하는 절지絶地인 셈이다.) 그녀는 이렇게 말한 뒤 의자 위로 몸을 훌쩍 던지더니 발로 서랍을 마구 차면서 깔깔거리며 크게 웃었다. 그밖에도 그녀는 라오루에게 조언을 해주기도 했는데, 나를 잡기 전까지 어느 한곳을 노려보지 말고 가까이 돌진하고 나서 어디를 잡을지 생각하라는 것이었다. 라오루가 이러한 조언을 받고 달려들자 눈빛이 이리저리 종잡을 수 없이 번득였고, 나는 방어하기가 꽤 어려워졌다. 이러한 일들은 ×하이잉이 애초에 내 편이 아니었음을 말해준다. 라오루는 늘 나를 잡으려고 움직인 덕분에 몸이 날로 좋아졌고 속도도 날로 빨라졌다. 본래 천식이 있었지만 나중에는 그것까지 나았다. 결국 그녀는 내 옷깃을 잡아채기에 이르렀다. 다행스럽게도 내가 일찌감치 대비를 해 흰 종이에 그린 옷깃이었기 때문에 그녀가 그것을 잡아챘지만 마음이 아프지는 않았다.

아내는 나중에 나에 대해 말하면서, 나의 가장 큰 단점은 갑자기 손을 뻗어 다른 사람을 잡는 것도 아니고 백일몽을 잘 꾸는 것도 아니며 바로 의심이 많은 것이라고 했다. 이 점은 나 역시 인정하는 바였다. 만일 내가 의심이 많지 않았다면 어떻게 평소 잔빠가 내 주머니를 뒤질 것이라는 의심을 하고 그로 인해 그를 패기까지 했겠는가. 그런데 어떤 때에는 의심이 부족했다는 생각이 들기도 한다. 예를 들면 잔빠가 내 주머니를 뒤진 일에 대해 ×하이잉이 지시한 것이라는 의심을 왜 하지 않았을까. 잔빠가 비록 어깨가 처졌고 여자 같지만 외국인들이 말하는 A man is a man이니 어떻든지 간에 라오루와 같은 편에 서지는 않았을 것이라는 점은 쉽게 생각할 수 있다. 그렇지만 ×하이잉은 달랐다. 그녀는 나중에 잔빠의 아내가 되었으니 그에게 시집가기 칠년 전에 그를 꾀어 왕얼의 주머니를 뒤져 정말 그가 한 일인지 아닌지 좀 알아보라고 시키는 것은 충분히 가능했을 것이다. 잔빠는 나를 라오루에게 팔아넘기지 않았으나 다른 사람에게는 충분히 팔아넘길 수 있었다. 그렇지만 그 일을 승낙하고는 안절부절못하다가 내게 들켜 주먹세례를 받았으니 그 녀석도 귀여운 면이 있었다. 이 일은 그에게 좋은 점도 있었으니 나중에 이 일을 떠올리더라도 내적인 갈등을 겪지 않게 된 것이다. 그리고 이 일은 나쁜 의견을 내지 말아야 한다는 깨우침을 주었으니 ×하이잉에게도 좋은 점이 있었다. 단지 내게만 좋은 점이 없었다. 나는 이 여자가 일기에다 다음과 같은 내용을 쓸 것이라고는 전혀 생각지도 못했다. 왕얼 이 녀석은 아주 성실하게 가르침을 따랐다. 이 일은 정말 재밌다! 난 그녀가 라오루에게 가서 말한 내용을 알게 되었다. 그 그림은 분명 왕얼이 그린 것이 아니에요. 잔빠가 증명할 수 있어요. 그래서 나는 그녀에게 무척 감격했다. 사실 이 점은 눈이 있는 사람이라면 모두 알아차릴 수 있었다. 내가 지붕에서 내려오지 않았을 때에도 그 그림은 계속 변소에 나타났기 때문이다. 그렇지만 라오루는 여전히 나를 잡으려고 했다. 그 주요 이유는 할 일이 없고 한가했기 때문이다.

라오루가 내 옷깃을 잡았을 때 그 옷깃은 흰 종이에 그린 것이라고 나는 이미 말했다. 난 슬쩍 몸을 비틀어 그것을 두 조각으로 찢어버리고 꼬리를 자른 도마뱀처럼 달아났다. 그때 난 아주 득의만만해하며 소리 내 웃었다. 하지만 라오루는 미친 듯이 화를 냈고 입가로는 흰 거품을 흘렸다. 그렇지만 이는 사건의 일면에 불과했다. 다른 일면은 내가 아트지를 찾아 그 옷깃을 그릴 때 마음이 너무나 슬펐고 심지어 눈물까지 흘렸다는 사실이다. 이는 아주 쉽게 이해할 수 있는 일인데, 내가 화가가 되려고 한 이유는 나의 그림을 세계의 유명 화랑에 걸고 싶었기 때문이지 자신의 옷깃이나 그리기 위해서가 아니었던 것이다. 옷깃을 아무리 잘 그린들 무슨 소용이 있겠는가? 내가 이런 말을 하는 이유는 가짜 옷깃으로 라오루를 속였다고 일시적으로 득의만만해하며 만족할 정도로 내가 멍청이가 아니라는 사실을 증명하기 위해서이다. 난 여전히 앞으로 나에게 어떤 일이 일어날지 걱정하고 있었다. 그리고 라오루 역시 나를 발기발기 찢어놓으려고만 한 사람이 아니었다. 모든 사람에게 하나의 면만 있는 것은 아니다.

다음의 일은 라오루가 나를 발기발기 찢어놓으려고만 한 사람이 아니었음을 증명해준다. 며칠 전에 전차에서 온화한 모습의 할머니가 내 이름을 불렀는데 바로 라오루였다. 그녀는 내게 한순간 억누르려고 해도 억누를 수 없을 정도로 화가 극심하게 치밀어 몇 가지 옳지 않은 일을 했는데 마음에 담아두지 말라고 했다. 난 그녀에게 말해주었다. 미국에 있을 때 『프로이트 전집』을 한번 읽고는 그러한 일들은 일찌감치 다 이해하게 되었는데, 그때 당신은 성욕이 억눌려 있었으며 만일 남편과 섹스를 더 자주 했더라면 화를 억누를 수 있었을 것이라고 했다. 전차를 가득 채운 사람들이 내 말을 듣고는 모두 우리 쪽을 바라보았다. 그녀는 나를 때리지도 못하고 그저 한마디 내뱉기만 했다. 무슨 헛소리를 하는 거야!

×하이잉은 내 뒤에서 나쁜 수작을 많이 부렸지만 공장에서 날 학습반에 보내려고 했던 일에 대해서는 수작을 부리지 않고 물리쳤다. 그때는 분명히 그런 학습반이 있었다. 경찰이 모든 거리와 공장에 있는 질 나쁜 아이들을 그곳으로 보냈다. 이 학습반에 대해서는 수많은 이야기들이 난무했다. 그중의 하나를 말하면 이렇다. 달빛이 어둡고 바람이 세찬 어느날 밤에 우리 마을에서 멀지 않은 곳

에서 개 한마리가 몇번 짖더니 조용해졌다. 개 주인이 한 손에는 몽둥이를 들고 다른 한 손에는 손전등을 들고 나와 보니 몇 사람이 밧줄로 개의 목을 묶어서 끌고 가고 있었다. 개 주인이 소리쳤다.

"누구냐?"

"학습반이다."

"무슨 학습반?"

"건달 학습반!"

그러자 개 주인은 손전등과 몽둥이를 모두 내던지고서 몸을 돌려 달아났다. 다른 이야기도 있다. 학습반에서는 아무것도 배우지 않고 '수박 검사'만 배운다. 학습반을 이끄는 경찰이 장쌴張三을 살펴보자고 하면 모든 사람들이 달려들어 장쌴을 살핀다. 만일 리쓰李四를 살펴보자고 하면 리쓰를 살핀다. 소위 '수박 검사'라고 하는 것은 살펴봐야 하는 사람의 바지를 벗기고 머리를 바짓가랑이 사이에 집어넣는 일이다. 만일 당신이 인민경찰은 그렇게 무료하지 않다고 말하면, 그 이야기를 들려준 사람은 이렇게 말할 것이다. 훌륭한 경찰서에는 당번만 남아 있고 밖으로 나가는 사람들은 모두 그런 건들거리는 경찰들이라고. 난 이 일을 생각하면서 마음속으로 매우 두려웠다. 만일 내가 학습반에 가서 '수박 검사'를 당했다면 곧바로 자살해서 작은 일을 크게 만들었을 것이다. 만일 내가 자살을 하지 않는다면, '수박 검사' 당하는 일이 끝나겠는가? 내 입장에서 유일한 출로는 학습반에 가지 않는 것밖에 없었다. 그런데 내가 학습반에 가고 안 가고는 결국 ×하이잉의 말로 결정되었다.

내가 의심이 많은 것에 대해서는 여전히 보충해야 할 점이 있다. 나중에 ×하이잉은 늘 내게 기이한 말을 하곤 했다. 예를 들면 이런 말이었다. 내 배에는 구멍이 나지 않았어! 또는, 당신 말은 내 배에 구멍이 났다는 뜻이지? 심지어는, 내 배에 구멍이 있는지 없는지 잘 봐. 그녀는 매번 이렇게 말하면서 깔깔거리며 웃었고 앞에 사무용 책상이 있든 없든 마구 발길질을 해댔다. 이렇게 두서없는 말을 들으면 마음속으로 의심하지 않을 수 없었다. 그렇지만 난 한 번도 대꾸를 하지 않았다. 그저 마음속으로 그녀가 그런 의미로 말한 것이 아니기만을 바랐다. 정말 잔빠가 그런 저질스러운 농담을 그녀에게 했으리라고는 도저히 믿을 수가 없었다.

5

나는 성장하고 나서 어렸을 때의 일들 때문에 끝없는 곤혹감을 느꼈다. 난 백절불굴의 결심을 하고 벽을 기어오를 수도 있었고, 각종 기이한 발명을 할 수도 있었다. 하지만 내 신변의 일들에 대해서는 조금도 눈치채지 못해 하마터면 '수박 검사'를 당할 지경까지 갈 뻔했다. 이는 내가 특별히 총명하다는 것을 말해주는 것일까, 아니면 내가 특별히 멍청하다는 것을 말해주는 것일까? 정말로 알 수 없는 수수께끼이다.

내가 '보조교육'을 받은 일에 대해 보충설명을 한마디 해야겠다. 그때는 혁명시대였다. 혁명의 의미는 사람들이 알 수 없는 이유로 희생물이 될 수 있다는 것을 말한다. 마치 서왕모西王母[9]가 하늘에서 요강을 비울 때 누구의 머리 위로 떨어질지 알 수 없는 것과 같다. 또 복권을 추첨할 때 누가 당첨될지 알 수 없는 것과도 같다. 우

---

9 중국 고대 신화 속의 여신.

리는 충분히 이러한 것들을 견뎌낼 수 있다. 희생당하는 사람이 되든 아니면 희생당하지 않는 사람이 되든 모두 견뎌낼 수 있다. 혁명의 시대는 바로 그런 깃이다. 혁명시대에 나는 버스에서 할머니를 만나도 자리를 양보하지 않았다. 그녀가 지주의 마누라일까봐 두려웠기 때문이다. 그리고 세살 난 아이도 감히 기분 나쁘게 해서는 안되었다. 그애가 어딘가에 가서 고발할지도 모르기 때문이었다. 혁명시대에 나의 상상력은 이상할 정도로 풍부해서 늘 라오루의 머리통을 소변기로 삼고 그 안에 오줌 누는 상상을 하곤 했다. 물론 이런 이야기는 주제에서 너무 많이 벗어난 것이다. 나는 원래 나쁜 놈으로 태어난데다가 잔빠를 두들겨팬 죄까지 저질렀으니 보조교육을 받는 것은 억울하지 않았다. 라오루는 내가 그녀를 그렸다고 한마디로 단언했지만(이것은 이중으로 억울한 누명이다. 첫째로 그림은 내가 그린 것이 아니라 찐빵이 그린 것이고, 둘째로 찐빵이 그린 것은 그녀가 아니었다. 우리 공장에서 그 그림을 본 사람들은 모두 "라오루가 저렇게 생겼어? 너무 예쁘잖아!"라고 했다. 따져보면 그 무성한 털만 그녀의 것인 셈이다), ×하이잉은 나를 구해주었다. 간혹 난 ×하이잉에게 감격해서 이렇게 말하곤 했다.

"감사합니다, 지부서기님!" 본래는 공청단 지부서기님이라고 불러야 했지만 아부를 떨기 위해 난 공청단이라는 말을 빼버렸다. 그녀는 깔깔 웃으며 이렇게 말했다.

"감사하긴 뭘! 출로를 마련해주지 않는 정책은 무산계급의 정책이 아닌걸!"

이 말은 인민법관이 범인에게 사형에 대한 2년의 집행유예를 판결할 때 종종 하는 말이었다. 이런 말을 들으면 늘 식은땀이 났고 도대체 그녀는 누구와 한편인가 하는 의심이 들기도 했지만 어떤 원망을 잔뜩 품고 있다는 생각은 들지 않았다. 어쨌든 그녀는 공청단 지부서기이고 나는 후진청년이니 우리 사이에는 거리가 있었다. 법관과 사형수보다는 가깝겠지만 그 성격은 같은 것이라 할 수 있었다. 내가 이렇게 많은 말을 하는 것은 다음과 같은 일을 설명하기 위해서이다. 그때 두부공장 안에서 있었던 일의 원인은 찐빵이 나체 그림을 그렸기 때문이다. 나중에 누군가 그 위에 털을 추가했고, 그래서 라오루가 나를 잡아먹으려 들었으며, 그다음에 내가 잔빠를 때렸다. 하지만 결국 최후의 결과는 내가 ×하이잉의 손 안으로 떨어진 것이었다. 그리고 그녀가 나를 놀린 일은 다음과 같다.

난 숨이 찰 정도로 라오루에게 쫓기거나 ×하이잉에게 위협받아 혼비백산이 되면 잔빠를 찾아가 하소연을 했다. 내가 잔빠를 좋아했기 때문에 잔빠는 당연히 내 하소연을 들어줄 의무가 있었다. 잔빠는 이야기를 듣고 ×하이잉을 찾아가 날 위해 방법을 좀 찾아주라고 했으며, 또 회사에 있는 그의 친구들을 찾아가 왕얼을 좀 도와주라고 했다. 사실 잔빠는 일찍이 나 때문에 짜증이 났었지만 신경을 써주지 않을 수 없었다. 왜냐하면 그는 내가 자신을 좋아한다는 사실을 알고 있었기 때문이다. ×하이잉은 내가 자신에게 할 말이 있으면서도 직접 자신을 찾지 않고 잔빠에게 말을 전해달라고 부탁해서 짜증이 났다. 또 잔빠가 핵심을 제대로 말하지 않고 쳇바퀴 돌듯 말을 반복하는 것도 싫었다. 하지만 미소를 지으며 들어줄 수밖에 없었으니 그녀는 잔빠가 자신을 좋아한다는 사실을 알고 있었기 때문이다. ×하이잉은 나를 좋아했고 그래서 나를 자주 협박했다. 그렇지만 나는 아무것도 모른 채 그저 죽고 싶을 정도로 무섭기만 했다.

6

두부공장에서 보조교육을 받을 때 나는 ×하이잉의 맞은편에 앉아 엉덩이를 비비면서 치질 통증을 참기 어렵다고 느낄 때면 여러가지 기이한 발명을 생각해내곤 했다. 발명이 하나 생각나면 웃음을 참을 수 없었다. 나중에 ×하이잉은 내가 요상하게 웃는 모습을 보고 정말이지 가느다란 철사를 이용해 나를 매단 뒤 양쪽 발바닥 밑에 초를 켜놓고 왜 웃었는지 그 이유를 자백하게 하고 싶었다고 했다. 그녀는 늘 내가 웃으면 자신을 비웃는 것이라고 여겼다.

만일 내가 그녀를 비웃으려고 했다면 비웃을 만한 일이 있기는 했다. 예를 들어 그녀는 고집스럽게 낡은 군복을 입곤 했다. 그 낡은 군복 속에 입은 포플린 솜저고리에는 그야말로 옻칠한 가구의 광택과 맞먹을 정도로 번쩍거리는 흔적이 두군데 있었다. 이러한 일은 비웃을 만한 것이지만 난 그녀 앞에서 비웃을 수 없었다. 그녀는 공청단 지부서기이고 난 후진청년이니 같은 부류의 사람이 아니었다. 같은 부류가 아니면 비웃을 수 없는 법이다. 내가 웃을 때에는 늘 나 자신을 비웃는 것이었다. 설사 그녀가 나를 매단 뒤 발밑에 촛불을 켜두더라도 난 비명만 질러댈 뿐 아무것도 자백할 수 없었을 것이다. 왜냐하면 항상 끊임없이 기괴한 생각이 드는 것을 나 자신은 억누를 수도 없었고 설명할 수도 없었기 때문이다.

굶주리던 시기에 난 굶주림을 끝낼 방법을 발명해내지 못했다. 그렇지만 다른 사람들 역시 발명해내지 못했다. 그런데 어떤 사람이 쌀을 쪄서 쌀밥을 마멀레이드와 비슷하게 만드는 방법(간단히 칭해 쌍증법雙蒸法이라고 한다)을 발명했다. 밥의 양은 많아졌지만 먹으면 이뇨작용이 아주 활발해졌다. 화장실에 뛰어가는 일에 열량이 소모되었다. 음식물이 부족할 경우에는 열량이 매우 소중하므로 이 방법은 좋지 않았다. 사실 많은 사람들이 이중으로 찐 밥을 먹은 뒤 부종이 생겼고 심지어 죽음을 재촉하기도 했지만 이중으로 찐 밥이 나쁘다고 말하는 사람은 없었다. 왜냐하면 그것은 스스로 자기를 기만하는 일이었기 때문이다. 내 남동생도 이제 어른이 되었다. 색맹이 아니어서 무대미술을 공부했다. 동생은 형들과 마찬가지로 발명을 좋아했다. 최근에 그는 나한테 말하기를 자신이 일종의 행위예술을 발명해서 사람들이 세계 어느 곳에서나 바다 위로 달이 뜨는 멋진 장면을 감상할 수 있게 만들었다고 했다. 그 방법은 맑고 깨끗한 물을 대야에 담은 뒤 달이 뜰 때 대야 뒤에 가서 쪼그리고 앉아 있는 것이었다. 이 두 발명은 사실 같은 것이다. 수학과 졸업생으로서 나는 세계를 다음과 같이 이해한다. 세계는 영차원의 공간이기도 하고 무한차원의 공간이기도 하다. 밥을 배불리 먹을 수 있다면 일차원의 공간으로 들어가는 것이다. 엉덩이 비비기를 하지 않고 치질을 비벼대지 않을 수 있다면 이차원의 공간으로 들어가는 것이다. 그리고 창조와 발명을 할 수 있다면 삼차원의 공간으로 들어가는 것이다. 여기서부터는 무한대의 공간으로 들어갈 수 있고 천지가 개벽하게 된다. 쌍증법과 내 동생의 행위예술은 바로 영차원과 일차원 공간에서의 발명이었다. 이것들은 노새의 좆 같은 것으로 발명이라고도 할 수 없다.

×하이잉 앞에 앉아 엉덩이를 비빌 때 난 또다시 여러 종류의 발명을 생각해냈다. 수중에 노트가 없어 적어놓지 않아 내용을 잊어버린 것이 아쉬울 따름이다. 지금 기억할 수 있는 것 중 가장 진지한 것은 한가지뿐인데, 화장실에 있는 남자 소변기에 터빈을 설치

해서 소변이 떨어지는 충격을 이용해 전기를 만들어내는 것이다. 발명 하나를 생각해낼 때마다 난 미소를 지었다. 만일 그때 그녀가 고개를 치켜들고 봤다면 이렇게 소리쳤을 것이다. 뭐가 웃겨? 뭐가 웃겨? 말해봐!

　같은 여자라 하더라도 미소에 대한 생각은 서로 다르다. 예를 들면 나의 아내는 내가 대학원을 다닐 때 공청단 위원회 비서였는데 대회를 열 때면 주석단 옆에 앉곤 했다. 단상 아래 세번째 줄 제일 끝에서 얼굴이 시커멓고 곱슬곱슬한 수염을 기른 남자가 이따금씩 신비한 미소를 짓는 것을 보고 그녀는 마음이 흔들렸다고 했다. 좌석표를 꺼내 보니 수학과의 왕얼이었다. 이름을 알면 나머지는 쉬웠다. 그때는 벌써 1984년이었다. 우리는 정치보고를 들을 때 번호대로 자리에 앉았고 자리를 비우면 점수가 깎였다. 아이스케이크 파는 사람을 찾아낸다면 그를 나 대신 앉히고 그 사람 대신 내가 아이스케이크를 팔 수도 있었다. 하지만 날이 선선해 아이스케이크를 파는 사람조차도 오지 않았다. 그래서 그녀가 나를 보게 되었고 또 나를 찾아내서 로맨스가 시작될 수 있었다.

　나의 아내는 작고 영특하며 매우 귀엽게 생겼다. 입에는 늘 껌이 있어서 입을 벌리면 큰 풍선이 생기곤 했다. 누구를 만나든 간에 입을 열어 하는 첫마디는 반드시 "껌 씹을래요?"였다. 그러면서 그녀는 껌을 하나 건넸다. 그녀는 내게 말하길, 다른 사람들은 웃을 때 입꼬리에서부터 위쪽으로 웃는데, 나는 웃을 때 호텔 정문에 있는 회전문처럼 왼쪽에서 오른쪽으로 웃어 아주 괴상해 보인다고 했다. 그녀는 내가 웃는 모습을 보기 위해 내게 시집왔다고 했다. 이것에 대해 난 깊은 의심을 나타냈는데, 우리 둘이 일을 치를 때 그녀는 늘 오, 오 하고 소리를 질렀고 꾸민 것처럼 보이지 않았기 때문이다. 그래서 우리가 미소로 연분을 맺게 되었다는 말은 그다지 믿을 수 있는 것이 아니었다.

난 내가 까닭 없이 미소를 짓는 문제가 있다는 사실을 알고 있다. 하지만 웃을 때 어떤 모습인지 나는 볼 수가 없다. 이것은 사람이 자신의 코 고는 소리를 들을 수 없고 자신의 치질을 볼 수 없는 것과 마찬가지다. 그해 우리가 유럽으로 놀러 갔을 때, 나는 루브르 박물관에 가서야 나의 웃는 모습을 보게 되었다. 그때 우리는 사람들이 많은 이층에 있었다. 사람들 속에서 한 뚱뚱한 프랑스 여인이 목이 터져라 "No flash! No flash!"하고 외쳐댔다. 하지만 조금도 먹혀들지 않았다. 수많은 자동카메라가 플래시를 마구 터뜨렸다. 아내는 짊어진 배낭과 주머니에 든 동전을 모두 내게 맡기더니 바닥에 엎드려 다른 사람들 가랑이 사이로 기어서 들어갔다. 잠시 후 안쪽에서 그녀가 외치는 소리가 들려왔다. 왕얼, 빨리 와! 여기 당신이 있어! 얼마 후에 나 역시 죽을힘을 다해 비집고 들어가 모나리자를 보았다. 그 부인의 웃는 모습은 정말 파악하기 어려운 표정이어서 나는 어떻게 묘사해야 할지 모르겠다. 간단히 말해 이딸리아의 버스 안에서 누가 당신을 향해 그렇게 웃는다면 그 사람은 당신의 지갑을 훔치고 있는 것이다. 영국의 사교장에서 누가 당신을 향해 그렇게 웃는다면 그것은 당신의 바지 가운데 지퍼가 내려가 있다는 뜻이다. 비록 옷의 단추가 여러개 떨어져 나가기는 했지만 난 그럴 만한 가치가 있다고 느꼈다. 왜냐하면 이해하지 못했던 수많은 수수께끼를 풀 수 있었기 때문이다. 그런 미소가 내 얼굴에 어려 있어서 어떤 때에는 환심을 샀고 어떤 때에는 미움을 받았던 것이다. 사람들은 그 미소가 자신을 향한다고 느꼈을 때 더욱 그러했다. 예를 들어 당신이 소학교 교사이고 매달 36위안밖에 벌지 못해 방과 후 수업을 하면서 학생들에게 레이펑雷鋒[10] 아저씨 이야기를 들려주어야 한다고 치자. 그때 당신의 지도를 받는 그 꼬맹이들 중에서 누군가가 갑자기 당신에게 모나리자 같은 미소를 보낸다면 당신의 마음속에는 어떤 느낌이 들까? 그 교사는 분명 나에게 내가 돼지라는 사실을 인정하라고 다그칠 것이고 난 금방 그렇다고 할 것이다. 하지만 나중에 아버지의 이름을 사칭해 교육부에 편지를 써서 이 일을 알릴 것이다. 레이펑 아저씨는 평생 남을 도와주는 것을 즐거움으로 여겨 좋은 일을 많이 하셨는데 만일 자신 때문에 열두살 먹은 아이가 돼지가 된 사실을 안다면 하늘에 있는 그의 영혼은 분명 안식을 얻지 못할 것이라고 말할 것이다. 그리고 나의 선생님은 이 일 때문에 교육부로부터 호되게 비판을 당할 것이다. 이러한 것들이 바로 미소가 불러일으키는 일이다.

지금도 이따금씩 미소를 억누를 수 없는 경우가 있고 그 결과로 적이 많이 생겼다. 직함심사회의에서 이렇게 미소 짓는다면 다른 사람의 수준 낮음을 비웃는 것이 되고, 주택배분회의에서 미소 짓는다면 사람들이 살 집이 없어 아웅다웅 물어뜯는 것을 비웃는 것이 된다. 결과적으로 이러한 미소 때문에 난 있는 사람을 미워하고 없는 사람을 비웃는 놈이 되어버린다. 하지만 이로 인해 난 또다른 발명을 생각해내기도 했다. 백금 전구를 얼굴 피부에 심어 자신이 미소 짓고 있는 것을 생체전위를 통해 측정하는 순간 강한 자극을 내보내 입에 거품을 물고 땅바닥을 뒹굴도록 하는 것이다. 이 발명이 실현된다면 세상에는 더이상 다른 사람이 싫어하는 미소를 짓는 녀석들은 존재하지 않을 것이다. 다만 간질병 환자가 몇명 더

---

10 중화인민공화국 인민영웅의 한 사람(1940~62). 인민해방군의 모범병사였으며 사고로 사망하였다.

늘어날 뿐일 것이다.

7

　소학교에 다닐 때 한동안 6교시 수업을 마친 뒤 집에 가지 못하고 과외활동을 두시간 동안 해야 했다. 과외활동 때에도 활동을 못하게 했고 자리에 앉은 채 엉덩이를 비비게 했다. 다행히 아이들은 혈액의 움직임이 왕성해서 쉽게 치질이 걸리지는 않았다. 5학년 때 뚱뚱하고 키가 큰 여자 선생님이 있었는데, 유방은 수박 같았고 엉덩이는 호박 같았다. 눈을 부릅뜨면 감귤만큼 커졌고 말을 하면 소리가 천둥 같았다. 나는 그 선생님에 대해 커다란 반감 — 이는 나중에 내가 마르고 자그마한 여자를 아내로 삼은 이유이기도 하다 — 이 있었다. 게다가 그녀는 수업을 마쳤는데도 집에 보내주지 않고 과외활동을 두시간 동안 시켰다. 그래서 그녀가 무슨 말을 해도 난 전혀 듣지 않았으며 그 대신 잡생각만 했다. 갑자기 선생님이 나를 불러세우더니 내게 한바탕 불평을 늘어놓기 시작했다. 자신도 일찍 집에 돌아가고 싶지만 교육부에서 이렇게 정치사상 교육을 하라고 하는데 무슨 수가 있겠느냐는 그런 말이었다. — 이말은 내게 아주 adult했다. 어른成人이라는 두 글자는 흔히 사람들에게 벌거벗은 엉덩이를 떠올리도록 하지만 내가 가리키는 것은 정치로서 성격이 완전히 다른 것이다. — 그런 후 그녀는 내게 다음과 같은 질문을 했다. 레이펑 아저씨는 사람은 밥을 먹기 위해서 사는 것이 아니라 살기 위해서 밥을 먹는 것이라고 했는데 넌 어떻게 생각하니? 나는 이렇게 대답했다. 살든 죽든 반드시 먹어야 하지요. 선생님은 그 자리에서 이렇게 선포했다. 우리 반에서 누군가의 외모는 다른 사람과 같지만 돼지의 인생관을 가지고 있구나. 우리 반에는 40여명의 아이들이 있었는데 돼지라고 선포된 사람은 나 하나뿐이었다. 이 일은 당연히 내 인생의 최대 오점이었기 때문에 다른 사람에게 알릴 수가 없었다. 그러나 ×하이잉에게 핍박을 당하던 나는 이것까지 자백해버렸다. 그녀는 이 이야기를 듣고 황급히 책상에 앉았더니 빠르게 "소학교 때 사상이 낙후하여 선생님의 비판을 받았다"라고 썼다. 그런 후 그녀는 다시 내게 말했다. 하나 더 자백해. 자백하면 집에 보내줄게. 하지만 난 정말 아무것도 말할 수 없었다. 그저 그녀와 함께 있으면서 하늘이 어두워질 때까지 그곳을 비벼댈 뿐이었다.

보조교육 시간에 내가 ×하이잉에게 말했다. 지부서기님, 떠오른 생각이 있어 이야기를 좀 하려고 하는데요. 그녀는 재빨리 얼굴에 미소를 띠며 떠오른 생각을 환영한다고 했다. 나는 이곳에서 엉덩이를 비비는 것이 쓸모가 있는지 없는지 알고 싶다고 했다. 그녀는 정색을 하고서 내게 그 어휘에 대해 설명해보라고 했다. 난 설명을 시작하면서 먼저 '쓸모가 있는지 없는지'의 문제에 대해 말했다. 예를 들어가면서 이렇게 말했다. 어린 시절 선생님이 나에게 레이펑 아저씨에 대해 질문했을 때 나는 낙후한 대답을 했어요. 사실 진보적인 대답도 할 수 있었지만 난 그렇게 대답할 수 없다는 것을 알았어요. 만일 내가 Of course, 사람이 밥을 먹는 것은 살기 위해서이지 설마 다른 답이 있을까요?라고 대답했다면 선생님께서는 이렇게 말씀하셨을 겁니다. 이 녀석, 수업 때 열에 아홉은 지각하고 뒤에서 선생님을 욕하고 여학생들의 땋은 머리카락이나 잡아당기더니 의외로 사상은 레이펑보다 나은데? 이런 걸 정말 말똥구리가 하품하는 소리라고 하는 거야. 어디서 그런 구린내 나는 입을 벌리는 거야! 교실에서 이런 욕을 먹으니 스스로 돼지임을 인정하는 편이 낫지요. 이와 같은 결과를 난 항상 분명하게 예측할 수 있었어요. 솔직히 말해서 내가 나쁜 짓을 배운 것이 하루 이틀도 아닌걸요. 이렇게까지 말했어도 ×하이잉은 이해하지 못했다. 당신네 소학교 선생님이 일했던 방식이 좀 단순하고 거칠었군. 그런데 그것과 지금의 일이 무슨 관계가 있는 거지? 사실 내가 그녀에게 묻고 있는 내용은 내가 이곳에서 고백하고 반성하는 것들이 도대체 쓸모가 있느냐 없느냐 하는 것이었다. 결국 학습반에 가는 것을 피할 수 없다면 난 차라리 일찌감치 가기를 원했다. 일찍 가면 일찍 돌아올 테니 말이다. 바꾸어 말하면 내 질문은 이런 것이었다. 소위 보조교육이라는 것이 Catch22[11]인가 아닌가? 나는 입이 아프도록 말을 하고서야 분명하게 생각을 전달했고, ×하이잉은 신비한 미소를 띠면서 이렇게 말했다. 좋아, 당신이 말한 것을 알아들었어. 다른 게 또 있나?

내가 한 말의 의미는 다음과 같은 것이다. 혁명시대에 난 언제나 자신이 돼지임을 인정하고서 평안함을 얻고자 했다. 사실 ×하이잉은 그 말의 의미를 전혀 이해하지 못했다. 그녀의 대답은 엉뚱하기까지 했으니까 말이다. 당시에 난 그녀의 대답이 "당신은 안심해도 돼"라는 말로 여기고 두번째 문제인 엉덩이 비비기에 대해 이야기하기 시작했다. 그 문제는 이런 것이었다. 난 어깨가 넓고 엉덩이가 좁아서 딱딱한 나무걸상에 앉아 있으면 국부압력을 아주 크게 받는다. 난 사무실에 앉아 있어본 적이 없어 그런 방면으로는 훈

---

11 '진퇴양난'을 뜻하는 용어.

런이 부족했고 게다가 사내 열명 중에서 아홉명은 치질에 걸리므로 치질을 심하게 앓고 있다. 처음에는 내치질이다가 나중에 외치질로 발전하고 더 발전하면 혈전치질이 돼 다소 견디기가 힘들어진다. 만약 이곳에서 엉덩이 비비는 일이 쓸모가 있다면 나는 며칠 휴가를 내서 수술을 받고 싶었다. 뒤쪽 근심을 제거하고 나면 그곳에서 더 오래 비빌 수 있을 테니까. ×하이잉은 이 말을 듣고 깔깔거리며 크게 웃더니 이렇게 말했다. 병이 있으면 당연히 치료를 해야지. 하지만 내가 당신이라면 병가病暇는 내지 않겠어. 병이 있더라도 꿋꿋하게 일을 하는 것이 모범적인 업적이어서 당신이 관문을 통과하는 데 유리할 거야. 자신의 모범적인 업적을 찾아서 모으라는 그녀의 말을 들은 나는 이것이야말로 그녀가 정말 나를 구하려 한다는 것을 입증하는 증거라고 생각했다. 나는 기운을 내면서 병이 있고 피를 흘리더라도 엉덩이를 비비겠다고 결심했다.

한참이 지나서 ×하이잉은 내가 치질 이야기를 할 때 얼굴 가득 쓴웃음을 짓던 모습이 너무나 사랑스러웠다고 했다. 하지만 당시에 나는 조금도 자신이 사랑스럽다고 생각하지 않았다. 얼마 후 나는 후진청년이라는 비참한 위치에서 벗어났지만 공장에서는 여전히 나를 골칫거리로 여겼고 공장에 둘 수 없어서 방공호 공사장으로 보내버렸다. 방공호를 다 파니 다시 나를 민병民兵[12] 소분대로 보내 나쁜 녀석들과 함께 공원 잔디밭에 가서 한밤중에 야합하는 야생 원앙을 잡도록 했다. 원앙을 만나면 기침을 한번 하고는 옷 입고 우리랑 가자고 하면서 사무실로 데리고 와 반성문을 쓰게 하라고 했다. 그때 그 원앙들은 얼굴에 애처로운 미소를 띠고 있어서

---

12 평상시에는 생업에 종사하다가 전시에 작전에 참가하는 민간 무장조직으로, 1949년 중화인민공화국 성립 후에 제도화됨.

바라보는 일이 정말 재미있었다. 그렇지만 그들 자신은 분명 재미있게 느끼지 않았을 것이다. 1976년 가을에 한쌍을 잡아들였는데, 남자는 40여세로 얇은 모직외투를 입고 있었고 얼굴색을 보니 간암 말기 같았다. 여자는 매우 예뻤다. 푸른색 제복을 입고 있었고 안에는 빨간색 스웨터를 받쳐입었는데 얼굴색이 창백했다. 그 커플은 약간의 쓴웃음도 짓고 있지 않아서 바라보는 일이 재미가 없었다. 그들에게 "당신들 뭘 했나요?" 하고 물었다.

대답: 나쁜 짓을 했습니다.

다시 질문: 몇번이나 했나요?

대답: 주석께서 서거하시고 난 후 쉬어본 적이 없습니다.

말을 마치자 전기에 감전된 듯이 부들부들 떨기 시작했다. 그때는 마침 국상國喪 시기였고 그 커플의 행위는 바로 슬픔의 과도한 표현이었다. 우리는 서로를 쳐다보았다. 사람들의 얼굴은 모두 쓴웃음으로 가득했다. 그들에게 집으로 돌아가 앞으로는 나오지 말라고 했다. 그날 이후로 상부에서 우리에게 시키는 일이 아주 시시하게 느껴졌다. 이 일은 혁명시대에 어떤 사람은 희롱하고 어떤 사람은 희롱당한다는 사실을 말해준다. 회백색의 얼굴이 식은땀으로 덮이고 그 위에 다시 쪼글쪼글하고 축축한 쓴웃음이 깔리면 이는 승리자에게 바치는 공물이었다. 내가 치질에 대해 말할 때 바로 이런 모습이었고, 공원에서 야생 원앙이 자백할 때에도 이런 모습이었다. 만일 그런 쓴웃음이라도 짓지 않으면 적나라한 야만스러움으로 변해 전혀 재미있지 않게 된다.

나는 지금 어린 시절에 팔을 베인 것을 말하고 배고팠던 것을 말하며 보조교육 받은 것을 말하면서 또다시 얼굴에 쓴웃음을 드러내고 있다. 이 웃음은 공원에서 섹스하던 야생 원앙들이 붙잡혔을 때 지은 쓴웃음과 아주 비슷하다. 공원에서 섹스하면 열번 중 한번 정도만 붙잡힌다. 그래서 이것 역시 일종의 복권이다. 이러한 복권 과 보조교육이 얼마나 큰 차이가 있든 간에 한가지 면에서는 똑같 다. 그것은 바로 복권에 당첨되지 않은 사람들이 보기에 그렇게 웃 는 모습은 모두 똑같이 사랑스럽다는 것이다.

8

사랑스러움에 대해 보충해야 할 점이 있다. 탑 위에서 일을 할 때 나는 종종 잔빠에게 본심을 털어놓곤 했다. "잔빠, 넌 정말 사랑 스러워!" 그는 이 말을 듣고 이렇게 말했다. 니미 씨팔, 너 또 귀찮 게 할래? 얼마 지나지 않아 나는 알바니아 민요를 개사해 부르기 시작했다.

그대여, 사랑스러운 위대한 잔빠,
맞아서 눈이 퍼렇게 되니 더욱 아름답구나.

어떤 노래든 간에 내 입에서 불리기만 하면 그저 처량이라는 두 글자로 표현될 수 있을 뿐이다. 잔빠는 아무런 티도 내지 않고 듣 다가 갑자기 스패너인지 드라이버인지를 쥐고는 내게 달려들었 다. 그렇지만 당신은 나를 걱정할 필요가 없다. 내가 잔빠에게 맞으 면 왕얼이 아니고 그도 역시 잔빠가 아니니까. 잔빠가 나를 사랑한 다는 것을 증명할 수 있는 일이 하나 있다. 1978년에 난 대학 입학 시험을 봤다. 발표가 날 무렵 잔빠는 매일 경비실을 지키고 있다가 내 합격통지서를 받아들고는 탑 위로 나는 듯이 뛰어와 알려주었다. "사대 수학과! 네가 곧 꺼져버리게 되었구나!!" 결코 모든 사람이 잔빠로 태어나는 행운을 지닌 것은 아니다. 그리고 왕얼이 죽을 때까지 사랑할 터이니 그 역시 엄청난 복권에 당첨된 것이다. 이런 것이 바로 사랑스러움과 관련된 일이었다. 이전에 나는 잔빠가 사랑스럽다는 것만 알았는데, ×하이잉이 나를 사랑스럽게 여긴 후로는 비로소 사랑스러움이 얼마나 큰 재난인지를 알게 되었다.

보조교육을 받을 때 내가 ×하이잉의 사무실에 가면 그녀는 늘 싱글거리면서 고개를 숙였고 기괴한 문장을 사용해 내게 말하곤 했다. 예를 들면 내가 지부서기님, 저 왔습니다,라고 하면 그녀는 어서 와 앉아,라고 했다. 내가 지부서기님, 제가 지금 떠오르는 생각을 고백하려고 합니다,라고 하면 그녀는 떠오르는 생각을 환영하니 말해봐,라고 했다. 무슨 말을 하든 간에 그녀는 늘 환영한다는 말을 먼저 했다. 내 마음을 열기 위해서였다고는 하지만 그녀는 평소처럼 침착했고 손으로 볼펜을 만지작거렸다. 그녀가 진지했다고는 하지만 그런 말들은 정말 조리에 맞지 않은 것이었다. 나는 지금에서야 비로소 그때 그녀가 내가 가진 사랑스러운 점을 세심하게 감상하고 있었다는 사실을 알게 되었다. 이 일을 생각하면 정말 미쳐버릴 것만 같다.

내가 ×하이잉의 사무실에서 '보조교육'을 받을 때 또다시 몇 가지 일이 발생했다. 그해 겨울, 상급기관에서 '사회치안강화운동'을 전개하라고 지시하자 각종 판결대회가 끝없이 열렸다. 당연히 이것은 닭을 죽여 원숭이를 경각시키려는 것이었다. 나는 원숭이였기에 모든 대회에 참가해야 했다. 시에서 하는 판결대회에서 몇몇 사람이 끌려나가 죽임을 당했다. 또 구에서 하는 판결대회에서 몇몇 사람이 구속돼 노동개조에 끌려갔다. 얼마 후 회사의 판결대회에서 학습반 전체를 단상에 올려 서 있게 했다가 대회가 끝나자 그중의 몇명을 노동교육으로 보냈다. 마지막으로 우리 공장에서도 대회를 열어야 했다. ×하이잉이 내게 이것은 비판대회일 뿐이라고 장담했다. 내가 잔빠를 때린 일을 비판하는 것이지 다른 것은 없다고, 판결대회가 아니라고 했다. 하지만 난 믿을 수가 없었다. 이번은 판결대회가 아닐지라도 조만간 판결대회로 바뀌게 될 거라고 여겼다. 나중에 나는 그녀에게 난 천성이 비관적이어서 틀림없이 그 자리에서 울음을 터뜨리고 말 거라고 했다. 그녀는 만일 운다면 그것은 당신이 잘못을 뉘우친다는 의미이고 당신에게 아주 유리하니까 마음껏 울라고 했다. 그래서 그날 대회가 열렸을 때 난 앞에 서서 비 내리듯이 눈물을 쏟았다. 많은 중년 여성이 참지 못해 나와 함께 눈물을 흘렸고 수건을 가지고 와서 내 눈물을 닦아주기까지 했다. 나머지 사람들은 잔빠에게 분노의 시선을 보냈다. 대회가 끝나자마자 잔빠는 내게 달려들며 내가 계집애처럼 굴었다고 말했다. 그의 말은 내가 간계를 써서 그를 해쳤다는 의미였다. 그는 나를 한대 때리고 싶어했지만 그에겐 나를 때릴 배짱이 없었다. 잔빠의 가장 사랑스러운 모습은 감히 정말로 달려들지는 못하면서 양 주먹을 꽉 쥐고 달려드는 자세를 취하는 것이었다. 만일 당신 주변의 누군가가 이런 모습을 보이면 당신 역시 그를 사랑하게 될 것이다.

비판대회는 이러했다. 라오루는 아주 불만스러워하며 이 대회는 나쁜 놈을 혼내줄 기염이 없다고 불평했다. 회의장을 나서려고 할 때 그녀가 갑자기 내게 달려들었다. 이번에는 사방에 사람들이 있었고 피할 곳이 없어서 그녀에게 허리를 잡히고 말았다. 하지만 난 이러한 상황을 일찌감치 예상하고 방안을 마련해두고 있었다. 나는 즉시 숨을 참고 앞으로 뻣뻣하게 쓰러졌다. 그들이 나를 돌려 뉘었을 때 난 두 눈을 꼭 감고 이를 악문 채로 숨을 전혀 쉬지 않았다. 목격자들은 내 얼굴이 회백색으로 변했을 뿐만 아니라 광대뼈가 시체의 푸른빛을 띠고 있었다고 했다. 황급히 공장 의무실의 샤오첸小錢을 불러 나의 맥을 짚어보게 했지만 맥이 짚이지가 않았다. 청진기로 내 심장 맥박을 들어보게 했지만 맥박이 들리지 않았다.(내 느낌에 그녀는 내 오른쪽 가슴에서 소리를 듣는 것 같았다.) 침으로 내 인중을 찔렀으나 내 얼굴 피부가 팽팽해서 그런지 모르겠지만 아무리 해도 침이 들어가지 않았다. 그래서 급히 나를 삼륜차에 태워 병원으로 보냈다. 난 차에 태워질 때 냉장고에서 막 꺼낸 것처럼 뻣뻣했다. 하지만 공장문을 나서자마자 회복되어 활기차게 깡충깡충 뛰었다. 라오루는 이러한 나의 계략에 아주 불만스러워하며 이렇게 말했다. 다음번에 왕얼이 또다시 숨을 쉬지 않는다면 병원으로 보내지 않고 직접 화장터로 보내버리겠어!

그 치안강화운동과 비판대회에 대해, 그것은 혁명시대의 사건이었다고 간단히 결론 내릴 수 있다. 그 시기의 많은 사건들에서와 마찬가지로 일부는 죽임을 당했고, 일부는 갇혔으며, 일부는 통제를 받는 결과가 초래되었다. 사람들은 매일 평소와 다름없이 출근했지만 얼굴을 잔뜩 찌푸린 채 수심으로 가득했다. 이러한 일들은 늘 다음과 같은 순서로 진행되었다. 통제를 받는 사람은 감옥에 보내져 갇힐지도 모르고, 갇혀 있는 사람은 죽임을 당할지도 모른다. 어떤 일이 발생할지 모르니 인내를 가지고 기다려야 한다. 나의 잘못은 죽이러 오기도 전에 내가 죽어버린 것이다.

이 일이 있은 후 ×하이잉이 내게 말했다. 당신은 이제 끝이야!

이런 짓을 몇번 더하면 나도 당신을 구해줄 수 없고 당신은 틀림없이 학습반에 보내질 거야. 이 말은 나를 겁주려는 것이 아닌 것 같아서 내심 꽤 두려웠다. 당신 — 당신 — 당신은 나를 구해, 구해줘야 해요. 우리와 잔빠 사이는 아주 좋으니까요. 그전에 난 말을 더듬지 않았을 뿐만 아니라 일본 사람처럼 말을 빨리 했다. 하지만 그때 앞말을 한번 더듬게 되면서 지금까지 나아지지 않았다. 지금 난 두가지 방법으로 말더듬증을 극복하려 하고 있다. 하나는 말을 하기 전에 먼저 더듬을 것이라 예측되는 부분을 여러번 속으로 생각하는 것이다. 이렇게 하면 더듬지는 않지만 숨을 헐떡거리게 된다는 문제가 있었다. 또다른 방법은 말을 하기 전에 이마를 세게 쳐서 갑자기 깨달았다거나 모기를 잡는 모습을 취하는 것이다. 이렇게 하면 말을 더듬지 않게 된다. 하지만 그런 방법도 썩 좋지 않다. 겨울에는 모기가 없고, 12시에 다른 사람이 점심을 먹었는지 물었는데 갑자기 깨달은 것처럼 굴면 건망증에 걸린 것 같지 않겠는가? 가장 큰 문제는 내가 어떤 때에는 천식이 되고 또 어떤 때에는 건망증이 되니 그 결과 지금 동료들이 내가 천식도 아니고 건망증도 아니라고 말한다는 것이다. 나에 대해 뭐라고 말하든 믿지 않지만 그래도 말을 하는 것이 더 낫기는 하다. 그들은 내가 속이 시커멓고 못된 꿍꿍이가 있어 종종 책임자 앞에서 고자질로 선량한 사람들을 모함한다고 한다. 하지만 난 한번도 그런 일을 하지 않았다. 이는 모두 ×하이잉이 위협해서 생긴 문제였다.

하지만 ×하이잉은 이 점에 대해 매우 당당해서 사람들을 만나면 이렇게 말하곤 했다. 내가 왕얼을 위협해서 그가 천식이 생겼어요! 그러면 사람들이 깔깔거리며 크게 웃었다. 이렇게 사람들 앞에서 창피를 당하는 것은 내 말더듬증에 조금도 도움이 되지 않았다.

오히려 그것을 점점 더 심하게 만들 뿐이었다. 물론 내 말더듬증을 전부 ×하이잉의 탓으로만 돌릴 수도 없다. 닭을 죽여 원숭이를 경각시키려는 지도부도 큰 역할을 했다. 판결대회에서 머지않아 형장으로 압송될 인간들을 보았다. 그들은 하나하나 칼과 족쇄를 찬 채 오랏줄에 묶여 있었다. 또 많은 사람들이 압송되고 있었는데, 그들은 아무리 공중제비를 하더라도 도망갈 수 없을 것 같았다. 노동개조에 보내지는 사람들은 한명 한명 머리를 빡빡 깎였다. 눈살을 잔뜩 찌푸린 채 그들은 왜 자신을 낳았느냐며 부모를 원망했다. 이러한 일은 피할 수 있다면 피하는 것이 좋다. 그래서 난 ×하이잉에게 눈물 콧물을 흘리며 아주 간절하게 살려달라고 빌었다. 그녀는 나의 주요 문제가 순종하지 않는 것이라고 했다. 그 나이가 되어 순종하지 않는 사람은 징역을 살지 않으면 총살을 당한다고 했다. 난 그녀에게 어떻게 해야 순종하는 것으로 보이는지 가르침을 청했고, 그녀는 내게 첫번째로 회의에 참가해야 한다고 했다. 이 말은 내가 엉덩이를 비비러 회의장에 가야 한다는 말과 같았다.

×하이잉은 잔빠에게 왕얼 이 녀석은 가짜 옷깃을 그릴 수도 있고 죽은 척도 할 수 있으니 정말 재미있는 놈이라고 했다. 그렇지만 난 그녀가 그러한 말을 했다는 사실을 전혀 몰랐다. 당시 그녀가 나에 대해 그렇게 말했다는 것을 전혀 알지 못했지만 알았다면 분명 그녀를 목 졸라 죽였을 것이다.

9

당신이 어떤 사람이든 간에 엉덩이를 비비는 일이 낯설지는 않을 것이다. 누군가 당신을 의자에 눌러앉히고 당신 혼자 엉덩이를 비비게 할 수도 있고 아니면 많은 사람들이 함께 엉덩이를 비빌 수도 있는데, 뒤의 상황을 회의하는 것이라고 한다. 결론적으로 말해 그 자리에 앉아 있고 싶은 생각이 전혀 없는데 어쩔 수 없이 앉아 있어야 한다면 그것을 엉덩이 비비기라고 한다. 내가 비관주의자가 된 까닭은 엉덩이 비비기와 아주 큰 관련이 있다. 나중에 알게 되겠지만 난 엉덩이를 자주 비비지는 않는다. 하지만 ×하이잉이 내게 회의에 참가하라고 해서 어쩔 수 없이 참가해야 했다.

혁명시대의 사람들은 늘 회의와 관련이 있었다. 예를 들면 당원은 당 회의와 모인 사람들의 집합이고, 공청단원은 공청단 회의와 모인 사람들의 집합이며, 노동자는 조별 회의 및 공장 전체 대회와 모인 참가자들의 집합이다. 과거에 나는 어떤 회의든 거의 참가하지 않았다. 왜냐하면 난 당원도 아니고 공청단원도 아니었으며 우리 조에는 나와 잔빠 두명밖에 없어서 회의를 열 수 없었기 때문이다. 공장 전체 회의에는 참가하는 사람이 많아 내가 없어도 티가나지 않아 빠지곤 했다. 그렇지만 이러한 태도를 지닌 사람이 나하나만이 아니었다. 그래서 결국에는 티가 나고 말았다. 한번은 라오루가 대회를 개최할 때 공장 문을 잠그도록 지시했지만 난 능숙하게 담을 기어올라 넘어갔다. 나중에 그녀는 또 회의를 열 때 출석을 불러 결석하면 임금을 깎기도 했다. 난 잔빠에게 출석을 부를 때 나 대신 대답을 해달라고 했다. 이러한 방법을 택한 사람 역시 나 하나만이 아니었다. 그래서 공장 전체 회의를 할 때 단상 아래에는 칠팔십명밖에 없는데도 삼백명의 이름을 부르면 대답하는 사람이 다 있었다. 그 사람의 인간관계가 좋고 나쁨에 따라 적으면 한명이 대답했지만 많으면 일고여덟명이 대답했다. 물론 라오루

역시 바보가 아니었다. 한번은 출석을 부를 때 손가락으로 잔빠를 가리키면서 큰 소리로 말했다. 당신, 눈 크고 마르고 키 큰 사람! 당신은 잔빠이고, 왕얼이고, 장산이고, 리쓰인데, 도대체 당신은 뭐라고 불리는 거야? 잔빠는 큰 눈을 둥그렇게 뜨고 한참을 생각하더니 대답했다. 저도 제가 뭐라고 불리는지 모르겠습니다. 회의를 열 때의 모습이 바로 이러했다.

　내가 '보조교육'을 받기 시작한 이후 ×하이잉은 내게 회의에 많이 참가하라고 했다. 나는 공장 전체 회의에 참가해야 했을 뿐만 아니라, 공청단 회의에도 참가해 단원들 뒤쪽에 앉아서 교육받아야 했다. 만일 내가 건달들의 학습반에 가서도 회의에 참가해야 한다면, 지금 공장에 머무르면서 회의에 참가할 필요는 없지 않을까? 그녀는 내게 회의를 할 때 멍하게 있어서는 안된다고 했다. 이는 약간 강압적인 요구였다. 그래서 난 회의에 참가할 때 항상 커다란 그릇에 차를 타서 가져갔고(가루차를 50그램이나 넣었다), 질 나쁜 담배를 몇갑이나 지니고 갔다. 그 담배는 연초 줄기가 아주 많이 들어 있어서 손가락으로 꼼꼼하게 비벼 부드럽게 해주지 않으면 불이 붙지 않았다. 부드럽게 비벼서 불을 붙인 후에는 고개를 숙일 수가 없었다. 고개를 숙이면 담배의 내용물이 몽땅 바닥으로 쏟아져 텅 빈 종이껍질만 입에 남게 되기 때문이었다. 담배 한 개비를 입에 피워물면 옷깃을 여미고 단정하게 앉는 자세를 유지하게 되었다. 나는 당시에 담배에 중독되어 있지도 않았고 애초에 폐 속으로 연기를 흡입하지도 않았기에 별다른 영향은 없었다. 담배가 입술 가까이까지 타들어와 담배연기가 눈을 찌를 때쯤 되면 훅 하고 불어 담뱃불을 종이껍질 밖으로 발사했다. 처음에는 사람이 없는 곳을 향해 마구 불어대기만 하다가 나중에는 파리를 쏴 맞추는 연습을 해 점점 백발백중의 경지에 이르게 되었다. 이 방법은 그다지 어렵지 않게 숙달할 수 있었다. 그저 파리가 가까이 날아올 때까지 기다렸다가 파리가 공중에서 멈출 때 파리의 양쪽 눈 사이를 정확히 조준하여 불을 발사하기만 하면 된다. 하지만 문외한이 보면 정말로 신기한 기술이었다. 파리가 날고 있을 때 순식간에 불꽃이 사방으로 흩어져 날아가면 파리가 바닥으로 떨어져 뱅글뱅글 돌게 된다. 이 모습은 매우 자극적이었다. 나중에 공청단원 몇명이 내 옆으로 오더니 나에게 담배를 요구하며 파리를 쏴 맞추는 기술을 가르쳐달라고 했다. 그래서 회의장에서는 '훅훅' 하는 소리가 끊이지 않았고 담뱃불이 마치 깜깜한 밤에 떨어지는 유성처럼 이리저리 날아다녔다. 결국에는 어떤 멍청이가 담뱃불을 커튼 쪽으로 불어 하마터면 불이 날 뻔하기도 했다. 마침내 ×하이잉이 내게 썩은 나무는 조각할 수 없다고 하면서 회의에 참가하지 말라고 했다. 이 일에 대해서 난 지금 다음과 같은 견해를 가지고 있다. 사람은 배가 고프면 밥을 먹어야 하고, 목이 마르면 물을 마셔야 하며, 일정한 나이가 되면 섹스 생각이 나고, 회의장에 가면 멍하니 있어야 하는 것이지 다른 방법은 없다. 그래서 밥을 먹고 물을 마시고 섹스를 하고 멍하니 있는 것은 모두 천부인권의 범주에 속한다. 만일 어떤 사람이 잘못을 했다면 다른 방법으로 벌을 줄 수는 있지만 멍하니 있지 말라고 해서는 안된다. 그러지 않으면 화재가 날 수도 있다.

만일 나에게 엉덩이 비비는 그림을 그리라고 한다면 난 태사의 太師椅[13]를 그릴 것이다. 거울처럼 반짝이는 의자 위에 마치 그림자

---

13 중국의 구식 팔걸이의자.

가 비친 것처럼 사람 얼굴을 그려넣을 것이다. 의자는 문지를수록 반짝이지만 엉덩이는 그렇지 않다. 내 엉덩이에는 마치 사포처럼 거친 곳이 두군데 있는데 아내가 그것을 발견하고는 사방에다 떠벌렸다. "우리 집 왕얼 엉덩이는 마치 상어 같아요." 사실 내 나이 정도 되는 남자는 그 누구도 엉덩이가 이렇지는 않다.

10

×하이잉은 내게 회의에 참가하지 말라고 했지만 집에 보내주려고도 하지 않았다. 나에게 자신의 사무실에 앉아 있으라고 했다. 이렇게 다른 사람들이 엉덩이를 비비는 만큼 나도 엉덩이를 비비면 비교적 착해 보인다. 그녀는 또 문을 밖에서 잠가버렸다. 그녀의 말에 의하면 이렇게 하면 두가지 좋은 점이 있었다. 첫째로 라오루가 뛰어드는 것을 막을 수 있고, 둘째로 내가 이곳에 갇혀 있을 때 남자 화장실에 무슨 그림이 나타나면 나와 상관없는 일이 되는 것이다. 난 갇히는 것이 나를 위해 좋다고 여겨 이의가 없었다. 그 방에는 사무용 책상 하나, 의자 하나, 걸상 하나, 커튼 등이 있었고, 커튼 뒤에는 침대가 하나 있었다. ×하이잉은 집이 아주 멀어서 평소에는 공장에서 잠을 잤다. 그 방의 바깥쪽에는 안전창이 아주 단단히 박혀 있었다. 한번은 소변이 마려워 커튼을 매달아둔 끈을 풀어 들보에 걸친 뒤 그것을 타고 기어올라 지붕창으로 도망친 일도 있었다. 그 끈은 나일론 끈으로 가늘고 질겨서 손바닥을 바짝 파고들어 상처를 냈다. ×하이잉은 내가 도망친 것을 알고도 아무 말 하지 않았다. 그저 커튼을 매다는 끈을 가는 철사로 바꾸기만 했다.

그다음부터 난 밖으로 도망치지 않고 양손으로 머리를 감싼 채 걸상에 앉아 있기만 했다. 그렇게 비비고 비비다가 난 치질이 생기고 말았다.

난 ×하이잉의 사무실에 갇혀 있을 때 늘 창밖 보기를 좋아했다. 창밖으로 다른 사람들이 지나가는 것을 보았고, 뜰에 있는 거목의 벌거벗은 나뭇가지를 보았다. 사실 창밖에 무슨 구경할 만한 것이 있었던 것은 아니었다. 그리고 나 역시 창밖에서 들어온 사람이었다. 하지만 갇혔다는 것은 서둘러 나가고 싶다는 것을 의미한다. 마치 엉덩이를 비비는 것이 서둘러 일어나 걷고 싶다는 것을 의미하는 것처럼 말이다. 이렇게 강요당하는 일은 늘 상반된 신호를 내 머릿속에 주입한다. 머릿속에 이러한 신호가 많아지면 사람은 멍해진다.

제3장

1

   겨울이 다가왔을 때 나는 ×하이잉에게 다음과 같은 일을 이야
기했다. 1966년 한여름 무렵, 당시는 '문화대혁명'이 막 시작될 때
였다. 난 학교 교정에서 어슬렁거리다가 아버지가 한 무리의 대학
생에게 잡혀 조리돌림을 당하는 것을 보았다. 아버지는 아마도 반
동 학술권위자였던 모양이다. 아버지는 몸에 낡은 중산복을 입고
머리에 종이로 만든 고깔모자를 쓰고 있었다. 그 모자는 한눈에 봐
도 작은 휴지통을 틀로 삼아서 만든 것임을 알 수 있었다. 아버지
는 손에 막대기를 들고 철로 된 쓰레받기를 두드리고 있었다. 그때
조리돌림을 당하던 한 무리의 사람 중에서 아버지는 맨 앞에서 걷
는 것도 아니었고 맨 뒤에서 걷는 것도 아니었다. 시간은 대략 오
후 3시쯤이었고 얇은 구름이 해를 가리고 있는 날씨였다. 결론적

으로 말하면 난 아버지를 본 뒤 아버지를 향해 웃음을 지었다. 그리고 귀가한 아버지는 나를 흠씬 두들겨팼다. 권투 훈련을 하는 사람이 샌드백을 칠 때에도 그렇게 매섭게 치지는 않을 것이다. 내가 나쁜 의미로 웃은 것이 아니라고 수차례 해명을 했지만 아무 소용도 없었다. 그때 나는 격분해 이를 갈면서 평생 아버지를 미워하겠다고 맹세했다. 하지만 일이 지난 후 냉정히 생각해보고서 맹세를 취소해버렸다.

내가 기록이라는 것을 한 이래로 아버지는 대머리였는데 머리가 아주 컸다. '문혁' 기간 동안 아버지는 합쳐서 규탄을 한번만 당했고 조리돌림을 한번만 당했으니 재수가 없었던 것은 아니다. 그런데 어떻게 그 짧은 순간에 나에게 보였는지 알 수가 없다. 이후에 아버지는 나에 대해 조금도 이해하려 들지 않았다. 예를 들어 내가 열다섯살 때 아버지는, 얘는 몇살 먹지도 않았는데 어떻게 구레나룻이 나지? 하셨고, 내가 집에서 웃기라도 하면 성질을 크게 내시면서, 이게 뭐하는 짓이야? 일본놈이 총 쏘는 것처럼! 하셨다. 그런데 내 겉모습이 좀 이상하긴 했다. 변방에 가서 고생을 하지도 않았는데 얼굴은 사포처럼 거칠었고, 무슨 힘든 노동을 하지도 않았는데 손은 철판처럼 단단했다. 하지만 이것은 전혀 관계없는 일이었다. 아버지가 나를 흠씬 두들겨팬 이후 난 처음에는 아버지를 미워하기로 결심했지만 나중에는 이렇게 생각했다. 그는 나의 아버지이고, 아버지가 날 먹이고 마시게 해주었는데 어떻게 미워할 수 있겠는가? 그 대학생들을 미워해야 한다면, 나를 때리지도 않았는데 그 사람들을 어떻게 미워할 수 있겠는가. 그날 이후로 난 그 누구도 미워하지 않았다. 나중에 두부공장에서 나체 그림을 그려서 내게 헤아릴 수 없는 골칫거리를 안겨준 녀석을 미워하려고 한 적은 있지만 난 그가 누구인지 알지 못했다. 그가 찐빵이라는 사실을 알고 난 후에도 전혀 미워하지 않았다.

난 ×하이잉에게 나의 아버지를 매우 사랑한다고 했다. 그 이유는 어렸을 때부터 어른이 될 때까지 아버지가 나를 길러준 것 외에도, 어렸을 때부터 어른이 될 때까지 매일같이 나를 때렸기 때문이다. 이것이 내게 준 이로움은 아주 컸다. 왜냐하면 우리는 싸움을 할 때 항상 상대방을 울게 만들어야 이긴다고 여겼다. 그런데 난 마치 철포삼鐵布衫[14] 금종조金鐘罩 [15]를 수련하기라도 한 것처럼 다른 사람에게 맞아서 운 적이 없다. 내가 아는 바에 의하면 쿵푸를 수련할 때 반드시 벽돌과 막대기로 자신의 몸을 때려야 한다. 아버지가 날 때렸으니 내가 쿵푸를 수련할 때 때리는 시간을 절약한 것이다. 난 아버지를 이 정도로 사랑하기 때문에 아버지가 구덩이에 떨어지면 내가 구해줄 수 있기를 늘 희망했다. 그때 난 아버지에게 한바탕 잔소리를 늘어놓을 것이다. 보조교육을 받을 때 나는 ×하이잉이 구덩이에 떨어질 경우 내가 그녀를 구해줄 수 있기를 늘 희망했다. 하지만 이 두 사람은 매우 조심스럽게 길을 걸어서 구덩이에 빠지지 않아 나의 호의를 헛되게 만들어버렸다.

보조교육 때 난 ×하이잉에게 나의 아버지에 대해서 이야기했다. 그녀는 이야기를 듣고 나서 미간을 찌푸리더니 별다른 말을 하지 않았다. 아마도 그런 일을 중요하지 않게 여기는 듯했다. 사실 이 이야기는 아주 중요했다. 미워할 수 없는 사람에 대해 난 사랑으로 증오를 없앨 수밖에 없었다. 난 그녀를 사랑하게 되었다.

내가 ×하이잉을 사랑하게 된 일에 대해서는 다음과 같은 점을

---

14 철갑을 두른 듯한 몸을 만들어 창칼이 들어오지 못하게 하는 무공.
15 무쇠 같은 몸을 만들어 창칼이 들어오지 못하게 하는 무공.

꼭 보충해야 한다. 이런 사랑은 잔빠에 대한 사랑과는 크게 다르다. 잔빠라는 녀석은 나를 보면 늘 약이 바짝 올라 있었지만 나를 어떻게 하지는 못했고, 그런 모습이 더할 나위 없이 사랑스러웠다. 나에게 그는 정말 즐거움의 원천이었다. 그러나 ×하이잉은 나에게 고통의 원천이었고 난 항상 그녀가 구덩이에 빠지기를 간절히 바랐다. 그렇지만 ×하이잉은 꿈에서조차도 날 가만히 놔두지 않았다. 사람은 세상을 살아갈 때 즐거움과 고통을 확실히 분간할 수 없다. 그래서 난 단지 그것이 그럴 만한 가치가 있기만을 바랐다.

1974년 1월에서 5월까지 난 두부공장의 그 작은 사무실에서 ×하이잉과 두서없이 이런저런 말을 했는데, 속으로는 죽이고 싶을 만큼 그녀가 미웠다. 이러한 미움은 프로이트의 말을 빌려 말하면 사랑과 미움이 뒤섞여 날이 갈수록 그 사랑과 미움이 모두 깊어진 것이다. 나중에 나는 그녀를 미워하지도 않고 사랑하지도 않게 되었다. 사람들은 각자 자신의 길을 가게 되지만 그것은 나중의 일이었다.

난 ×하이잉에게 1967년 봄부터 시작되는 이야기를 했다. 내가 자란 학교 교정에서는 수많은 스피커가 왕왕거리며 소리를 질러댔고 모든 사람이 서로를 공격하며 쉬지 않고 우겨댔다. 이들은 말로만 싸우고 손을 쓰지 않아서 재미가 없었다. 하지만 얼마 되지 않아 사람들은 서로 안기 시작했다. 베이징 출신이 아닌 독자들에게 부연 설명이 필요할 듯한데, 귀뚜라미가 싸우는 것을 안는다掐라고 한다. 시작할 때에는 날개를 문질러 소리를 내다가 좀더 지나면 수염을 문지르면서 싸움을 걸고 마지막에는 서로를 물어 한덩어리가 되어서 안기 시작한다. 주먹을 휘두르면서부터 문명의 역사는 시작되었다. 처음에 그 대학생들은 원시인처럼 서로 붙잡고 싸웠다.

그때 난 세상의 본질은 주먹싸움이니 반드시 나 자신만의 격투 기술을 발전시켜야겠다는 결론을 내렸다. 나중에 그들은 여기저기서 돌싸움질을 했다. 가을이 되자 내가 보기에 병기 수준이 고대 로마 정도쯤은 되는 것 같았다. 갑옷이 있었고, 칼과 창이 있었으며, 투석기가 있었고, 진지와 누대가 있었다. 그때 난 엔지니어로 참가했다. 왜냐하면 내가 보기에 한쪽 군대의 수준이 상당히 뒤떨어졌기 때문이었다. 그들의 갑옷은 몸의 앞뒤에 각각 한조각의 합판을 걸치고 그 위에 마오 주석의 사진을 붙인 것이었다. 싸우러 나갈 때면 그들은 한 무리의 거북이처럼 서 있었다. 손에는 긴 창을 들고 있어서 더욱 볼썽사나웠다. 그것은 쇠파이프였는데, 끝을 톱으로 비스듬하게 켜서 깃펜과 같은 모양으로 만든 것이었다. 그들은 이것을 가리켜 '펜으로 만든 무기'라고 했다. 그들은 이렇게 한 무리를 이루어 전선으로 나갔다. 하지만 상대방이 날카로운 긴 창을 손에 들고 그들의 가슴 앞에 있는 마오 주석의 인중이나 눈썹 사이를 가볍게 찌르면 그들은 찔려 죽고 말았다. 이는 정말 차마 볼 수 없는 것이어서 나는 달려가 그들에게 투구와 갑옷을 만드는 법과 학교 공장에 있는 절삭기를 이용해 끝이 날카로운 창을 만드는 법을 가르쳐주었다. 그 절삭기는 경질합금으로 만들어진 까닭에 그것으로 깎아 만든 창은 그 무엇보다도 날카로워서 상대가 어떤 갑옷을 입더라도 살짝 찌르기만 해도 가슴을 관통할 수 있었다. 내가 말할 필요도 없이 그들이 문과 계열의 학생임을 당신은 알 수 있을 것이다. 그렇지 않다면 중학생을 엔지니어로 청할 필요는 없었을 것이다. 하지만 내가 그들을 도와준 기간은 두달뿐이었다. 왜냐하면 그들의 투쟁이 겨울이 되면서 화기火器시대로 접어들었기 때문이다. 그들은 낮에 무장부로 달려가 총을 탈취한 뒤 밤에 서로 사격을 해댔다. 이 단계에서 그들은 내게 참가해줄 것을 요청했지만 난 내가 참가하더라도 별다른 역할을 할 수 없으리라는 것을 알고 있었기에 집으로 돌아가버렸다. 내가 보기에 총을 만드는 일은 어렵지 않았으나 탄약을 만드는 일이 어려웠다. 난 몇권의 화학책을 보면서 수준을 높여야 했다. 그후의 일은 모두가 다 알 것이다. 겨울이 거의 끝나갈 무렵 상부에서는 더이상 싸움을 하지 못하게 했다. 왜냐하면 그들이 너무나 빨리 진화하는 바람에 막지 않고 내버려두면 서로 원자탄을 던질 것이고 그러면 베이징이 폭파되어 평평한 평지가 될 것이라고 상부에서 생각했기 때문이다. 난 그전에 정세를 따르기 위해 핵물리학 방면의 책을 보겠다는 생각을 분명히 했지만, 나중에 그 방면의 책을 보지 않기로 결정했다. 왜냐하면 나는 물리학을 그다지 좋아하지 않아서 대략적인 것만 알면 된다고 생각했기 때문이다. 내가 정말로 흥미를 느낀 것은 수학이었다. 내가 과학에 흥미를 느끼게 된 일은 이러했다.

내가 ×하이잉에게 이 일을 말했을 때는 겨울이 거의 끝나고 바깥에서 부는 바람이 따스한 온기를 품게 될 무렵이었다. 만일 날씨가 따스해지고 꽃이 피는 봄에 일년지계一年之計가 있다고 한다면, 눈앞에서 또 일년이 지나간 것이다. 눈앞의 보조교육은 여전히 기한도 없이 아득했다. 난 나의 인생이 머잖아 이 사무실에서 끝나게 될 것이라고 여겼다. 이럴 때 어린 시절의 이야기를 하자니 약간 서글픈 기분이 들었다.

과학 이외에도 나는 사람들의 싸움을 구경하는 일에 흥미가 있었다. 1967년 여름에 내가 살던 곳에서 무기를 사용한 무장투쟁이 여러차례 발생했다. 그때 난 구경하고 싶기도 했고, 또 누군가 창을 마구 휘둘러 나를 찌를까봐 걱정도 되어서 나무 위로 올라갔다. 사실 나를 찌르려고 하는 사람은 없었다. 사람들이 지나가면서 애, 저쪽에 있던 사람들 어디로 갔니? 하고 물을 뿐이었다. 난 손을 이마에 대고 여기저기를 살펴보고 나서 말했다. 도서관 쪽에 뭔가가 숨어 있는 것 같아요. 사람들이 실제 싸움을 할 때 열에 여덟아홉은 꽤 멀리 떨어져 있어 똑똑히 보이지 않았다. 딱 한번 예외가 있었으니, 바로 내가 있는 나무 아래서 싸움이 벌어져 사람이 찔려 죽었을 때였다.

그때 싸움을 하던 사람들은 모두 남색의 작업복을 입고 있었고, 머리에는 등나무 모자를 쓰고 있었으며, 오토바이 운전자처럼 고글을 쓰고 있었다. 이는 당시 자주 사용되던 전술이 석회 주머니를 던지는 것이었기 때문이다. 모든 사람의 목에는 흰 수건이 있었는데 난 흰 수건에 어떤 쓰임새가 있는지 몰랐다. 아마도 어떤 위엄을 드러내는 것이었을 것이다. 그날은 몸에 합판을 걸치고 손에 '펜으로 만든 무기'를 든 사람들이 보이지 않았다. 그래서인지 모두가 표준적인 갑옷을 입고 있었는데 전투복은 철판으로 둘러져 있었고 손으로는 날카롭고 기다란 창을 잡고 있었다. 쏭쏭쏭쏭 하는 소리가 한바탕 울리더니 괴성이 들려왔다. 어떤 사람이 찔린 것이었다. 한장丈 길이의 창이 사오척尺 정도 몸으로 들어갔으니 적어도 사척 넘게 몸 뒤로 뚫고 나갔을 것이다. 이것은 창을 찌른 사람이 큰 힘을 썼다는 것을 말해주는 것이기도 했고, 갑옷이 아주 튼튼하지 않다는 것을 말해주는 것이기도 했다. 찔리지 않은 사람들은 괴성을 지르며 멀찌감치 달아났다.

그 재수 없는 사람만 창을 내던지고 땅바닥에서 뒹굴었다. 난 나무 위에서 포위된 채 있었다. 그는 그렇게 빙글빙글 뒹굴면서 '악 악' 하고 소리를 질러댔다. 무더운 여름날 난 서늘함을 느꼈다. 마음으로는 돕고 싶었지만 도울 수가 없었던 나는 이렇게 생각했다. 보고만 있자. 이미 말도 제대로 하지 못하잖아.

나중에 나는 또 손가락을 깨물며 이렇게 생각했다.『태평광기太平廣記』에서 안녹산安祿山이 마구 도는 춤을 출 수 있다고 했는데 아마 이런 것이었나봐. 책에서는 안녹산이 손에 동으로 만든 주전자를 들고 춤을 출 수 있다고 했어. 앞에 있는 저 사람은 비록 손에 주전자가 없기는 하지만 몸에 긴 창이 꽂혀 있어서 손이 네개 있는 것 같아. 서로 비슷한 장관이겠지. 그리고 또다른 생각도 했지만 지금 기억이 나지 않는다. 그 사람이 고개를 들고서 나를 향해 한 손을 흔들었기 때문이다. 그의 얼굴은 길쭉했고 눈알이 눈구멍에서 튀어나올 정도로 눈을 부릅뜨고 있었다. 난 그의 흰자위 전체를 보았고 게다가 눈알을 붙잡고 있는 인대靭帶도 보았다. 입을 크게 벌려서 한동안 닦지 않은 것처럼 보이는 누런 이도 보았는데 잇새는 온통 피로 가득했다. 그의 얼굴은 갈지자 형태였는데 세 방향으로 비틀어진 것 같았다. 그후 그는 다시 반바퀴를 더 돌더니 바닥에 쓰러졌다. 나중에 난 ×하이잉에게 이 일을 이야기하면서 결론을 이렇게 말했다. 그때 그는 아주 고통스러웠던 것 외에도 분명히 꿈에서 막 깨어난 듯한 느낌을 받았을 거예요. 그녀는 이 말을 듣더니 영문을 모르겠다는 듯이 물었다. 무슨 꿈? 깨다니 뭘? 그렇지만 난 교활하게 그 질문을 피하며 말했다. 그건 나도 모르죠. 사람들 모두 죽음에 이를 때에는 꿈에서 막 깨어난 듯한 느낌을 받는다고 들었어요.

난 ×하이잉과 좁은 사무실에서 마주 앉아 할 말이 없으면 이런 것들을 이야기했다. 무슨 꿈이라든가 깬다든가 하는 것 말이다. 하지만 고의로 속임수를 쓴 것이 아니라 내가 느낀 바가 있어서였다.

왜냐하면 나는 모든 사람의 머릿속에는 기이한 것이 아주 많이 있다고 생각했기 때문이다. 그는 큰 창에 찔렸을 때 분명 그런 기이한 것들이 사라졌을 것이다. 농촌에서 미신을 믿는 부녀들이 여우 귀신이 몸에 들어왔다는 느낌이 들면 "옥황상제"하며 헛소리를 지껄이는데 이때 큰 바늘을 꺼내 윗입술을 찌르면 금방 정신이 든다는 이야기를 나는 들었다. 바늘을 한번만 찔러도 그렇게 신비한 효과가 있는데 하물며 큰 창을 앞가슴에서 등 뒤로 찔러넣었으니 말해서 뭣하겠는가? 때로는 난 나의 머릿속도 다소 뒤죽박죽일 것이라고 생각하지만 어쩔 수 없는 지경에까지 이르지 않으면 그런 느낌을 맛보고 싶지는 않았다. 하지만 이것은 벌써 아주 오래전의 일이었다.

나는 어른이 된 이후 프로이트의 책을 읽다가 이런 구절을 보았다. 어떤 의미에서 보면 우리는 모두 약간의 히스테리를 가지고 있다. 여기까지 읽다가 난 멈췄다. 히스테리라는 단어를 대하고는 한동안 멍하니 있었다. 본래 이 단어는 희랍어의 '자궁'이란 말에서 유래한 것이지만 나는 그것을 본 적이 없기 때문에 상상할 수가 없었다. 그런데 열두살 때 내가 전원장치를 만들어 다양한 전압의 직류전류와 교류전류를 발생시켰던 일이 떠올랐다. 그후 나는 잠자리를 가득 잡아 각종 전압으로 잠자리들을 감전사시켰다. 전압과 직류·교류의 차이에 따라 잠자리들이 떨어져 죽고 경련을 일으키는 방식이 달랐다. 어떤 것은 전기가 들어갈수록 죽 펴졌고 어떤 것은 구부러졌다. 어떤 것은 푸드덕거리며 기를 썼고 어떤 것은 꼼짝도 하지 않았다. 결론적으로 말해 각양각색의 괴이한 모습이었다. 그래서 혁명시대에 복권에 당첨된 사람은 아마도 모두 감전된 잠자리일지도 모르겠다는 생각이 들었다.

어린 시절 나는 잠자리를 잡으러 가서 잡은 잠자리를 모두 철망으로 된 새장 안에 집어넣고는 하나씩 꺼내 감전사시켰다. 아직 감전되지 않은 잠자리들은 모두 죽어가는 잠자리를 무심하게 보고 있었다. 그래서 난 생각했다. 어쩌면 잠자리는 전기가 몸을 통과하려는 순간에서야 비로소 일등 복권에 당첨된 사실을 알고 막 꿈에서 깨어난 것 같았을지도 몰라.

2

내가 여섯살 때였다. 하늘은 자홍빛이었고 사람들은 운동장에서 강철을 제련하고 있었으며 난 팔뚝을 다쳤다. 그후 난 죽고 싶을 정도로 배가 고팠다. 그후 선생님이 나를 돼지라고 했다. 그후 아버지가 이유도 없이 나를 때렸다. 나는 이러한 일들을 모두 이겨내고 열네살이 되었다. 평생 이렇게 참기만 하는 것은 방책이 아니기에 난 스스로 출로를 찾기로 결심했다. 그 출로는 바로 비현실적인 생각을 하는 것이었다. 앨리스는 이상한 나라를 여행할 때 모든 것이 점점 더 신기해졌다고 했다. 비현실적인 생각을 하는 것은 신기함을 찾는 일이다.

아버지가 나를 때린 일에 대해서는 약간 보충해야 할 점이 있다. 아버지가 고깔모자를 쓰고 조리돌림을 당할 때 난 아버지를 보고 웃었고 그래서 두들겨맞았다. 여기서 그런 상황에서는 얼굴을 찌푸리고 있어야 한다는 결론을 쉽게 내릴 수 있다. 하지만 그런 결론은 잘못된 것이다. 왜냐하면 울상을 지었어도 맞았을 것이기 때문이다. 정확한 결론은 맞아야 할 때가 되면 웃든 울든 관계없이 얻어맞는다는 것이다. 세상에서 살아가려면 어쨌든 맞아야 한다. 그래서 무엇을 하는 건 의미가 없다. 유일하게 의미있는 것은 바로 신기함을 찾는 일이다.

내 경험에 의하면 복권에 당첨된 사람들은 신기함을 찾으려고 했다. 우리 아버지를 예로 들 수 있다. 역사문헌을 연구하는 교수였던 아버지는 생애 후반에 늘 자잘한 복권에 당첨되었다. 학술 관점이 비판을 받지 않았으나 하마터면 우파로 몰릴 뻔했다. 복권에 당첨되고 나서 이상한 행동을 하지 않은 적이 한번도 없었다. 눈물 콧물을 흘리며 자신의 사상이 제대로 개조되지 않았다고 말하거나 아니면 어색한 얼굴로 당 지부로 뛰어가 입당신청서를 냈다. 나중에 아버지는 기괴한 생각을 하기도 했는데 자신에게 계속 자잘한 복권이 끊이지 않았던 원인이 죄를 지었기 때문이라고 여겼다. 그 죄는 바로 열 몇살밖에 안됐는데 얼굴에 털이 난, 얼굴 생김새가 흉측한 아들을 낳은 일이었다. 아버지는 이미 죄를 지었으니 좋은 일을 해서 죄를 씻고자 했다. 그 일은 나를 패는 것이었다. 이로 인해 나도 인생 전반부에 늘 자잘한 복권에 당첨되었다. 그 당첨금의 충격으로 인해 난 어려서부터 약간 이상했다. 난 일등 복권에 당첨된 적이 없다. 왜냐하면 가슴팍이 찔려 구멍 나는 것만이 일등 복권이기 때문이다. 나는 일등 복권에 당첨되면 그후로는 분수를 철저히 지키고 잘못을 뉘우쳤을 것이라고 생각한다. 하지만 그것은 추측에 불과하다.

난 어린 시절 늘 다양한 물건을 만들었다. 재봉틀의 실감개와 고무줄을 이용해 달리는 자동차를 만들었고, 자전거의 부속품을 이용해 화약총을 만들었으며, 구릿조각을 이용해 카바이드등을 만들었다. 이러한 것들은 소학교 저학년 때의 작품이었다. 좀더 큰 다음에는 더욱 기괴한 물건을 만들었다. 예를 들어 주워온 고철로 증기기관을 만들었는데 밑에서 폐지를 몇상만 태우면 15분은 돌릴 수 있었다. 양철로 대포를 만들기도 했는데 조심스럽게 가솔린 유증기를 포신 속 빈 공간을 채운 뒤 불을 붙이면 거대한 소리를 내면서 불길을 내뿜었고, 보온병에 쓰이는 코르크 마개를 튕겨냈다. 나중에는 또 버려진 가솔린 화로를 이용해 가솔린 엔진을 만들기도 했는데, 구조는 정교했지만 그 어떤 차량에도 장착하기 어려운 형태를 지니고 있었고 우레 같은 소음이 났다. 그래서 그것을 들판으로 옮겨 시운전만 해봤을 뿐이다. 나이가 더 들어서 만든 물건은 더욱 복잡한 것이었다. 하지만 내가 사용한 재료는 언제나 못 쓰는 고철이었다. 왜냐하면 내가 자란 곳에는 닭장 아니면 고철들만 있었고 다른 것은 아무것도 없었기 때문이다. 아버지는 내가 집을 쓰레기장처럼 만들고 종종 학교에서 내준 숙제조차 하지 않았기 때문에 거의 매일 나를 때렸다. 지금 나에게 시간과 충분한 양의 고철을 준다면 나는 날 수 있는 제트기도 만들어낼 수 있다. 물론 얼마 날지 못하고 떨어지겠지만 말이다. 모든 사람들이 나처럼 발명을 한다면 분명 기묘한 신세계를 창조해내거나 닭처럼 하늘로 날아오를 수 있을 것이다. 그런데 집이란 곳은 한정되어 있고 여러 사람이 살아야 하기에 많은 양의 고철을 넣어둘 수 없다. 이러한 이유 때문에 반드시 다른 출로를 찾아야 했다.

　나는 어린 시절 수탉이 땅을 박차고 날아오르는 것을 보면서 감동적인 장면이라고 생각했다. 수탉이 힘차게 날개를 푸드덕거릴 때면 땅에 흙먼지가 잔뜩 일곤 했다. 하지만 그것이 감동스러운 것은 아니었다. 닭이 어떻게 하늘로 날아오르려는 생각을 하게 되었을까? 난 닭이 오층 높이를 날아오르는 업적을 이루기만 해도 한평생 헛살지는 않은 셈이라고 생각했다. 난 정말로 그 닭을 존경했다.

보조교육 시간에 난 이러한 일들을 ×하이잉에게 이야기했다. 그녀는 당신이 재주가 많다는 의미로군, 그렇지? 하고 말했다. 그 말을 들으니 매우 귀에 거슬렸다. 그녀의 말에 따르면 내가 그러한 일들을 한 것은 그녀 앞에서 재주가 있음을 드러내기 위함이라는 것이었다. 난 당시 그녀를 알지 못했는데 어떻게 그런 생각을 할 수 있었겠는가? 어떤 사람은 긴 머리카락에 큰 유방을 가졌고 항상 귀에 거슬리는 말만 한다는 것을 나는 알고 있다. 그래서 난 그런 여자들과 똑같이 굴어서는 안된다. 이런 생각을 하는 것은 쉬운 일이지만 실행하기가 쉽지 않다. 여자는 어쩔 수 없이 여자이기 때문에 당신은 그녀들과 똑같이 굴 수밖에 없을 것이다.

나는 여러 해가 지나서 그 말속에 있는 또다른 의미를 다시 생각해보았다. 그 당시에 난 이미 그녀 때문에 겁먹어서 앞말을 더듬는 말더듬증이 있었다. 그래서 그녀는 내가 자신 앞에서 능력을 자랑했다고 비꼬았을 뿐만 아니라 내가 실제로는 능력이 없다고 한 것이었다. 다행히 나는 이를 당시에는 알아듣지 못했다. 만일 알아들었더라면 어떤 일이 발생했을지 정말 상상조차 할 수 없다.

3

지금 난 신기함을 찾는 일이 어떤 일인지 분명하게 알고 있다. 그것은 바로 불행복권에 당첨되고 나면 곧 행운복권에 당첨되고 싶다는 망상이 생기는 것이다. 우리 아버지를 예로 들면 하마터면 우파로 몰릴 뻔할 때 입당신청서를 냈는데, 아버지는 당 조직이 순간적으로 멍청해져 자신을 받아들이는 행운복권에 당첨되기를 희망했다. 아버지는 비판을 받을 때에도 자신의 사상이 잘 개조되면 더이상 비판받지 않을 뿐만 아니라 다른 사람을 비판할 수도 있을 것이라는 망상을 했다. 내 경우에는 어느날 굶주림을 겪고 매질을 당한 후로 신기하게도 용광로 원통을 기어오르려고 하거나 다양한 물건을 발명하려고 했고, 몸을 숨길 수 있는 신세계를 발견하거나 위대한 인물이 되려고 했다. 아버지와 난 항상 불행복권에 당첨되었다. 이것은 둘이 똑같았지만 난 어린아이였기 때문에 아버지보다 더 기괴한 것들을 생각해냈다.

보조교육 시간에 나는 ×하이잉에게 1966년에 자동차 전복사고를 보았던 것에 대해 이야기했다. 그 일은 이러했다. 1966년 겨울에 난 열네살이었다. 학교를 마치면 매일같이 시내에 가곤 했다. 그때 길에는 갈팡질팡하는 자동차들로 가득했다. 어떤 차는 동쪽으로 갔다가 서쪽으로 갔다가 하더니 갑자기 작은 점포를 들이받았다. 이는 운전하는 사람이 운전대를 움직일 줄 몰랐기 때문이었다. 어떤 차는 느릿느릿 움직이다가 갑자기 괴성을 지르면서 검은 연기를 마구 내뿜으며 앞으로 맹렬하게 돌진했다. 이는 운전자가 변속 기어를 넣을 줄 몰랐기 때문이었다. 어떤 차는 이리저리 우왕좌왕하더니 앞으로 맹렬하게 돌진했다. 이는 운전대를 움직일 줄도 기어를 넣을 줄도 몰랐기 때문이었다. 창안長安 거리 한가운데에 서서 이러한 차들을 보고 있노라면 아주 재미있었다. 만일 나를 향해 돌진하는 차가 있었다면 난 골키퍼처럼 한쪽으로 몸을 날렸을 것이다. 하루는 난츠쯔南池子 근처에서 나는 듯이 달리던 차 한대가 앞쪽 사거리에서 방향을 틀다가 뒤집혀버렸다. 기름통이 깨졌는지 금방 불이 일어났다. 차 중간 부분에 불이 붙기 시작하더니 순식간에 커다란 공처럼 타올랐다. 타이어와 도색한 페인트가 모두 시커멓게 타버렸다. 너무나 근사했다.

　나중에 나도 차를 운전하게 되었지만 어떻게 운전하면 커다란 트럭이 평지에서 전복되는지 아무리 생각해봐도 알 수 없었다. 도로의 갓돌에 부닥친다거나 한쪽 타이어의 바람이 빠지는 경우를 제외하면 말이다. 이는 운전하는 사람이 공기를 넣지 않았다는 사실을 말해준다. 하지만 이는 나중의 일이었다. 그때 난 넘어진 차를 향해 달려갔지만 불이 활활 타올라서 가까이 다가갈 수 없었다. 얼마 되지 않아 불이 꺼지고 나서야(이는 기름통 속에 기름이 많지 않았다는 것을 말해준다) 완전히 바삭 타버린 세명의 사람이 차 안에 있는 것을 발견했다. 만일 메추라기가 탔다면 냄새를 풍겼을 것이다. 말이 나온 김에 한마디 하자면 메추라기 구이는 나의 전문분야이다. 이 이야기를 들으면서 ×하이잉은 계속 메스꺼워했다. 그리고 착한 사람이 타 죽었는데 조금도 슬퍼하지 않으니 나의 생각이 정상적이지 않다고 했다. 양심적으로 말해서 난 슬퍼하고 싶었지만 슬프지가 않았다. 슬픔이라는 것은 사실 억지로 만들어지는 것이 아니다. 난 그저 재미있는 일이라고 생각했을 뿐이었다. 나에게 혁명시대는 불행복권 시대였다. 다른 사람들이 나보다 더 큰 복권에 당첨되는 것을 볼 때에만 비로소 마음이 기쁠 수 있었다.

　메추라기 구이 외에 난 탄궁彈弓도 잘 만들었다. 사실 내가 탄궁 제조에 장기가 있다고 말하는 것만으로는 완전하지 않다. 나는 투석기계를 만들길 좋아했고 또 잘 만들었다. 1967년 가을, 내가 살던 학교 안에서 매우 격렬한 싸움이 벌어졌다. 각 파의 사람들은 건물을 점거했고, 그런 후 거주민들을 쫓아냈다. 그들은 벽에 구멍을 내고 그 구멍에 목판을 박아넣은 뒤 목판의 구멍에 벽돌을 발사하는 커다란 탄궁을 설치했다. 이것은 일종의 투석기계로 고대 로마 성벽에 설치했던 노포弩砲나 고대 그리스 도시국가 성벽 꼭대기에 있었던 투석기와 같은 것이었다. 나는 이러한 것을 너무나 좋아했다. 뿐만 아니라 유클리드, 아르키메데스, 미켈란젤로, 다빈치 등 내가 존경하는 선현들도 모두 이러한 것을 만들었다. 하지만 그 대학생들이 만든 탄궁은 사실 너무나 조잡해서 '만들었다'라고 할 수조차 없는 것이었다. 그저 등받이 없는 긴 나무걸상을 뒤집고서 걸상 다리에 자전거 튜브를 묶은 것에 불과했다. 벽돌을 발사해도 손으로 던질 때보다 더 멀리 날아가지 못했다. 그것은 정말 눈뜨고 볼 수 없는 것이었다. 하루는 '펜으로 만든 무기' 사람들이 우리가 사는 건물로 돌격해와서 거주민들을 모두 내쫓아버렸다. 그 기숙사는 학교의 요충지에 있지도 아주 견고하지도 않았다. 내가 그 안에 있지 않았더라면 절대 점령할 필요가 없었다. 다른 한편으로, 그때 세상이 전란으로 소란스러워 우리 가족은 나를 집 밖으로 나가지 못하게 하였다. 그들이 오고 나서 나는 집 밖으로 나가지 않고도 전투에 참가할 수 있게 되었다. 하지만 우리 가족은 그 누구도 알아채지 못했다. 우리 가족은 조용히 중립지대에 있는 작은 집으로 옮겨가면서 물건을 지키도록 나를 남게 했다. 소위 중립지대라는 것은 버려진 창고로서, 자신의 집이 전투 거점이 되어버린 사람들이 잔뜩 거주하고 있었다. 남녀 수백명이 커다란 건물에서 살았는데, 입구에 수도관이 하나만 덩그러니 있었고 머리 위에도 지붕창이 하나만 나 있었다. 각 파의 사람들이 함께 거주하다보니 쉬지 않고 말다툼이 벌어졌다. 지붕 아래에는 짙은 방귀 냄새, 딸꾹질할 때 나는 무 냄새가 늘 사라지지 않았다. 난 그곳에 가서 살지 않고 계속 기숙사에 남게 되어서 행복했다.

이 두 사건에 대해서는 모두 보충해야 할 점이 있다. 전자의 사건이 발생했을 때 베이징의 하늘은 어슴푸레했다. 아침에는 새벽안개, 저녁에는 밤안개가 끼곤 했는데, 이는 연탄을 사용하는 대도시라면 겨울에 필연적으로 발생하는 현상이었다. 길 위에는 고깃국이 식었을 때 표면에 생기는 딱딱한 기름처럼 얼어붙은 서리가 내려앉아 있었다. 그때 베이징의 널찍한 도로 곳곳에는 놀이동산의 범퍼카 놀이장에서처럼 비틀거리며 달리는 자동차가 많이 있었다. 인도에서는 사람들이 우글거렸다. 갑자기 어떤 행인의 모자가 하늘로 날아올라 사람들의 머리 위에서 캥거루처럼 몇번 폴짝거리더니 시야에서 사라져버렸다. 어떤 사람의 말에 따르면 이는 사람이 아주 많을 때 일부 하찮은 좀도둑들이 다른 사람의 모자를 훔치는 방법이라고 했다. 하지만 내 생각에는 그런 것이 아닌 것 같았다. 최소한 전부 그런 것은 아닌 것 같았다. 난 가끔 닥치는 대로 다른 사람의 모자를 벗겨 하늘을 향해 던지곤 했다. 이는 순전히 유머 감각에서 나온 것이었다. 후자의 사건이 발생했을 때 우리가 있던 그 학교의 모든 건물의 창문이 완전히 사라져 시커먼 구멍만 남게 되었다. 몇몇 구멍에서는 등나무 모자를 쓴 사람의 머리가 이따금씩 나타났다. 건물 꼭대기에는 책상, 의자, 나무걸상 등을 쌓아서 만든 진지가 있었고, 진지 중앙에는 철망을 말아서 만든 원통이 있었다. 그 철망은 본래 공이 넘어가는 것을 막기 위해 배구장 주변에 둘러쳐져 있던 것이었다. 벽돌은 철망을 뚫지 못하기 때문에 철망 뒤에 있으면 아주 안전하다고 했다. 학교 교정 전체가 커다란 사마귀 집 같았다. 이 두 시기의 공통점은 목청껏 왕왕거리는 수많은 튜바 악기가 있고, 수많은 사람이 죽어나갔다는 점이었다. 하지만 난 조금도 슬프지 않았다. 내가 흠모하던 시대가 갑자기 인간세상에 도래했으니, 이는 기적이었다. 우리 집은 사마귀 집으로 변했고 나의 고철을 싫어하는 사람은 아무도 없었다. 그러니 이보다 더 기쁜 일은 없었다. 그것이 다른 사람에게 얼마나 큰 재난이었는지 열 몇살 된 나 같은 아이가 신경이나 쓸 수 있었겠는가?

4

난 어린 시절 발명가가 되고 싶다는 생각을 한 적이 있다. 창조와 발명은 어떤 마력魔力이라도 있는 것처럼 사람을 땅에서 떼어내 하늘을 날 수 있게 한다. 이러한 이유에서 난 먼저 수학을 공부했고 또 Double E[16]를 공부했다. 하지만 지금 나는 그런 마력이 처음부터 존재하지 않았다는 사실을 알고 있다. 당신이 무엇을 발명하든 간에 당신은 여전히 당신 자신이다. 그 모든 마력은 당신으로 하여금 사람 죽이는 투석기를 만들어내도록 한다. 하지만 난 지금 결혼도 했고 종종 마누라와 다투기도 한다. 이것은 내가 어른이 됐다는 사실을 말해준다. 어린 시절 삶에 대한 나의 시각은 다음과 같았다. 어느 때든 어느 곳에서든 우리는 모두 어떤 게임에 참가하고 있고, 게임 규칙에 의해 높은 점수를 얻은 사람이 이기며, 다른 목적은 없다. 구체적으로 말해 이러한 시각은 악취가 진동하는 시기를 제외하고는 항상 옳았다. 예를 들어 학교에 가서는 선생님의 손 안에서 높은 점수를 얻고, 경기장에 가서는 심판의 손 안에서 높은 점수를 얻으며, 미국에 가서는 이 점수가 돈을 벌게 해준다

....
16 전기공학(electrical engineering)을 가리킴.

등등. 하지만 전체적으로 보면 난 아직 무엇이 옳은 것인지 잘 모른다. 왜냐하면 내가 보기에 규칙은 늘 변하기 때문이다. 만일 총괄적인 규칙이 없다면 규칙이 없는 것과 같을 것이다.

지금 또 생각해보니 그 투석기와 소년 시절의 망상 때문에 손실을 입은 것도 많다. 만일 그런 일에 빠져들지 않았더라면 다른 일을 많이 했을 것이다. 만일 게임의 전체 규칙이 복잡한 기계를 만들어내는 것이었다면 난 열여섯살 때 많은 점수를 땄을 것이다. 하지만 그런 규칙이 아니고 여자와 섹스한 횟수가 많아야 이기는 것이었다면 난 아주 불리했을 것이다. 하지만 이 게임의 전체 규칙이 무엇인지 처음부터 아는 사람은 전혀 없었다. 이 전체 규칙에 대한 생각이 바로 철학이다.

난 나이를 먹어 서른다섯살이 되었을 때 미국으로 유학을 떠났다. 때로는 돈이 있기도 했지만 때로는 돈이 없어 식당에서 아르바이트를 했다. 나는 말을 약간 더듬었기 때문에 일반적인 상황에서는 늘 주방에서 접시를 닦았다. 나는 '뒷말 더듬이'도 아니고 '중간말 더듬이'도 아닌 '앞말 더듬이'여서 한마디 말도 꺼내지 못한 채 눈을 동그랗게 뜨고 입을 벌리기만 했는데 영어로 말할 때에는 더욱 심해졌다. 주방에서 한 주방장을 알게 되었다. 그는 평생의 사업이 로또를 사는 일이었다. 나는 이미 육년간이나 수학을 공부한 학생이어서 로또의 확률과 같은 문제는 당연히 계산할 수 있었지만 안타깝게도 계산한 후 주방장이 알아들을 수 있게 설명할 방법이 없었다. 어떤 숫자를 살지 결정해야 할 때마다 그 주방장은 신비하기 짝이 없는 사람으로 변하곤 했는데, 어떤 때에는 뉴욕 푸후사伏虎寺로 달려가 향을 사르며 부처님께 기도를 드리는가 하면, 어떤 때에는 댈러스의 왕王공자에게 편지해 점괘를 뽑아달라고 했다.

어떤 때에는 내게 숫자 한 세트를 불러달라고 했는데, 나는 원주율을 내놓을 수가 없어서 거리로 달려가 자동차 번호판을 적었다. 이일은 다소 위험성이 있었다. 번호를 적고 있는데 차 안에서 기골이 장대한 흑인 몇명이 뛰쳐나와 욕을 퍼부으며 나를 향해 사납게 달려들면서 왜 자신들의 차번호를 적는지 그 이유를 말하라고 따졌다. 이러한 상황에서도 난 멈추려고 하지 않았고 중국인 주방장이 이 숫자를 필요로 한다고 해명한 뒤 재빨리 달아났다. 나는 길가 건물에 있는 배수관을 발견하고 그 위로 기어올라갔다. 다행히 그들 중에는 체조를 한 사람도 없었고 총을 가진 사람도 없었다. 이러한 상황은 굳이 내가 설명할 필요도 없는데, 그들은 라오루보다 더 나를 잡아 죽이려 했으리라는 것을 당신은 알 것이다. 그래서 난 늘 그 주방장에게 로또에는 비결이 없고, 설사 비결이 있다손 치더라도 난 알지 못한다고 말했다. 하지만 그는 다음과 같은 말 한마디로 나를 꼼짝 못하게 만들었다. 만일 정말 비결이 없다면 내가 어떻게 비결이 있다는 것을 믿었겠어? 이 논리를 반박할 수 없었기에 다른 말을 해봤자 아무 소용도 없었다. 예를 들어 나는 이렇게 말했다. 만약 차번호를 적어서 다음 주 로또를 맞출 수 있다면 내가 왜 다음 주 로또를 사지 않을까요? 그러자 그는 이렇게 대답했다. 네가 사지 않는 이유를 누가 알겠어? 나는 앞말이 나오지 않는 말더듬증이 심해졌다. 그의 견해에 따르면 로또에 당첨된 사람들은 틀림없이 어떤 비결을 발견한 덕분에 재복이 터진 것이었다. 물론 그런 비결을 누구도 입 밖에 내려고 하지 않는다. 게다가 말로 하면 효력이 사라진다. 그 비결은 전화번호에서 본 것일 수도 있고 자다가 꿈을 꾼 것일 수도 있다. 또 일년간 섹스를 하지 않거나 로또를 사기 전에 섹스를 한 것일 수도 있다. 또 어떤 사람은 그 비결이 마누라의 생리대를 먹는 것(물론 태워서 재를 먹는 것이다)이라고 했다. 그는 마지막 것을 이미 해보았지만 크게 효력이 있지는 않았다고 했다. 난 이 말을 듣고 너무나 놀랐다. 그는 머리카락이 모두 하얗게 셌는데 마누라가 어떻게 아직도 월경을 하지? 나중에 생각해보니 그가 누구 것을 먹었는지, 그것이 어떻게 생겨났는지는 모르는 일이었다. 이런 생각을 하니 아주 역겨워졌다. 함께 식사할 때 그가 젓가락을 댄 모든 음식을 나는 건드리지도 않았다.

내가 귀국할 때까지 그 주방장은 계속 내게 편지를 해서 거리에 버려진 차표를 몇장 주워서 자신에게 보내달라고 했다. 하지만 나는 앞으로 다시 그 식당에서 아르바이트를 하지 않을 테니 더이상 그의 비위를 맞출 필요가 없다는 생각이 들어 그의 부탁을 들어주지 않았다. 하지만 이러한 것들은 모두 나중의 일이었다. 그때 가장 심각했던 문제는 그 주방장이 평생 동안 줄곧 로또를 샀고, 완전히 중독되었으며, 게다가 그가 바로 내 직속상관이라는 것이었다. 그에게 단도직입적으로 당신은 바보다라고 할 수 없었기 때문에 나는 귀국할 때까지 분명하게 설명해주지 못했다.

우리 가족은 내가 어린 시절에 용광로 벽을 기어오른 일 외에도 다른 바보 같은 짓을 많이 저질렀다고 했다. 예를 들면 나무에 올라갔다가 떨어져 다리를 부러뜨렸고, 탄궁을 가지고 놀다가 옆집 닭을 쏘아 죽였으며, 시산西山으로 도망쳐 사흘간 숨어 있다가 돌아온 일 등이 있었다. 하지만 난 조금도 기억이 나지 않았다. 내가 보기엔 이런 일들은 아무것도 아니었다. 난 용광로 속에 기묘한 신세계가 있다고 생각했는데 다음과 같은 나름의 근거를 가지고 있었다. 만일 용광로 속에 아무것도 없다면 내가 어떻게 이런 생각을 할 수 있겠어? 절대로 이런 생각이 바보 같다고 말할 수는 없다. 단지 좀 성숙하지 않았다고 할 수 있을 뿐이다. 그때 난 겨우 열두살이었지만 그 일은 쉰살이 넘어서 생리대를 먹는 일보다는 훨씬 나았다. 내가 아는 그 주방장도 나중에는 그런 것을 먹는 것이 로또 당첨에 조금도 도움이 안된다는 사실을 알았다. 하지만 그는 억지로 체면을 유지하기 위해 그것은 홍연紅鉛이라고 불리는데 황궁의 단약 재료였으며 먹으면 몸을 보양하는 데 아주 좋다고 했다. 중의학에서 '인중황人中黃'이라고 하는 것을 먹으면 위가 건강해진다고 하는 이야기를 나는 알고 있었다. 그건 바로 똥이었다. 하지만 분명 그가 내게 화를 낼 것이기 때문에 난 그걸 먹으라는 건의를 감히 할 수 없었다. 나중에 그는 노는 법을 바꾸어서 대서양 도박 도시[17]에 가서 룰렛 게임을 해 한달 월급을 하룻밤에 다 잃기도 했다. 내가 보기에 이런 일은 그래도 정상이었다. 하지만 그는 아주 순식간에 이해할 수 없는 상태에 다시 빠져버렸는데, 반드시 이길 수 있는 룰렛 게임 방법을 발명할 수 있다고 여기기도 했고, 종종 채소를 볶을 때 늙은 물소를 죽일 수 있을 정도의 소금을 넣기도 했다. 그리고 내가 카운터 앞에서 waiter를 하도록 추천한 것도 그였다. 당신도 알다시피 나는 검은색 가죽옷을 아주 좋아했다. 그래서 몇몇 괴상한 계집애들이 늘 내게 와서 식사한 뒤 팁을 아주 많이 주었다. 주인은 내가 분위기를 흐린다고 하면서 나를 그와 함께 내쫓아버렸다. 사실 난 이 사건에서 아무런 잘못도 없었다. 내가 검은 옷을 입은 것은 어렸을 때부터의 오래된 습관이었다. 난 늘 나무를 타고 방에 올라갔는데 검은 옷은 때를 잘 타지 않았던 것이다. 비

---

17 대서양 연안에 있는 미국 제2의 도박 도시 애틀랜틱시티를 가리킴.

록 어떤 계집애가 늘 내게 S인지 M인지를 물었지만 난 그런 것에
대해 전혀 알지 못했다.

나중에 나는 학교 도서관의 특수 수장부에 가서 책 몇권을 찾아
읽고서 무엇을 S라고 하고 무엇을 M이라고 하는지 알게 되었다.
나중에 그 계집애와 마주쳤을 때 난 그녀에게 약간은 S이기도 하고
약간은 M이기도 하다고 말했다. 난 혁명시대를 살아온 모든 사람
들과 마찬가지로 절반은 싸디스트이고 절반은 마조히스트라고, 그
것은 어떤 사람을 만나느냐에 따라 달라진다고 했다. 그녀는 이 말
을 듣고서 내가 어떤 바보 같은 말을 한 것처럼 눈을 동그랗게 뜨
고는 멍하니 있었다. 막 미국에 갔을 때 나는 종종 이런 실수를 했
다. 주유소에 가서 어디서 공기(air)를 넣는지 묻는다는 것을 어디
서 엉덩이(ass)를 넣는지 묻기도 했다. 하지만 그때는 실수가 아니
었다. 난 진심에서 우러나온 말을 한 것이었다.

지금 난 마흔살이 되었다. 아홉살부터 마흔살까지 발명한 것을
세어보면 정말 셀 수 없을 정도로 많다. 최근에 발명한 것은 긴 양
말로, 안쪽에 철분과 할로겐 물질이 있어 포장을 뜯으면 발열이 시
작되며 이는 48시간 동안 지속된다. 열이 식으면 평범한 긴 양말이
된다. 난 추위와 아름다움의 문제를 동시에 해결했다고 여겼다. 이
발명을 어떤 향진기업에 주어 생산하도록 했는데 나중에 계속 고
소장이 날아왔다. 고소장에서 말하기를, 아내가 아침에 내가 발명
한 양말을 신었을 때에는 온전한 동아시아 황인종이었는데 저녁에
벗으니 하반신이 흑인으로 변해 있더라는 것이었다. 이것은 공장
에서 유통기한이 지난 잉크를 사용해 양말을 검게 물들였기 때문
으로 내 발명품이 잘못된 것이라고 할 수는 없었다. 난 지금도 발
명을 열렬히 사랑하는 천성을 유지하고 있지만 더이상 발명이 세

상을 바꿀 수 있다고는 믿지 않는다. 바꾸어 말하면 발명으로는 행운복권에 당첨될 수 없다.

나는 나이 들어 결혼한 후에 미국으로 유학을 갔다. 국내에서는 수학을 공부했지만 미국에 간 이후에는 수학이 재미없어져 컴퓨터과와 Double E(우리는 라디오라고 불렀다)과에 등록했다. 아내는 당黨 역사를 공부했지만 미국에 간 이후 당 역사가 재미없어져 우리가 체육이라고 부르는 PE로 바꾸었다. 학교를 다니는 일 외에도 우리는 입에 풀칠하기 위해 돈을 벌어야 했다. 아내는 헬스클럽에서 사람들에게 리본체조를 가르쳤는데 이렇게 해서 자신의 평생 직업을 찾게 되었다. 지금 그녀는 매일 리본체조를 열 강좌나 하지만 그래도 너무 적다고 한다. 그녀는 밥 먹고 잠을 자는 것 외에는 리본체조를 하고 싶다고, 많은 사람들 앞에서 팔짝팔짝 뛰고 싶다고 한다. 난 사람들에게 소프트웨어를 만들어 공급했다. 미국에 가서야 비로소 살기 위해서는 돈을 벌어야 한다는 사실을 알았다. 본래 돈 버는 것은 지루한 일인데 난 억지로 그것을 낭만적인 일이라고 생각했다.

과에서 처음으로 소프트웨어 짜는 일거리를 받아왔을 때 난 이렇게 생각했다. 좋아! 드디어 내 재능을 펼칠 수 있는 기회가 온 거야! 이 점에 대해 보충할 내용이 많이 있다. 어른이 될 때까지 난 모든 면에서 순조롭지 않았다. 처음에는 화가가 되려고 했지만 색맹이었다. 나중에 수학과 대학원생이 되었지만 지도교수가 내게 준 논문 주제는 맑스의 『수학 수고數學手稿』를 상세히 분석하는 것이었다. 갖은 애를 다 써서 150페이지 넘게 썼지만 지도교수는 지금 내가 무엇을 썼는지 기억하지 못할 것이다. 나 역시 기억이 나지 않는다. 타이핑한 원고는 지금 찾을 수 없고 손으로 쓴 초고 역시 찾을 수 없다.

그래서 그 논문을 쓴 것이 쓰지 않은 것과 마찬가지가 되었으니 공연히 수많은 뇌세포만 학대해 죽인 셈이다. 간단히 말해 난 줄곧 일다운 일을 한번도 해보지 못했다. 당신이 두부 만드는 것을 일이라고 하지 않는다면 말이다. 하지만 두부는 어떻게 만들든지 간에 먹고 나면 모두 똥이 되지 다이아몬드가 되는 것은 아니다. 이는 내가 그 일을 받아왔을 때 감격스러워했던 까닭을 말해준다. 비록 대형 소프트웨어여서 여러 사람이 함께 짜야 했지만 난 그러는 것이 내가 다른 사람보다 낫다는 사실을 드러낼 수 있어서 더 좋다고 생각했다. 이런 생각을 할수록 마음이 산란해져 나는 단 1행의 쏘스코드도 쓸 수 없었다. 그래서 아내에게 밖에 나갈 때 방문을 잠가 나를 가두어달라고 했다. 난 그렇게 변태처럼 되었지만 아내는 조금도 알아차리지 못했다.

방에 갇히자 정신을 집중할 수 있었다. 그렇게 해서 내가 짠 첫번째 소프트웨어는 매우 시적인 느낌이 있었다. 이후주李後主[18]는 사詞에서 이렇게 말했다.

앵무새가 쪼다가 남긴 팥알紅豆啄殘鸚鵡粒[19]

내 소프트웨어는 복잡함과 탄력성의 면에서 보면 이 구절에서 말하고 있는 경지에 도달했다고 할 수 있다. 후주는 또 그다음 구

---

18 남당(南唐)의 마지막 황제 이욱(李煜)을 가리키는데, 이욱은 나라가 망할 위기에 처하자 시 짓는 일에 몰두했다. 후주(後主)는 마지막 황제란 뜻이다.

19 이 시구는 두보의 「추흥 8수(秋興八首)」의 제8수에 나오는 "앵무새가 쪼다가 남긴 벼알(香稻啄餘鸚鵡粒)"을 변형한 것으로 보인다. 이후주의 작품은 아닌 듯하다.

절에서 이렇게 노래했다.

이슬비에 젖어 흐르는 세월細雨濕流光[20]

다른 사람은 10행으로 짰지만 난 단지 1행만 사용했을 정도로 내 소프트웨어는 간단했다. 소프트웨어를 제출할 때 교수님이 보고 깜짝 놀라며 이렇게 말했다. 이렇게 간단하다니! 작동(run)할 수 있겠어? 나는 시험해보라고 했다. 시험해보고 나서 그는 나에게 악수를 하며 고맙다고 했다. 하지만 지불할 때 내가 받은 돈은 다른 사람보다 적었다. 알고 보니 행수에 따라 돈을 지불한 것이었다. 정말 화가 났다. 두번째 소프트웨어를 제출할 때 난 목화에서 실을 뽑아내듯 했다. 고시古詩에서는 이렇게 말한 바 있다.

스님 한분 쓸쓸히 홀로 돌아가—個和尚獨自歸,
문을 닫고 방문을 잠그고 사립문을 건다關門閉戶掩柴扉.[21]

나의 두번째 소프트웨어는 바로 이런 경지에 이르렀다. 간단히 말해 다른 사람은 1행으로 짰는데 난 20행으로 짠 것이다. 소프트웨어를 제출할 때 교수님은 run할 수 있는지 묻지도 않고 단지 "너 이 녀석!" 하더니 다시 짧게 고치라고 하면서 돌려주었다. 자본주의는 바로 이렇게 허위적이다. 학위를 받고 나서 난 조금도 망설이

---

20 이 시구는 10행으로 이루어져 있는 풍연사(馮延巳)의 「남향자(南鄉子)」에 나오는 구절이다.

21 명대 풍몽룡(馮夢龍)의 유머소설집 『고금담개(古今譚槪)』에 등장하는 구절로, 자칭 '시백(詩伯)'이라는 사람의 시 「숙산방즉사(宿山房即事)」에 나온다.

지 않고 귀국해버렸다. 왜냐하면 난 뼛속에서부터 낭만 시인이었기 때문이다. 그림을 그릴 때에는 색깔 시인이고 프로그램을 만들 때에는 소프트웨어 시인이었다. 아무 맛도 없는 말라비틀어진 자본주의 사회가 어떻게 낭만 시인을 받아들일 수 있겠는가.

5

미국에서 나는 Double E를 하고 싶으면 Double E를 했고, Computer를 하고 싶으면 Computer를 했다. 그리고 약간의 돈도 벌 수 있었다. 하지만 역시 즐겁지는 않았다. 최소한 내가 1967년에 집에서 투석기를 만들 때만큼 즐겁지는 않았다. 그때 우리 집의 문과 창은 모두 떨어져나갔고 벽에는 커다란 구멍이 몇개씩이나 생겼다. 난 목수의 가죽 앞치마를 두르고 붉은색과 푸른색 연필을 귀 위에 끼운 채 열댓명의 대학생을 지휘해 가구를 뜯어서 방어기계를 만들었다. 공학 분야에서는 내가 누구보다도 뛰어났기 때문에 모두들 나를 책임자로 추천했다. 이 일을 아버지가 안다면 틀림없이 나를 두드려팰 것이다. 왜냐하면 바로 우리 집 가구를 뜯어냈기 때문이다. 내가 벌써 불혹의 나이가 되었고 아버지 역시 당신 마음대로 할 나이가 지난데다가 반신불수 상태이기는 하지만 아버지의 고질적인 습관을 고치기는 어렵다고 난 생각한다. 상부에서 무장 투쟁을 저지했을 때 아버지가 집에 돌아와서 보니 집 안의 모든 것이 하나도 남김없이 사라진 상태였다. 그런데 서재에는 기괴한 기기들이 많이 있었다. 앞쪽을 보면 프랑스에서 만든 단두기斷頭機 같은 것이 있었고, 뒤쪽을 보면 슬라이드 레일, 슬라이드 블록이 있는 평삭반 같은 것이 있었다. 가장 앞쪽에는 기상관측소에서 훔쳐온 풍속계가 설치되어 있었다. 바닥을 시멘트로 다져놔서 뜯어내고 싶어도 뜯을 수가 없었기 때문에 아버지는 정말 울화통이 터져버렸다. 그것은 바로 내가 만든 투석기였는데 세계의 모든 비슷한 기기 중에서 가장 정확했다. 하지만 그 위쪽에 있는 수많은 부품은 우리 집 가구였다. 문짝과 창문과 가구를 잃긴 했지만 아버지는 속상해하지 않았다. 왜냐하면 그것은 국가의 것이었기 때문이다. 장서 역시 많이 잃어버렸는데 이 책들은 아버지가 내게 읽으라고 한 것들이었다. 난 아버지에게 이렇게 말했다. 사람들이 칼과 총을 들고서 우리 집 책을 좀 빌려보겠다는데 제가 감히 어떻게 할 수 있었겠어요? 아버지는 내 말이 일리 있다고 여겼다. 사실 전혀 그런 일은 없었다. 난 그때 너무나 바빠 읽으라고 한 책 같은 것은 까맣게 잊고 있었다. 그리고 또 이렇게 생각했다. 이 건물은 이 몸의 것이 되었으니 이 몸이 생각하는 것이 바로 법이야. 그런데 내가 왜 당신을 위해 물건을 지켜줘야 해?

지금 나는 자본주의를 비판하더라도 양심을 속여서는 안된다고 여긴다. 현대사회는 어디서든 시인을 그다지 많이 허용하지는 않는다. 닭이 많으면 알을 낳지 않는 것처럼 시인이 많아지면 밥을 먹을 수 없다. 왜냐하면 진정한 시인은 모두 심술꾸러기이기 때문이다. 1967년 가을 '펜으로 만든 무기'가 우리 집에 쳐들어왔을 때 난 집에 있는 물건을 중립지대로 옮기는 것을 도와준 후 남아서 집을 지켰다. 난 눈 깜빡할 사이에 그들과 하나가 되어 우리 집 벽에 구멍을 내고 직접 창문의 유리를 모두 깨버렸다. 물론 나도 나름의 이유가 있었다. 만일 유리를 깨지 않으면 밖에서 날아오는 벽돌에 깨질 것이고 그 파편이 날아와 사람을 다치게 할 것이기 때문이었다. 그후 책상과 의자를 쌓아 창문 구멍을 막으니 방 안이 순식 간에 캄캄해졌다. 하지만 내가 보기에 여전히 덜 캄캄한 것 같아서 먹물로 안쪽에 있는 벽을 검게 칠해버렸다. 반나절 만에 우리들이 있는 건물 안쪽은 지옥처럼 새카맣게 되었다. 물론 그렇게 한 것에 도 이유가 있었다. 그렇게 해야만 만일 누군가 밖에서 쳐들어왔을 때 눈앞이 캄캄하다고 느낄 것이다. 그러면 상대의 동공이 방 안의 물건을 똑똑히 볼 수 있을 정도로 열리기 전에 우리들이 기다란 창 으로 그의 몸에 열댓개의 커다란 구멍을 낼 수 있게 된다. 이러한 조치는 우리들이 사는 집을 흰개미 굴로 만든 첫걸음에 불과했다. 겨울이 되자 그 건물에는 온전한 기와가 하나도 없었다. 일층의 모 든 창문에는 튼튼한 쇠창살이 용접되어 있었고 그 위에는 또 밖을 향하는 뾰족한 침이 촘촘하게 붙어 있었다. 그것 하나하나는 칼보 다도 날카로웠다. 복도의 모든 입구는 폭파해도 뚫리지 않도록 막 아두었고 따로 종횡으로 교차하는 구멍이 통로 역할을 했다. 원래 살던 거주자들조차 삼일 밤낮 찾지 않고서는 자신들이 원래 살았 던 곳을 절대 찾을 수 없었다. 나중에 본래의 모습으로 바꾸어놓으 려고 했는데 수리비가 그 건물을 지은 건축비보다 더 많이 든다고 했다. 당신은 이러한 점을 통해 '펜으로 만든 무기'가 왜 나중에 큰 불행을 겪게 되었는지 알 수 있을 것이다. 그런데 이 모든 것은 다 내 생각이었다. 나라는 시인 한명이 그렇게 큰 재난을 만들었는데, 만일 곳곳에서 그런 일이 발생한다면 정말 큰일 아니겠는가? 하지 만 시인이 되지 않으면 난 또 살아갈 수 없다. 그래서 도대체 어떻 게 하면 좋을까, 이것이 문제였다.

6

나는 어린 시절에 마크 트웨인의 『아서 왕 궁전의 코네티컷 양키』를 읽고서 고대인이 되고 싶었다. 만일 내가 선택을 할 수 있다면 차라리 고대 그리스에서 살고 싶고, 그렇지 않으면 고대 로마에서 살고 싶다. 그 시대에는 자신이 하고 싶은 일을 할 기회가 있었다. 그 시대 사람들은 자유롭게 자신의 기계를 발명할 수 있었다. 난 아르키메데스가 수력터빈 장치를 발명했다는 이유로 아버지에게 두들겨맞았다는 말을 들어본 적이 없다. 이는 내가 현대에 태어나지 말아야 했다는 것을 말해준다. 난 오늘날의 옛사람이다. 난 아르키메데스이고, 난 미켈란젤로이다. 난 눈앞에 있는 모든 것과 아무런 관계도 없다.

나는 두부공장에서 '보조교육'을 받을 때 자신이 여전히 오늘날의 옛사람이지만 벌써 느낌은 약간 변했다고 생각했다. 만일 ×하이잉의 고무 생리대가 고대 로마의 투석 보병 손에 들어갔다면 분명 보물처럼 여겨졌을 것이다. 우리는 베어링을 깎는 삼각 스크레이퍼를 이용했지만 만일 고대 그리스에 보내져 창끝에 장착될 수 있었다면 너무나 좋았을 것이다. 이와 동시에 난 라오루에게 쫓겨 사방으로 도망다녔고 또 ×하이잉의 보조교육을 받아야 했기에 조금도 오늘날의 옛사람 같은 모습이 아니었다. 가장 중요한 것은 내가 더이상 어떤 기적이 있을 것이라고 믿지 않았다는 점이다. 옛말에 따르면 시대가 영웅을 만든다고 했다. 하지만 시끄러운 영웅의 시대는 이미 지나가버려 돌아오지 않았다.

난 지나간 영웅시대를 떠올릴 때면 늘 1966년에 전복된 자동차와 1967년의 커대한 탄궁, 이 두가지 일에서부터 시작한다. 그 일들은 마치 대저택 입구에 있는 두마리 돌사자 같아서 그것들을 거쳐야 비로소 마당 안으로 들어설 수 있을 것 같다. 내가 ×하이잉에게 이 두가지 일을 이야기했지만 그녀는 조금도 그것의 중요성을 이해하지 못했다. 왜냐하면 그녀는 오늘날의 옛사람이 아니었기 때문이다. 1967년 가을, 난 배수관을 타고 실험실 건물로 들어갔다. 그때 '펜으로 만든 무기'의 전체 무리 육칠십명이 그 안에 웅크리고 있었다. 물도 없고, 전기도 없고, 먹을 것도 없고, 마실 것도 없었다. 밖은 사면초가여서 수많은 확성기가 "펜으로 만든 무기의 투항을 촉구한다"라는 방송을 하고 있었다. 난 그들에게 우리가 있는 건물에는 중요해 보이지는 않지만 아래에 여러 갈래의 지하 수로가 있기 때문에 결국 아주 중요한 무장투쟁의 거점이 될 거라고 했다. 그곳에는 난방 설비가 되어 있는 지하 수로도 있고, 송전 케이블 트로프도 있으며, 심지어 하수도 안으로 들어갈 수도 있었다. 지하 수로를 따라 하이뎬전海淀鎮[22]에 가서 다빙大餠[23]과 여우탸오油條[24]를 사오는 것도 가능했다. 그리하여 그들은 한밤중에 포위망을 뚫고 우리 건물로 옮겨왔다. 만일 그들이 기숙사 건물을 점거하지 않았더라면 아무도 기숙사 건물을 점거하지 않았을 것이다. 왜냐하면 그곳에는 군사 목표가 없었기 때문이다. 그들이 오자 모든 사람이 잇따라 왔고, 그들이 중심이 되어 모든 기숙사 건물을 점거해버렸다. 왜냐하면 그들이 바로 군사 목표였기 때문이다. 이 사건이 계기가 되어 거대한 기숙사 건물이 나중에는 완전히 바퀴벌레 소굴

---

22 베이징에 있는 지명.
23 밀가루를 반죽하여 크고 둥글게 구운 떡으로 중국 북쪽 지방의 주식(主食) 중 하나.
24 밀가루 반죽을 발효시켜 소금으로 간을 하고 길이 30센티미터 정도의 길쭉한 모양으로 만든 뒤 기름에 튀긴 음식. 주로 아침 식사용으로 콩국과 같이 먹는다.

이 되어버렸다. 이 일을 말할 때면 난 우쭐한 마음이 생기면서 아주 큰 성취감을 느낀다. 하지만 ×하이잉은 얼굴을 잔뜩 찌푸린 채 나의 어리석은 생각을 접하고 어떻게 '보조교육'을 해야 할지 알 수 없어했다.

내가 ×하이잉에게 이 일을 이야기할 때 고개를 들어 그녀를 보다가 오후 햇살 아래에서 그녀의 머리카락이 노란색으로 빛나는 것을 발견했다. 이는 어떤 물건도 고정적인 색깔이 없다는 사실을 말해준다. 어떤 것을 무슨 색이라고 말하려면 당시의 광선이 설명에 포함되어야 한다. 그녀의 아래턱은 둥글었고 얼굴에는 훈계의 말을 찾으려는 표정이 드러나 있었다. 그 표정은 온몸이 과일과 채소 같았던 어린 시절 나의 선생님을 떠오르게 했다. 그 순간 나는 뼛속 깊이 그녀를 원망하는 마음이 생겼다. 나와 그녀는 분명 고양이와 개처럼 종류가 다른 동물이며 대대로 내려오는 원수 사이일 것이다. 하지만 그녀가 갑자기 나를 보고 웃으면서 말했다. 계속 이야기해요. 그 순간 나는 또다시 마음이 따스해지는 것을 느꼈고, 그녀가 나 같은 나쁜 놈을 중요하게 여겨주는 것이 감격스러워 낯간지러운 느낌이 들었다. 이는 나 같은 인간의 몸에도 노예근성이 있다는 사실을 말해준다.

'펜으로 만든 무기' 사람들은 우리 건물로 뛰어들어올 때 머리에 등나무 모자를 썼고 몸은 위아래 모두 밀가루 공장의 노동자처럼 하얬다. 이밖에도 그들의 몸에는 매콤한 생석회 냄새가 풍겼다. 어떤 사람은 마치 벽돌에 얻어맞기라도 한 것처럼 관자놀이가 퍼렇게 부어 있었다. 이는 그들이 오는 길에 방해를 받았다는 사실을 말해준다. 나중에 그 사람들에 대한 이야기가 나오면 모두들 그들을 아주 나쁜 사람이라고 했다. 평화로운 거주민의 집에 쳐들어와 거주민을 문밖으로 쫓아냈으니 나치 친위대가 아니면 최소한 스딸린의 양곡징발대와 흡사하다고 했다. 사실은 그렇지 않았다. 그 사람들은 너무나 온화했고 교양이 있었다. 만일 자리에 여자가 있으면 그들은 모두 거친 말을 하지 않았다. 밥을 먹을 때 내가 먹지 않으면 그들도 먹지 않았다. 여학생이 먹지 않으면 남자도 먹지 않았다. 대원 한명이 먹지 않으면 우두머리도 먹지 않았다. 이러한 점들 외에도 그들은 모두 휴지를 사용했고 밖에서 아무렇게나 똥을 누지 않았다. 그래서 그들은 무장투쟁을 하는 무리가 아니라 영국 신사 같았다. 난 그 사람들을 매우 좋아했다. 그리고 그들을 좋아하는 나의 마음은 시간이 흐르더라도 결코 바뀌지 않을 것이다. 하지만 나중에 그 무리는 학교 전체에서 가장 재수 없는 사람들이 돼버렸다. '문혁' 후기에 총결산을 하니 그 하찮은 작은 일파가 때려죽인 사람이 가장 많았고 파괴한 물건도 가장 극심했기 때문이다. 그래서 우두머리는 잡혀 감옥에 갔고 나머지는 모두 시골로 보내져 한 사람도 도시에 남아 있지 못했다. 이는 그들 전체가 전기가 없는 곳에 가서 생활해야 하고, 매일 세끼 식사마저도 큰 문제가 될 거라는 말이었다. 또 이는 내가 좋아한 사람들은 모두 재수 없게 되었고, 내가 좋아한 품성은 좋은 품성이 아니었다는 사실을 말해준다.

지금 '펜으로 만든 무기' 사람들을 아무리 생각해봐도 그들이 왜 싸움을 하려고 했는지 나는 명백히 이해가 되지 않는다. 주의ᵗᵘᵉᶒ나 사상을 위해서라는 말로는 충분하지 않다. 나처럼 신기함을 찾기 위해 싸움을 했다는 것도 그다지 맞는 말은 아닌 것 같다. 싸움은 내가 열다섯살 때 했던 놀이인데 그 사람들은 열다섯살이 아니었다. 아마도 일부는 주의를 위해서, 일부는 사상을 위해서, 또 일부는 신기함을 찾기 위해서였을 것이다. 마치 술에 취한 후 게워

낸 토사물처럼 다양한 동기가 한데 모이고 마구 뒤섞여 한덩어리가 되었을 것이다. 취객의 토사물을 통해 그가 무엇을 먹었는지 알기 어려운 것처럼 '벤으로 만든 무기'가 싸움을 한 동기를 분명히 파악할 수는 없다.

이제는 내가 용광로 벽을 기어올랐던 일이 어떻게 끝났는지 좀 이야기해야겠다. 열세살이 되던 해 나는 결국 용광로 벽을 타고 넘어가 용광로 안으로 들어갔다. 그 안에는 여전히 아무것도 없었다. 벽돌 더미가 있었고, 그 옆에 돗자리가 하나 있었으며, 돗자리 옆에는 사용한 콘돔이 마치 부레 같은 모습으로 놓여 있었다. 콘돔 안에는 젤리 같은 것이 담겨져 있었다. 당시 나는 그것이 무엇인지 분명하게 알 수는 없었지만 그래도 약간의 추측은 할 수 있었다. 그 안의 물체는 내가 여섯살 때 상처 속에서 보았던 나 자신의 본질, 즉 젖은 이불을 떠올리게 했다. 그때부터 내 인생관은 정말 비관적으로 되기 시작했다. 그날부터 시작해 엄청나게 큰 불행복권에 당첨된 나는 행운복권에 당첨되고 싶다는 망상조차도 하지 않았다.

이른바 젖은 이불 일은 이러했다. 아침에 일어났을 때 마치 자전거 축에 기름이 들러붙어 있는 것처럼 내 속옷 안에서 바셀린과 같은 것이 끈적끈적하게 음경과 엉겨 있는 것이 느껴졌다. 그 직후 정신이 몽롱해지며 꿈속에서 여자의 유방과 엉덩이를 본 것이 생각났다. 하지만 유방과 엉덩이가 어떻게 그러한 것을 끄집어냈는지는 여전히 알 수 없었다. 이런 상태가 난 싫었다.

젖은 이불과 그 직후의 일에 대해서는 ×하이잉에게 말하지 않았다. 뒤의 것은 내가 미래를 예견할 수 있는 능력이 없었기 때문이고, 앞의 것은 여자에게 그런 것을 말해서는 안될 것 같다고 생각했기 때문이다. 나중에 그녀는 내게 이렇게 말했다. 넌 정말 더러워! 지금 그녀는 잔빠의 아내인데 그녀가 잔빠의 더러움을 싫어하는지 여부는 알 수 없다.

철학에 대해 지금 난 이렇게 생각한다. 철학은 본체론, 인식론 등 아주 많은 문제를 다룬다. 하지만 중국인에게는 단지 하나만 중요한데, 이른바 신기한 비결이 세상에 있는가 하는 것이다. 로또 구입의 비결, 연금술의 비결, 하늘로 날아오르는 비결, 지상천국으로 들어가는 비결 말이다. 만일 그런 것이 없다고 한다면 내가 어떻게 그것이 있다고 믿었겠는가? 만일 있다고 한다면 내가 왜 볼 수 없는가? 하지만 난 그 용광로 벽을 기어오른 이후로 다시는 어떠한 비결도 믿지 않았다. 난 다른 사람과 마찬가지로 내가 싫어하는 사람을 사랑하고, 밥 먹을 돈을 벌고, 장가가서 자립하고, 가족을 먹여 살려야 했다. 총괄적으로 말하면 기적이 일어나지 않는 한 괴로움은 많고 즐거움은 적은 법이다. 하지만 기적은 결코 일어나지 않는다. 난 있는 힘을 다했지만 눈곱만큼의 신기함도 찾지 못했다. 이 세계에는 불행복권만 있지 행운복권은 없다. 내가 자신을 비관론자라고 한 것은 바로 이러한 생각을 가리켜서 한 말이다.

제4장

1

나는 1974년 봄에 대장항문전문병원에 가서 치질을 치료할 때 세상에 대해 또다시 아주 비관적인 시각을 갖게 되었다. 어린 시절 굶주렸던 경험은 이미 잊어버렸다. 당장의 가장 큰 고통은 엉덩이를 비비는 일이었다. 내가 보기에 생존의 주요 방식이 엉덩이 비비기 내기라면 우리처럼 태어날 때부터 엉덩이가 작은 사람은 매우 불리한 위치에 놓여 있다. 만약 진료받기 위해 줄을 선 사람들이 전선에서 돌아온 부상자라고 한다면 전투에서 부상당한 사람들은 모두 남자라고 할 수 있을 것이다. 아주 가끔씩 여자들이 있기는 하지만 모두 임산부들이다. 이는 바로 여자가 임신하지 않는다면 다치지 않을 것이라는 말이다. 나중에 난 거기서 수술을 받았다. 그렇게 아프지는 않았지만 오랜 시간 매우 불편했다. 치질이 다 나아 대변이 막힘없이 잘 나오게 되자 비로소 생존의 주요 방식이 어쩌면 엉덩이 비비기가 아니라 깊은 사색일지도 모르겠다는 생각이 들었다. 당신은 요즘 머리 정수리가 벗겨져 번들번들하고 병 밑바닥 같은 안경을 쓴 사람들을 가끔 만나면서 어쩌면 이런 생각을 할지도 모르겠다. 단지 어떤 사람은 물리만 생각하고, 어떤 사람은 철학만 생각하고, 어떤 사람은 『추배도推背圖』[25]만 생각하고, 어떤 사람은 『역경易經』만 생각할 뿐이다. 나도 그런 사람 중 한명이지만 유일한 차이점이라면 난 생각을 많이 할수록 몸에 털이 많아진다는 것이다. 머리 정수리는 팝콘 기계에 튀겨진 것 같지만 음모는 어떤 사람의 머리카락보다도 많다. 시력 역시 생각을 많이 할수록 좋아져 지금은 10미터 바깥에 있는 파리 다리의 털까지도 볼 수 있다. 이와 동시에 내 눈은 생각을 할수록 삼각형이 되고 눈썹은 생각을 할수록 납작해진다. 시간이 흐름에 따라 얼굴에도 주름이 생기는데 모두 세로로 나서 흡사 도적놈처럼 보인다. 함께 있는 동료들은 나의 이런 모습을 보고서 내가 지식인을 적대시하는 사람이라고 생각하기도 한다. 하지만 이 역시 아주 나중의 일이었다. 당시 내가 치질 수술을 받으러 갈 때 ×하이잉이 반드시 나와 함께 가야겠다고 했다. 내가 수술실에 들어가자 그녀 역시 따라 들어왔는데 의사와 간호사들도 그녀를 막지 않았다. 이런 일은 언뜻 보기에는 다소 괴상하지만 사실은 아주 일반적이었다. 지금도 그런지 안 그런지 모르겠지만 그해에 항문전문병원에 가서 수술을 받은 사람들은 모두 둘씩 짝을 이루어서 들어갔다.

내가 아는 바에 따르면 사람들은 낙태를 하러 갈 때 종종 둘이

---

25 중국 당나라 때 이순풍(李淳風)과 원천강(袁天罡)이 함께 저술했다고 알려져 있는 예언서.

함께 가고, 아이를 낳으러 갈 때에도 둘이 함께 간다. 그같은 경우에는 여성들이 너무나 두려운 마음이 들기 때문에 남자를 데리고가 힘을 얻으려고 하는 것이다. 남자들이 치질을 제거하러 갈 때에도 마찬가지겠지만 나는 도무지 이해가 되지 않았다. 나중에서야안 사실이지만, 여성들은 그 부분을 아주 더럽다고 여겼고 의사와간호사들이 손을 대려고 하지 않았기 때문에 환자 가족이 수술을해야 했다고 한다. 이것은 아주 황당한 생각이 아니었다. 우리가 사는 이곳의 의사와 간호사들을 절대 높이 평가할 수는 없다. 나 역시 그 사람들이 내게 수술을 해주고 싶어하지 않았을 것이라고 생각한다. 하지만 난 팔이 아주 길기 때문에 충분히 그 부위까지 닿을 수 있었다. 간호사가 뒤에서 내게 "위로! 아래로! 왼쪽으로 조금만! 좋아요, 바로 그곳이에요!" 하고 말해주기만 하면 직접 수술을할 수도 있었다. 그러한 자신감이 있었기 때문에 난 어떤 사람에게도 나와 함께 항문전문병원에 가달라고 부탁하지 않았다. 그 어떤사람 속에는 ×하이잉도 포함된다. 하지만 그녀 자신이 가겠다고했다. 그러면서 그녀는 '후진청년'(즉 나도 포함된)에 대해 생활에관심을 갖고, 일할 때 도움을 주고, 사상적으로 구원을 해야 한다고했다. 관심, 도움, 구원을 해도 효과가 없을 때에는 전문정치기관에넘기겠다고 했다. 이 후반부의 이야기를 들은 나는 온몸에 소름이돋아 감히 아무 말도 할 수 없었다.

난 그림 그리는 것 외에도 소설 읽는 것을 좋아한다. 내가 가장좋아하는 작가는 마르께스(Marquez)이다. 사실 특별히 그의 어떤작품을 좋아한다고 할 수는 없다. 내가 좋아하는 것은 그가 만들어낸 언어 표현이다. 예를 들어 '콜레라 시대의 사랑'이란 표현은 정말 오묘하기 그지없다. 이것을 모방한다면 우리는 혁명시대의 발명, 혁명시대의 사랑 등과 같은 말을 만들어낼 수 있다. 그리고 난 혁명시대의 치질을 앓고 있었다. 나는 혁명시대에 곤경에 빠져들어 어떻게 해야 좋을지 알 수 없었다. ×하이잉은 내 걸상 위에 폐타이어를 놓아주었는데, 타이어 위에 앉는 것은 딱딱한 나무걸상 위에 앉는 것보다는 편했다. 하지만 난 여전히 마음이 불편해 하루종일 앉아 있을 수가 없었다. 그녀와 함께 병원에 갈 때 난 그녀에게 아주 공손하게 굴었고 2, 3미터 정도 떨어져서 걸었다. 하지만 당시 합법적인 부부도 함께 길을 걸을 때에는 이처럼 먼 거리를 유지했기 때문에 의사와 간호사들이 보기에는 조금도 이상하지 않았을 것이다. 내가 수술실에 들어갔을 때 그녀는 밖에서 기웃거리고 있다가 자신이 필요할 때가 되었다고 느끼자 슬그머니 들어왔다.

이 점을 설명하면 당시 간호사들이 왜 ×하이잉을 밖으로 내쫓지 않았는지가 분명해진다. 그때는 그렇게 자진해서 돕겠다는 사람들이 너무나 많아서 내쫓으려 해도 내쫓을 수 없었던 것이다. 하지만 난 벽을 향해 누워서 간호사가 수술칼을 내게 건네주기만을 기다리고 있었기 때문에 그녀가 슬그머니 들어오는 것을 보지 못했다. 사실 상황은 내가 상상했던 것보다는 좋았다. 내게 엉덩이를 벌리라는 명령이 떨어진 후 바로 아무런 경고도 없이 극렬한 통증이 찾아왔다. 난 그렇게 얼떨결에 수술을 받은 뒤 수술대에서 내려왔다. 우리 두 사람은 병원에 갈 때 짐칸이 있는 삼륜 자전거를 타고 갔는데 짐칸에는 커튼이 쳐져 있었다. 갈 때는 내가 자전거를 몰았지만 돌아올 때는 그녀가 몰았다. 자전거를 몰지 않는 사람은 짐칸에 앉았다. 돌아오는 길에 그녀가 앞에서 갑자기 큰 소리로 웃음을 터뜨렸다. 난 그녀가 털이 숭숭 난 내 엉덩이를 보았고 또 엉덩이를 벌리고 도살되기를 기다리는 내 모습을 보았다는 사실을

216

몰랐기 때문에 그녀가 웃는 이유를 전혀 알 수 없었다. 그저 불길한 조짐만 느꼈을 뿐이었다. 병원 안에서는 아주 강렬한 크레졸 냄새가 났고, 복도에 흥건한 콜타르처럼 보이는 검은 물웅덩이가 있었던 것을 기억한다. 또 그녀가 삼륜 자전거를 몰 때 자전거 차대 위에서 몸을 똑바로 세우고 있었던 것도 기억한다. 하지만 나 자신이 어떻게 엉덩이를 벌린 채 도살되었는지는 조금도 기억할 수 없었다.

2

사람이 살아갈 때에는 항상 주제가 있어야 하며 당신은 그것에서 벗어날 수 없다. 예를 들어 나의 한 동창의 주제는 상대성 이론을 뒤집어 자신이 아인슈타인보다 똑똑하다는 사실을 증명하는 것이었다. 그는 늘 명상을 했다. 나보다 여덟살이나 어렸지만 나보다 더 늙어 보였다. 그가 아인슈타인보다 똑똑한지 아닌지 나는 모른다. 왜냐하면 나는 이론물리학에 대해서는 그것의 껍데기만 알고 있기 때문이다. 나는 나의 주제가 비관이라고 말했다. 이는 내가 그저 먹고 자면서 아무것도 생각하지 않았다는 말이 아니다. 나는 인생 전반기에 온갖 지혜를 다 짜내어 어떤 문제를 해결하려고 했다. 그 문제는 바로 다음의 불행복권이 언제 어디로 올 것인지 어떻게 예측할 것인가? 하는 것이었다.

×하이잉 역시 웃는 모습이 괴상했는데, 소가죽으로 만든 가면을 쓴 것처럼 얼굴 가죽은 웃었지만 살은 웃지 않았다. 대회에서 연설을 할 때면 그런 모습이 되었다. 난 그렇게 웃는 얼굴 모습을

지어보지 않아서 나에게 그것은 풀리지 않는 수수께끼였다. 누구에게나 표정은 감정을 대변하는 것이다. 나는 얼굴 가죽은 웃지만 살은 웃지 않는 것이 어떤 감정인지 아무리 해도 생각해낼 수 없었다. 이것은 내게 풀리지 않는 수수께끼였다. 하지만 나는 ×하이잉이 나에게 하나의 불행복권이 틀림없다는 사실을 이미 어느정도 알고 있었다.

나는 ×하이잉의 사무실에 무료하게 갇혀 있을 때 그녀의 물건을 뒤져본 일이 있다. 물론 그녀는 자리를 떠날 때 모든 서랍을 잠가놓지만 난 클립 하나로 자물쇠를 열었다. 그 점에 대해서는 어떤 변명도 할 수 없다. 즉 나는 개차반이었다. 난 하이잉이 어떤 사람인지 알고 싶었다. 그녀가 말하는 관심, 도움, 구원이 도대체 믿을 수 있는 것인지 아닌지 알고 싶었다. 그 결과 서랍 속의 몇몇 문건과 종이 외에 얇은 고무막으로 만든 구식 생리대까지 발견하게 되었다. 나의 시각에서 보면 그것은 돌멩이를 쏘는 탄궁으로 개조될 수 있을 것 같았다. 소가죽 표지로 싸인 책도 있었는데 가죽에 붉은 잉크로 '비판용으로 제공함'이라고 씌어 있었다. 펼쳐보니 '문혁' 이전에 출판된 『데까메론』으로 100편의 이야기가 실려 있는 훌륭한 책이었다. 나중에 출판된 『데까메론』에는 일흔두편의 이야기만 실려 있었다. 이는 중국인들이 갈수록 좋은 책이 무엇인지를 모른다는 사실을 말해준다. 난 잠깐 훑어보고는 책을 다시 넣어놓은 뒤 서랍을 잠갔다. 이렇게 한 이후에도 여전히 그녀를 믿을 수 있는지 없는지를 알 수 없었다. 하루 이틀 지나 다시 서랍을 열어보니 그 안에는 종이쪽지가 있었고 그 쪽지에 "내 서랍을 뒤진 놈은 개새끼다"라고 씌어 있었다. 난 급히 서랍을 다시 잠갔다.

×하이잉은 나중에 나의 웃는 모습도 자신에게는 풀리지 않는

수수께끼였다고 나에게 말했다. 그래서 그녀는 내 밑바닥까지 알아보고자 했다. 내가 치질이 생겼다고 말하면서 얼굴에 지은 쓴웃음과 자신 앞에서 지었던 이유 없는 미소가 완전히 똑같은 걸 보고 순간적으로 그녀는 깨달았다. 알고 보니 이런 신비스러운 미소의 근원은 치질이었구나! 그녀는 그 치질이란 것이 도대체 어떻게 생긴 것인지 보고 싶었다. 그래서 그녀는 내게 치질 수술을 해주겠다는 핑계를 대고 수술실로 들어왔으며, 결국 그것은 자색의 피명울이라는 사실을 알게 되었다. 당시 나는 ×하이잉이 내게 치질 수술을 해준 속셈을 전혀 알지 못했기 때문에 아무런 감상도 없었다. 나중에 생각해보니 모골이 송연해지고 도대체 어떤 속셈이었는지 생각해낼 수가 없었다. 그녀의 몇몇 생각은 늘 분명히 이해할 수가 없었다. 나중에 생각해보니 이는 남자의 항문이 도대체 어떻게 생겼는지 보고 싶다는 일종의 호기심에서 나왔던 것 같다. 아니면 한가하고 할 일이 없어 치질을 제거하는 일이 재미있을 거라고 여겼는지도 모른다. 이를 일찍 알았더라면 당연히 난 엉덩이에 다음과 같은 쪽지를 써붙여놨을 것이다. 내 엉덩이를 보는 놈은 개새끼다. 아니면 붓으로 직접 엉덩이에 써놨을 것이다. 나는 내 엉덩이가 어떻게 생겼는지 본 적이 없다. 하지만 분명 예쁘지는 않을 것이다. 결론적으로 말해 그 사건은 내게 너무나 많은 괴로움을 안겨주었다. 나중에 하이잉은 내게 수치심을 느끼게 하고 싶으면 이렇게 말했다. 네 치질은 정말 못생겼어! 마치 내가 나의 치질을 예쁘게 보이게 할 의무라도 있는 듯이 말이다. 그 말을 들으면서도 나는 반항하지 않고 참았다. 그러면 그녀는 또 내가 수술대 위에서 땀을 비 오듯이 흘렸고 또 엉덩이를 벌리고 있던 손이 부들부들 떨렸다고 했다. 하지만 이 점에 대해 나는 이렇게 변명할 수 있다. 칼을 엉덩이 뒤쪽에 대고 있고 나 자신이 볼 수 없는 상태인데 누군들 두렵지 않겠는가? 하지만 난 떨지 않았다고 말할 수는 없다. 나라는 사람은 생긴 모습이 사납기는 하지만 담력이 의외로 작기 때문이었다.

만일 당신이 자신의 치질을 다른 사람에게 보여준 경험이 있다면 그것이 인생의 여러 경험 중에서 가장 죽고 싶은 경험이라는 사실을 인정할 것이다. 나를 예로 들면 나는 비록 상당히 정력적이고 젊었을 때 때로는 성질을 억누르지 못해 사람을 때리기도 했지만, ×하이잉이 나의 치질에 대해 언급하기만 하면 온순해지곤 했다. ×하이잉은 이 점을 발견하고서 그 말을 나를 제압하는 일종의 주문으로 사용하곤 했다. 그 말을 입에 올리기만 하면 난 금방 시정잡배에서 단정하게 앉아 미소 짓는 모나리자로 변했다.

지금의 나는 사람들이 이유 없이 미소 짓고 있으면 아주 무료한 상태이거나 심하게 고통스러운 상태라고 생각한다. 내가 그러했고 ×하이잉 역시 그러했다. 스물두살의 아가씨가 매일 낡은 군복을 입고 대회에서 중앙정부의 문건을 읽어야 했으니 얼굴 가죽은 웃지만 살은 웃지 않는 것 외에 또 무슨 표정을 지을 수 있었겠는가! 그리고 나는 치질이 고통스러워 계속 엉덩이를 비비면서 그저 쓴웃음만 지을 뿐이었다. 이러한 웃음은 모두 자신을 비웃는 것이지 다른 사람을 비웃는 것은 아니다.

3

치질을 제거하고 봄이 되자 한동안 ×하이잉이 내게 못되게 굴었다. 저녁식사 때가 되면 내게 밥을 타오라고 했고 밥을 타서 돌아가면 흘깃 보고는 항상 이렇게 말했다. 반찬이 뭐 이래? 가지고 나가서 똥통에 처넣어버려. 그런 후 그녀는 약간의 돈을 꺼내 주면서 차오거다炒吃瘩를 사오라고 했다. 차오거다는 밀가루 덩어리와 물에 불린 황두를 볶아 만든 것으로 우리 공장 입구의 작은 점포에서 팔았다. 다행히 1974년이었기에 망정이지 만일 지금이었다면 정말 어디에서 사야 할지 몰랐을 것이다. 그때 나는 영원히 차오거다를 먹지 않겠다고, 한입도 먹지 않겠다고 맹세했다. 그후로 나는 그 맹세를 깨뜨리지 않았다. 지금까지도 난 차오거다를 먹은 적이 없다. 만일 그녀가 여자가 아니었다면 난 분명 차오거다 속에 침을 뱉었을 것이다. 우리 공장의 한 기계정비사가 1944년에 창신뎬長辛店 기관차 정비소 견습생으로 있었는데 일본놈 하나가 그에게 밥을 타오라고 시키자 그는 사람이 없는 곳을 찾은 뒤 자신의 정액을 도시락 속에 쏴 넣어버렸다. 그는 훗날 천식에 걸렸는데 그해에 항일을 하느라 신장을 상했기 때문이라고 했다. 난 나중에 미국에 유학을 가서 ×교수에게 소프트웨어를 짜주면서 파일 이름을 모두 'sibalnom' 즉 sibalnom.1, sibalnom.2 등으로 했다. 그런데 그는 첫번째 음을 늘 '싸이'로 발음했는데 내게 전화를 해서는 싸이발놈 원은 괜찮은데 싸이발놈 투는 짧게 고쳐야겠다고 했다. 나는 그에게 싸이발놈이 아니라 씨발놈이라고 교정해주었다. 나를 포함한 네명의 대학원생들이 그에게 프로그램을 짜주면서 모두 하나같이 그를 미워했다. 행수에 따라 돈을 계산해주면서도 길게 만들지 못하게 했기 때문이었다. 이러한 상황을 핍박받는다고 하는 것이다. 마오 주석은 우리들에게 핍박을 받으면 반항을 해야 한다고 가르쳤다. 그래서 싸이발놈이라고 하고, 사정射精을 하고, 침을 뱉게 되는 것이다.

한번은 ×하이잉의 사무실에서 나는 무척 피곤해서 그녀의 침대에서 잠깐 눈을 붙였다. 이때부터 나는 그녀의 핍박을 받기 시작했다. 그녀는 더이상 날 대하면서 환영한다는 말을 하지 않았다. 내가 들어가면 "앉아" 하고는 아무 말도 하지 않았다. 그저 딱딱한 얼굴을 한 채 다리를 책상 위에 얹고서 꼬기만 했다. 이러한 것 외에도 그녀는 다른 사람들 앞에서 나를 "왕얼 이 건달새끼"라고 했다. 난 이 말을 듣고 몹시 화가 났다. 이것은 미국에서 사람들이 날 "oriental"이라고 부르거나 내게 "go back to where you came from"이라고 하는 것과 같았다. 이러한 상황에서는 울화가 치밀 수밖에 없다. 상대가 말을 꺼내는 순간 입에 거품을 물고 땅바닥을 뒹굴게 하는 주문을 발명할 수 있다면 좋겠다는 생각을 남몰래 했다. 내가 핍박을 받았던 상황은 이러했다. 나중에 나는 결국 자신이 매번 핍박을 받았던 이유는 다름이 아니라 다른 사람의 심기가 불편했고 내가 그 사람보다 기분이 좋았기 때문이라는 결론을 내렸다. ×교수를 예로 들어보면 그가 우리를 핍박했던 이유는 그가 멍청한 것을 만들었기 때문이다.(이 사건에 대해서는 잠시 후에 다시 말하도록 하겠다.) 그는 경비가 부족하다는 사실을 발견하고 속이 타서 우리들을 들들 볶았던 것이다. 어느날 그에게 내가 암에 걸려 살날이 얼마 남지 않았다고 하니 그는 더이상 나를 들볶지 않았다. 또 내 아내를 예로 들면 매달 며칠간은 내 귀가 먹지 않은 것이 싫기라도 한 듯이 내 귀에 와와 하고 괴상한 소리를 질러댔다. 이는 그녀가 생리통을 겪고 있었기 때문이다. 나중에 그날이 되었을 때 내가 배가 아픈 척하고 데운 물주머니를 찾았더니 더이상 소리를 질러대지 않았다. 이 방면에서 나에게 많은 방법이 있었지만 두부공장에서는 어떤 방법도 생각나지 않았다.

　난 ×하이잉의 침대에서 눈을 붙이기 전에 여러 장소에서 다양한 자세로 잠을 자보려고 시도했다. 예를 들면 걸상을 벽 쪽에 옮겨놓고 다리를 그 걸상 위에 올린 뒤 몸을 구부려 머리를 겨드랑이 쪽으로 두는 방법, 의자를 책상 쪽으로 옮겨놓고 다리를 의자 등에 걸친 뒤 머리를 뒤로 젖혀 책상 위에 두는 방법 등이었다. 이런 기괴한 자세를 취했던 이유는 치질 부위가 눌리는 것을 피하기 위해서였다. 또 책상 위에는 큰 유리판이 있어서 잠을 잘 수가 없어서였다. 사실 난 다양한 자세에서도 잠을 잘 수 있었다. 하지만 ×하이잉이 돌아와 방 안에 꽈배기처럼 꼬인 사람이 있는 것을 보고 놀라 정신을 잃을까봐 걱정이 되었다. 어린 시절에 한번은 집에서 등불을 어둡게 하고 잠을 자는데 누나가 놀라 소리를 지르면서 마당 쓰는 빗자루를 집어들고 내 얼굴을 때린 일이 있었다. 이 사건은 나의 유연성이 세상을 놀라게 할 정도라는 사실을 말해준다. 만일 내가 유연하지 않았다면 체육 선생님 눈에 들어 체조팀에 들어가지도 못했을 것이다. 나는 그녀를 놀라게 할까봐 걱정이 되었고, 그래서 잠이 정말 쏟아질 때 그녀의 침대에서 잔 것이다. 하지만 그녀는 나의 호의를 전혀 알지 못했다. 그녀는 사무실로 돌아와서 침대 밖으로 나온 내 다리를 드롭킥하듯 차더니 이렇게 소리쳤다. 꺼져버려! 누가 내 침대에서 자라고 했어! 난 놀라 황급히 도약해 일어났다. 그러자 그녀는 다시 앉으라고 했다. 난 똑바로 앉았다. 어깨까지 아주 반듯한 자세를 취했고 머릿속으로도 사각형을 생각했다. 그녀가 말했다. 당신 뭐야? 옷걸이 같잖아. 그래서 난 다시 긴장을 풀고 잡생각을 하기 시작했다. 그러자 그녀는 또 내 다리를 차며 말했다. 제대로 앉아! 앉는 자세도 제대로 못해! 나는 그녀가 이렇게 반복적으로 괴롭혀 정말 몹시 화가 났다.

만일 나에게 보조교육 받는 모습을 그리라고 한다면 난 나를 주먹으로 그릴 것이다. 그 주먹은 엄지가 중지와 검지 사이로 삐죽 나온 모습이다. 이런 주먹은 어떤 지방에서는 외설적인 손동작이다. 하지만 내게는 그런 의미가 없다. 내가 어렸을 때에는 이렇게 주먹을 쥐고 사람을 치는 것이 유행했다. 사람들 모두 이렇게 주먹을 쥐고 다른 사람을 때리는 것이 가장 아프다고 여겼다. 나는 내 옆에다 꼿꼿하게 서 있는 ×하이잉을 그릴 것이다.

나에 대해 아직 말하지 않은 것이 있다. 난 약간 나쁜 놈인데 뒤에서 슬쩍 못된 짓을 하는 그런 나쁜 놈이다. 다시 말하면 최소한 겉으로는 상급자를 존경하고 지도자를 존경했으며 말대꾸를 하지 않았다. 이는 아마도 과거에 아버지가 성격이 나빠 걸핏하면 나를 때렸기 때문일 것이다. 이밖에도 난 또 수줍음을 많이 탔다. 소학교 3학년 때부터 중학교를 졸업할 때까지 여학생들과 한번도 말을 하지 못했다. 이러한 사실은 내가 ×하이잉 앞에서 억울한 대우를 그냥 참고 견딘 이유를 설명해준다. 하지만 그녀의 그런 개소리 같은 질책을 수없이 들으면서 죄악에 가까운 생각을 조금도 안할 수는 없었다. 난 종종 상상 속에서 그녀의 머리채를 잡아당기고 그녀의 뺨을 때리고 그녀의 옷을 모두 벗기면서 그녀를 강간하곤 했다. 특히 그녀가 내게 차오거다를 사오라고 할 때에는 매번 그녀의 머리채를 잡아끌어 바닥에다 누르면서 아주 통쾌하게 강간하곤 했다. 난 이렇게 강간하는 것이 옳지 않다는 것을 알았지만 생각하는 것은 괜찮다고 여겼다. 만일 생각조차 하지 못하게 한다면 아마 정말로 해버렸을 것이다.

만일 나에게 ×하이잉을 강간하는 모습을 그리라고 한다면 나는 흑백 두 색깔로 얼굴 분장을 하고 이마 위에는 태극 문양을 그려넣을 것이다. 그러면 얼굴 분장 뒤의 어떠한 것도 당신은 볼 수 없을 것이다. ×하이잉은 내가 어떤 생각을 하는지 조금도 알아채지 못했고, 나 역시 그녀가 무슨 생각을 하는지 알아챌 수 없었다. 마음속으로 어떤 생각을 하는지는 사실 조금도 중요하지 않다. 세상에서 이것보다 더 하찮은 일은 없을 것이다.

4

1974년 내가 두부공장에서 보조교육을 받을 때 ×하이잉은 내게 자신이 예쁜지 안 예쁜지 물었다. 난 웃으며 대답하지 않았는데 이것 때문에 그녀의 미움을 샀다. 나중에 그녀는 나를 붙잡아 자신의 침대에서 잠을 자도록 했는데, 그것은 내게 화를 낼 구실을 만든 일에 불과했다. 지금 나는 ×하이잉이 그때 아주 예뻤다고 인정하지만, 지금에 와서 이렇게 말하는 것은 아무런 소용도 없다. 난 그 일을 이렇게 기억하고 있다. 우리 두 사람은 그녀의 좁은 사무실에서 각종 영화에 대해 이야기를 나누었고, 과거 나에게 연인이 있었던 것에 대해 이야기를 했다. 그녀는 나의 자산계급 사상이 매우 심각하니 사상개조가 필요하다고 했다. 그러고 나서 총명이라는 품성에 대해 이야기했다. 당시에는 사람들이 착취를 당해 깊은 원한을 품고 있고 깊은 계급적 감정을 가지고 있다는 사실만을 인정했음을 당신은 알아야 한다. 어떤 사람이 비열하면 자산계급이기 때문이고, 혁명 지도자는 위대했다. 그밖에 다른 품성은 존재하지 않았다. 하지만 나는 총명한 사람은 있다고 말했다. 예를 들어

한니발은 병법에 정통했고, 피타고라스는 피타고라스 정리를 생각해냈으며, 쇠라는 점묘화법을 발명했다. 그리고 얼마나 똑똑한지 말할 필요도 없는 유클리드도 있다. 이 계열의 맨 끝에 나는 보잘 것없는 내 이름도 덧붙였다. 그때는 너무 어려서 겸손이 무엇인지 잘 알지 못했다. 그녀가 곧바로 "나는?" 하고 물었다. 그 순간 나는 앞말 더듬증이 도져버렸다. 아ー아ー아주 총명해요! 이 말더듬 증은 진심에서 말이 나온 것이 아니라는 사실을 드러냈다. ×하이 잉은 기분이 좋지 않았다. 난 쌤통이라도 생각했다. 누가 그녀더러 나를 위협해 이런 병에 걸리게 하라고 그랬나.

그러고 나서 또 아름다움이라고 하는 품성에 대해 이야기하기 시작했다. 혁명시대에는 공개적으로 아름답다는 말을 하지 못했다. 그래서 남자들은 은어를 발명해 얼굴이 예쁜 것을 판이 빛난다 (곱다)라고 했고 몸매가 좋은 것을 선이 똑바르다라고 했다. 이러한 술어는 아주 많았다. 나는 다음과 같은 이야기를 들려주었다. 한 중학교 학생이 같은 반의 예쁜 여학생에게 다가가 그녀의 가슴에 걸린 자기瓷器 기념휘장을 칭찬하는 척하면서 말했다. 너의 판이 정말 빛나는구나! 그 여자아이가 응답했다. 그래, 판이 빛나지, 판이 빛나! 우리들은 옆에서 우스워 죽을 지경이었다. 여기까지 말했을 때 ×하이잉이 갑자기 불쑥 한마디 했다. 나는 어때? 판이 빛나, 안 빛나? 그때 내가 판이 빛난다고만 했으면 만사가 형통했을 것이다. 불행하게도 그때 난 아주 심각한 앞말 더듬증이 도져 한마디도 내 뱉지 못했다. 그날 저녁 이후로 그녀는 나만 보면 늘 정말 보기 싫다는 듯이 딱딱한 얼굴 표정을 지었다.

난 열세살 때 자신이 이제 젖은 이불이 되었으며 자신의 평판이 이미 땅에 떨어졌다고 생각했다. 그때 나는 매주 끈적끈적한 것이 흘러나왔다. 나이를 얼마 먹지 않았지만 남성기관이 일찍 발육해 불끈 솟아올랐던 것이다. 여름에 집에서 목욕을 하는데 어떻게 된 일인지 모르겠지만 여동생에게 들켜버리고 말았다. 여동생이 말했다. 작은 오빠가 당나귀 같아! 이 말을 해서 여동생은 엄마에게 두들겨맞았고 난 그걸 보고 기뻐했다. 그때부터 식탁에서 여동생은 항상 이를 갈면서 나를 쳐다보았고, 선천적으로 근시인 눈(왼쪽 눈이 0.2, 오른쪽 눈이 0.5, 합하면 오이눈[26])을 가늘게 뜨며 어른들이 없는 것을 확인하고는 표독스럽게 이렇게 말했다. 당나귀! 사실 그녀가 알려줄 필요도 없이 나 역시 자신이 아주 큰일 났음을 이미 알고 있었다. 왜냐하면 밤에 잠을 잘 때 그것이 늘 뻣뻣해졌고 예쁜 여자를 생각하면 상대해주든 안해주든 조금도 상관없이 그것이 더 심하게 곧추섰기 때문이다. 그래서 구사회의 부자 지주가 가난한 중농을 강간하는 생각을 계속해야만 했다. 이 일에 대해서는 철저하게 숨겨야 문제가 되지 않는다는 것을 나는 일찌감치 알고 있었다. 자신이 젖은 이불이고 당나귀라는 사실을 숨겨야 하는 쪽에서 말하자면 누가 예쁜지 모른다고 말하는 것이 유리했다. 이렇게 하면 선천적으로 고자인 척할 수도 있고, 깨끗한 척 발뺌할 수도 있다. 그랬던 이유는 이 일에서 내가 복권에 당첨된다면 틀림없이 일등 복권에 당첨될 것임을 알았기 때문이다. 내가 ×하이잉에게 잘못을 한 것은 이것과 어느정도 관계가 있었다.

---

26 원문은 '얼우옌(二五眼)'으로 중국어 '얼우옌'은 능력이 모자란 사람이나 얼뜨기를 가리킨다.

5

　×하이잉은 내게 어떤 책을 좋아하느냐고 물었고, 나는 붉은 책 紅寶書[27]을 좋아한다고 했다. 그녀는 아무렇게나 지껄이지 말고 사실을 말하라고 했다. 나는 사실대로 말해 붉은 책이라고 했다. 이 일은 마조히스트나 싸디스트인 섹스 파트너와 함께 유희를 즐길 때 나타나는 문제와 같다. 만일 마조히스트가 "아파!"라고 한다면 이 것은 아프다는 뜻이 아니라 아주 좋다는 의미일 것이다. 왜냐하면 유희를 진실하게 즐기려면 그렇게 해야 하기 때문이다. 정말로 아파서 참을 수 없을 때를 위해 약속을 정해놓아야 한다. 그 약속은 아마도 "안 아파!"라고 하는 것일 터이다. 그러니 절대로 약속되지 않은 단어 뜻에 의거해 말을 이해하지 말아야 한다. ×하이잉은 나중에 이런 질문을 했다. 거짓으로 말해서 네가 가장 좋아하는 책은 뭐야? 누구도 감히 붉은 책을 좋아한다는 말을 거짓말이라고 할 수 없기에 난 리비우스의 『로마사』 『펠로폰네소스 전쟁사』,[28] 카이사르의 『갈리아 전쟁기』 등이라고 말했다. 아버지가 고전을 연구한 학자여서 집에 이런 종류의 책이 아주 많았다. 그리고 열 몇살 된 나 같은 아이가 그러한 책을 좋아했던 까닭은 일부러 현학적인 체하기 위해서는 아니었다. 나는 책에서 어떻게 전쟁을 했는지를 보았다. 그녀는 옛사람들이 어떻게 전쟁했는지에 대해 연구하는 이유를 아무리 말해도 이해하지 못했다. 나 역시 이런 취미가 다소 괴상하다는 점을 인정한다. 아무리 괴상하더라도 여기에는 그 어떤 악취도 포함되어 있지 않았다. 괴상한 것이 악취가 나는 것보다

---

27 1964년부터 출간되기 시작한 마오쩌둥(毛澤東) 어록이나 선집.
28 투키디데스의 저서인데 원서에는 저자 이름이 빠져 있음.

는 언제나 나은 법이다. 이 일은 내가 ×하이잉과 같은 중국인이기는 하지만 여전히 언어적인 측면에서는 문제가 있었음을 말해준다. 내가 그녀의 노여움을 산 일 역시 이것과 어느정도 관계가 있다.

지금 나는 자신이 ×하이잉의 앞에 있을 때 마음이 항상 긴장되었다는 사실을 인정하려고 한다. 옛말에 마음을 쓰는 자는 남을 다스리고 힘을 쓰는 자는 다스림을 받는다고 했다. 혁명시대가 되자 ×하이잉은 사람을 다스렸고 왕얼은 다스림을 받았다. ×하이잉은 행운복권에 당첨됐고 왕얼은 불행복권에 당첨됐다. 그녀는 혁명적인 것과 혁명적이지 않은 것을 이해할 수 있었고, 유물변증법도 이해할 수 있었다. 하지만 난 그러한 일에 대해 아는 것이 하나도 없었다. 내가 어떻게 그녀의 사상 수준에 도달할 수 있겠는가! 그래서 그녀가 내게 판이 빛나는지 안 빛나는지 물었을 때, 그녀가 진실을 듣고 싶어하는지 아니면 거짓을 듣고 싶어하는지 나는 알지 못했다.

×하이잉은 나중에 나와 더불어 묵은 문제를 한꺼번에 풀 때, 내가 그 당시 자신에 대해 판이 빛난다는 것을 인정하지 않으려 했을 뿐만 아니라 얼굴에 기이한 미소까지 지었다고 했다. 미소는 치질처럼 본인은 볼 수 없는 것이어서 그녀가 지었다고 하면 지은 것이리라. 하지만 왜 그러한 미소를 지었는지에 대해 나는 설명을 해야 했다. 나는 당시 진용金庸 선생의 역작 『천룡팔부天龍八部』를 읽지 못했던 것이 너무도 아쉽다. 그 책을 읽어보았더라면 방금 성숙노괴 星宿老怪[29]가 문밖에 숨어서 내게 '삼소소요산三笑逍遙散'[30]을 뿌렸다고

---

29 『천룡팔부(天龍八部)』에 등장하는 인물로 이름은 정춘추(丁春秋)이다. 성숙파 (星宿派)의 창시자이며 그의 제자들은 '성숙노선(星宿老仙)'이라고 부르지만 문외의 사람들은 '성숙노괴'라고 부른다.

설명했을 것이다. 삼소소요산은 진용 선생의 펜에서 나온 가장 악독한 약물로 몸에 맞으면 독으로 죽을 뿐만 아니라 죽기 전에 다른 사람의 노여움을 사게 된다. 사실 혁명시대에는 독성이 전혀 필요 없고 웃음을 터트리도록 하는 것만으로도 충분하다. 만일 누군가를 '매우 비참하게' 죽이고 싶다면 마오 주석 추도대회에서 그 누군가의 몸에 그것을 한방울만 뿌리면 된다. 그가 웃음을 한번 터트리도록 할 수만 있다면 충분하다. 세번도 낭비다. 하지만 내가 ×하이잉의 미움을 사게 되는 과정에서 그 미소는 결말이었지 시작이 아니었다. 그 미소 이전에 난 이미 아주 여러번 미소를 지었다. 이 이야기는 혁명시대에 사람들이 왜 늘 울상을 하고 다녔는지를 알려준다.

혁명시대는 숲과 같아서 지날 때 아주 쉽게 길을 잃을 수 있다. 이때는 쎌린(Celine)이라는 나쁜 놈이 꾸며낸 스위스 경비대의 노래에서 말한 것처럼 완전히 자신의 힘만으로 방향을 찾아야 한다.

> 우리는 끝없이 추운 밤에 살고 있고,
>
> 인생은 마치 장거리 여행 같아요.
>
> 하늘을 올려다보며 방향을 찾는데,
>
> 하늘 끝에 길을 인도하는 금성은 없네요!

난 그 혼란 속에서 코가 떨어져나가지도 않고 라오루에게 깨물리지도 않아서 너무나 기뻤다. 하루는 내가 공장으로 들어갈 때 라오루가 나에게 또다시 맹렬하게 달려들었다. 난 이런 일이 정말 지

---

30 『천룡팔부』에서 성숙파가 쓰는 약물로, 이 약물에 맞으면 괴이한 웃음을 웃게 되고 세번 웃은 후 죽게 된다고 한다.

굿지굿해 그 자리에서 멈춘 채 도망가지 않고 그녀를 한대 때릴 준비를 했다. 그리고 그녀의 코를 조준해 첫번째 주먹으로 가격할 준비를 했다. 그런데 그녀가 갑자기 "쉬(徐)기사"하며 소리쳐 부르더니 큰 원을 그리면서 나를 빙 돌아 내 뒤에 있는 쉬기사를 향해 곧장 달려갔다. 이러한 변덕에는 정말 적응할 방법이 없었다. 그래서 모든 사람은 사망 후에 회고록을 남겨 자신이 살았을 때 무슨 생각을 했는지 다른 사람이 알 수 있도록 해야 한다. 예를 들어 라오루가 나보다 먼저 죽으면 난 그녀의 회고록을 통해 그녀가 도대체 왜 나를 잡으려 했고, 또 잡지 않으려 했는지 알 수 있을 것이다. 난 아무리 추측하려고 해도 추측할 수 없었다.

그후 라오루는 더이상 나를 잡지 않고 쉬기사에게 달라붙어 끝없이 말을 늘어놓곤 했다. 장씨네가 어떻고 리씨네가 어떻고 하더니 계속해서 올해의 날씨까지 거론했다. 라오루는 아주 대단한 헛소리꾼이었는데 간부라는 사람들은 종종 그러했다. 쉬기사는 머리가 아플 정도로 시달리자 한걸음씩 한걸음씩 물러나 남자 변소로 들어가버렸다. 그런데 라오루도 한걸음씩 한걸음씩 남자 변소로 쫓아갔다. 우리 공장의 변소는 사실 변소라고 불러서는 안되며 마땅히 '공공 똥통'이라고 불러야 하는데, 안에는 칸막이가 하나도 없어서 전체가 한눈에 들어왔다. 그들 두 사람이 들어오는 것을 보고 원래부터 쭈그리고 있던 사람들이 똥을 눌 틈도 없이 황급히 엉덩이를 닦고서 뛰쳐나갔다.

헤겔은 한 시대를 한걸음씩만 이해할 수 있으며 한걸음씩이 매우 중요하다고 말했다. 하지만 혁명시대의 일은 언제나 이해할 수 없었다. 한걸음씩은 그저 다음에 발생하는 일이 아주 갑작스러운 것은 아니라고 느끼게 할 뿐이다. 라오루가 쉬기사를 쫓아 남자 변

소로 들어갔다고 내가 말하면 당신은 갑작스럽다고 느껴 이해할
수 없을 것이다. 라오루가 본래는 나를 잡으려고 했지만 내가 그녀
를 때리려 하는 것을 보고는 감히 잡지 못했으며 근방에 있던 쉬기
사를 잡아서 위기를 모면하려고 했다고 내가 말해도 당신은 마찬
가지로 이해할 수 없을 것이다. 하지만 갑작스럽다고 느끼지는 않
을 것이다. 쉬기사를 잡으러 다니느라 라오루는 더이상 나를 귀찮
게 하지 않았다. 하지만 내 생활은 조금도 나아지지 않았다. 왜냐하
면 이제는 라오루가 아닌 ×하이잉이 나를 학습반에 보내려고 했
기 때문이다. 나에게 학습반은 역시 학습반이어서 누가 보내든 마
찬가지였다. 라오루가 자신의 보풀보풀한 털을 그린 사람이 나라
고 생각해서든, ×하이잉이 내가 그녀에게 예쁘다고 말하는 걸 꺼
린 것에 화가 나서든 어쨌든 난 그곳에 가야만 했다. 그곳은 마치
나의 운명으로 정해져 있는 귀착점인 듯했다.

　대학을 다닐 때 우리의 통계학 교수는 이렇게 말했다. 비록 너
희들이 대학에 합격했고 성적이 나쁘지 않지만, 그리고 내가 너희
들에게 매정하게 불합격을 줄 수는 없지만 확률을 배울 때에는 열
명 중 한명만 이해할 수 있다. 그의 말이 의미하는 바는 많은 사람
들이 임의현상을 이해하지 못한 채 단지 불변의 진리가 있다는 것
만 믿을 뿐이라는 것이었다. 이 점에서는 그의 말이 맞지만 난 분
명 앞쪽 열명 중 한명에 속했다. 하지만 ×하이잉은 뒤쪽 열명 중
아홉명에 속했다. 이는 우리 두 사람의 가장 본질적인 차이점이다.
다른 것, 예컨대 나는 남자이고 그녀는 여자라는 것은 성전환 수술
을 한다면 변할 수 있다. ×하이잉이 내가 언제 말을 더듬고 언제
말을 안 더듬는지를 임의현상이라고 생각한다면, 그녀는 ×하이잉
이 아니라 왕얼이다. 그리고 내가 다음과 같이 생각한다면, 즉 세

계의 모든 일에는 반드시 원인이 있고 왕얼이 판이 빛난다고 말하기 전에 앞말 더듬증이 있었던 것에도 원인이 있으니 반드시 그에게 털어놓도록 해아겠냐고 내가 생각한다면, 나 역시 자신이 왕얼이 아니라 ×하이잉이란 점을 인정하게 될 것이다. 물론 나는 열명 중 한명에 속해 있고 그녀는 열명 중 아홉명에 속해 있다는 것 역시 순전히 임의적이다. 임의현상에 대해서는 함부로 따져보지 않는 것이 좋을 듯하다. 안 그러면 생리대 태운 재를 먹게 될지도 모른다.

지금 그때의 일을 돌이켜보면 인과의 실마리를 어느정도 찾을 수 있을 것 같다. 예를 들어 어린 시절 나는 보랏빛 하늘과 괴이한 광경을 보고 비현실적인 생각을 하기 시작했다. 나중에 죽을 정도로 배가 고픈데 먹을 것이 없자 더욱 비현실적인 생각을 하게 되었다. 비현실적인 생각을 하는 사람은 아이 같은 상태를 유지하기 때문에 눈앞에 있는 여자가 예쁜가 안 예쁜가라는 물음에 대해서도 답을 할 수가 없다. 하지만 그 누구도 내가 여섯살 때 본 하늘이 왜 보랏빛이었는지를 알지 못했고, 나중에 내가 왜 죽고 싶을 정도로 배가 고팠는지도 알지 못했다. 그러므로 내가 이런 모습으로 성장한 것은 순전히 임의적인 일이다.

수학을 배우는 학생으로서 난 헤겔의 지력智力을 그다지 존중하지 않는다. 이것은 건방진 소리가 아니다. 왜냐하면 헤겔은 수학자가 배울 귀감이 아니고 아니어야 하기 때문이다. 한걸음씩 한걸음씩 과거의 사건으로 돌아가다보면 당연히 다음에 어떤 일이 발생할지 알게 된다. 하지만 현재의 사건을 한걸음씩 한걸음씩 경험한다 할지라도 미래에 대해서는 전혀 알 수 없고 기껏해야 사후 약방문밖에 될 수 없다. 이러한 점은 혁명시대에 특히 심했다. 만일 헤겔이 한걸음씩 한걸음씩 1957년까지 살았다 하더라도 왜 자신이 우파로 몰려야 하는지 절대로 알지 못했을 것이고, 자신이 미래에 베이다황北大荒[31]에서 말라 죽게 될지 아니면 견뎌내게 될지에 대해서는 더더욱 몰랐을 것이다. 난 1973년부터 1974년까지 한걸음씩 한걸음씩 살아갔지만 ×하이잉이 나에게 판이 빛나는지를 물었던 그 순간까지는 내가 앞말 더듬증에 걸린 줄 전혀 알지 못했다. 만일 내가 알 수 있었다면 미리 "당신은 판이 빛나요"라는 말을 해서 일을 곧바로 마무리했을 것이다. 그후 난 자신이 도대체 학습반에 가게 되는지 안 가게 되는지 더욱더 알 수가 없어서 1974년 말까지 마음을 졸였고, 모든 학습반이 해산되고 나서야 비로소 무거운 짐을 내려놓을 수 있었다. 이는 한걸음씩이라는 것이 아무런 쓸모도 없었음을 말해준다. 헤겔 본인이라 할지라도 ×하이잉의 미움을 받지 않을 수는 없었을 것이다. 난 차라리 쎌린이 그 시에서 개괄해놓은 내용에 찬성한다. 비록 이 쎌씨가 건달에 매국놈일지라도 말이다.

　지금 내가 ×하이잉에게 당시의 문제에 답한다면 나는 "판이 빛나요"라고 할 뿐만 아니라 "선이 똑바르네요"(몸매가 좋네요) 등의 은어도 말해줄 수 있다. 이밖에 그녀에게 charming, sexy 등의 말도 해줄 수 있다. 총괄적으로 말하면 무슨 말이라도 모두 해줄 수 있고 반드시 그녀를 만족시키려고 할 것이다. ×하이잉은 몸매가 늘씬하고, 가슴·허리·엉덩이 둘레가 표준이며, 얼굴도 아주 반반하므로 과하게 말하더라도 낯간지러운 말을 하는 것은 전혀 아니다. 그 외에도 내 목숨은 여전히 그녀의 손에 쥐여 있었다. 지금

---

31 중국 헤이룽장성(黑龍江省)에 있는 광대한 황무지 지역.

그녀에 대해 예쁘다고 하면 이는 그녀가 대기업의 홍보부 직원이 되거나 돈을 많이 벌거나 부자에게 시집갈 수 있다는 의미이다. 그 밖에도 만일 미국에 가서 남자 교수의 수업을 듣기만 하면 늘 낙제를 면하고, 운전면허 시험을 볼 때 차를 아주 엉터리로 운전하더라도 통과할 수 있다는 의미이다. 이렇게 좋은 일이 많이 생기는데 그녀가 그 말을 들어서 기분 좋지 않을 리는 없다. 하지만 혁명시대에 예쁘다라는 말은 만일 구사회舊社會[32]에서 태어났더라면 분명 지주와 부자에게 강간을 당할 것이라는 의미이고, 베트남 유격전에서는 미국놈들에게 잡혀 윤간을 당할 것이라는 의미이다. 선전 자료를 보면 계급의 적들은 결코 강간하고 마는 것이 아니라 매번 강간하고 나서 죽여버렸다. 그래서 예쁜 것의 결과는 아주 재수 없는 것이니 그녀가 좋아할지 안 좋아할지 알 수 없었다.

혁명시대에 예쁘거나 예쁘지 않은 것은 여전히 아주 복잡한 윤리적인 문제를 만들어낼 수 있다. 먼저 예쁜 것은 실질적으로 예쁜 것과 윤리적으로 예쁜 것 두가지로 나뉜다. 실질적인 면은 몸매와 얼굴을 가리키고, 윤리적인 면은 우리가 인정하는가 인정하지 않는가를 가리킨다. 만일 상대방이 반혁명 분자라면 몸매와 얼굴이 어떻든지 간에 예쁘다는 것을 전혀 인정할 수가 없다. 안 그러면 과오를 범하는 것이 된다. 그래서 다음과 같다.

1. 만약 우리들이 혁명 쪽이고 상대가 반혁명 쪽일 경우, 그녀가 실질적으로 어떻든지 간에 우리는 그녀를 예쁘다고 인정할 수 없다. 안 그러면 타락하게 된다.

---

32 중국에서 보통 1949년 이전의 사회를 지칭하는 말.

2. 만약 우리들이 반혁명 쪽이고 상대가 혁명 쪽일 경우, 상대가 실
질적으로 예쁘다면 인정해서 그녀를 강간하기 편하게 만든다.

다른 상황은 더 말할 필요도 없다. 앞에서 말한 내용에 비춰보면
예쁘다라는 이 영역에서 혁명 쪽은 불리하다. 그래서 예쁜 것은 반
혁명적인 영역이다. 마오 주석은 우리에게 이렇게 가르쳤다. 무릇
적들이 반대하는 것을 우리는 감싸야 하고, 적들이 감싸는 것을 우
리는 반대해야 한다. 이러한 원칙에 근거해 난 ×하이잉이 예쁘다
는 사실을 아무렇게나 감히 말할 수 없었다.

난 ×하이잉의 미움을 산 후에 이러한 생각을 그녀에게 설명해
주었다. 그녀가 내 말을 듣고 이렇게 말했다. 헛소리하지 마. 나중
에 난 다시 그녀에게 말했다. 당신은 도대체 내가 당신에게 예쁘
다고 말해주길 원하는지 아니면 예쁘지 않다고 말해주길 원하는
지 미리 말해줘야 합니다. 내 사상개조가 아직 끝나지 않았기 때문
에 이러한 일들은 잘 모르겠습니다. 그녀는 이 말을 듣고 화가 나
눈을 동그랗게 뜨고서 이렇게 말했다. 정말 한대 때려주고 싶어!
1974년 봄과 여름 사이에 내가 ×하이잉의 미움을 샀던 일은 바로
이러했다. 더 정확하게 말하면 이것은 4월 중순의 일이었다. 나중
에 그녀는 내게 차오거다를 사오라고 시켰고 난 또다시 그녀의 도
시락에 침을 뱉고 싶었다. 하지만 이 단계는 아주 빨리 지나갔다.

6

5월 초에 내가 ×하이잉의 사무실에서 보조교육을 받을 때 그녀

는 내게 나무걸상에 똑바로 앉아 가슴은 펴고 배는 집어넣고 눈은 앞을 똑바로 주시하고 양손은 무릎 사이에 놓고서 집중하는 모습을 유지하라고 했다. 하지만 그녀 자신은 축 늘어진 채 의자에 앉아 있었고 심지어 침대에 누운 상태로 나를 감시했다. 내 치질은 이미 다 나은 상태였다. 게다가 난 예전에 체조훈련을 받은 적이 있다. 손목을 링에 묶고 다리에는 아령 두개를 달고서 벽에 기대어 세시간 동안 버티고 있기도 했다. 중학교 때 우리 체육 선생님은 작은 체구와 유연한 몸을 가진 나를 보고 마음에 들어서 자신의 체조팀에 들어오라고 했는데, 나중에 내가 무척 유연하고 늘 몸을 구부리려고 하는 것을 보고는 나를 그렇게 훈련시켰다. 요컨대 그러한 벌을 견디기 힘들었던 것은 아니었다. 그밖에도 ×하이잉은 늘 나를 주시하고 있다가 종종 몇마디 호통을 치기도 했다. 난 이러한 호통에 좋아하는 감정이 담겨 있다고 점점 생각하게 되었다. 방 안에 한쌍의 남녀만 있었기 때문에 그녀가 아무리 흉악하다고 해도 좋아하는 감정이 생겼을 것이다. 당시 후진청년이라는 나의 위치를 고려하면 이렇게 생각하는 것은 정말로 억지로 체면을 유지하기 위한 것이라는 의심을 할 수도 있다.

나중에 난 미국에 가서 『나인 하프 위크스』와 같은 종류의 책도 보고 프로이트의 저작도 통독했다. 전자는 감성적인 지식을 제공해주었고 후자는 이론적인 설명을 해주었다. 중국인은 타인과의 거리가 지나치게 가깝기 때문에 이러한 지식은 우리와 매우 큰 관련성을 가진다. 세계의 다른 곳에서는 섹스 파트너를 제외하면 그다지 가깝지 않기 때문에 각종 사상이 성애의 흔적을 지니지 않은 것이 없다. 프로이트는 마조히스트가 다음과 같이 형성된다고 말했다. 만일 사람이 극복할 수 없는 고통 속에 처하게 되면 그 고통을 사랑하고 그것을 행복이라고 여기게 된다. 내 개인적인 경험으로 볼 때 이러한 설명은 어느정도 일리가 있다. 하지만 싸디스트가 형성되는 원인에 대해서는 그가 전적으로 옳다고 할 수 없다. 선천적인 싸디스트 외에 또다른 싸디스트는 마조히스트가 만들어낸다. 이것에 대해서는 예를 아주 많이 들 수 있다. 다음의 예는 1905년 러일해전을 설명한 책에서 발췌한 것이다. 당시 일본인은 선전포고도 하지 않고 뤼순旅順 항구 바깥에 정박해 있던 러시아 전함을 여러척 파괴해버렸다.

"제정 러시아의 해군이 전함을 외해에 정박해놓고 있는데, 방호도 하지 않고 습격을 해달라고 한다. 우리 제국의 해군은 요청에 응해 앞으로 나아가 크나큰 광영을 획득해야 한다."

이 말에 따르면 러시아 사람들은 마치 엉덩이를 내밀고 있는 것처럼 군함을 외해에 정박해놓고도 방호를 하지 않았다. 일본 어뢰정은 검은 가죽옷을 입은 콜걸로서 가죽 채찍을 흔들어 그들의 엉덩이를 때려주는 일종의 성적 서비스를 제공한 것이다. 이 단락의 서술 배후에는 어쩔 수 없이 다른 사람에 의해 불려나오게 되었다는 그런 심정이 존재한다. 또다른 예는 전 나치주의자가 쓴 책에 나오는 말인데, 유태인이 반들반들한 커다란 표주박처럼 머리를 깎고 가슴에 누런 삼각형을 달고서 다소곳이 길을 가는 것을 보면 몸이 근질거리면서 가까이 다가가 그 정수리를 몇대 세게 갈기지 않으면 안될 것 같은 느낌을 받았다는 것이다. 만일 이러한 예로도 부족하다면 '문혁' 때의 홍위병들이 뭣 때문에 '온갖 잡배'에게 음양두陰陽頭[33]를 하게 하고 그들의 얼굴에 얼룩덜룩한 그림을 그렸는

---

[33] 머리를 절반은 빡빡 깎고 나머지는 깎지 않은 헤어스타일.

지 물어보길 바란다. 만일 그들이 고개를 숙이고 죄를 인정하지 않았다면 그 홍위병들의 마음속에 어떻게 그런 멋진 생각이 떠오를 수 있었겠는가? 또다른 예는 고지식하고 아둔해서 아주 사랑스러운 우리나라의 일부 지식인들인데, 그들은 자신을 한대 때려주면 느낌이 아주 좋다고, 언젠가 다시 한번 맞기를 간절히 바란다고 했다. 지도자가 이러한 유혹을 어떻게 거부할 수 있었겠는가? 그래서 그들은 우파로 몰렸던 것이다. 나 역시 잔빠의 희고 깨끗하며 닭 한마리 잡을 힘도 없는 모습을 보고서 그가 너무도 사랑스러워 한대 때려주지 않으면 오히려 그에게 미안할 것 같다고 느꼈다. 그리고 내가 ×하이잉에게서 보조교육을 받을 때 내심 긴장되어 쭈뼛쭈뼛하면서 멍하게 있자 그녀도 과연 나를 학대하였다. 이러한 설명은 한마디로 정리할 수 있다. 만일 누군가가 불행복권에 당첨된다면 그는 마조히스트로 변할 것이다. 만일 누군가가 행운복권에 당첨된다면 그녀는 싸디스트로 변할 것이다. 다른 설명은 순전히 군더더기이다.

×하이잉은 외출할 때 내가 당직이 아닐 경우에만 나를 데리고 나갔다. 내가 말했다. 원래 당신은 날 묶지 않았나요? 그녀가 대답했다. '당신이 내 서랍을 뒤지기 때문에' 원래는 묶었지만 지금은 안 묶어. 이렇게 그녀는 나를 회사 공청단 위원회에 데리고 갔다. 다른 사람들이 보고 그녀에게 물었다. 이 녀석은 누구요? ×하이잉이 대답했다. 우리 공장의 후진청년인데 왕얼이라고 해요. 이러한 소개를 들은 난 정신이 멍해졌다. 왕얼, 네가 한 나쁜 짓을 말해봐! 하고 그녀가 큰 소리로 말한 후에야 비로소 정신이 돌아왔다. 나는 간단하게 대답했다. 저는 저희 공장 공청단 지부위원회 잔빠의 갈비뼈를 부러뜨렸습니다. 좀더 자세하게 말해봐! 하고 그녀가 말해

서 난 다음과 같이 말했다. 그건 이렇게 된 일입니다. 제가 잔빠의 멱살을 꽉 비틀어 잡고 첫번째 주먹으로 그의 오른쪽 눈을 때렸고 두번째 주먹으로 그의 왼쪽 눈을 때렸습니다. 그다음 주먹이 그의 갈빗대 연골을 때려…… 그러자 ×하이잉이 말했다. 됐어! 밖에 가서 기다리고 있어. 그래서 난 사무실 밖으로 갔고, 팔짱을 끼고 서서 안쪽의 낄낄거리는 웃음소리를 들었다.

×하이잉은 회사에 갈 때 자전거를 탔으며 난 뜀박질을 하면서 그 뒤를 따라갔다. 난 라오루를 피하기 위해 자전거를 이웃한 술공장에 놓아두곤 했다. 그곳은 벽을 타고 넘어가면 아주 가깝지만 땅으로 걸어가면 꽤 먼 곳이었다. 난 달릴 때 몸이 건장한 젊은이처럼 양팔을 몸에 딱 붙이고 보폭을 작게 했다. 이렇게 하면 키를 더 커 보이게 할 수 있었다. ×하이잉의 뒤에서 따라갈 때에는 호위병처럼 보이기도 했다. 나는 달리면서 가극 「아이다」에 나오는 「노예들의 합창」이라는 노래를 부르곤 했는데, 이는 내가 노예처럼 느껴졌기 때문이다. 나라는 사람의 가장 큰 결점은 색맹이 아닌 음맹音盲이라는 것이었다. 지금까지 어떤 사람도 내가 무슨 노래를 부르는지 알아맞히지 못했다. 이는 어떤 시기 어떤 시대였어도 난 부르고 싶은 것을 부를 자유를 가지고 있었다는 말이다. 물론 내가 노래를 부르면 몹시 듣기 싫다. 그런데 난 문자맹文字盲이 아니다. 내가 쓴 문자를 다른 사람이 충분히 알 수 있다. 이는 아무 때나 쓰고 싶은 것을 쓸 자유가 내게 없었다는 말이다. 자유롭지 않다는 점을 제외하더라도 내가 쓴 것들이 반드시 훌륭하다고 장담할 수는 없었다. 내가 보기에 이건 최악이었다.

내가 ×하이잉 앞에 똑바로 앉아 있을 때 우리 두 사람 사이에는 점점 말이 줄어들었다. 이와 동시에 좁은 그 방은 점점 녹색으로 변해갔다. 온갖 풍상을 다 겪은 뜰의 나무가 점점 잎사귀를 키웠고 그 잎사귀들이 창문 안으로 빛을 반사했기 때문이다. 그 나무들은 '무슨 느릅나무' '무슨 매화나무' 등으로 불렸다. 다들 기억하기 어려운 이름을 가졌고, 허리가 굽을 것은 허리가 굽고, 등이 굽을 것은 등이 굽어, 한그루 한그루 모두 나꾸러기 같아 보였다. 그 나무에 난 육혹은 마치 남극노인의 툭 튀어나온 이마 같았다. 사람들 말로는 모든 동물은 거세를 하면 오래 산다고 해서 나는 그 나무들이 거세된 것이 아닌가 하고 의심을 했다. 뜰에 오리나무가 아주 웃자라 있었다. 대략 나보다 나이가 더 많지는 않은 것 같은데 이미 한 사람이 안을 수 없을 정도로 컸고 몸통이 갈라져 어두운 색깔의 액체가 여러갈래로 흘러내리고 있었다. 그 나무는 분명 거세를 당하지 않았을 것이다. 느릅나무와 매화나무에는 아무것도 살지 않는 것과 달리, 그 나무에는 항상 송충이가 살고 있었다. 난 걸상 위에서 목을 쭉 빼 나뭇잎을 보았다. 넋을 잃고 보다보면 종종 자신이 누구인지 잊게 되고 또 ×하이잉이 누구인지 잊게 된다. 이와 동시에 나는 뜰에 있는 모든 나무의 모양을 확실히 기억해두었다. 겨울에 눈이 내리면 누군가가 눈을 나무 밑에 쌓아놓았다. 정원의 깊은 곳에는 해가 들지 않기 때문에 눈도 오래도록 녹지 않고 점점 검게 변해 밑으로 오그라들었다가 마지막에는 진흙과 하나가 되었다. 그때가 되면 자라날 잎들은 모두 자라 뜰은 다시 짙은 녹색으로 바뀐다. 그리고 그 뜰에 본래 있던 악취는 모두 나뭇잎 속으로 들어가버려 냄새가 나지 않는다. 오히려 이파리의 청신한 냄새를 맡을 수 있게 된다. 그때 나는 어렴풋이 나와 나무 사이에 어쩌면 혈연관계가 있을지도 모르겠다는 생각을 했다. 난 나무가 너무나 좋다! 몸이 한그루 나무가 되면 무슨 일을 맞닥뜨리더라도 태연자약할 수 있을 것이다. 1974년 봄날의 일은 바로 이러했다.

　나중에 나와 아내는 영국으로 놀러 가서 자전거를 빌려 타고 잉글랜드 시골의 좁은 길을 달려본 적이 있다. 어떤 곳에 이르자 길가 울타리 안쪽으로 커다란 나무숲이 보였다. 아내가 들어가자고 했고 우리는 울타리 안으로 들어갔다. 들어가다가 커다란 개를 한 마리 만났다. 난 그 녀석을 사납게 노려보며 쫓아버렸다. 그런 후 우리는 숲속으로 들어갔다. 그곳은 온통 짙은 녹색이었고 또 하얀 안개가 가득했다. 아내가 큰 소리로 소리쳤다. 멋진 숲이야! 우리 나쁜 짓 한번 하자! 그래서 우리는 나쁜 짓을 하기 시작했다. 안개를 머금고 있는 푸른 풀의 숨결과 아무 소리도 없이 고요한 성性을 만끽했다. 우리는 나쁜 짓을 하고 나서 다시 숲속 곳곳을 거닐었다. 그러다 갑자기 다시 그 개와 맞닥뜨렸는데 이번에는 내가 아무리 노려봐도 녀석이 도망가지 않고 오히려 컹컹 짖어대기만 했다. 얼마 후 그 개 뒤로 어떤 사람이 팔오금에 쌍발엽총을 걸치고서 나타났다. 그 사람은 우리를 한번 쳐다보고(그때 우리 둘은 몸에 소름 이외에는 아무것도 걸치고 있지 않았다) 소리 없이 웃으며 말했다. 옷 입으시고 커피 마시러 가시죠. 커피를 마실 때 그 사람은 계속 웃음을 참지 못했는데, 아내는 오히려 평상시처럼 침착했고 떠날 때 그에게 껌 씹겠느냐고 물어보기까지 했다. 그 바나나처럼 생긴 늙은이가 우리를 정문까지 바래다주면서 가만히 내게 말했다. 당신 부인 정말 대단하군요. 나는 처음부터 끝까지 한마디도 하지 않고 태연자약한 태도를 유지했다. 그의 집 문을 나서고 나서야 나는 그의 엽총을 빼앗아 그의 가슴에 한방 쏘아주고 싶다는 생각을 줄곧 했음을 알게 되었다. 이러한 일은 물론 나쁜 일이고 은혜를 원수로 갚는 짓이라고 할 수 있다. 하지만 상상만으로는 전혀 나쁜 일이 되지 않는다.

　1974년 어느 봄날에 난 의자에 앉아 뜰의 나무를 보면서 한마디도 하지 않고 있었다. ×하이잉은 침대에 누워 손목시계를 보고 정해진 시간이 되자 벌떡 일어나 말했다. 가자! 난 그녀를 따르며 자전거 뒤에서 뛰었다. 한번도 그녀에게 어디에 가는지 묻지 않았다. 때때로 그녀는 하늘이 어두워지는 것을 보고 일어나서 내게 도시락통을 건네주며 말했다. "밥 날라와." 그러면 난 나가서 차오거다를 날라와 그녀에게 주었다. 나는 그녀에게 하루 종일 그것만 먹으면 질리지 않느냐고 묻고 싶었지만 한번도 묻지 않았다. 하늘이 어두워진 이후에 그녀는 나른한 허리를 펴며 말했다. 피곤하다. 그러면 난 방을 나와 조심스럽게 문을 닫고 집으로 돌아갔다.

　×하이잉이 나에게 하는 말이 갈수록 짧아졌고 점차 주어가 사라졌다. 예를 들어 내게 똑바로 앉으라고 할 때에는 "바로 앉아"라고 했고, 내게 밥을 날라오라고 할 때는 "밥 날라와"라고 했으며 내게 따라오라고 할 때는 "가자"라고 했다. 이 말들은 간결했지만 의미는 모두 갖추고 있었다. 그런데 난 점점 내가 누구인지 모르게 되었다. 나중에 그녀는 점차 말을 하지 않고 손짓을 사용하는 것으로 바꾸었다. 내게 똑바로 앉으라고 할 때에는 위쪽으로 손가락을 까딱했고, 내게 밥을 날라오라고 할 때에는 도시락통을 가리켰으며, 내게 집에 돌아가라고 할 때에는 문을 가리켰다. 그리고 자신을 따라오라고 할 때에는 아무 말 하지 않더라도 내가 자연스럽게 따라갔다. 그녀가 입을 가리키면 난 과거에 내가 겪은 일들을 이야기하기 시작했다. 이렇게 그녀 앞에서 나의 마음은 온통 텅 비어 있어서 무엇을 해야 할 때가 되면 자연스럽게 하게 되었다. 이런 간단한 동작 속에서 점점 즐거움이 생겨나더니 오래도록 없어지지

않았다. 난 종종 ×하이잉의 꿈을 꾸었다. 그녀를 휘어진 나무에 묶고 처음에는 입을 맞춘 뒤, 애무를 하고, 그녀의 옷을 남김없이 벗기고, 그녀를 강간했다. 난 이렇게 ×하이잉을 사랑했다. 왜냐하면 이것 외에는 다른 선택이 없었기 때문이다.

제5장

1

1967년에 내가 '펜으로 만든 무기'를 집으로 불러들였던 일은 다음과 같이 설명할 수 있다. 즉 나는 이러한 방법으로 약간의 영지를 빼앗아서 나 자신에게 주었던 것이다. 그 건물은 다른 사람들의 포위 속에 있었지만 그들은 쳐들어오지 않았다. 그 건물에는 나 말고 다른 사람들도 있었지만 그들과 나는 한패였기에 어떻게 보면 그 건물에는 내 몫도 있었다. 비록 그 건물을 차지하는 방식이 그다지 합법적이지는 않았지만 당시에는 합법적인 일이라곤 없었다. 가장 중요한 것은 그곳에서는 내가 하고 싶었던 일을 무엇이든 다 할 수 있었다는 사실이다. 하지만 첫번째 일은 사람들이 쳐들어와 그곳을 내 손에서 다시 빼앗아가지 못하게 하는 것이었다. 그래서 내가 했던 첫번째 일은 그곳을 철옹성으로 만드는 것이었다. 이를 위해 나는 전심전력을 다했지만 그곳을 지켜낼 수 없었다. 나는 그후로 다시는 내 영지를 가져본 적이 없다.

나는 그 건물에서 전투할 때 정신이 극도로 흥분되었고 하는 모든 일이 즐거웠다. 그때 내가 하루에 했던 일을 지금은 (공공기관에서 할 경우) 일년 만에도 하지 못한다. 만일 프로이트에게 이를 설명하라고 하면 그는 당시의 내가 나이가 아주 어려 성욕의 항문기에 있었고 성욕을 배설할 곳이 없었기 때문에 투지가 고양되어 있었다고 할 것이다. 난 이러한 견해가 틀렸다고 생각한다. 나의 똥구멍은 아주 작아서 그 당시 나의 고양된 투지를 설명하기에는 부족하기 때문이다.

우리가 그 건물을 지키고 있을 때 밤에는 그리 많은 일이 생기지 않았다. 하지만 다른 사람들이 진지를 기습할 수 있도록 죽은 듯이 그저 잠만 잘 수는 없었다. 그래서 잠시 눈을 붙일 때에는 두 사람이 등을 서로 맞대고 있었다. 성姓이 황黃이었나 란藍이었나 홍洪이었나 하여튼 어떤 종류의 색깔이었던 한 여대생이 있었는데, 나는 매번 그녀와 등을 맞대었다. 밤에 잠을 잘 때에는 맞대고 있었지만 아침에 깰 때에는 항상 서로 끌어안고 있었다. 어떤 때에는 얼굴을 그녀의 유방에 대고 있기도 했다. 이 일 역시 내가 항문기에 있지 않음을 설명해준다.

만일 나 자신의 이야기도 예가 될 수 있다면 남자의 성욕은 항문기를 거치지 않고 그저 자만의 시기만 거칠 따름이라는 것을 증명할 수 있다. 자만의 시기에는 영감들, 할망구들, 아이들, 그리고 자신과 가장 다른 사람인 여자를 포함해 자신과 같지 않은 모든 사람을 무시한다. 비록 마음속으로는 그녀들과 놀고 싶지만 입으로는 이를 인정하지 않는다.

내가 했던 최악의 일은 바로 ×하이잉에게 색깔 성씨를 가진 그 대학생 이야기를 한 것이다. 나는 그녀에게 색깔 성씨 대학생은 두 갈래로 머리를 땋았고 종려털 방석 같은 것을 베개 삼아 머리를 받쳤다고 했다. 이후로 그녀는 늘 색깔 성씨가 어떤 사람인지를 물었는데 정말 죽고 싶을 만큼 귀찮았다. 난 그녀에게 색깔 성씨 대학생은 여자였다고 말해주었다. 그녀는 동성연애 같은 것을 하려는 듯 그 사람이 어디 있는지를 알아내려고 쉬지 않고 물었다.

　그 색깔 성씨 여대생에 대해서는 약간 보충해야 할 점이 있다. 깨어 있을 때 나는 그녀를 아주 귀찮게 여겼다는 것이다. 예를 들면 오층 꼭대기에서 등이 축축해질 정도로 땀을 흘리면서 들어오는 놈들을 모조리 으스러뜨려 죽이기 위해 사람들과 함께 통나무와 돌덩이를 배치하고 있을 때, 갑자기 그녀가 이층에서 나를 부르는 소리가 들리면 난 별똥별이 날아가듯 재빨리 뛰어갔다. 그녀가 왜 나를 불렀는지 한번 추측해보기 바란다. 바로 국수를 먹으라고 부른 것이었다. 내가 그 건물에 남아 내 방을 파괴하고 내 집에 손해를 끼치며 온몸을 이로 들끓게 한 것이 기름도 안 넣고 소금 간도 안한 채로 찻사발에 담은 이런 국수를 먹기 위해서였는가? 난 그녀에게 반감을 가졌고 그녀가 쓸데없이 떠들어댄다고 느꼈다. 하지만 이것은 내가 깨어 있을 때의 일이었다. 잠잘 때가 되거나 자신이 잠이 들었다고 여겨질 때에는 그녀와 끌어안고 입을 맞추면서 양손으로는 그녀의 유방을 애무했다. 이런 짓을 할 때면 그녀는 늘 내 팔을 꼬집었다. 이튿날이면 팔에 퍼런 멍이 겹겹이 나 있었다. 이는 그런 일이 벌어졌음을 말해준다. 하지만 그녀가 어떻게 꼬집든지 간에 난 깨어나지 않았다. 깨어나지 않은 것만 빼면 다른 일은 모두 깨어 있을 때와 똑같았다. 예를 들어 복도에 켜져 있는 램프는 불빛이 붉어졌다가 노랗게 되었다가 하면서 쉬지 않고 바뀌었다. 바닥에는 멍석이 많이 깔려 있어 건축 공사장 같다는 인상을 주었다. 나는 내가 십 몇년을 살아온 집에 있는 듯한 느낌을 조금도 받지 못했다. 색깔 성씨 대학생 입은 버터사탕 같은 맛이 났다. 그녀의 브래지어 왼쪽에는 단추가 네개 있었는데 풀기가 너무나 성가셨다. 그 좁은 곳에 모여 있는 단추가 내 온몸에 남아 있는 단추보다 더 많았다. 이는 정말 여자는 건드려서는 안된다는 것을 말해준다. 난 이미 이 일을 꿈으로 여기기로 결정했기에 그녀가 어떻게 꼬집든지 간에 깨어나려 하지 않았다. 난 ×하이잉이 아무리 물어도 이 일을 그녀에게 말하지 않았다. 이 일을 그녀에게 말하는 것은 옳지 않다고 느꼈다.

색깔 성씨 대학생은 예쁘게 생겼고 눈썹과 머리카락이 아주 검었으며 피부가 아주 하얬다. 나는 그녀가 가까이에 있을 때 늘 발기했고 발기하는 것이 무엇을 하고 싶다는 것인지도 알았다. 하지만 난 하려고 하지 않았다. 그녀는 내가 왜 하려고 하지 않는지 아무리 생각해봐도 알 수가 없었다. 난 내가 젖은 이불이라는 사실을 들킬까봐 두려웠다. 만지는 일을 마친 뒤 젖어 있으면 심지어 불편하기까지 했다. 만일 그녀가 알았다면 괜찮다고, 어차피 모든 사람은 젖은 이불이고 자신은 불편한 것이 싫지 않다고 일찍이 날 위로해주었을 것이다. 나중에 그녀는 내게 이러한 말을 하기는 했지만 이 역시 나중의 일이었다. 당시 나는 다양한 행동을 계획했고 저녁에 지하 수로를 통해 학교 공장에 가서 각종 공구를 훔쳐와 그 건물을 흰개미 굴로 만드느라 바빴다. 나는 우리 건물 지하에 두 층을 더 파고 지상에는 한 층을 더 올리려는 계획을 갖고 있었다. 이를 위해 2톤의 강철 파이프와 엄청난 시멘트 그리고 철근을 이미 옮겨왔다. 만일 그 계획이 실현되었더라면 그곳에서 21세기까지 있었을 것이다. 하지만 그 계획은 실현되지 못했다. 난 ×하이잉에게 1967년의 일을 이야기하면서 색깔 성씨 대학생에 대해 한차례 말했으니 일단락이 지어졌다고 여겼다. 하지만 그때부터 그녀는 다른 일에는 관심을 두지 않고 그 일에 대해서만 물어보았다. 난 나의 주요 문제가 잔빠를 때린 것이고 내가 그를 때린 원인은 내가 그를 사랑했기 때문이라고 생각했다. 하지만 그러한 말을 ×하이잉은 들으려고도 하지 않았다. 그녀는 늘 내게 이런 말만 했다. 너와 '색깔 성씨'의 문제에 대해서만 보고하고 다른 일은 말하지 마!

2

나는 어린 시절에 여기저기에 가서 잠자리를 잡은 뒤 내가 직접 만든 전원장치에 놓고 감전사시켰던 일에 대해 이미 이야기했다. 그때 내 손에는 철망으로 만든 새장이 하나 들려 있었고 손가락 사이에는 끈끈이 장대가 하나 끼워져 있었다. 난 살금살금 나뭇가지 끝에 앉아 있는 잠자리 뒤로 다가간 뒤 손을 내밀어 꼬리를 잡거나 장대 끝의 끈끈이에 날개를 들러붙게 했다. 어떻게 잡든지 간에 천천히 손을 내미는 동시에 잠자리와 눈을 마주쳐야 했다. 잠자리는 금빛의 몽롱함 속에 수천수만개의 자잘한 푸른 눈이 있었지만 쓸모있는 것은 하나도 없었다. 나는 잠자리를 잡을 때마다 탄식을 하며 새장 속에 넣었다. 나중에 내 새장 안은 수많은 고추잠자리, 파란 잠자리, 고동색 잠자리로 가득했다. 난 그것들을 늘 아가라고 불렀다. 그것들은 날개를 퍼덕이다가 감전사하기 직전에 이리저리 몸을 뒤집으며 데굴데굴 굴렀다. 물론 난 잠자리를 잡지 않고 계속 하늘을 날아다니게 할 수도 있었다. 하지만 그러면 내가 할 수 있는 일이 없어지게 된다.

어린 시절 잠자리를 잡아 손바닥 위에 놓고 그것의 눈을 가까이에서 살펴보기도 했다. 그러면 겹눈 표면의 몽롱함은 흔적도 없이 사라지고 안쪽에 있는 모든 눈이 주먹 크기로 커졌다. 바로 그 순간 잠자리는 버둥거릴 용기를 상실했다. 어린 시절 난 잔인했고 살기로 가득했는데, 이 점은 평생 잊기 어려울 것이다. 이 일은 비록 나의 평생 주제가 비관과 절망이긴 하지만 그 주제 외에 다른 기질도 있었음을 말해준다. 이러한 기질은 내가 주먹을 휘둘러 잔빠를 쳤을 때, 내가 전투에 참가했을 때, 그리고 내가 잠자리를 감전사시켰을 때에야 비로소 나타났다.

나는 수많은 잠자리를 감전사시켰던 전원장치 외에도 백발백중의 투석기도 제작한 바 있다. 나중에 우리에 의해 지붕에서 떨어진 사람들은 어떻게 되었을까란 생각을 한 적이 있기는 하지만 그것은 모두 몇년 후의 일이었다. 생각을 해보니 몸서리쳐지는 결론을 얻을 수 있었다. 그 사람들이 죽지 않았더라도 적어도 중상은 입었을 것이다. 투석기가 발사하는 돌 포탄은 최소한 몇천 줄joule의 에너지를 갖고 있으며 그렇게 강한 에너지를 가슴에 맞고, 더구나 머리를 밑으로 하여 오층에서 떨어지면 어떤 투구를 쓰고 갑옷을 입었다 할지라도 상처를 입지 않는 것은 불가능했기 때문이다. 비록 그런 일을 막기 위해 사층에 그물망을 쳐놓기는 했지만 머리를 아래로 향한 채 그물 위에 떨어졌으니 그래도 목은 부러졌을 것이다. 모든 상황을 고려해보니 포탄에 맞고 목숨을 잃을 확률은 최소한

15퍼센트는 되었다. 이러한 결론은 나를 불편하게 했지만 이 역시 나중의 일이었다. 그때는 사람을 죽였다고 마음 아파하는 사람은 없었다. 그때는 혁명시대였고 혁명시대에는 정말로 죽을 수 있는 사람이 별로 없었다. 혁명시대에는 상대방 한명을 죽이면 마치 상공업 사회에서 십여 위안을 번 것처럼 즐거워했다. 혁명시대에 자기편 한 사람을 잃으면 십여 위안을 잃은 것처럼 다소 상심이 되었다. 그때 우리는 "이러한 방법도 백성들에게 소개해야 합니다. 시골 사람이 죽을 경우 추도회를 열어야 합니다. 이러한 방법으로 우리들의 애도하는 마음을 전해야 합니다……"라는 마오 주석의 어록을 암송하곤 했다. 그러고 나면 조금도 슬프지 않았다. 왜냐하면 슬픈 마음이 이러한 과정 속에서 사라져버렸기 때문이다. 이러한 방식이 바로 고급지능이다. 이러한 방식이 생기자 많은 것들은 본래의 의미를 상실해버렸다. 심지어 죽음도 모두 진실이 아닌 것이 되어버렸다. 하지만 여전히 진실인 것이 어느정도 있었다. 나는 완벽한 투석기(그것은 사람을 쳐죽일 수 있었지만 난 그때 그것이 사람을 쳐죽일 수 있다는 생각을 전혀 하지 못했다)를 만드는 일에 정신이 팔려 있었다. 잠결에 색깔 성씨 여대생과 포옹하면서 입을 맞추었고 몽정을 했다. 이러한 일들은 괴상하기는 했지만 진실성은 괴상함 속에 있는 법이다. 내가 아직도 기억하는 것은 색깔 성씨 대학생의 유방이 두개의 복숭아 같았다는 것이고, 매일 아침에 눈을 뜨면 눈이 항상 새빨갛게 부어 있었다는 것이며, 그녀가 정말 너무나 아프게 날 꼬집었다는 것이다. 이는 진실된 것이다. 결국 진실된 것이 있기 때문에 살아가는 일이 여전히 가치 있게 되는 것이다. 내가 ×하이잉에게 이 일을 이야기한 것은 1967년 가을에 색깔 성씨 대학생이 내 마음속 많은 일들 중의 하나에 불과하다는 사실을 설명하기 위함이었지만 그녀는 들으려고 하지 않았다.

1967년 가을날 이른 아침에 내가 자랐던 곳인 대학에 당신이 와 보았더라면 우리 가족이 과거에 살았던 그 건물이 괴상한 모습으로 바뀌어 있는 것을 볼 수 있었을 것이다. 그곳은 이전에 그런 모습이 아니었고 이후에도 그렇지 않았다. 한 왜소한 사람이 창문 밖으로 기어나와 기와도 없는 지붕 위로 올라가서 태연자약하게 걸어갔는데, 얼굴은 검은 비단 스카프로 가리고 있었다. 그 사람이 바로 나였다. 난 맞은편 건물에서 쏘는 벽돌을 거들떠보지도 않았다. 커다란 벽돌이 내 머리를 내리칠 것 같으면 그저 살짝 허리를 굽혀 벽돌이 내 목덜미를 스치고 지나가게 할 뿐이었다. 나는 그렇게 해서 가장 높은 곳으로 올라갔다. 그때는 그 어떤 일도 날 두렵게 하지 못했다. 내 얼굴은 색깔 성씨 대학생의 비단 스카프로 가려져 있었는데, 그 스카프에는 약간의 달콤한 향내와 바스락거리는 머리카락의 느낌이 있었다. 잠시 후 나는 가장 높은 곳으로 가서 허리를 쭉 펴고 아침안개가 막 사방에서 피어오르는 모습을 지켜보았다. 모든 건물이 시멘트 골격을 적나라하게 노출한 채 시커먼 창문 구멍을 드러내고 있어서 큰 물난리라도 난 것처럼 보였다. 공기는 마치 쇳물이 녹은 것처럼 누르스름했다. 이러한 모습은 나중에 미국에서 보았던 재난영화의 한 장면 같았다. 나는 이같은 만족감을 준 풍경은 더이상 없었다고 맹세할 수 있다.

색깔 성씨 대학생은 창문에서 지붕으로 기어올라갈 때 눈도 뜨지 못했다. 누군가 한쪽에서 그녀가 잡아야 하는 곳까지 그녀의 팔을 이끌어준 뒤 다시 내려가 그녀가 디뎌야 할 곳까지 그녀의 다리를 받쳐서 옮겨주어야 했다. 이러한 과정은 커다란 보따리를 위로 끌어올리는 것과 같았다. 그런데 그 사람은 손에 곡괭이도 하나 들어야 했는데, 왜냐하면 맞은편 건물에 있는 사람들이 누군가 정지 상태와 비슷한 속도로 사다리 오르는 것을 발견하고 커다란 탄궁을 쏘아댈 것이기 때문이었다. 그들이 쏜 벽돌이 이쪽까지 날아오면 속도가 이미 상당히 느려져 있기 때문에 나무 막대기로 하나하나 떨어뜨릴 수 있었다. 하지만 그래도 밝은 눈과 잽싼 손이 필요했다. 그 사람은 보통 나였다. 난 그녀처럼 그렇게 멍청하게 건물을 오르는 사람을 본 적이 없지만 그녀는 감히 날 발바리라고 불렀다. 그녀는 정말 거추장스러웠고 귀찮았으며 너무나 밉살스러웠다. 그러나 나중에 난 그녀를 아주 사랑하게 되었다. 이것은 미움과 사랑은 본래 분명하게 나눌 수 없는 것이라는 사실을 말해준다.

나와 색깔 성씨 대학생은 지하 수로를 기어서 하이덴전까지 다빙을 사러 가기도 했다. 그 지하 수로는 벽돌을 쌓아 만든 것으로 천장은 시멘트 판으로 덮여 있었다. 안에서 등불을 비추면 벽돌이 차곡차곡 쌓여 있어서 마치 안쪽을 향해 압박하며 죄어오는 것 같았다. 그곳은 가깝지 않은 거리에 있었다. 우리 둘은 모두 코팅 장갑을 끼고 있었으며 색깔 성씨 대학생은 무릎에 육상경기 선수들이 다리 훈련을 할 때 쓰는 모래주머니를 차고 있었다. 물론 주머니 속의 철가루는 뺀 것이었다. 난 그녀에게 지하 수로에 들어가면 개처럼 기어야 하니 주머니 속의 물건을 붙들고 있지 않으면 모두 쏟아질 것이라고 했다. 그러자 그녀는 기어갈 때 쏟아지지 않도록 돈을 꺼내 브래지어 속에 집어넣어두었다. 그러고 나서 우리는 지하 수로로 내려가 기어가기 시작했다. 나는 랜턴을 입에 물고 무릎이 땅에 닿지 않도록 하면서 빨리 기어갔다. 이러한 기술 역시 한두해 연습한다고 습득할 수 있는 것은 아니다. 색깔 성씨 대학생은 뒤에서 따라왔는데, 보아하니 지하 수로를 기어가는 일에 다소 재주가 있어서 나를 바짝 따라올 수 있었다. 한동안 기어가는데 색깔 성씨 대학생이 갑자기 땅에 주저앉으며 "발바리!"라고 하더니 깔깔 웃기 시작했다.

3

그해 만추 무렵 나는 사층에 철도를 만들고 레일을 깔았다. 그리하여 나와 내 투석기는 제때에 어떠한 위기 지점에도 갈 수 있게 되었다. 그밖에도 난 또 1분에 열두발의 돌 포탄을 쏠 수 있도록 투석기를 전동으로 바꿀 계획을 가지고 있었다. 그전에 난 이미 그 건물을 개조해 마름쇠 밭으로 만들어놓았다. 당연히 그렇게 발전해가면 그 누구도 우리를 건물에서 내쫓을 수 없을 것이었다. 하지만 바로 그때 교정에서 간헐적으로 총성이 울렸다. 총포가 생기자 우리가 해온 모든 것은 의미를 잃고 말았다. '펜으로 만든 무기' 사람들은 어떻게 총을 수중에 넣을 것인가에 대해 상의하기 시작했지만 나는 한마디도 하지 않았다. 어쩌면 그들이 총을 가질 수 있게 되면 이후의 일은 더이상 의미가 없어질지도 모르는 것이었다. 그들은 내게 집으로 돌아가라고, 내가 그곳에 있는 것은 너무나 위험하다고 했다. 사실 그들은 나를 정말 집으로 돌려보내고 싶어한 것은 아니었다. 왜냐하면 싸움을 할 때에는 그 누구도 자신의 대오에 있는 사람이 집에 돌아가기를 원하지 않기 때문이다. 이후에 나는 그들에게 모두 집으로 돌아가자고 했지만 그들은 들으려고 하지 않았다. 나는 혼자 집으로 돌아갔다. 왜냐하면 그것은 더이상 나의 놀이가 아니었기 때문이다. 내 힘으로도 그 건물을 지켜낼 수 없었다. 내가 보기에 사람은 자신이 만든 무기로만 전쟁을 할 수 있다. 만약 그러지 않으면 그건 뻔뻔한 개자식이다. 로마 사람들은 항상 로마의 병기로 전쟁을 했고, 그리스인들은 항상 그리스의 병기로 전쟁을 했다. 그 당시 사람들은 독일에서 만든 마우저 권총을 땅에서 줍는다 하더라도 모두 영웅호걸이기 때문에 분명 그것을 하수구에 던져버릴 것이다. 결론적으로 말해 지하 수로를 통해 그 건물에서 빠져나왔을 때 난 고통스러워 울음을 터뜨렸고 주먹으로 눈물을 닦았다. 고대의 영웅들이 자신의 도시국가를 잃었을 때에도 이러했을 것이라는 생각이 들었다. 하수구를 다 빠져나가기도 전에 내 몸에 있던 살기는 흔적도 없이 사라져버렸다. 난 다시 비관적인 사람으로 변했다.

1967년의 무장투쟁이 총을 사용하는 것으로 발전했을 때 나는 '펜으로 만든 무기'를 떠나 집으로 돌아갔다. 내가 담이 작았다고 말하는 사람도 있겠지만 난 결코 인정할 수 없다. 왜냐하면 큰 칼과 긴 창과 투석기를 사용하는 전투는 분명 더 많은 용기를 필요로 하기 때문이다. 우리의 대학을 예로 들자면 총을 사용하면서부터는 한 사람도 쏴 죽인 일이 없었다. 이러한 점은 조금도 이상하지 않다. 역사적으로도 칼과 창으로 죽인 사람이 총포로 죽인 사람보다 더 많기 때문이다. 원자탄이 만들어진 지 이미 사십여년이 되었지만 일본에 두번 모습을 보인 때 외에는 한 사람도 원자탄으로 죽은 사람이 없다.

내가 1967년에 맞닥뜨린 일은 바로 이렇게 끝났다. 1974년 겨울에 보조교육을 받을 때 난 그것을 하나씩 ×하이잉에게 이야기했다. 어린 시절에 어떤 선생님이 나를 돼지라고 해서 그녀를 죽이고 싶을 정도로 미워했으며 매일 저녁 침대에서 그녀의 사지를 찢는 상상을 하곤 했다. 이튿날 아침에 학교에 가보면 그녀는 여전히 멀쩡하게 살아 있어 정말 난 속수무책이었다. 나중에 난 그녀를 볼 때마다 "선생님 안녕하세요"라고 하며 예의 바르게 일어섰다. 얼마 지나 그녀는 더이상 나를 돼지라고 하지 않았고 많은 사람들 앞에서 날 무척 좋아한다고 선포했다. ×하이잉 앞에서 엉덩이를 비비며 추궁을 당할 때 나는 그녀를 깊이 증오했다. 하지만 증오는 아무 소용이 없기에 반드시 무엇인가를 해서 증오를 없애야 한다. 수다를 마구 떠는 것도 하나의 방법이다.

  난 ×하이잉의 낡은 군복을 증오했고, 그녀가 책상 앞에 앉아 있을 때 마치 스파이를 심문하듯 아무런 표정도 없이 볼펜을 만지작거리는 것도 증오했다. 만일 그녀가 군복을 입지 않았더라면 나로서는 많이 편했을 것이다. 난 그녀가 일부터 날 모욕하려 한다고 여겼다. 그밖에도 그녀는 두갈래로 머리를 땋았고 머리끝이 어깨에 닿았다. 내가 말을 하지 않으면 방 안 공기는 내 머리를 짓누르는 것처럼 무거웠다. 파리 한마리가 창문 틈으로 날아들어와 천천히 방 안에서 원을 그렸다. 나는 일반적인 물보다 무거운 중수重水라고 불리는 물이 있다는 것을 안다. 또 어떤 공기는 무거운 공기여서 언어로 휘휘 젓지 않으면 자동적으로 엉겨붙고 만다는 것도 안다. 그때 난 배가 고프지 않았기 때문에 영차원 공간 속에 있지 않았다. 하지만 걸상에 들러붙어서 움직일 수 없었기 때문에 일차원 공간 속에 있었다. 이것이 내게 참기 힘든 느낌을 주어서 나는 아무 말이나 밖으로 내뱉었다. 내 꿈에서 ×하이잉이 차가운 물속에 빠지자 난 그녀를 끌어올려주었다. 그녀가 불타는 건물 속에 갇히자 난 또다시 그녀를 구출해주었다. 난 그녀가 깊은 물과 뜨거운 불 속에 있을 때의 구세주였다. 만일 내가 없었다면 그녀는 벌써 백번은 죽었을 것이다. 하지만 이러한 것들은 5월에 내가 어떻게 그녀와 성관계를 가졌는지를 설명하기에는 여전히 부족하다.

4

내가 두부공장에서 노동자로 일할 때로 시간을 돌리면, 공장 남자 변소 남쪽 벽은 본래 깨끗하게 칠해지지 않아서 응고된 회반죽 너머로 여전히 뒤쪽의 벽돌이 보였다. 그래서 그 회반죽 층은 마치 팽팽하게 바람을 넣은 소 오줌보, 오동유를 바른 종이, 커다란 운모석, 혹은 고대에는 투명하다고 여겨진 물건 같았다. 안쪽에 있는 벽돌은 잘게 부서진 상태로 붉은 것도 있고 푸른 것도 있었는데, 마치 의미를 알 수 없는 양감화鑲嵌畫[34]처럼 회황색 회반죽 속에 들러붙어 있었다. 나중에 이러한 것들은 다시 볼 수 없게 되었다. 왜냐하면 항상 누군가가 팔꿈치를 높이 든 반쯤 쭈그려 앉은 나체 여인을 벽에다 그렸고, 또 항상 누군가는 그 위에다 털이 복슬복슬한 기관과 라오루라는 이름을 첨가했으며, 그후 또 항상 누군가가 회반죽으로 그녀를 덮어버리곤 했기 때문이다. 이 벽은 칠해질수록 하얗게 되었고 갈수록 두꺼워져 벽 안쪽의 벽돌이 보이지 않게 되었다. 벽 안쪽에 있는 모든 것 역시 점점 내게서 멀어져갔다. 이 일은 내가 보기에 약간 모호하면서 분명하지 않은 의미를 지니고 있었다. 벽이 반투명 상태였을 때에는 그 뒤쪽에 다른 세계가 있는

----

34 상감(象嵌) 기법으로 그린 그림.

듯했고 이때의 그 세계는 더 큰 듯했다. 벽이 나중에 불투명하게 바뀌자 세계는 다시 협소해졌다. 1974년에 내가 보았던 변소의 벽이 바로 그러했다. 그때 난 화가도 아니었고 수학을 배우지도 않았다. 난 아무 일도 한 적이 없었고, 아무런 전문적 지식도 없었다. 모든 것은 내가 팔목을 다쳤을 때와 똑같았다. 그래서 난 여섯살 때의 소박함과 천진함을 지키고 있었다고 할 수 있다. 내가 유일하게 할 수 있는 일은 바로 세상을 관찰해 언제 불행복권에 당첨될지를 계산해내는 것이었다. 그리고 세상은 분명히 내 주위에서 합쳐졌다. 이는 내가 곧 일등 복권에 당첨될 것임을 말해주는 것이 아니었을까?

시간을 뒤로 돌리면, 난 미국으로 유학을 가서 New England에서 살았다. 그곳은 늘 비가 내렸고 항상 시큼한 꽃향기가 떠다녔다. 공기 속에는 항상 얇은 물기가 있어 비 오는 날 와이퍼로 닦아낸 자동차 유리를 통해 밖을 보는 것 같았다. 찻길은 항상 어두웠고 자동차의 미등이 반사되었다. 오후 4시가 되면 고층건물의 붉은색 충돌방지등이 모두 켜져 세상 전체가 반짝거리는 듯했다. 공기는 아주 옅은 듯했고 사방은 탁 트인 듯했다. New England는 얇은 물 같았고 베이징은 두툼한 공기 같았다. 낮에는 강의를 들으러 나가거나 아르바이트를 했으며 저녁에는 돌아와 아내와 일을 치렀지만 아무런 의미도 없는 것 같았다. 이는 아마도 주위 사람 모두가 타향 사람이고 또 주위가 아주 탁 트였기 때문이었을 것이다. 하고 싶은 것이 있으면 무엇이든 할 수 있었지만 난 아무것도 하고 싶지 않았다. 나는 항상 여기는 내가 있을 곳이 아니라고 생각했다. 왜냐하면 내 이야기는 그곳에 있지 않았기 때문이다.

시간을 다시 앞으로 돌리면, 난 어린아이였으며 우리 집 발코니에 서 있었다. 그때 난 네살에서 다섯살 정도였다. 나중의 일을 경험해보지 않았으니 난 모든 것을 잊어야만 한다. 내 이야기는 아직 시작되지 않았으며 모든 것은 미지수이다. 태양이 내 몸을 따스하게 내리쬐고 있어서 난 고개를 들어 태양을 쳐다보았다. 조금도 눈이 부시지 않았다. 눈이 부신 것은 나중의 일인 것 같았다.

그 무렵 그것은 황금색의 타원형에 불과했다. 당시의 나는 아무것도 몰랐지만 마음이 텅 비어 있지는 않았다. 사랑, 미움, 싫증, 집착 등이 마치 활짝 펼쳐진 작은 우산처럼 언제나 사라지지 않고 모두 내 몸에 들러붙어 있었다. 태양을 쳐다보다가 난 민들레가 되어버렸다. 이후에 민들레가 바람 속의 버들개지처럼 흩어져 날아갔다. 중국으로 돌아온 이후 난 이곳이 바로 민들레가 흩어져 날아간 곳이라고 생각했다. 여기서 신기함을 찾았고 마지막에 돌아와야 할 곳도 이곳이었다.

시간을 1974년 봄 보조교육을 받던 때로 돌리면, 그때 난 이 일이 어떻게 끝날지 전혀 알 수 없었다. 단지 매일 오후에 ×하이잉을 보러 가서 그녀의 사무실에서 서너시간을 보내야 한다는 것만 알고 있었다. 그때 난 그녀가 여자라는 생각은 조금도 하지 않았고, 그녀에게 성적인 기관이 있어 나와 섹스를 할 수 있다는 생각은 더더욱 하지 못했다. 난 그녀의 유방이 네모난지 둥근지 알지 못했고, 더군다나 감히 멋대로 추측하지도 않았다. 그 무렵 나에게 그녀는 사무실에 앉아 있는 생김새가 명확하지 않은 사람에 불과했다. 그날 낮에 눈이 왔는데 지붕에 내린 눈은 남아 있었지만 땅에 내린 눈은 모두 녹아버렸다. 두부공장과 그 안에 있는 마당은 흰 칸과 검은 칸으로 된 체스판으로 변해버렸다. 나는 이 네모난 칸을 지나 그녀의 사무실을 향해 앞으로 갔다. 전에는 라오루가 나를 붙잡으려고 하더니 지금은 ×하이잉이 나를 추궁했다. 이런 일이 언제 끝날지 알 수 없었기에 나는 정말 이런 일이 너무나 짜증이 난다는 말을 꺼낼 수가 없었다. 비록 공기 속에서 악취가 사라져 산뜻한 차가움이 폐로 들어갈 때 쾌감을 동반했고 내뱉는 숨이 뭉실뭉실 하얀 김이 되기는 했지만, 짜증스러운 마음은 그것으로 인해 결코 줄어들지 않았다. 이런 마음이 나중에는 사라져버렸다. 하지만 그 일이 발생했다. 한번 발생한 일은 바꿀 수가 없다. 나중에 ×하이잉 은 "만일 네가 원망하고 있다면 잔빠를 쳤던 것처럼 나를 한대 쳐" 라고 했다. 하지만 그녀는 잘못 알고 있었다. 내가 잔빠를 팬 일은 사랑에서 나온 것이었다. 그리고 미움이라는 신경은 이미 내 몸에서 죽어버렸다.

1966년에 난 아버지에게 짜증이 났지만 그는 여전히 나의 아버지이다. 1974년에 난 ×하이잉에게 짜증이 났지만 나중에 나와 그녀 사이에는 성애관계가 발생했다. 그후 나는 아무에게도 짜증을 낸 적이 없고 어떤 일에도 짜증을 낸 적이 없다. 지금 우리 연구소의 상사가 날 찾아와 우리는 세계적인 수준을 뛰어넘어야 한다고 하면서 미국에서 로봇개를 만들었던 자세한 내용을 써서 내라고 내게 지시했다. 이 일은 아주 재미있지는 않았지만 난 거절하지 않았다. 뿐만 아니라 시장에서 가장 희고 가장 두툼한 종이와 먹색의 제도용 잉크를 사가지고 와서 철필을 사용해 방송체做宋體[35]로 글을 썼다. 모든 글자는 2×3밀리미터 크기였고 납활자처럼 규격에 맞는 글자체였다. 내가 제출한 글에는 결코 조금의 결함도 없었기 때문에 내가 쓴 내용과는 관계없이 모든 페이지가 예술작품이었다.

---

35 송나라 때 판각본 글자체를 모방해 만든 현대 인쇄체의 하나.

하지만 그렇게 하다보니 쓰는 속도가 아주 느렸는데 아무도 나를
재촉하지 못했다. 그리고 그들은 뒤에서 라오왕老王이 이런 사람인
지 몰랐다고 수군거렸다. 그전에 그들은 나를 샤오왕小王이라고 불
렀다. 도대체 내가 어떤 사람인지 그들은 결코 분명히 알지 못했다.
심지어 나 자신도 나를 분명히 알지 못했다. 과거에 난 한번 했던
일을 절대 다시 하려 들지 않았지만 지금은 몇년 전에 했던 일의
보고서를 작성하고 있다. 이는 내가 정말 늙었다는 사실을 말해주
는 것일까? 사실 난 마음속으로는 예전과 마찬가지로 이런 것을 쓰
는 것은 아주 쓸모없는 일이라고 여기면서도 피할 수 없었다. 나는
마흔살밖에 되지 않았고 인생의 길이 아직 한참이나 남아 있다. 늘
짜증만 내고 있을 수는 없는 일이다.

5

난 ×하이잉이 미워질 때면 잔빠가 생각났다. 나와 잔빠 그리고
×하이잉은 나중에 삼각관계가 되었다. 난 그들 둘의 나체를 모두
보았다. ×하이잉의 피부는 갈색이면서 윤기가 흘렀고 몸매는 들
어가고 나오고 하여 제법 근사했다. 잔빠의 몸은 하얬는데 굽지 않
은 도자기처럼 조금도 광택이 없었고 장작처럼 마른데다가 아이
때의 흔적까지 남아 있었다. 겨울이 되면 그는 코르덴 옷을 입었고
귀에 털 귀마개를 하고 검은색 목도리를 둘렀다. 그 목도리는 아주
길어서 그는 그것을 아주 다양한 모습으로 둘렀다. 그는 또 털실로
짠 벙어리장갑을 끼었다. 이러한 것들은 모두 그가 직접 만든 것이
었다. 잔빠는 뜨개질하는 법을 알아서 내게 털조끼 하나를 짜준 적

도 있다. 만일 그가 성전환수술을 받았다면 난 분명히 그와 결혼했을 것이다. 수술이 성공했든 실패했든, 그의 유방이 크든 작든, 난 그와 결혼하려고 했을 것이다. 만일 그런 일이 일어났더라면 당연히 ×하이잉은 나도 얻지 못하고 잔빠도 얻지 못해 철저히 파산해버렸을 것이다.

×하이잉은 잔빠와 결혼한 이후에도 종종 나를 찾아와 잔빠가 한 행동에 대해 알려주곤 했다. 그는 종종 발가벗은 상태로 2인용 침대 위에 엎드려 한 다리를 하늘을 향해 들어올리곤 했다. 잔빠는 45호 신발을 신는데 그 싸이즈는 미국식 호수로 따지면 12호이다. 발뒤꿈치 양쪽이 뻘겋고 엉덩이의 앉는 부위에 뻘건 흔적이 두군데 있는 것 말고 다른 부분은 모두 창백했다. 전체적으로 보면 잔빠는 창백했다. 잔빠의 엉덩이는 매우 평평하며 소 발자국처럼 기다란 모습이다. 그는 그렇게 침대에 엎드린 채 내과의학서 종류의 책을 읽으며 새끼손가락으로 콧구멍을 후볐다. 그때는 1980년으로 여름날이 매우 무더웠다. ×하이잉은 더이상 머리를 땋지 않고 어깨까지 늘어뜨리는 형태로 바꾸었다. 그렇게 바꾸니 머리숱이 아주 많아 보였다. 그녀는 또 낡은 군복이 아닌 치마를 입었는데 그렇게 하니 몸매가 아주 좋아 보였다. 그녀는 잔빠가 아주 웃긴다고 했다. 어떻게 보더라도 웃음이 나고 심지어 그 일을 치를 때에도 억제할 수 없다고 했다. 잔빠의 그 물건이 발기하면 너무나 웃기기 때문이라는 것이다. 벌거벗은 잔빠의 몸을 안고 있을 때에는 더더욱 웃음이 났는데, 늘 이 일이 어울리지 않는 것 같다고 했다. 이런 기이한 느낌이 들자 그녀는 잔빠가 아주 귀엽게 느껴졌다고 했다. 그녀를 만난 나는 그녀에게 키스하고 싶었다. 그녀가 잔빠의 아내가 되었기 때문이다. 이전에는 그녀에게 흥미가 없었지만 잔빠

와 연결되니 달라졌다. 마치 잔빠의 사랑스러움이 벌써 그녀의 몸에 전해져온 듯했다. 하지만 그녀는 입술에 키스하는 것은 허락하지 않고 단지 뺨에만 키스하게 했다. 잔빠에게 미안한 일을 할 수 없다는 것이다. 그후 우리는 잔빠 이야기를 하면서 농담을 했다. 이는 우리가 모두 잔빠를 사랑했기 때문이다. 이 '사랑'이라는 글자는 너무나 잔혹했다. 이는 그때 내 심정이 그렇게 비관적이지 않고 매우 좋았기 때문이기도 했다.

난 잔빠를 사랑했다. 그 이유는 그가 한대만 치면 퍼렇게 되는 새하얀 피부와 커다란 당나귀 귀와 커다란 발을 가졌고 늘 흥분해서 소란을 피워댔기 때문이다. 그는 조금도 날 사랑하지 않았다. 내가 그를 팼고 게다가 팰 때 발기까지 했다는 말을 하기만 하면 그는 이를 갈며 날 몹시 미워했다. 그렇게 이를 갈며 미워하는 모습에 나는 그를 더욱 사랑하게 되었다. 그는 ×하이잉을 사랑했다. 그리고 ×하이잉은 날 사랑했다. 이는 내가 그녀의 몸 위에 누워 우리 둘이 엑스자 형태를 만든 날이 있었기 때문이다. 잔빠를 패주던 일을 떠올리는 것은 좋지만 ×하이잉의 몸 위에 누워 있던 일을 떠올리는 것은 유쾌하지 않다. 왜냐하면 후자는 내가 좋아하지 않던 애정이기 때문이다.

난 지금 내가 왜 ×하이잉을 증오하게 되었는가를 이야기하려고 한다. 이는 그녀가 늘 나의 치질을 이야기하려고 했던 데서 기인한다. "네 치질은 정말 못생겼어!" 매번 그녀가 내게 이런 말을 할 때마다 항상 나와 정면으로 눈빛이 마주쳤다. 그녀는 말하면서 얼굴을 옆으로 돌렸지만 눈은 여전히 나를 똑바로 보면서 극도로 미운 감정을 얼굴에 드러냈다. 그때 난 그녀의 눈이 노란빛이고 고양이처럼 동공이 가늘게 길어진다는 사실을 발견했다. 그녀가 나를 극도로 미워하는지, 아니면 치질을 극도로 미워하는지 알 수 없었다. 이런 충격을 받으면 나는 나도 모르게 색깔 성씨 대학생 이야기를 하곤 했다. 그녀는 매우 진지하게 듣다가 이야기가 끝나면 잊지 않고 "정말 역겨워!"라고 한마디 했다. 이 말 역시 내게 충격을 주었다. 나중에 그녀는 내게 나의 치질이 사실은 그렇게 보기 싫지는 않았고, 나와 색깔 성씨 대학생 사이의 일 역시 그렇게 역겹지는 않다고 했다. 이 두 말은 완전히 상반되기 때문에 분명 하나는 거짓이었다. 하지만 나에게 어느 것이 진실이고 어느 것이 거짓인지는 이미 중요하지 않았다. 중요한 것은 내가 앞의 말 때문에 큰 충격을 받았다는 사실이다. 그녀를 미워하는 나의 마음은 이미 바꿀 수 없게 되었다.

6

1967년 가을, '펜으로 만든 무기'가 우리 건물에 막 들어왔을 때 바깥쪽 사람들이 늘 도발을 해왔다. 그들은 손에 방패를 들고 조심스럽게 건물 밑쪽으로 다가왔다. 대학생들은 이러한 모습을 보고 비장한 인터내셔널가를 부르면서 긴 창을 들고 나가 응전을 하려고 했다. 슬픈 노래 한곡과 침착한 죽음의 길, 그들은 이러한 정서를 좋아하는 것 같았다. 난 그들에게 만일 상대가 건물을 공격하려고 했다면 사람이 많이 왔을 텐데 지금 사람이 적게 왔으니 뱀을 굴에서 나오게 하는 전술을 쓰는 것이고 난 나무 위에서 그런 것을 많이 보았다고 했다. 우리는 그들을 아랑곳하지 않고 참호 수리에만 신경썼다. 며칠 지나지 않아서 건물의 외관이 사람들이 감히 가

녑게 볼 수 없을 정도로 변했다. 이후 그들은 맞은편에 꽤 많은 탄궁을 설치하고 우리들이 창문으로 머리를 내밀 수 없게 쏘아댔다. 그래서 우리들은 투석기를 만들어 매우 빠르게 모든 탄궁을 완전히 때려부수었다.

'펜으로 만든 무기'가 우리 건물로 갑자기 뛰어들었던 그해, 학교 안에는 마침 나방이 들끓고 있었다. 그 나방은 짙은 회색이었고 날개에 붉은 반점이 있었다. 그 나방들이 공중에서 춤을 출 때면 마치 움직이는 쓰레기 더미 같았고, 저녁에 전등을 향해 달려들 때면 비할 수 없이 거대한 망사 등갓이 만들어졌다. 춤추며 날아다니는 나방 무리 속으로 들어가면 당신 역시 날아오를 것 같을 것이고, 빠져나올 때면 얼굴 가득 나방 날개에서 떨어진 가루로 뒤덮여 있을 것이다. 이는 벽에 붙어 있는 두툼한 대자보 밑이 나방이 겨울을 나기에 유리했기 때문이다. 그해 학교에는 도둑고양이도 아주 많았다. 많은 사람이 집과 가족을 잃으면서 집에 있던 고양이들이 스스로 살 길을 찾아 밖으로 나왔기 때문이다. 이런 두가지 상황이 난 좋았다. 난 나방 무리 속에서 달리는 것을 좋아했다. 왜냐하면 나는 나방 날개의 가루를 들이마셔도 헐떡거리지 않았지만 나방 무리 속에서 달리다가 집으로 돌아가면 여동생이 헐떡거렸기 때문이다. 여동생은 알레르기 체질이었지만 난 아니었다. 나는 고양이도 좋아했다. 하지만 난 여동생을 좋아하지는 않았다.

그해 가을날에 난 언제든지 일등 복권에 당첨될 가능성이 있었지만 늘 즐거웠고 활기찼다. 사람이 즐겁고 생동감이 넘칠 때에는 불행복권에 당첨될 것을 전혀 걱정하지 않는다. 난 열세살부터 비관주의자였다고 이미 말했다. 하지만 1967년 가을에는 예외였다.

이제는 내가 만든 그 투석기에 대해 말할 수 있다. 그 물건은 매우 정교했다. 바람을 측정하는 풍속기가 있었고, 장력을 측정하는 장력계가 있었으며, 또 거리를 측정하는 광학 측거기도 있었다. 움직일 수 있는 모든 곳에는 정밀한 눈금이 있었다. 발사할 때에는 최소 열명, 즉 풍력을 보고하는 사람, 저울로 돌 포탄 무게를 재는 사람, 목표 방위와 거리를 측정하는 사람 등이 필요했다. 데이터를 모은 후 나는 자를 가지고 탄도를 계산했다. 500미터 이내에서의 발사명중률은 백 퍼센트였으며 종종 맞은편 옥상에서 움직이는 사람을 한방에 떨어뜨리기까지 했다. 만약 맞은편 건물에서 시끄럽게 울리는 고음의 확성기를 맞추고자 한다면 한방에 확성기 중심의 머리 부분을 박살내 '치칙' 소리가 흘러나오게 할 수 있었다. 만일 나중에 화기火器를 쓰지 않고 이러한 무기에 의지했다면 완전히 천하무적이었을 것이다. 화기 이야기를 하자면 난 돈끼호떼와 의견이 완전히 일치한다. 화기를 발명한 자식은 틀림없이 악마와 같은 부류일 것이고 갈기갈기 찢어 죽여야 한다. 삼각법을 사용하지도 않고 미적분을 사용하지도 않으면서 낡아빠진 총열을 들어 다른 사람을 조준한 뒤 집게손가락을 움직여 사람을 쓰러뜨리다니, 제기랄 이게 무엇이란 말인가!

지금도 나는 부속품을 무엇으로 만들었는지를 포함해 그 투석기의 모든 세부사항을 기억할 수 있다. 나는 손가락으로 집어서 그 나무의 재질을 판단했고 코로 냄새를 맡아서 나무가 잘 말랐는지 여부를 판단했다. 색깔 성씨 대학생은 나의 기록원이어서 돌 포탄의 중량, 풍속, 거리, 장력 등을 책임지고 기록했다. 물론 맞추었는지 여부도 기록해야 했다. 하지만 난 이러한 기록이 전혀 필요하지 않았다. 왜냐하면 발사한 모든 포탄이 내 마음속에 있었기 때문이다. 사람은 열여섯살 때 기억력이 가장 좋은 법이다. 하지만 어쨌든 실험기록을 하는 것은 좋은 습관이다. 난 누구를 맞추었는지, 맞아 쓰러진 사람이 나중에 어떻게 되었는지 조금도 기억하지 못한다. 그들은 결국 용마루에서 굴러떨어졌을까, 아니면 본래 있던 장소에서 누워 다른 사람이 구해주러 오기를 기다렸을까? 솔직히 말해 이러한 일들을 난 아예 보지 못했거나 어쩌면 보고도 못 본 척 했는지도 모른다. 난 목표물이 어디에 나타나는지만 살폈다. 목표물이 내 사정권 안으로 들어오면 거리를 측정하고 포탄을 끼우고 탄도를 계산했다. 쏘아 맞춘 후에는 그 일에 신경쓰지 않았다. 일반적으로는 흉갑이 비교적 맞추기 쉽기 때문에 늘 그곳을 맞추었다. 어떤 때에는 상대방 머리 위의 모자를 맞추는 내기를 하기도 했다. 상대의 머리 위에 있는 안전모를 맞춰 떨어뜨리면 그 사람은 놀라 웅크리며 땅바닥에서 정신없이 뱅글뱅글 돌았다. 철망 밑에 숨어 있는 보초병에게는 나사못을 가득 채운 주둥이가 큰 유리병을 발사했다. 그러면 그 사람들은 철망 뒤에서 아이구아이구 하며 소리를 질러댔다. 나중에 그들은 솜 외투를 입고 보초를 섰는데, 나사못은 막아낼 수 있었지만 더워서 몹시 견디기 힘들어했다. 좀더 시간이 지나자 상대방은 우리를 쏘아 떨어뜨리기 위해 커다란 탄궁에 집중했다. 하지만 우리는 마루판에 철도 레일을 깔고 바퀴 달린 투석기를 만들어 여기저기로 밀고 가서 쏘아댈 수 있었다. 그들은 우리가 어느 창문에서 발사할지 알기 어려웠기 때문에 우리를 쏘아 떨어뜨릴 수 없었고, 오히려 그들의 탄궁만 모두 박살나고 말았다. 우리들의 투석기에는 강판으로 만든 보호 방패가 장착되어 있어서 창문에서 모습을 드러낼 때에도 그들의 탄궁과는 달리 (대포처럼) 아주 근사해 보였다. 그들의 탄궁은 위쪽에 철사 휴지통 같은 방호망(새 둥지와 비슷했다)을 세워놓았는데 위로부터 충격을 한번 받으면 금방 납작해졌다. 나중에 그들은 우리에게 매우 탄복해 침범하려던 생각을 포기해버렸다. 이따금씩 누군가 우리 쪽을 향해 이렇게 소리를 질렀다. 앞쪽 사람들! 술병이 안 따지는데, 미안하지만 좀 도와줘. 그러면 우리는 유쾌하게 그들의 요구를 받아들여 포탄을 한발 쏴 병뚜껑을 병목에서부터 떼버렸다. 나의 투석기는 이러했다.

우리 집은 무장투쟁의 전쟁터로 변했고 가족 전체는 '중립지대'로 옮겨갔다. 그곳은 예전에 창고여서 위쪽에 천장널도 없었고 전등이 늘 켜져 있었다. 그리고 그 안에는 수백명이 거주하고 있어서 냄새가 아주 지독했다. 그곳은 수재가 난 후 수재민이 거주하는 곳 같았다. 난 종종 전쟁터를 뚫고 집으로 가곤 했는데 "집을 살펴보러 왔어요" 하고 외치면 아무도 날 쏘지 않았다. 나는 집으로 가서 침대 위에 누워 몇시간 잔 뒤 다시 전투에 참가하러 갔다. ×하이잉은 이 이야기를 듣고 나를 기회주의자라고 했다. 사실 난 기회주의자가 아니었다. 난 어느 파에도 속하지 않았다. 행복은 바로 여기에 있는 것이다.

내가 지금까지 살아오는 동안 온전히 나의 것이었다고 할 수 있는 것은 그 투석기뿐이다. 나 자신조차도 그렇게 정확한 투석기를 만들어낼 수 있었다는 사실이 믿기지 않았다. 이는 아주 중요한 사실이다. 그런 즐거운 것이 나중에 어디로 갔는지 모르겠다. 지금 집에는 복잡한 구조와 정교한 설계로 이루어진 텔레비전이나 냉장고 같은 것들이 있긴 하지만 난 어느 것도 마음에 들지 않는다. 만일 내가 사용할 텔레비전을 만든다면 분명 이렇게 만들지는 않을 것이다. 물론 난 아직 자신이 사용할 텔레비전을 만들려고 할 정도로 미치지는 않았는데, 그 개소리하는 몇몇 프로그램을 위해서 손을 움직일 필요는 없다. 하지만 사람은 살면서 무슨 일인가를 해야 한다. 예를 들어 프로그램 짜기 같은 것이 그렇다. 내가 미국에서 ×교수에게 짜준 프로그램은 로봇개의 두뇌 프로그램이었다. 나중에 그 개를 다 만들자 학교 홀에서 전시회를 가졌다. 몸 위아래 전체가 스테인리스와 티타늄 합금으로 되어 있었고 은색으로 반짝였다. 또 매우 경쾌하게 달릴 수도 있어 모두들 보면서 박수를 쳤다. 하지만 난 그것이 조금도 맘에 들지 않았다. 왜냐하면 그것은 내 개가 아니었기 때문이다. 그 개의 복부는 공군의 계측기구와 기술을 차용해 평형을 이루었다고 했는데, 이는 언젠가 내가 ×교수에게 물어보았을 때 그가 좌우를 살피면서 말해준 것이었다. 난 공산당 국가에서 온 외국인이어서 나에게 알려줄 수 없다는 점을 단번에 분명히 알아차렸다. 이해는 할 수 있었지만 기분이 좋지 않아서 그에게 이렇게 말했다. 씨발! 내가 언제 알고 싶다고 했나요! 미국에서는 이런 것이 좋았다. 기분이 좋지 않으면 얼굴을 마주하고서 욕을 할 수도 있었다. 당신이 나에게 무슨 말을 했느냐고 물으면, 난 기도했다고 대답할 것이다. 하지만 나중에 난 그를 지도교수로 선택했고 지금도 명절이 되면 매번 축하카드를 보낸다. 이는 그를 한평생 미워하느라 내 뱃가죽이 상하는 경우를 피하는 유일한 방법이었다.

'문혁' 때 난 '펜으로 만든 무기'에게 투석기를 만들어주지도 않았고 그들에게 진지를 지어주지도 않았다. 만일 내가 그런 일을 했다면 모두 나 자신을 위해 한 것이다. ×교수 역시 많은 것을 만들었지만 모두 회사나 학교를 위해 만든 것이지 자신을 위해 만든 것은 하나도 없다. 그래서 그는 나만큼 행복하지 않다.

7

나는 어린 시절 솥 조각에 팔목을 다쳐 하얀 근막이 드러났는데, 이는 나에게 자신이 젖은 이불로 이루어져 있다는 인상을 주었다. 나중에 나는 자신의 성욕과 이때의 인상을 관련시키곤 했다. 난 여인의 향기로운 냄새를 좋아했지만 자신의 축축하고 끈적끈적한 본질을 감추고 싶어했다. 이는 내가 아직 성적으로 성숙하지 않았음을 말해준다. 그것은 나무 열매처럼 무르익어야 먹을 수 있는 것이다.

내가 어렸을 때 하늘은 항상 맑았고 공기는 지금보다 좋았다. 난 책가방을 둘러메고 등교하다가 길에서 예쁜 여자아이를 보면 몇번씩 훔쳐보곤 했다. 이는 내가 조금도 순진하지 않다는 사실을 말해준다. 난 지금까지 순진해본 적이 없다.

혁명시대의 내 첫번째 연인은 바로 색깔 성씨 대학생이었다. 그녀는 몸에서 버터사탕 냄새가 났다. 그래서 그녀를 태피 캔디 냄새 대학생이라고 부를 수도 있다. 냄새는 땀이 날 때 특히 심했다. 내가 그녀를 처음 보았을 때 그녀의 머리카락은 다소 황금빛을 띠고 있었다. 그 색깔은 이십년 후 내가 프랑스 니스 해변에서 보았던 색깔과 비슷했다. 그때 한 여자가 내게 담배 한개비를 요구했다. 황금빛의 태양이 공중에서 녹아 해면 위를 한층 황금빛으로 덮고 있었다. 그 여자는 상반신을 드러내고 있었으며 온몸이 위아래로 태양빛과 같은 색깔을 띠고 있었다. 난 그녀에게 담배 한개비를 주었고 나도 한개비를 물었다. 불을 붙이고 나서야 담배를 거꾸로 문 것을 발견했다. 그 순간 아내가 "멍청이!" 하고 내 왼쪽 귀에다 소리쳤고, "바보야!" 하고 오른쪽 귀에다 소리쳤다. 그녀의 냄새는 나중에 내가 미국에서 학적등록을 할 때 만난 신입생들과 비슷했다. 그 정신 나간 계집아이들은 사무실에서 호호깔깔 웃으며 다양한 향기를 풍겼는데, 어떤 사람은 초콜릿 냄새 같았고, 어떤 사람은 막 화로에서 꺼낸 프랑스 크루아상 같은 냄새였으며, 또 어떤 사람은 아직 활짝 피지 않은 목련처럼 희미한 신 냄새를 띤 꽃향기를 풍기고 있었다. 매번 날 만나면 그녀는 항상 희미한 미소를 지으며 말했다. 너 이 나쁜 녀석 또 왔구나. 그런 후 뜯어진 내 단추를 꿰매주었다. 그 무렵 난 늘 배수관을 타고 그들에게 갔기 때문에 단추가 떨어지는 것을 피할 수 없었다. 나중에 난 단추를 구리철사로 옷에 단단히 동이고 옷 안쪽에 강철 줄로 고정했다. 이렇게 하자 단추는 더이상 떨어지지 않았다. 그때 나는 겨우 열대여섯살이었고 아직은 어린아이였다.

두부공장에서 ×하이잉이 내게 색깔 성씨 대학생에 대한 모든 것을 꼬치꼬치 캐물어서 난 그녀에게 이렇게 말했다. 난 그녀의 성도 무엇인지 기억나지 않고, 이름도 무엇인지 몰라요. 난 그녀와 그저 키스했을 뿐이에요. 이런 간략한 설명은 그녀를 오리무중에 빠뜨렸다. 어떤 때 그녀는 이렇게 말하기도 했다. 너와 색깔 성씨 대학생이 다른 사람에게 이야기할 수 없는 일을 분명히 한 적이 있기에 말을 하지 못하는 거로군! 난 이 말을 듣고 아무런 느낌도 없었다. 또 어떤 때에는 그녀가 이렇게 말하기도 했다. 처음부터 그런 사람이 없는데 네가 지어낸 것이니 계속 말할 수 없는 거로군. 나는 이 말을 듣고 여전히 아무런 느낌도 없었다. 나는 이야기를 만들어내는 사람으로서 써스펜스를 제작하는 대가이고, 이미 작고한 히치콕과 견줄 만했다. 난 더이상 아무 이야기도 안했지만 이미 조금은 해버렸다. 그렇게 해버린 말을 다시 주워담을 수는 없었다.

　사실 나와 그 색깔 성씨 대학생은 키스에만 그치지는 않았다. ──물론 난 당연히 그녀의 성이 무엇이고 이름이 무엇인지 기억했다. 하지만 어디에서 기억했는지 모르겠다. 지금은 생각이 나지 않는다. ── 그녀는 1968년 내내 학교에 있었다. 그때 '펜으로 만든 무기'는 이미 전부 전멸해버려 단지 그녀와 나만 그물에서 달아난 물고기였다.

　우리 마을에는 그때 수많은 홍위병 파벌이 있었다. '펜으로 만든 무기'는 아주 작은 일파여서 무력을 사용할 때에도 종종 포위되는 상태에 처하곤 했다. 하지만 나중에 그들은 가장 재수가 안 좋았는데, 우두머리는 잡혀 징역형을 받았고, 배치 때 모든 사람이 두메산골로 보내졌다. 이는 그들 일파에서 때려죽인 사람이 가장 많았고 파괴한 물건도 가장 극심했다는 총결산 때문이었다. 이 두가지 일은 모두 나와 관련되어 있었다. 우리는 그 건물에 구멍을 가득 뚫었고 본래 있던 통로와 문과 창을 완전히 없애버렸다. 또한 그들은 한편으로는 부수고 한편으로는 견고하게 만들어 결국 20세기 주택 건물을 15세기의 성으로, 심지어 동아프리카 초원에 있는 흰개미굴로 탈바꿈시켜버렸다. 나중에 그것을 본래의 모습으로 되돌릴 때에는 처음 건물을 지었을 때보다 세배가 넘는 돈이 들었다. 나중에 상부에서 그들을 모아 학습반을 만든 뒤 그들에게 누가 그렇게 했는지 보고하라고 했지만, 그들은 내 이름을 말하지 않았다. 말해봤자 믿을 사람이 없을 것이기 때문이었다. 난 일찌감치 그들에게, 내가 여러분 싸움을 돕기는 하지만 모두 여러분 자신들의 일입니다,라고 말했다.

　당시 상부에서 파견한 사람들은 학교에 머물면서 무장투쟁 대오를 모두 해산시켰고, 우두머리를 붙잡아갔다. 그리고 다른 사람들의 경우엔 가두어놓고 학습반을 만든 뒤 무장투쟁 중에 사람을 죽인 일에 대해 조사했다. 그녀 한 사람만 바깥쪽에 남아 시골로 보내질 날을 기다리고 있었다. 이는 아마 상부에서 여자는 사람을 때려죽이지 않았을 것이라고 여겼기 때문일 테니, 지도자들은 정말로 상상력이 부족하다. 나중에 그녀는 종종 나를 찾아와 함께 수영하러 가자고 했다. 그녀는 집 안으로 날 찾아오는 것이 쑥스러워 건물 밑에서 자전거 옆에 서서는 자전거 벨을 울려댔다. 수영을 할 때 그녀는 나에게 이렇게 말했다. 우린 어른들이 집에 없기만 하면 소란 피우는 도깨비 같아. 이제 어른들이 집에 돌아왔으니 우리를 혼내주겠지. 난 "맞아 맞아" 하고 응답했지만 마음속으로 이렇게 생각했다. 그건 너희들 일이니까 날 끌어들이지 마.

8

난 여자들에게 높은 기대를 하지 않았다. 하지만 색깔 성씨 대학생은 예외였다. 이유는 알 수 없지만 난 항상 그녀가 프랑스의 절세가인인 뒤라스처럼 『연인』이라는 책을 써야 한다고 생각했다. 만일 소설을 쓰지 않는다면 유사한 일을 해야 한다고 생각했다. 왜냐하면 그녀는 ×하이잉과 달리 감성의 천재였기 때문이다. 그런 일은 남자들이 할 수 없는 일이다. 그런 일은 우리의 오락이 아니기 때문이다. 하지만 그녀는 다른 사람들처럼 날 실망시키기만 했다. 그녀마저도 스스로 타락해버렸으니 나는 다른 사람들에게는 감히 어떠한 기대도 할 수 없었다.

그해 봄에 나는 종종 색깔 성씨 대학생과 운하 옆으로 수영하러 가곤 했다. 그때 그곳은 무척 황량했고 곳곳이 잡초로 우거져 있었다. 봄날의 물은 푸르렀다. 나와 색깔 성씨 대학생 사이에는 말이 많지 않았다. 그녀는 수풀 속에서 옷을 갈아입을 때 내게 바깥쪽에서 망을 보도록 했다. 색깔 성씨 대학생은 피부가 하얬고 음모가 성겼으며 회색의 음순은 망아지의 입술 같았고 유방은 매우 풍만했다. 옷을 벗을 때의 모습은 마치 알맞게 삶은 달걀의 껍데기를 벗겨서 흰 알을 드러내는 것 같았다. 특히 단단한 껍질 같은 브래지어를 떼어낼 때에는 더욱 그러했다. 희뿌연 수풀 속에서 그녀는 백색의 기적이었다. 그리고 그 거추장스러운 옷을 막 벗었을 때 그녀의 몸은 한줄기 시큼하고 달달한 소식을 전해주었다. 내가 옷을 갈아입을 때 그녀는 내가 당나귀로 불리게 된 그 물건을 가끔 뚫어져라 바라보았지만 아무런 감정도 드러내지 않았다. 물에 들어간 우리는 쉬지 않고 수영했다. 한번 수영을 하면 강 이쪽에서 저쪽까지 열 몇번씩 왔다 갔다 했다. 그런 다음 강기슭으로 기어올라와 하늘이 어두워질 때까지 강가에 앉아 있었다. 색깔 성씨 대학생의 입술은 보랏빛으로 변했고 머리카락은 기름을 발라놓은 것 같았으며 눈은 기름을 가득 채워넣은 것처럼 반짝였다. 우리 두 사람은 서로 잘 알지 못했지만 서로를 필요로 했다. 그녀는 수영하러 오지 않으면 불안하다고 했다. 나는 그녀의 마음이 뒤숭숭하기 때문에 그럴 것이라고 생각했다. 그녀는 또 내가 대여섯살밖에 안 먹은 아이 같아서 나와 함께 있으면 꽤 쑥스럽다고 했다. 하지만 난 그것을 좋은 현상으로 여겼다. 나이가 어리다는 것은 몇년 더 살 수 있다는 말인데 나쁠 게 뭐 있겠는가?

난 색깔 성씨 대학생과 나란히 가슴을 쭉 펴고 수풀 속에 앉았다. 내게는 오랜 시간 단련한 커다란 가슴 근육이 있었고 그녀에게는 윤기 흐르는 부드러운 유방이 있었다. 유두가 분홍빛을 띠고 위쪽으로 오뚝 내밀어져 있었다. 얼마 후 그녀가 내 명치를 토닥거리며 말했다. "됐어. 비교하지 마. 모두 훌륭해."

나와 색깔 성씨 대학생은 하늘이 어두워질 때까지 수영했다. 하늘이 어두워지고 멀리서 등불이 가물거리니 강물은 반짝이는 기름 같아졌다. 그녀는 내게 자신을 안아달라고 했고, 난 그녀를 안고 어둠속에서 그녀의 냄새를 맡았다. 저녁때 그녀의 몸에서는 따스한 냄새가 났다. 잠시 후 내가 말했다. 집에 가야 해. 얼마 후 우리는 자전거를 타고 돌아왔다. 그 계절에 저녁 바람은 따스했다. 마치 여름날 어두컴컴하고 투명해 보이는 작은 개울물에 들어가면 뜻밖에 따스함을 느끼는 것처럼 따스했다. 마을이 가까워지자 사람 소리가 어렴풋이 들렸다. 만일 내가 어떤 다 큰 아가씨와 함께 있는 것을 아버지가 알았더라면 분명 나를 늘씬 두들겨팼을 것이다. 그녀가 열여섯살 먹은 남자아이와 어울린 사실을 다른 사람들이 알았더라면 배꼽 빠질 듯이 웃었을 것이다. 하지만 아버지에게 왜 나를 때리느냐고 묻거나 사람들에게 왜 배꼽 빠질 듯이 웃느냐고 물으면 누구도 대답을 하지 못할 것이다.

색깔 성씨 대학생이 뒤라스와 같은 재능을 가지고 있어 『연인』이라는 책을 써낼 수 있다면 이렇게 적을 것이다. 자신의 연인은 어린 녀석이고 근육이 단단하며 얼굴과 몸(어깨, 팔뚝, 허벅지)에 검은 털이 나 있었는데, 그 털은 배냇머리 같기도 하고 솜털 같기도 하며 자신이 나중에 머리가 벗겨진 남편에게 101발모제를 발라준 후 정수리에서 솟아난 그 잔털 같기도 했다. 나이는 겨우 열여섯살밖에 안됐는데 남성은 당나귀와 닮았다. 강가에 서 있을 때 두 다리를 벌린 채 가슴을 내밀고 배를 거두어들이면(내가 일부러 그런 것이 아니라 체조팀에서 코치에게 훈련받은 것이다), 건강한 힘이 넘치는 작은 발바리 같았다. 그녀는 자신의 연인의 눈이 검은빛이었지만 때로는 죽은 잿빛으로 변하기도 했다고 언급할 것이다. 그녀는 또 사람이 없는 조용한 강가와 가시나무가 어지럽게 우거진 작은 수풀, 곳곳에 있는 단단한 흙덩이에 대해서도 언급할 것이다. 때때로 그녀는 그를 수풀 속으로 끌고 들어가 그의 얼굴을 그녀의 축축한 음모 위로 오도록 했다. 이 점을 설명하면, 우리는 좋은 책을 읽지 못할 운명인 것이 아니라 그녀들이 쓰지 않으려 했거나 누군가가 그녀들에게 쓰지 못하도록 했던 것이라고 할 수 있다. 만일 후자의 상황이라면 그것은 내가 혁명시대에 가진 생각, 즉 그런 일은 수준이 너무 낮다고 여기는 생각을 가졌기 때문이다.

색깔 성씨 대학생은 그녀의 『연인』에서 자신의 연인이 물속에 있을 때면 몸에 난 털들이 모두 떠올라 마치 정전기가 인 것 같기도 했고 희미한 민들레 같기도 했다고 말할 것이다. 초봄의 물은 푸르고 매우 투명하다. 하지만 이때의 물은 차게 느껴지지 않는다. 물속에서 나오면 모든 것이 푸르고 매우 투명하게 느껴지게 된다. 때로는 그녀 혼자 다리 위로 올라가 물속으로 뛰어들기도 했다. 그런 때 그는 여전히 진지했고 작은 발바리 같았다. 나중에 그녀가 이 일을 회상하더라도 꼭 그런 무성無性의 섹스 때문에 후회하지는 않을 것이다. 정말로 후회한 사람은 나였다.

색깔 성씨 대학생은 때때로 나를 관목숲으로 끌고 들어가 내 손을 그녀의 벌거벗은 유방 위에 얹도록 하고는 눈을 감고 햇볕을 쬐었다. 난 손을 그곳에 얹은 채 꼼짝도 하지 않는 것이 스스로 책임을 다하는 것이라고 여기며 버터 냄새 찾는 일에만 골몰했다. 그 냄새는 겨드랑이와 젖꼭지에서 특히 강렬하게 났다. 난 코를 그 부분까지 들이댔다. 예를 들면 코로 유방을 위쪽으로 들어올리거나 겨드랑이 털이 듬성듬성 난 곳까지 코를 가져갔다. 물에서 막 나오면 코가 차가워 더욱 발바리 같아졌다. 이때 색깔 성씨 대학생은 꽤 황당하다고 여겼다. 하지만 나중에 그녀는 다시 생각했다. 알게 뭐야. 황당할 테면 황당하라지 뭐.

나는 색깔 성씨 대학생의 아랫배 밑에서 나는 싸늘한 청향淸香 내음도 맡을 수 있었다. 하지만 그곳까지 다가가서 냄새를 맡기에는 쑥스러웠다. 그건 아직 눈도 뜨지 못한 작은 강아지가 맛있는 간식거리 냄새를 맡고도 감히 먹지 못하는 경우와 같았다. 강아지 입장에서는 세계는 금기로 가득하고 언제 커다란 개에게 물릴지도 모르는 일이다. 내게 싸움은 그야말로 식은 죽 먹기여서 배우지 않아도 할 수 있는 일이었다. 하지만 섹스에 대해 배우려면 여전히 많은 시간이 필요했다.

어린 시절 난 높은 담을 기어올라 용광로 원통 안으로 들어가서 바닥에 돗자리가 깔려 있는 것을 보았고 또 섹스를 한 흔적도 보았다. 현장의 상황을 통해 여자는 분명 용광로 벽에 등을 기댄 채 힘겹게 다리를 들어올리고 있었으리란 것을 어렵지 않게 추측할 수 있었다. 이는 영락없이 미켈란젤로의 유명한 조각 「밤」의 모습이다. 남자는 아마도 다리 하나는 구부리고 하나는 뻗은 자세였을 텐데 이 자세는 속칭 개 오줌 누는 자세이다. 그리고 그 뻗은 다리는 아주 쭉 뻗을 수도 없었을 것이다. 안 그러면 똥을 밟게 되는 상황에 직면할 수도 있기 때문이다. 난 그렇게 되면 너무나 비참할 것이라고 생각한다. 만약 당신이 이 말에 동의하지 않는다 할지라도, 최소한 이러한 상황에서 그 일을 하는 것이 또 무슨 의미가 있을까라는 말에는 동의할 것이다. 나와 색깔 성씨 대학생이 그 일을 하려고 할 때 내 마음속에서는 용광로 안의 그 모습이 떠올랐다. 그때 난 그녀의 어깨(그녀의 어깨는 아주 도톰했다)를 껴안고 내 얼굴을 그녀의 풍만한 가슴에 파묻고 있었는데 갑자기 그녀의 몸 뒤에 용광로 원통이 있는 것처럼 느껴졌다. 한가닥 비참한 느낌이 마음속에서 솟아나 자제력을 상실해버리고 말았다. 이런 것을 기술적인 면에서는 조루라고 한다. 또 꼭 말해야 할 일이 하나 있다. 색깔 성씨 대학생은 처녀였기 때문에 더욱더 어려움이 있었다. 어쨌든 이 일은 날 너무나 의기소침하게 했고 또 내가 젖은 이불이라는 사실을 드러내버렸다. 하지만 색깔 성씨 대학생은 오히려 웃으며 말했다. 네가 나를 지저분하게 만들었네! 그러더니 다시 말했다. 내가 혼자 스스로 해볼게. 너 보고 싶지 않니?

1968년 봄날의 그 저녁에 난 색깔 성씨 대학생에게 매우 탄복했다. 하지만 그런 탄복은 그때가 처음이 아니었다. 최소한 1967년 가을까지 거슬러올라갈 수 있다. 그때 우리 둘은 하이덴전에 다빙을 사러 갔는데, 백주대낮에 길 한가운데서 하수구 뚜껑을 열고 땅속에서 밖으로 나왔다. 어느 때든지 예쁜 아가씨가 이런 방식으로 사람들 앞에 나타난다면 아주 특이한 현상일 것이다. 게다가 그렇게 오랜 시간 하수구를 지나온 그녀에게는 더러움 속에서도 깨끗함을 유지할 수 있는 방법이 있었다. 그래서 많은 사람들이 그녀를 둘러싸고 구경했다. 하지만 그녀는 주위에 아무도 없다는 듯이 태연하게 식당 안으로 들어가 브래지어 속에서 돈을 꺼내 다빙을 샀다. 그런 후 다시 주위에 아무도 없다는 듯이 태연하게 하수구 속으로 들어갔다. 돈도 없고 식량표도 없을 때 그녀는 진지한 얼굴로 거리로 나가 사람들에게 이야기하곤 했다. 그녀는 사람들에게 몇십명이 건물 안에 갇혀 있는데 밥 먹을 돈이 없다는 이야기를 했다. 돈을 받으면 사람들에게 달콤한 미소를 지으며 말했다. 고마워요. 정말 친절하시네요. 내가 아는 거지라고 칭해지는 사람들 중에서 가장 체면을 차리는 사람으로 그녀를 꼽을 수 있다.

나중에 색깔 성씨 대학생은 내게 수풀 밖에서 그녀를 위해 망을 보라고 하고는 스스로 일을 치렀다. 그때 하늘은 이미 거의 깜깜해져 수풀 밖에서는 흐릿한 흰 그림자만 볼 수 있었다. 하지만 소리는 다 들렸고 또 짙은 시큼한 꽃향기도 맡을 수 있었다. 난 하늘과 땅이 뒤집히는 듯한 느낌을 받았다. 색깔 성씨 대학생이 수풀 속에 누워 있었을 때 몸은 눈같이 희었지만 윤곽은 분명하게 보이지 않았다. 저녁에 집에 돌아오기 전 그녀는 내게 단추가 네개 있는 브래지어 차는 것을 도와달라고 했다. 브래지어는 흰색 천으로 되어 있었는데 윗면이 실로 여러번 누벼져 있어 내가 보기에는 양말 바닥 같았다. 이런 것을 그녀는 여럿 가지고 있었는데 모두 같은 모양이었다. 어떤 것은 너무 작아서 차고 나면 마치 머리에 아주 작은 모자를 쓴 것처럼 흔들거렸다. 어떤 것은 너무 커서 차면 주름이 졌다. 그녀의 팬티는 마치 밀가루 포대 같았다. 결론적으로 말하자면 그것은 아주 형편없어서 입었다고는 할 수 없고 뒤집어썼다고 해야 맞을 것이다. 벗을 때에도 벗는다고는 할 수 없고 그녀의 몸에서 흘러내린다고 해야 맞을 것이다. 악취가 하늘을 덮는 시기에 만약 흙탕물에서 나와도 더러워지지 않은 것이 있다고 한다면 그녀가 그중의 하나일 수 있다.

난 색깔 성씨 대학생의 몸 위에 누웠을 때 그녀가 싱싱한 꽃잎처럼 서늘하면서도 시큼한 향기를 뿜어내는 것 같다고 느꼈다. 그녀의 유방은 아주 아름다웠으며 몸도 아주 건강했다. 땅바닥에 오래 누워 있으면 바닥에 있는 나뭇조각이나 풀 같은 것이 들러붙곤 했다. 시간이 이렇게 많이 흐른 뒤 다시 생각해보니 그녀의 몸은 커다란 cheese처럼 조밀하고 치밀해 힘껏 착 붙이면 접착력이 생길 것처럼 느껴졌다. 그래서 가볍게 쓰다듬어서는 안되고 손을 위에 단단히 대고 있어야 했다. 그때 난 아주 정확하게 그렇게 했다. 그녀는 내게 여자가 무엇인지 가르쳐주었다. 여자는 세계의 유일한 기적은 아니지만 이조차 모른다고 하면 더욱더 헛산 것이다.

얼마 후 그녀는 수풀 속에서 뛰어나와 말했다. 가자, 집에 가자. 그리고 내 머리를 감싸안았다. 이때 난 시합에서 진 수탉 같았고, 그녀의 앞에서는 그저 발바리에 불과하다고 여겨져 의기소침했다. 그런 좌절을 겪은 것이 내게는 아주 큰 도움이 되었다. 왜냐하면 나는 천성이 매우 교만했기 때문이다. 나중에 난 자신이 발바리이고 젖은 이불이라는 사실을 늘 기억하면서 잊지 않았고, 그렇게 해서 교만하다는 단점이 아주 많이 개선되었다.

나중에 색깔 성씨 대학생은 단련을 위해 시골로 보내졌다가 도시로 돌아와 결혼하고 아이를 낳았다. 이러한 일들을 할 때 그녀는 하수구에서 나올 때처럼 어려움이 닥쳐도 놀라지 않았다. 그녀는 마음속에서 발바리 같은 그 사내아이를 항상 기억했다. 이는 여성의 이야기로서, 써놓으면 내가 알아볼 수는 있겠지만 나와는 관계 없는 일이다. 그리고 난 남성이어서 머릿속이 온통 화력전, 백병전, 돌격, 축성 같은 개념들로 가득 차 있었다. 비록 그녀와 친밀할 때 흥분되긴 했지만, 마음속으로는 찝찝해 제대로 사람 구실을 할 수가 없었다. 마치 간염에 걸려 비곗살을 먹을 수 없을 때처럼 말이다. 혁명시대가 성욕에 끼친 영향은 바로 간염이 식욕에 끼친 영향만큼이나 컸다.

제6장

1

　만일 내가 기억을 잃어버린 사람이고 1974년 여름날의 그 밤을 기점으로 해서 조금씩 기억을 찾아간다고 가정해보면, 그때 왕얼이 본 것은 대략 스물세살이고 온몸은 벌거벗고서 종려털 침대보가 깔린 침대에 누워 있는 담황색 피부의 여인이다. 그녀는 인디언 여인처럼 두갈래로 머리를 땋았는데 정중앙에서 가르마를 타 양쪽으로 나누었다. 나중에 왕얼은 종종 그녀의 집에 갔으며, 그녀가 머리를 감을 때마다 반드시 빗으로 머리를 꼼꼼하게 양쪽으로 나누어 가르마가 정수리 정중앙에 오도록 하는 것을 보았다. 마치 예리한 칼을 사용해 이곳에서부터 몸을 나눈다면 좌우 양쪽이 완전히 같은 무게임을 보증하는 표시를 남기려는 것 같았다. 머리를 빗을 때 그녀는 항상 나체로 전신거울을 마주하며 앞쪽의 가르마와

두 다리의 중앙을 맞추고 뒤쪽의 가르마와 엉덩이의 중앙을 맞추었다. 나중에 왕얼은 어스름한 등불 아래서 그녀에게 다가가 그녀의 머리카락이 짙은 갈색이고, 눈썹이 위쪽으로 포물선을 그리고 있으며, 눈이 약간 노란빛을 띠고 있고, 동공이 원형이 아닌 세로로 타원형이라는 사실을 발견했다. 그녀의 유두 색깔은 다소 짙었지만 그녀는 그가 자세히 보는 것을 허락하지 않고 침대보를 끌어당겨 가슴을 가려버렸다. 그 여인은 입술이 도톰했고 광대뼈가 매우 높았으며 손이 상당히 컸고 손등에는 정맥이 드러나 있었다. 그녀는 바로 ×하이잉이었다. 왕얼은 그녀가 구리로 만들어진 것 같다고 생각했다. 몇분 전에 그들 둘은 한 사람은 침대 머리맡에서, 다른 한 사람은 침대 발치에서 각각 옷을 벗었다. 한마디도 하지 않았지만 그녀는 키득키득 웃음소리를 냈다. 그녀가 겉옷을 벗을 때 몸에서 파팍팍 하고 파란 불꽃이 튀었고 왕얼이 그녀를 건드릴 때 살짝 전기가 오기도 했다. 그후 그들 두 사람은 일을 치렀다. 그는 그녀와 접촉할 때 조금도 흥분되는 느낌이 없었다. 전기에 살짝 감전된 느낌보다도 강렬하지 않았다. 하지만 성교를 할 때 힘은 충분했다. 아니면 오래도록 전투를 치렀어도 전혀 피곤하지 않았다고 할 수 있다. 하지만 그 점은 더이상 의미가 없다.

왕얼은 ×하이잉과 그 일을 치를 때 마음속에서 약간 떨떠름한 느낌이 있었다. 이번이 처음이 아니라 이미 천번째 혹은 만번째는 된 듯했다. 그때 침대 머리맡 위에는 그녀의 속옷, 즉 선홍색의 삼각 메리야스 팬티가 걸려 있었다. 그 방에는 아주 작은 북향 창문만 있었는데, 매우 높은 곳에 나 있었고 창문에 쇠창살이 설치되어 있었다. 방에는 습기와 먼지 그리고 곰팡이 냄새가 가득했다. 자그마한 쥐며느리 몇마리가 바닥을 기어다녔다. 바닥에는 새끼줄로 묶은 상자 몇개가 놓여 있었는데 외지에서 막 옮겨온 것 같았다. 그리고 W 형태의 붉은색 필라멘트가 들어 있는 대략 15와트쯤 되는 전능이 희미하게 켜져 있었다.

왕얼은 ×하이잉과 그 일을 하기 전에 그녀의 냄새를 한번 맡아보았다. 그녀의 몸에서는 희미하게 양고깃국 냄새가 났다. 아마 차오거다를 너무 많이 먹었기 때문일 것이다. 두부공장 입구에 있는 그 작은 가게는 이슬람 음식점이어서 채소를 볶을 때 늘 양고기 기름을 사용했다. 하지만 그 기름은 신선했고 매우 경미했기 때문에 냄새가 결코 고약하지는 않았다. 그날 저녁 방에는 15와트 전등 하나만 있어서 조명이 어스름했다. 그녀는 아래턱이 약간 풍만했고 오른쪽 귀밑에 작은 점이 하나 있었다. ×하이잉은 줄곧 멍청하게 낄낄거리는 모습이었다. 내가 말한 이러한 것들은 모두 말 이상의 중요성이 있다. 그녀는 키가 크고 늘씬했고, 가르마를 정중앙으로 탔으며, 양쪽으로 머리를 땋았고, 낡은 군복을 입었다. 그녀는 혁명 시대에 당연히 간부가 될 수 있었다. 이는 그녀가 마음으로 어떻게 생각했든, 그녀가 하고 싶었든 그렇지 않았든 상관없었다. ×하이잉의 말에 따르면 그녀는 어려서부터 그렇게 몸단장을 했고 어려서부터 간부를 했다고 한다. 그녀가 어느 곳을 가든지 간에 사람들은 늘 그녀에게 간부를 맡겼다. 왕얼처럼 오척 단신에 봉두난발이고 검은 가죽옷을 입은 사람은 절대로 간부가 될 수 없었다. 나중에도 왕얼은 과연 간부를 하지 못했다.

만일 ×하이잉이 기억을 잃은 사람이고 1974년 여름날의 그 밤에서부터 기억을 찾아간다고 가정해보면, 그녀는 추악한 모습에 온몸이 털로 가득한 작은 사내가 자신의 몸 위로 기어오른 일을 기억할 것이다. 그 순간 쐐기처럼 기억 속으로 파고든 상상과 진실이 하나로 연결될 것이다. 나중에 그녀는 종종 그의 똘똘이를 쥐고 이리저리 살펴보면서, 흐물거릴 때에는 기다란 가지 같고 딱딱할 때에는 절굿공이 같은 이런 것이 세상에 또 있을까 하고 놀라곤 했다. 그것은 너무나도 보기 흉했다. 정면에서 보면 감고 있는 눈 같고, 옆에서 보면 막 태어난 쥐 같았다. 어려서부터 어른이 될 때까지 그녀는 그것을 보고 싶다는 생각을 한 적이 없었다. 그래서 그것은 극악무도한 나쁜 놈들의 몸에만 있는 거라고 상상할 수 있을 뿐이었다. 어려서부터 어른이 될 때까지 그녀는 맞아본 적도 없고 굶어본 적도 없으며 선생님에게 돼지라는 말을 들어본 적은 더더욱 없었다. 그래서 그녀는 이러한 일들이 너무나 신기하게 느껴졌다. 그녀는 자신이 막 혹독한 고문을 받았고 강간을 당했으며 모든 고통을 참고 그 누구도 팔아넘기지 않은 사람처럼 느껴졌다. 하지만 대면하고 있는 이 작은 사내는 오히려 원래부터 혹독한 고문도 없었고 강간도 없었다고 했다. 그는 또 그녀에게 누군가를 팔아넘기라고 할 생각도 없다고 했다. 이건 그야말로 그녀의 머리 위에 찬물을 끼얹은 일이었다.

이 작은 사내의 얼굴은 도끼로 찍은 것 같았고 눈 아래의 광대뼈에는 검은 털이 가득했으며 피부는 하얬다. 이 남자는 바로 왕얼이었다. 그가 옷을 모조리 벗으니 온몸의 검은 털이 드러났다. 이는 ×하이잉의 마음에 놀람과 기쁨의 감정을 가득 채워주었다. 그녀는 왕얼에게 그의 모습이 자신으로 하여금 쉽게 그를 나쁜 쪽으로 생각하게 만들고 자신을 좋은 쪽으로 생각하게 만든다고 했다. 그녀는 왕얼에게 그가 자신을 강간했다고 말했다. 그는 듣기 싫었다. 그녀는 또 그가 자신을 유린했다고 말했다. 그는 이렇게 말했다. 만일 당신이 우긴다면 그렇게 말하지 못할 것도 없죠. 그러자 그녀는 한술 더 떠서 그가 참혹하게 자신을 유린했다고 말했다. 이 말도 그는 듣기 싫었다. 우리 둘은 간통했다, 혼전동거를 했다 등과 같은 그밖의 다른 말은 모두 그녀가 듣기 싫어했다. 이 말을 한 그의 뜻은 이 일이 발각되어 지도부가 추궁하면 둘이 함께 책임져야 한다는 것이었다. 사실 이는 매우 계산적인 생각이었다.

이 일은 또 나의 일이기도 했다. 그리고 일이 이렇게까지 발전된 것을 나 자신조차도 믿을 수가 없었다. 난 그녀를 깊이 증오하면서 말도 하기 싫어하지 않았던가? 그녀는 나와 색깔 성씨 대학생 사이의 일을 추궁했고 듣고 나서는 "정말 역겨워"라고 하지 않았던가? 만일 이전의 일이 모두 사실이라면 내가 보고 있는 눈앞의 모든 것을 설명할 방법은 하나밖에 없다. 즉 누군가 이 모든 것을 공들여 준비하고 ×하이잉을 보냈는데, 그 목적은 나를 미쳐버리게 하려는 데 있다는 것이다. 내가 이러한 설명을 믿는 순간 난 이미 미쳐버렸을 것이다. 난 정상적인 이성을 가지고 있다. 다시 말하면 어떤 생각이 미친 생각인지를 안다는 말이다. 그럼에도 불구하고 여전히 그런 쪽으로 생각하려고 했다. 이 일은 내가 혁명시대를 살았기 때문이라는 것밖에는 설명할 도리가 없다.

이 일이 있기 전에 나는 그녀가 나를 때리고 싶어했다는 것을 기억하는데 도대체 그 이유가 무엇인지는 잊어버렸다. ×하이잉이 나를 때리려고 했을 때 난 그녀의 손목을 잡았다. 그리고 그녀의 겨드랑이 아래를 거쳐 등 뒤로 그녀의 손을 꺾으면서 그녀의 허리를 활처럼 휘어지게 눌러버렸다. 그때 난 그녀의 목 뒤 피부가 붉어지고 몸 전체가 부들부들 떨리는 것을 보았다. 내가 놓아주자 그녀는 다시 귀까지 새빨개지면서 웃으며 달려들었다. 이 일은 정말 내가 예상치 못한 일이었다. 왜냐하면 나는 눈앞에서 벌어지는 일이 웃기는 일이라고 전혀 생각하지 못했으며 뭐가 우스운지는 더 더욱 알지 못했다. 그래서 그녀를 막아내고 나서 잠깐 쉬자고 했다. 우리 두 사람은 잠깐 앉아서 쉬었지만 여전히 나는 어떻게 된 일인지 생각해낼 수 없었고, 나 자신이 조각조차 할 수 없는 썩은 나무가 되어버렸다고 여겼다. 그동안 그녀는 계속 웃었으나 웃음소리는 내지 않았다. 그런데 그녀의 모습은 우는 것이라고 해도 괜찮았다.

이후 그녀는 나를 좁은 방으로 데리고 들어갔으며 스스로 옷을 벗었다. 이 행동은 내 마음속의 의혹을 종결시켰다. 난 드디어 우리가 무엇을 하려고 하는지 알았다고 생각했다. 내가 그쪽 방면으로 약간의 경험이 있어서 그녀를 도와주려고 다가갔지만 그녀는 나를 밀어내며 "내가 할게"라고 했다. 말투는 여전히 다소 사나웠다. 이로 인해 난 한쪽에 가서 서 있는 멍청이가 되어버렸다. 그녀는 붉은 팬티만 남겨놓고 모두 벗은 뒤 침대로 올라갔다. 그리고 커다란 엑스자 형태를 그리며 눕더니 눈을 감고 말했다. "이리 와, 나쁜 자식아! 나쁜 자식아, 이리 와!" 그녀는 이렇게 회체문回體文[36] 같은 말을 횡설수설 떠들어댔고 난 계속 멍청하게 서 있었다. 갑자기 그녀는 매우 아픈 듯이 목에서 신음소리를 냈다. 하지만 곧 고개를 들더니 강인한 모습으로 종려털 침대보 위에서 사지를 단단히 버티었다. 결론적으로 말해 그 모습은 너무나도 괴상했다. 그 일은 5월 초 어느날에 '보조교육'을 받던 청년과 공청단 지부서기 사이에 일어났다. 난 이러한 일을 드문 일이라고 할 수 없다고 생각한다. 중국 전체에 너무나 많은 여성 공청단 지부서기가 있고 너무나 많은 보조교육을 받는 남자 청년이 있었을 테니 이러한 일이 여럿 생기

---

36 앞에서부터 읽거나 뒤에서부터 읽거나 동일한 문장.

286

는 것은 어쩔 수 없을 것이다. 확률과 수리통계를 배운 사람으로서 난 분명히 알 수 있다. 하지만 앞에서 말한 사건 당사자의 한 사람으로서 왜 이런 일이 일어났는지는 전혀 알지 못한다.

2

1974년 여름의 그날 저녁에 발생한 일은 또 있었다. ×하이잉은 주름이 쭈글쭈글한 니트 조끼를 입고 있다가 벗고서 급히 베개 밑으로 파고들었다. 왕얼은 그녀가 항상 낡은 군복을 입고 있었기 때문에 그녀의 피부도 약간 푸르스름하다고 여겼다. 자신이 그를 때리려고 한 일에 대해서 그녀는 이렇게 설명했다. 넌 항상 내게 멍청한 체했어! 하지만 왕얼은 자신이 멍청한 체했던 일을 조금도 기억할 수 없었다. 이런 일은 하나씩 생각해야만 기억나는 법이다. 어쩌면 그는 멍청한 체했던 것이 아니라 본래 멍청한 사람인지도 모른다. 그녀 집에 있는 침대에서 왕얼은 반은 무릎을 꿇고 반은 앉은 자세를 하고서 두 발은 엉덩이 아래에 두고 무릎을 벌린 채 손을 무릎 위에 두는 것을 좋아했다. 그럴 때면 사람 전체가 마치 잘 만들어놓은 종이꽃이나 터진 솔방울처럼 밑(왕얼의 엉덩이)에서 다양한 것들이 터져나올 것 같았다. 그의 상체, 그의 접은 다리, 그의 음모와 음경(그것들은 시커먼 둥우리였다), 모든 것 하나하나가 팽팽하면서 꼿꼿했다. 때가 되면 둔했든 멍청한 체했든 간에 모두 끝난다. 복권에 당첨되면 늘 이런 식이었다. 어린 시절 밖에 있다 집으로 돌아왔을 때 화난 눈을 부릅뜬 아버지가 나를 맹렬히 덮치면 심장이 멈춰버릴 것만 같았다. 비록 그의 환심을 사기 위해서 무감각하게 몇번 울어야 했지만 그래도 맞고 나면 오히려 좋아졌다. 나를 때렸는데 울지 않으면 아버지는 아마 참기 어려웠을 것이다.

왕얼의 가슴팍에는 검은 털이 많이 자라서 작은 공처럼 하나로 단단하게 말려 있었다. 그래서 그의 가슴은 마치 검게 녹이 슨 것 같았다. 한올을 뽑아 손바닥 위에 놓아도 여전히 작은 공이었다. 양쪽 끝을 잡아당기면 구불구불한 실로 변했다가 손을 놓으면 다시 오그라들었다. 그래서 모든 털 하나하나에 생명이 있는 것 같았다. 밤에 왕얼이 침대에 누우면 ×하이잉이 그의 가슴을 가리키며 묻곤 했다. 할 수 있어? 그가 가슴을 한번 두드리면 그녀는 머리를 가슴에 베고 땋은 머리를 왕얼의 배 위에 얹었다. 그녀가 머리끝으로 그곳을 쓸면 그는 발기했고 발기를 하면 섹스를 했다. 그 물건은 원래 왕얼의 것이 아닌 것만 같았다. 그녀 집에 있는 그 좁은 방은 아주 답답했다. 섹스할 때 쾌감을 느끼면 그녀는 손으로 얼굴을 가리고 코를 푸는 것 같은 소리를 냈지만 잠시 후에는 사라져버렸다.

그런데 그 일은 또 이런 모습일 수도 있었다. 내가 ×하이잉의 몸 위에 엎드려 있을 때 그녀는 두 눈을 질끈 감고 이를 악물면서 얼굴에는 굳은 지조를 위해 굴하지 않겠다는 표정을 드러냈다. 사지를 벌리고 있었지만 몸을 한번씩 틀었고 목구멍에서는 날카로운 비명소리를 참고 있었다. 그 모습은 하마터면 나를 놀라게 할 뻔했다. 그래서 나 역시 엑스자 형태를 만들어 손으로 그녀의 손목을 누르고 발바닥으로 그녀의 발등을 눌렀는데, 그렇게 하니 마치 그녀를 억누르고 있는 것처럼 보였다. ×하이잉은 몸이 차가웠고 피부는 마치 빛을 발하는 금속처럼 반들반들했다. 일을 치른 후 나 역시 어떻게 이렇게 되었는지 알 수 없었다.

나와 ×하이잉은 그 일을 치른 뒤 침대에서 무릎 꿇은 자세로 가슴을 맞대고 있었다. 그 모습은 약간 닭이 싸움하는 것 같았다. ×하이잉이 침대에서 무릎을 꿇으면 나보다 머리 반 정도가 더 컸다. 그럴 때면 그녀의 유방이 우리 두 사람의 중간에서 밀려 올라와 누구의 것인지 분명히 알 수 없게 되었다. 그것은 어느정도 베이징의 옛 성문에 박혀 있는 장식용 못 같았다. 이러한 일은 정상에 속한다. 하지만 우리 두 사람 사이에 이러한 일이 어떻게 일어날 수 있었는지에 대해서는 여전히 영문을 알 수가 없었다.

나는 ×하이잉과 함께 그녀의 집에서 종려털 침대보가 깔린 큰 침대에 누워 있을 때면 종종 오른손을 뻗어 그녀의 유두를 검지와 중지 사이에 끼우곤 했다. 내 손등에는 검은 털이 많고 심지어 손가락 마디에도 있었다. 그래서 뒤에서 보면 손이 마치 짐승의 발톱 같았다. ×하이잉은 이런 동작을 내려다보면서 몸을 팽팽히 한 채 한마디도 하지 않았다. 하지만 얼굴에는 점점 홍조가 번졌다. 나는 몸에 난 검은 털을 모두 밀어버리고 싶지만 그런 일은 손부터 해야 할 것이다. 손에 있는 털을 밀어내지 않고 몸에 있는 털을 없앤다면 의미가 없다. 오른손으로 왼손의 털을 미는 것은 쉽지만 그 반대로 하는 것은 아주 어렵다. 왼손이 아주 서투르기 때문이다. 두 손 중에서 한 손에는 털이 있는데 다른 한 손에는 없다면 그것은 그냥 남겨놓는 것만 못하다. 사실 손에 있는 털을 없애는 다른 방법이 있기는 하다. 예를 들어 나는 송진을 사용할 수도 있는데, 파라핀을 섞고 녹는점을 낮춰서 녹인 후 손등에 있는 털에 붙였다가 식어서 응고되었을 때 떼어내면 된다. 도살장에서는 바로 이런 방법으로 돼지머리에서 털을 제거한다. 하지만 난 그렇게 자신을 못살게 굴 필요가 없다고 느꼈다. 이러한 일은 내 본성이 상당히 온화하고 선량하다는 사실을 말해준다. 그럼에도 불구하고 그녀의 유두를 집고 있을 때면 나는 자백을 강요하는 듯한 어떤 분위기를 느꼈다. 난 정말 그 분위기를 사실로 만들고 싶었다. 바꾸어 말하면 도대체 누가 그녀를 나에게 보내 나를 농락하게 했는지 따져묻고 싶었다. 하지만 난 참고 묻지 않았다. 그러면 난 미친 사람이 돼버리기 때문이다.

×하이잉은 내가 강도 같다고 했다. 내가 못생겼고 몸에 털이 있는 것 외에도 내가 종종 괴성을 질러댔기 때문이다. 주간반이든 야간반이든, 공장 안에서든 공장 밖에서든, 또는 거리로 나갈 때든 간에 난 갑자기 하늘을 쳐다보며 큰 소리로 울부짖곤 했다. 그래서 내게는 산림으로 패거리를 불러모으는 듯한 그런 분위기가 있었다. 사실 이것은 오해였다. 난 울부짖었던 것이 아니라 노래를 한 것이었다. 아마도 「아이다」를 불렀거나 「카르멘」을 불렀을 것이다. 심지어는 지도부에서 금지한 노래를 불렀는지도 모른다. 하지만 다른 사람들은 당연히 그 노래들 사이에 어떠한 차이가 있는지 구별해낼 수가 없었다. ×하이잉은 그것 때문에 내게 마음을 기울였지만, 이는 혁명시대와 전혀 관계가 없었다. 예로부터 지금까지 유명한 영애와 귀부인들은 모두 강도에게 마음을 기울였다. 우리 둘 사이에는 매우 깊은 오해가 있었는데, 그녀는 나의 강도 같은 모습을 좋아했고 나는 강도 같은 모습을 싫어했다. 왜냐하면 강도는 누군가에 의해 사형이 집행될 것이기 때문이다. 나라는 사람은 목숨을 아주 소중히 여긴다.

사실 ×하이잉은 내게 강도 같다고 하지 않았고 계급의 적 같다고 했다. 하지만 난 이 두 단어의 의미가 별로 다르지 않다고 여겼다. 그녀가 이렇게 말했을 때 난 처음에는 놀라 식은땀이 났다. 이

전에 나는 라오루를 만나거나 ×하이잉이 내게 성가시게 굴었던 것을 순전히 우연으로만 여겼다. 자신이 혁명의 반대쪽 길을 가고 있다는 생각은 전혀 하지 않았다. 나중에 ×하이잉이 나를 위로하며 이렇게 말했다. 괜찮아. 너는 계급의 적 같아 보이기만 할 뿐 결코 계급의 적은 아니야. 그 말을 듣고도 계속 마음이 좀 불편했다.

내가 제대로 이해했다면 계급의 적이 되는 것은 혁명시대에 일등 복권에 당첨되는 일이다. 나는 그 방면의 예를 몇가지 알고 있다. 예를 들어 우리의 한 학우는 1966년에 마오 주석의 동상을 망가뜨리고는 놀라서 온 땅바닥을 마구 구르며 악악 괴성을 질러댔다. 나중에 그는 총살되지는 않았지만 별 차이가 없는 상황이 되었다. 혁명시대를 거친 사람들은 모두들 일등 복권에 당첨되는 것이 당시에는 그 무엇에도 비할 수 없는 가장 충격적인 일이라는 사실을 인정할 것이다.

열서너살이 되었을 무렵 나는 종종 혼자서 이허위안에 놀러 가곤 했다. 나는 늘 조용하고 쓸쓸한 뒷산에 올라갔는데, 당시 그곳은 온통 폐허였다. 숲속으로 들어가니 한쌍의 남녀가 마치 멍청한 싸움닭 한쌍처럼 앉아 있는 것이 보였다. 한두시간이 지나 다시 가보아도 여전히 그 멍청한 싸움닭들이 보였다. 내가 감히 장담하건대 그동안 그들은 한마디도 하지 않았을 것이고 조금도 움직이지 않았을 것이다. 난 그것에 불만을 품고 산 위로 올라가 커다란 돌을 그들이 있는 방향으로 굴렸다. 그러고는 그 자리에 납작 엎드려 그들이 산에 올라와 내게 따지기를 기다렸다. 한참을 기다렸지만 그들은 오지 않았다. 그래서 다시 산을 내려가 본래의 장소에 가서 보니 그들은 그곳에 없었다. 그들은 멀지 않은 곳에서 여전히 멍청하게 앉아 있었다. 이러한 상황을 베이징 말로 하면 '스며든다'라

고 한다. 아마도 당시의 나는 이 스며드는 두 사람이 언젠가는 명
청하게 성교를 할지도 모른다는 생각을 했고, 그것이 날 못 견디게
만들었던 것 같다. 그 일이 있은 지 여러해가 지났건만 난 여전히
좀 의아하다. 사람들이 명청하게 성교를 하는데 내가 못 견딜 까닭
이 무엇인가? 어쩌면 그런 모습이 너무나 사랑스러워 견디기 힘들
었을지도 모른다. 그리고 나 자신이 ×하이잉과 성교를 하기 시작
할 때에도 역시 우둔하고 명청했다.

혁명시대에는 모든 사람이 다 '스며들고' 있었다. 마치 물 한방
울이 땅에 떨어지면 금방 형상을 잃어버리고 수천수만의 모래알
과 입자의 틈으로 사라져버리거나 아침저녁으로 매연 위의 안개가
되어버리는 것과 같다. 물 한방울이 생각이란 걸 할 수 있다 하더
라도 흙 속에 흩어져 있거나 대기 속에 날아다니는 물기는 결코 될
수 없다. 그것들은 멍하니 넋이 나간 채로 있다가 흩어져버린다. 스
며드는 것은 불행복권에 당첨되기를 기다리는 일이다. 난 일생 동
안 머리를 쥐어짜면서 어떻게 해야 이런 스며드는 상태에서 벗어
날 수 있을까를 생각했다. 나는 ×하이잉과의 사이에 약간 스며든
다는 느낌이 있어서 그녀와 헤어졌다.(그리고 당시에는 사회치안
강화운동도 끝났다.) 의외였던 것은 그녀가 조금도 나를 붙잡으려
는 생각 없이 헤어지려면 헤어져,라고 말했다는 것이다. 이 일 역시
아주 미심쩍었다.

3

내가 두부공장에서 일할 때였다. 공장 입구에 변소가 하나 있었

다. 그 변소에 대해 지울 수 없는 인상이 있었으니 바로 악취였다. 사계절마다 사계절의 악취가 있었다. 봄에는 새롭고 생기발랄하며 매콤한 악취가 생겨나 그 기세를 막을 수가 없었다. 여름에는 소란스럽고 역겨우며 심하게 눈을 찔러서 코가 느끼는 느낌은 두번째로 밀려났다. 가을의 악취는 단단한 얼음처럼 쓸쓸하면서도 바람을 타고 십리까지 냄새를 풍겼다. 겨울의 악취는 풀처럼 찐득찐득했다. 이러한 악취는 투명한 유동체가 되어 공장 전체를 가득 채웠다. 겨울에 내가 말썽을 피웠을 때에는 바로 악취가 짙어지던 때였다. 난 라오루의 추격을 피할 때 그 악취의 저지력을 어렴풋이 느꼈다. 내가 ×하이잉의 사무실에서 보조교육을 받을 때 이미 악취는 새롭고 생기발랄해지는 시기에 이르렀다. 그때 ×하이잉의 사무실에 앉아 밖을 보았는데, 악취가 마치 설탕 한 스푼을 물속에 넣었을 때의 모습처럼 하늘을 향해 날아올라가는 것을 볼 수 있었다. 악취는 공중에서 물속의 시럽 같은 모습을 하고 있었다. 바람이 부는 날이면 그 시럽은 이리저리 굴러다녔다. 모든 사람이 자외선을 볼 수 있는 것은 아니기 때문에 나 역시 모든 사람이 이러한 현상을 볼 수 있다고 장담할 수는 없다. 한동안 바람이 불었다가 잦아들면서 날씨가 따뜻해졌고, 햇빛이 하늘에서부터 내리비쳐 회색의 기와 꼭대기를 한층 금빛으로 뒤덮었다. 이때쯤 악취는 구석으로 숨어버린다. 만일 오랫동안 바람이 불지 않으면 그 악취는 쌓여 용마루까지 올라간다. 이때 악취를 투과해 하늘을 바라보면 하늘이 온통 누렇게 보인다. 악취 속에서 생활하던 나는 점점 색깔 성씨 대학생을 잊어버렸다. 색깔 성씨 대학생을 잊어버렸을 뿐만 아니라 내가 좌절을 겪었다는 사실마저 잊어버렸다. 점점 난 다른 사람과 마찬가지로 악취가 우리들의 운명이라고 믿게 되었다.

내가 탑 위에서 근무할 때 악취는 내 발 아래에 있었다. 나는 그 존재를 단지 희미하게 맡을 수 있었을 뿐이었다. 어느날 탑에서 내려와 악취 속에 몸을 맡기자 곧 냄새에 취해 머리가 어질어질해졌고 금방 아무런 냄새도 맡지 못하게 되었다. 하지만 냄새를 맡을 수는 없어도 볼 수는 있었다. 악취가 움직이는 사람 앞에서 유선형으로 펼쳐졌다가 그 사람 뒤에서 소용돌이치는 것을 볼 수 있었다. 사람들이 악취 속에서 움직이는 모습은 마치 오선 악보 위의 음표 같았다. 사람들이 악취에 휩싸일 때면 이목구비가 흐릿해졌다. 멀리서 보면 마치 젖은 이불 같았다. 일단 젖은 이불이 되면 멍청해진다.

후각에 대해 보충해야 할 점이 좀 있다. 악취 속으로 걸어들어갈 때 그 냄새를 맡을 기회는 한번밖에 없고 그후로는 더이상 맡을 수 없게 된다. 악취에서 벗어나면 공기는 더할 나위 없이 신선하게 느껴지고 정신이 번쩍 든다. 그래서 만약 처음의 악취는 맡지 않고 나중에 공기가 신선하다는 것만 느낄 수 있다면 악취는 즐거움을 주는 영구기관이 될 수 있다. 커다란 똥간을 쉼 없이 들어갔다 나오는 일만 반복하더라도 즐거워질 수 있다. 만일 온몸이 악취로 덮여 있다면 어디를 가더라도 공기가 신선하다고 느낄 수 있으니 그건 더 좋다. 공기 속에 악취가 없으면 공기가 희박한 것처럼 느껴지고 악취가 있으면 찐득찐득하게 느껴진다.

1974년 여름이 왔을 때 ×하이잉은 나를 데리고 자신의 집으로 갔다. 그녀의 집은 베이징 서쪽의 공동주택 안에 있었다. 그녀는 내게 자전거를 타라고 했지만 난 오래전부터 자전거를 타지 않고 항상 뛰어서 출퇴근을 했다. 이듬해에 난 베이징 시의 설맞이 도시순환 마라톤에 참가에 5등을 하기도 했다. 그런 까닭에 그녀의 자전거를 뒤따르며 10여 킬로미터를 뛰어 서쪽 근교에 있는 그녀의 집에 도착했을 때 몸에는 땀도 나지 않았다. 그 공동주택의 문은 마치 무슨 가구처럼 네모반듯했고 입구에는 문을 지키는 병사가 있었다. 문을 지나니 또 상당히 긴 길이 있었다. 그녀의 집은 정원 맨 끝의 단층집이었다. 문 앞에는 한뙈기의 밭이 있었다. 작년에 해바라기를 심었지만 올해에는 아무것도 심지 않았다. 밭에는 말라서 누렇게 된 해바라기 줄기가 있었지만 머리 부분은 남아 있지 않았다. 밭밑에는 녹색의 풀이 가득 자라나 있었다. 그녀 집에는 아무도 없었고 나무평상 위에는 새끼줄로 묶은 나무상자가 놓여 있었다. 냄새가 코를 찌르는 것을 보니 그녀는 오랫동안 집에 오지 않은 것 같았다. 그녀는 문을 열고 들어가서 바닥을 쓸었다. 난 한쪽에 서서 마음속으로 생각했다. 만일 나에게 바닥을 쓸라고 하면 바닥을 쓸어야지. 하지만 그녀는 내게 시키지 않았다. 그후 그녀는 또 가구를 덮고 있는 폐신문지를 걷은 다음 그 폐신문지를 정리했다. 난 마음속으로 생각했다. 만일 그녀가 내게 도와달라고 하면 일손을 도와줘야지. 하지만 그녀는 날 부르지 않았고 그래서 나도 도와주지 않았다. 방 안이 깨끗하게 치워졌을 때 난 또 생각했다. 그녀가 앉으라고 하면 앉아야지. 하지만 그녀는 의자에 앉아 숨을 헐떡이면서도 내게 앉으라고 하지 않았다. 난 방 안에 서서는 방 밖을 내다보았다. 해바라기 밭 너머로 포플러나무 한그루가 있었고 나무 위에는 까치집이 보였다. 갑자기 그녀가 벌떡 일어나더니 내 뺨을 한대 때리려고 했다. 난 너무 정신을 놓고 있어서 하마터면 맞을 뻔했다. 나중에 그녀가 다시 나를 때리려고 했지만 이번에는 방어를 하고 있어서 그녀의 손목을 잡고 등 뒤로 꺾어버렸다. 만약 내가 어린 시절에 다른 사람과 싸울 때 쓰던 무술 동작대로라면 그녀의 등 뒤에서 내 아래턱으로 그녀의 견갑골을 내리눌러야 했을 것이다. 그랬다면 그녀는 극심한 고통을 느끼며 앞으로 쓰러졌을 것이다. 하지만 난 그러지 않고 그녀를 놓아주었다. 그녀는 얼굴이 새빨갛게 상기된 채 거친 숨을 몰아쉬었다. 잠시 후 그녀는 다시 내 얼굴을 할퀴려고 했다. 이 일이 날 아주 골치 아프게 했다. 마지막에 나는 결국 그녀의 두 손을 모두 등 뒤로 꺾어버렸는데, 마음 같아서는 그녀를 끈으로 묶은 뒤 강간해버리고 싶었다. 그때 난 내가 일등 복권에 당첨되었다고 여겨 정말 비할 수 없는 충격을 받았다.

×하이잉이 날 데리고 자신의 집으로 간 날, 하늘은 짙은 황색이었다. 정오 무렵에는 황혼 때보다도 더 노랬다. 난 그녀의 자전거를 뒤따르며 황토가 흩날리는 도로를 달렸다. 그때 도로는 지하철 공사현장에서 나온 흙을 운반하는 차량이 흘린 흙으로 가득했다. 지하에서 파낸 황토는 깨끗했고 보드라웠으며 약간의 점성을 지니고 있었다. 하늘에서도 이런 흙이 떨어졌다. 난 곧 거대한 흙바람이 한바탕 불 것이라고 생각했지만 달리다보니 하늘은 맑아졌고 그런 바람은 불지 않았다. 기름때 찌든 작업복을 입고 달리면서 서양 가극을 여기서 한 구절 저기서 한 구절 생각나는 대로 불렀다. 지금 그때의 모습을 떠올리니 내가 정말 너무나 기이했을 것 같다. 길거리의 행인들은 내가 빠르게 달리는 것을 보고 다들 나를 자세히 살펴보았다. 하지만 난 그렇게 던져진 눈빛에 신경쓰지 않았다. 나는 ×하이잉이 날 어디로 데려가는지 몰랐으며 무엇 때문에 데려가는지도 몰랐다. 그 모든 것에 나는 신경쓰지 않았다. 심지어 생각조차 하지 않았다. 그 시기의 모든 일은 최고의 머리로만 이해할 수 있는데 난 저급한 머리밖에 없었다. 나는 자신이 사랑스럽다는 것을 몰랐다. 나는 자신이 악독한 놈이라는 것을 몰랐다. 나는 수수께끼

가 있으면 풀어야 한다는 것밖에 몰랐다. 그 수수께끼가 풀린 이후에는 모든 것이 또다시 무미건조해졌다.

4

1967년에 나는 어떤 사람이 긴 창에 찔려 땅바닥에서 천천히 뒹구는 것을 나무 위에서 보았다. 그의 입이 소리 없이 열렸다 닫혔는데 마치 무슨 말인가를 하려는 듯했다. 그가 도대체 무슨 말을 하고 싶어했는지 나는 아무리 해도 생각해낼 수가 없었다. 내가 일등 복권에 당첨되고 나서야 비로소 그것을 알 수 있었다. 그 말은 바로 "도망갈 수 있는 길이 없구나"였다. 당시의 나는 사람이 언제 어디서 일등 복권에 당첨될지는 운명으로 정해진 일이라고 생각했다. 우리는 그것에 당첨되지 않았을 때 늘 그것을 피할 수 있으리라고 생각한다. 그리고 그것이 우리의 머리 위에 떨어지고 나서야 비로소 피할 수 없다는 사실을 알게 된다. 난 ×하이잉의 집에서 두 손으로 ×하이잉의 손목을 붙잡았다. 잔빠를 패줄 때나 잠자리를 감전사시킬 때나 투석기 뒤에 쭈그리고 앉아 다른 사람의 가슴을 조준할 때 느꼈던 그런 살기가 온몸에 가득 퍼졌다. 살기는 이미 나를 완전히 장악해 나를 발기시켰고 머리카락까지 곤두서게 만들었다. 이 일등 복권을 받으러 가는 것 외에 다른 길이 없자 마음속에서 이는 운명이라는 생각이 어쩔 수 없이 들었다. 그 순간 그녀가 갑자기 말했다. 우리 여기서 이러지 말고 방으로 들어가자. 이는 내가 여전히 일등 복권에 당첨되지 않았다는 말이다. 내가 당첨된 것은 다른 복권이었다. 그 일은 정말 내 예상 밖의 일이었다.

나중에 나는 ×하이잉의 좁은 방에서 포플러 가지 끝의 발그레한 여린 잎이 세찬 바람에 흔들리고, 하늘이 베이징의 봄철에 매번 세찬 바람이 불 때처럼 노란색으로 덮여 있는 것을 보았다. 이 모든 것은 진실인 것 같지만 난 또 반드시 진실일 필요는 없다고 생각했다. 거대한 스크린의 영화도 이런 것을 만들어낼 수는 있다.

나중에 나는 내가 병에 걸린 것은 아닌지 의사에게 진찰받기 위해 베이징 대학병원 정신과에 찾아간 적이 있다. 그 의사는 콧구멍 속에 털이 많이 나 있었는데, 반토막 낸 성냥개비로 한참 동안 손톱을 후빈 후 내게 말했다. 만일 병가를 위한 진단서를 원한다면 다른 병원에 가보세요. 이곳에서 내준 진단서는 사용할 수 없습니다. 난 그 말의 의미를 내게 병이 없다는 말이라고 여겼지만 더이상 캐묻지 않았다. 차라리 의문으로 남겨놓는 편이 더 낫겠다고 생각했다. 나는 지금까지 있었던 수많은 일에 대해 여전히 잘 모른다. 내 생각에 이는 내가 특별히 총명하다는 말이거나 아니면 내가 특별히 멍청하다는 말이다. 분명 둘 중 하나일 것이다.

혁명시대가 지난 후 난 대학에 들어갔다. 그때는 홀몸이었고 매일 아침 학교 교정에서 달리기를 했다. 매일 아침마다 한 여자애를 만나게 되었다. 그녀는 한마디도 하지 않고 내 뒤를 따라왔고 난 고개도 돌리지 않고 앞에서 달렸다. 난 금방 그녀를 따돌릴 수 있으리라 여겼지만 그녀는 줄곧 내 뒤를 따라왔다. 나중에 그녀가 내게 말했다. 왕얼, 너 정말 대단하구나! 껌 씹을래? 그녀는 바로 나의 아내였다. 얼마 되지 않아 그녀가 말했다. 우리 결혼하자! 그래서 우리는 결혼했다. 신혼 밤에 그녀는 줄곧 껌을 씹으며 한마디도 하지 않았다. "나쁜 자식아, 이리 와"라는 말도 하지 않았다. 그녀는 내게 건방지게 굴었지만 그래도 그런 말은 하지 않았다. 이 일은 내가 맞닥뜨린 모든 것이 순전히 임의적이었음을 증명해준다. 왜냐하면 나는 여전히 나였지만, 아내는 그때 공청단 위원회 비서였고 ×하이잉은 공청단 지부서기로 두 사람이 거의 비슷했기 때문이다. 만일 임의현상이 아니라면 재현성이 있어야 한다. 어떻게 한 사람은 날 나쁜 놈이라고 부르고, 한 사람은 한마디도 하지 않을 수 있는가?

나중에 나와 아내는 미국으로 유학을 가서 다락방에서 살았다. 우리는 다른 사람들을 신경쓰지 않았고, 다른 사람들도 우리를 신경쓰지 않았다. 그렇게 오랜 시간을 보냈다. 그녀는 매일 아침마다 거리로 나가 줄넘기를 했고 나에게 자신과 함께 줄넘기를 하자고 했다. 내가 보기에 그녀는 정말 무서울 정도로 줄넘기를 했는데 1분에 250번을 뛸 수 있었다. 그때 난 여전히 깡말랐고 신체는 아주 건강했다. 하지만 아무리 해도 그렇게 많이 뛸 수 없었다. 심장이 견디지 못했다. 그래서 난 그녀가 원래 심장이 없고 터빈 펌프를 달고 있는 것은 아닌가 하고 의심했다. 한밤중에 그녀가 잠들기를 기다렸다가 슬며시 일어나 귀를 기울여보았는데 심장이 있는 것 같기는 했다. 하지만 이것으로 확신할 수는 없었다. 이것은 단지 그녀에게 심장이 있다는 사실만 증명할 뿐이며 그녀에게 터빈 펌프가 없다는 사실을 증명할 수는 없었다. 내 첫번째 연인의 몸에서는 달콤한 버터 냄새가 났다. 그때 난 그녀가 잠든 사이에 꼼꼼하게 냄새를 맡아보았지만 아무런 냄새도 맡지 못했다.

아내는 작고 깜찍했으며 하얗고 깨끗했다. 하지만 음모와 겨드랑이 털은 아주 무성해 새까맣고 반지르르했으며 또 꼿꼿이 자라나 있었다. 내가 아는 바에 따르면 다른 사람들은 그렇지 않았다. 그녀는 또 여기저기서 다른 사람들에게 껌을 주는 것을 좋아했다.

미국에서 우리 둘이 자동차를 몰고 놀러 갔을 때 한번은 옐로우스톤 공원에서 야영을 하게 되었다. 그녀는 옆에 있는 젊은 사람에게 씹으라면서 껌을 주었다. 그 사람은 연달아 일고여덟번 "No, thank you"라고 했지만 그녀는 그래도 끈질기게 주려고 했다. 이후에 하늘이 어두워질 때가 되자 그 두 젊은이는 아주 작은 텐트를 치고 안으로 들어갔다. 그 모습은 마치 침낭 속으로 들어가는 것 같았다. "아! 알았다!" 하고 그때 그녀가 큰 소리로 외쳤다. 구체적으로 그녀가 무엇을 알았다는 것인지 난 물어보지 않았다. 내가 무슨 말을 하더라도 그녀는 재미를 느끼지 못했고, 그래서 그녀가 무슨 말을 하면 나도 재미를 느끼지 못했다.

아내에게는 여러가지 나쁜 점이 있는데, 그중 내가 가장 싫어하는 것은 주먹으로 내 머리를 치는 일이었다. 만일 내가 고속도로에서 운전할 때 졸고 있다면 한대 치는 것이 당연하지만 그녀는 종종 아무런 필요도 없이 손을 뻗어 치곤 했다. 그런 행동을 하는 이유에 대해 설명해보라고 하면 그녀는 깔깔거리며 이렇게 대답했다. 멍하게 있는 것을 보면 손이 근질거려서 말이야. 그녀에게는 다른 나쁜 점도 있는데 바로 아무 때 아무 곳에서 나쁜 짓을 하고 싶어한다는 것이다. 그녀는 옐로우스톤 공원의 삼림 속으로 가서 두 팔을 벌리고는 큰 소리로 외쳤다. 바람이 너무 좋다! 우리 나쁜 짓 한번 하자! 대초원이 있는 도로에서도 큰 소리로 외쳤다. 아주 큰 밀밭이야! 우리 나쁜 짓 한번 하자! 종종 고속도로 가에 있는 주차장에서 경찰이 와 문을 두드릴 때면 정말 너무나 난처했다. 사후에 그녀는 아주 재미있어했다. 우리 두 사람은 휴가 때 차를 몰고 곳곳으로 다녔고 곳곳에서 나쁜 짓을 했다. 나쁜 짓을 할 때 그녀는 다리를 들어 내 허리를 휘감았고 입으로 껌을 씹으면서 나를 뚫어져라 바라보았는데, 오르가슴에 도달하면 미친 듯이 풍선을 불어댔다. 이런 모습은 사실 아주 좋았다. 하지만 당장의 일에 대해서는 불만스러웠다. 사람은 살아가면서 모두 자신의 이야기가 있어야 한다. 나와 아내의 이 이야기는 아마도 서로 약간 다를 것이다.

나는 아내가 PE를 공부했다는 사실은 이미 말했다. 그녀는 통계학도 좀 배우고 있어서 나에게 개인교습을 해달라고 했다. 나는 나의 교수님이 그 당시 했던 말을 꺼내 그녀를 겁주려고 했다. 생각을 해봐. 우리처럼 수학을 배운 학생 열명 중에서 한명만 제대로 배울 수 있는데, 그녀와 같은 문과 출신이 배울 필요가 있을까? 하지만 그녀는 껌을 씹으며 아무런 동요도 없이 이야기를 들었고, 단지 한마디만 할 뿐이었다. 계속해봐. 그래서 난 그녀에게 말했다. random이라고 하는 현상이 있는데 어떤 것이 이럴 수도 있고 저럴 수도 있어서 모든 것이 일정하지 않은 거야. 그녀는 맞다고 했다. 나중에 난 그녀가 정말 이쪽 분야에서 천재라는 사실을 발견했다. 교수님의 배열법을 사용하면 내가 앞쪽 10분의 1에 들어간다면 그녀는 앞쪽 100분의 1에 들어간다고 할 수 있었다. 내가 우리들이 존재할 수 있는 것은 일종의 임의현상이라고 하자 그녀는 맞다고 했다. 그녀는 또 1초 안에 자신의 머리에서 어떤 생각이 떠오르는 것 역시 임의현상이라고 했다. 그래서 그녀는 자신이 이후에 어떤 생각을 할지, 어떤 일을 맞닥뜨리게 될지 등에 대해서는 조금도 신경쓰지 않는다고 했다. 하지만 이 천재가 시험에서 C를 받을 줄은 전혀 몰랐다. 난 내가 제대로 가르치지 못한 것 같아 기분이 상했다. 하지만 뜻밖에도 그녀는 이렇게 말했다. 아주 좋아, down되진 않았어. 이것을 축하하기 위해 나쁜 짓 한번 하자. 나는 제대로 가르치지 못했다고 자책하느라 하마터면 나쁜 짓을 하지 못할 뻔했다.

난 지금 random을 다음과 같이 이해한다. 즉 우리는 왜 이 세상이 장소에 왔는지 알 수 없고, 왜 현재의 일들을 만나게 되었는지도 알 수 없으며, 이 모든 것은 순전히 우연이다라는 것이다. 내가 태어나기 전에는 아예 세상에 나오지 않을 수도 있었다. 또 내가 ×하이잉을 만나기 전에는 ×하이잉을 만나지 않을 수도 있었다. 나와 관련된 모든 일은 주사위 던지듯 던져서 나온 것이었다. 이것은 내게 너무나 심오한 진리였다. 반평생의 정력을 쏟아 간신히 깨달은 것이지만 만일 아내에게 말한다면 그녀는 아주 간단하게 이렇게 맞장구칠 것이다. 그 말이 맞아! 그녀의 시각에서 보면 그녀가 나와 결혼한 것은 순전히 우연이었다. 사실 그녀는 전세계의 어떤 남성과도 결혼할 수 있었다. 그녀는 바로 이처럼 천재였다. 이러한 천재가 수학을 공부하지 않고 오히려 사람들에게 리본체조나 가르치다니 정말 안타까운 일이다.

나와 아내는 서로에 대한 감정도 아주 좋고 성생활도 원만하다. 하지만 이는 내가 그녀에게 약간의 의혹도 갖고 있지 않다는 말은 아니다. 우선 그녀가 나와 결혼한 이유가 충분하지 않다. 그다음에는 그녀의 체질이 의심스럽다. 마지막으로 어떤 때 그녀의 표현은 천재 같기도 했다가 또 어떤 때에는 백치 같기도 했다. 그녀가 일부러 나에게 바보 같은 체하는지 누가 알겠는가. 나는 이 모든 것 뒤에서 모든 것이 의심스럽다고 여긴다. 하지만 난 이 방면으로 너무 많이 생각하지 않도록 자신을 제어할 수 있다.

제7장

1

나는 이제 귀국해 한 연구소에서 일을 하고 있다. 나는 또 색깔 성씨 대학생, 즉 나의 첫번째 연인을 우연히 만나기도 했다. 혁명시대에 우리는 키스를 하기도 했는데, 지금 그녀는 중늙은이가 되어 우리가 사는 거리에서 일하고 있었다. 그녀는 내게 다음과 같이 말했다. 넌 어른이 되었어도 이런 모습이구나. 이 말속에는 마치 내가 처칠처럼 되어야 했다는 듯한 약간의 실망스러움이 들어 있었다. 그후 그녀는 또 내게 돈을 많이 벌 수 있는 방법이 없는지 물었다. 나 역시 그녀에게 실망을 약간 했는데, 왜냐하면 그녀는 초췌하고 군살이 올라 있어서 나를 잡으려 했던 당시의 라오루와 그야말로 완전히 똑같아졌기 때문이다. 그리고 그녀는 태피 캔디 같은 냄새를 조금도 풍기지 않았고, 머리카락에서는 기름 연기 찌든 냄새가 났으며, 옷에서는 파와 생강 냄새가 났다. 물론 나 역시 그녀가 스물세살 때처럼 예쁘리라고는 기대하지 않았지만, 그녀가 여전히 날씬하고 품위있고 단아한 모습이기를 기대했다. 그것은 결코 지나친 일이 아니었다. 하지만 나는 아무 말도 하지 않고 그저 돈 벌 방법을 찾으면 꼭 그녀를 찾아 끼워주겠다고만 하고는 헤어졌다.

나는 색깔 성씨 대학생에게 내가 유럽에서 보고 들은 것에 대해 이야기해주었다. 여름날 유럽 전체는 아주 많은 사람들로 북적였다. 그 사람들은 피곤에 지치고 고생에 찌든 모습으로 배낭과 침구를 둘러메고 있었으며 태양빛에 그을려 얼굴에는 주근깨가 가득했고 머리카락은 색이 바래어 있었다. 정거장과 나루터는 이런 사람들로 붐볐다. 그들은 바로 방학을 맞이해 각국에서 온 학생들이었다. 아침에 에펠탑에 놀러 가면 그들은 탑 아래에서 다양한 색깔의 침낭 속에 들어가 쭉 늘어진 채 잠을 자고 있었는데, 무슨 총격전이 벌어져 거리에 죽은 사람들이 쓰러져 있는 모습처럼 보였다. 젊은 사내들은 모두 건장했고 아가씨들은 모두 예뻤다. 어떤 사람은 주머니에 체 게바라나 뜨로쯔끼의 책을 넣어 다니기도 했다. 정말 뛰어난 자원들이었다. 마땅히 누군가 그들에게 투석기와 갑옷 만드는 법, 긴 창을 손에 들고 지붕 오르는 법을 가르쳐야 할 것 같았다. 안 그러면 낭비이니까 말이다. 하지만 그 사람들은 나와 다르며 난 이미 나이가 들어 그 속에 끼일 수가 없었다. 그들 사이에 섞여 학생입장권을 사서 박물관에 들어갈 때 나는 자신이 이미 서른여섯살이라는 사실을 떠올리며 약간 떳떳하지 못하다는 느낌이 들었다. 비록 유럽 사람들은 동양인의 나이(우리의 나이는 얼굴에 있지 배에 있지 않다)를 잘 알지 못하지만 말이다. 하지만 아내는 전혀 상관하지 않고 곳곳에서 사람들에게 껌을 씹겠느냐고 묻곤 했다. 나중에 사람들이 나에게 어떤 사람이냐고 물었다. 그러고 나서 놀라 소리쳤다. Hus ─band? 모두 일제히 비난의 눈빛을 내 얼굴에 던졌다. 왜냐하면 모두들 그녀가 열여섯이나 열일곱살 정도밖에 되지 않았을 거라고 생각했기 때문이다. 나중에 난 그녀와 즉시 이혼하겠다고 선포했다. 색깔 성씨 대학생은 이 이야기를 듣고서 눈살을 찌푸리며 말했다. 넌 여전히 이런 모습이니 내가 더 할머니 같잖아.

시간을 1968년 봄 내가 색깔 성씨 대학생과 강가에 있던 때로 돌리면, 그때 눈앞에는 무색의 소슬한 세계가 펼쳐져 있었다. 나무줄기는 모두 회색빛의 벌거숭이였고 강에서는 무색의 유체流體가 흐르고 있었다. 하늘에는 희뿌연 모양의 수많은 구름송이가 있었다. 태양이 그 속을 헤치며 지나가니 때로는 밝아졌다가 때로는 어두워졌고, 붉은 기운이 조금도 없이 누렇기만 했다. 땅 위의 흙은 회색빛의 크고 작은 알갱이였다. 색깔 성씨 대학생은 나를 껴안고 작은 수풀 속에 누워 있었다. 그녀의 몸은 축축했고 나의 마음은 어수선했다. 어떤 때에는 태양이 내리쬐어 내 몸을 아주 따스하게 했고 어떤 때에는 바람이 불어 내 몸을 아주 시원하게 했다. 그때의 모습은 바로 이러했다.

나는 색깔 성씨 대학생과 강가에 있을 때 미래라는 것이 있다는 생각을 하지 못했다. 그저 그 순간만 생각할 뿐이었다. 그때 나는 정말 그녀와 하고 싶었지만, 그러면서도 하면 자신이 밀랍인형처럼 녹아버릴까봐 두렵기도 했다. 그때 난 나중에 많은 일들이 벌어질 것이라는 생각을 조금도 하지 못했고, 육년 후 ×하이잉을 만날 것이라는 생각은 더더군다나 하지 못했다. 만일 그런 생각을 했더라면 자신의 녹는점을 그렇게 낮게 잡지는 않았을 것이다. 이런 시간을 거쳐 나중에 ×하이잉과 하게 되었을 때에는 이십년 동안 싸워온 노병이 전방으로 가는 것처럼 침착했다. 내 생각에 그 무렵 ×하이잉의 마음은 의외로 어수선했을 것이다. 왜냐하면 그녀는 나중에 내게 "난 네 손에 죽는 줄 알았어"라고 했기 때문이다. 그러한 느낌은 나를 아주 만족시켜주었다. 내가 만족하지 못하는 것은 내가 색깔 성씨 대학생과 그곳에서 죽지 않았다는 사실이다. 이런 죽어버리는 느낌, 이것이 바로 행복일 것이다.

내가 색깔 성씨 대학생과 강기슭에 있을 무렵 ×하이잉은 기괴한 일을 하고 있었다. 그녀는 낡은 군복을 입고 배낭을 메고서 동년배 여자아이들과 함께 시골 흙길을 걷는 장정을 하고 있었다. 그녀들과 멀지 않은 곳에서는 자동차와 기차가 끊임없이 달리고 있었다. 이후 그녀들은 허베이河北 바이양뎬白洋淀의 어느 마을에 가서 그 지역 농민들과 같이 먹고, 같이 자며, 같이 노동을 하려고 했다. 하지만 농민들은 모두 그녀들을 피하며 그녀들과 같이 있지 않으려 했고 농기구를 모두 감추어버렸다. 그리고 그녀들이 씨 뿌린 밭을 갈아엎고 다시 씨를 뿌렸으며, 그녀들이 뽑은 밀을 한번 더 뽑았다. 마지막에는 결국 그녀들을 내쫓아버렸다. 하지만 이 일은 그녀들에게 조금도 세상물정을 가르쳐주지 못했다. 그녀들은 돌아오는 길에서 예전처럼 호호깔깔 웃어댔다. 내가 ×하이잉과 관계가 좋았을 때 그녀는 내게 이 일을 이야기해주었다. 그때 그녀는 종려털 침대보가 깔린 침대에 앉아 선홍색 삼각팬티를 입은 상태로 한편으로는 이야기를 하면서 한편으로는 웃어댔다. 그때 나는 그녀 옆에 앉아서 그녀의 몸에서 나는 푸른 사과 같은 냄새를 맡고 있었다. 혁명시대에 그녀는 동정녀였고 일생 동정녀로 살겠다는 맹세를 했다. 그래서 그녀는 언제나 천진한 모습을 유지하려고 했다.

나와 색깔 성씨 대학생이 밖으로 놀러 나갔을 때, 그녀는 때때로 갑자기 메스꺼움을 느껴 나를 피해 사람이 없는 곳으로 가 구토를 하곤 했다. 되돌아온 그녀의 몸에서는 배피 캔디 냄새가 더 강하게 났다. 병이 있는 것 같으니까 병원에 가야겠다고 하자 그녀는 병이 없다고 했다. 나중에 난 똑똑한 체하면서 말했다. 너 임신한 것 같아. 그녀는 나를 한대 때리며 말했다. 멍청한 자식, 내가 누구랑 임신을 했다고? 그러고는 또 놀라 물었다. 너 이런 일을 어떻게 알게 됐어? 나는 아주 어렸을 때부터 그런 일을 많이 알고 있었지만, 모두 반만 알았고 반은 몰랐다.

나중에 그녀는 내게 자신이 구토한 것은 메스꺼움을 느끼게 하는 일이 떠올랐기 때문이라고 했다. 그런 상황에서 그녀는 차라리 즉시 토해버려 메스꺼움을 가슴속에 남겨두지 않는다고 했다. 알고 보니 그녀는 토하고 싶으면 언제든지 토할 수 있었다. 이밖에도 색깔 성씨 대학생은 눈썹이 아주 검었고 피부가 매우 하얬다. 그녀의 몸에는 이 두가지 색깔만 있었고 이런 모습이 그녀를 더욱 순수하게 보이도록 했다. 이와는 달리 ×하이잉은 갈색이었고 몸에는 어렴풋하게 녹색의 흔적이 있었다. 이것은 아마도 녹색 군복에 물든 탓일 것이다.

난 여태껏 메스꺼움을 느껴보지 못했고 단지 절망만 느꼈다. 같은 일에 대해 우리는 완전히 다른 반응을 보이곤 했다. 이것이 바로 남자와 여자의 차이일 것이다. 색깔 성씨 대학생은 이러한 설명을 듣고 놀라서 말했다. "남자! 너 남자였어?" 나는 이렇게 말했다. 정말 새롭군. 내가 남자가 아니면 여자겠어? 나중에 나는 그 말속에 숨어 있는 의미를 생각하고 화가 나서 그녀를 알은체도 하지 않았다. 그녀가 다시 설명했다. 난 너를 말한 것이 아니라 우리 모두를 말한 거야. 너도 남자가 아니지만 나도 여자가 아니야. 우리가 무엇인지는 아무도 몰라. 나와 ×하이잉은 밖으로 놀러 나간 적이 없었다. 늘 그녀 집의 좁고 어두운 방에서만 머물렀다. 그 방에는 남향 창문은 없고 북향의 작은 창문만 하나 있었는데, 매우 높았고 창틀에 쇠창살이 박혀 있었다. 그녀는 이 방에서 자신이 좋아하는 지하 작업장 냄새가 난다고 했다. 난 그곳에서 곰팡이 냄새를 맡을 수 있었지만 그렇게 역겹지는 않았다. 그밖에도 나는 쥐며느리 한 마리가 구르듯 기어가는 것을 본 적도 있었다. 작은 등의 어스름한 불빛과 음침한 벽이 뒤섞여 한 몸이 되었다. 나는 그녀가 말한 냄새가 무엇인지 알지만 좋아하지는 않았다.

나는 색깔 성씨 대학생과 관계가 좋았을 때부터 그 어떤 방에도 들어간 일이 없었다. 줄곧 백주대낮에 야외에만 있었다. 어쩌면 이러한 이유 때문에 내가 그녀와의 모든 일을 더욱 가치있고 소중하게 생각하는지도 모르겠다. 나와 색깔 성씨 대학생이 키스할 때면 그녀는 항상 한 손가락으로 나의 아래턱을 떠받치고 있다가 입술이 살짝 닿으면 바로 밀어냈다. 나는 ×하이잉과 관계가 좋았을 때 주동적으로 그녀에게 키스한 적이 없다. 하지만 ×하이잉과 섹스할 때 나는 단단한 쇠처럼 발기해 오래도록 힘이 빠지지 않았다. 그래서 색깔 성씨 대학생과의 상황이 더 좋았다고 말하지 않는 편이 나을 것 같다.

내가 두부공장에 가서 일하기 전, 색깔 성씨 대학생이 내게 자기와 함께 떠나자고 했다. 그녀는 날 사랑하기 때문에 날 보살필 수 있고 미래에는 내가 그녀를 보살펴주면 된다는 것이었다. 이것은 사실상 그녀와 도피행각을 하는 것인데 일반적으로 도피행각에서 더욱 나서서 일을 처리하는 쪽은 아마 남자일 것이다. 하지만 우리는 거꾸로 되어버렸다. 난 그런 생각이 온 세상을 깜짝 놀라게 할 정도로 지나치다고 여겨 대답을 하지 않았다. 그녀 역시 아주 진지했던 것은 아니었기에 나중에 인사말도 없이 떠나버린 것이라고 나는 짐작한다.

색깔 성씨 대학생은 옥으로 조각한 듯 하얗고 부드러운 자신의 풍만한 유방과 나의 털 많은 못난이를 마주보게 했다. 이 상황은 우리 두 사람에게 깊은 인상을 주었다. 그 순간 생겨난 동정 어린 마음 때문에 그녀가 날 돌봐주겠다는 생각을 하게 된 것이라고 나는 짐작한다. 사실 난 애초에 그녀가 돌봐줄 필요가 없었지만 그 점은 중요하지 않다. 실제로도 난 그녀에게 보살핌을 받은 적이 없지만 그 점 역시 중요하지 않다. 중요한 것은 그러한 말을 이미 했다는 사실이다. 나와 그녀의 애정이 어떤 모습일지는 바로 그 말한마디에 의해 정해졌다.

나는 ×하이잉과 똑같은 일을 겪었다. 1968년 가을, 색깔 성씨 대학생은 이미 떠났고, 나는 학교로 돌아와 군사훈련을 받으며 매일 대열 속에서 바른걸음을 걸었다. 우리 두 사람은 모두 진지하게 행진했지만 난 음침한 얼굴로 한마디도 하지 않은 반면 그녀는 쉬지 않고 호호깔깔 웃어댔다는 점이 달랐다. 나는 대열에서 불려나와 사람들에게 바른걸음 걷는 시범을 보이기도 했다. 그 일은 날 너무나 귀찮게 했지만 교관(당시에는 교관이라고 부르지 않고 소대장이라고 불렀다)에게 대들고 싶지는 않았다. 말이 나온 김에 한마디 하자면 나의 바른걸음은 매우 훌륭했는데, 이는 전적으로 체조팀에 있을 때 훈련받은 덕분이지 군사훈련과는 털끝만큼도 관계가 없었다. 물론 교관은 자신들의 훈련이 훌륭했기 때문이라고 자랑스럽게 말했지만 그래도 관계는 없었다. 각종 보법과 대형을 모두 훈련한 다음 사상교육을 받기 시작했다. 개인주의와 수정주의를 비판하고 힘들었던 과거를 통해 오늘의 행복을 생각하는 그런 내용들이었다. 큰 회의든 작은 회의든 나는 한마디도 발언하지 않았다. 교관이 나를 지목하면 나는 다음번에 하겠다고 했다. 하지만 ×하이잉은 늘 진지하게 발언원고를 써서 읽었다. 나중에 ×하이잉은 내게 왜 줄곧 회의에서 발언하지 않느냐고 물었다. 나는 생각 끝에 발언하고 싶지 않아서라고 대답했다. 사실 나는 어떤 상황에서나 자리에 세 사람 이상 앉아 있으면 되도록 말을 하지 않았다. 만일 두 사람만 있으면 난 어떤 것도 과감하게 말할 수 있었다. 이는 내 평생 바꿀 수 없는 습관이다.

내가 자신의 건물을 지키던 때로 시간을 돌리면, 난 그 건물이 그렇게 빨리 나와 상관없는 것이 될 줄 모르고 여전히 그것을 천년만년 지킬 망상에 빠져 있었다. 색깔 성씨 대학생은 나를 보면서 불쌍하다는 표정을 지었다. 그녀는 내게 우리는 결국 이 건물을 넘겨줘야 할 것이라고 말했지만 난 믿지 않았다. 그리고 나는 여자들은 머리는 긴데 생각은 짧은 족속이라고 생각했다. 그때 난 열다섯 살을 조금 넘었을 뿐이어서 여자가 어떤 존재인지 잘 몰랐고 많은 편견을 가지고 있었다.

만추의 계절에 옥상을 거닐면서 나는 새벽안개가 갈수록 짙어지는 것을 보았다. 과거에는 해마다 이 계절이 되면 교정에 수많은 연기가 피어오르곤 했다. 노동자들이 포플러 잎을 한곳에 쓸어 모아놓고 불살랐기 때문이다. 포플러 잎에 불을 붙이면 냄새가 얼마나 고통스러운지 말할 수도 없다. 하지만 그해에는 나뭇잎을 쓸지 않아 나뭇잎들이 바람에 구석으로 날려가 쌓였다가 이슬을 맞은 후 썩기 시작했는데, 맑고 신선한 냄새를 풍겨서 냄새가 아주 좋았다. 만일 이 교정에서 싸움이 일어난다면 건물과 건물 사이에 사람 키를 넘는 잡초가 순식간에 가득 자라고 교정 안의 사람은 점점 줄어들겠지만(그때는 모두들 무서워 노망가는 바람에 교정 안에 사람들이 매우 적어진다) 도둑고양이는 점점 더 많아질 것이다. 마지막에는 이리까지 산토끼를 쫓기 위해 여기로 몰려오는 날이 있을 것이다. 내가 보기에 이는 사람들이 복작거리고 대자보가 가득 붙는 것보다는 낫다. 색깔 성씨 대학생이 이러한 생각을 알고 말했다. 왕얼, 너 정말 미쳤구나!

결국 나는 지키던 건물을 잃어버렸기 때문에 1968년 학교로 돌아가 군사훈련을 받을 때에는 마치 자신이 포로병이나 된 것처럼 좌절을 겪고 있다고 느꼈다. 그래서 교관이 "선두병, 앞으로!" 하고 외칠 때면 난 고분고분 앞으로 나갔다. 색깔 성씨 대학생은 자신이 좌절을 겪고 있다고 느낄 때면 임신한 것처럼 쉬지 않고 구토를 해댔다. 하지만 ×하이잉은 지금까지 어떤 좌절도 겪어보지 않았다.

1968년 봄에 내가 색깔 성씨 대학생과 강기슭에 있었던 때로 다시 시간을 돌리면, 그때 구름 사이를 뚫고 내려온 태양 백반白斑이 들판 위에서 이동하고 있었다. 난 그녀에게 말했다. 우린 패배했어. 만일 고대였다면 모두 노예가 되었을 거야. 너처럼 예쁜 아가씨는 쇠사슬에 묶여 코끼리 위에 비끄러매진 뒤 대열 앞에 있었을 거야. 그녀는 그래? 하고 예쁜 얼굴에 아무런 표정도 없이 말했다. 나중에 다시 그녀는 그런 말은 하지 말라고 했다. 그때 잡초가 우거진 강기슭은 어둑어둑했고 작은 나뭇가지 끝에서는 파란 눈이 힘껏 싹을 틔우려 하고 있었다. T. S. 엘리엇은 4월은 잔혹한 계절이라고 했다. 그의 말이 맞았다.

2

나와 아내는 이딸리아로 놀러 갔을 때 기차에 앉아 이딸리아반도를 통과하면서 울퉁불퉁한 산지에 감람나무가 심어져 있는 것을 보았다. 그 나무들은 모두 아주 오래되어서 나무껍질이 까맣게 탄 폐플라스틱 같았다. 난 그 나무들이 고대 로마 때부터 지금까지 살아온 나무라고 믿고 싶었다. 비록 그 나무 옆에는 어린 감귤나무가 있었고 현대화된 스프링클러 설비가 감귤나무에 물을 주고 있었지만 말이다. 이후에 우리는 또 폼페이 옛 도시를 구경하러 갔고 도시의 벽에 남겨진 고대인의 글자도 보았다. "용사 아무개를 호민관으로 뽑자!" "아무개는 담이 작으니 그를 뽑지 말자!" 이 글자를 보니 기원전의 소식을 받은 것처럼 느껴졌다. 그 당시에는 모든 사람이 전사였고 모든 건물이 군사기지였으며 어떤 관⸱이든 간에 모두 군사 지도자였다. 그 폐허는 영원히 북적거릴 것이다. 단지 그 폐허에서 아무런 냄새도 맡을 수 없다는 것이 아쉬울 뿐이다. 내가 아는 바에 의하면 세상의 다양한 것들 중에서 숫자 냄새가 가장 순간적이어서 폐허를 남길 수도 없고 화석을 남길 수도 없다. 만일 폼페이 옛 도시에서 기원전 냄새가 출현한다면, 그 조각상들은 화산재 속에서 주조되어 나온 고대인의 모형과 함께 일제히 부활해 펄쩍펄쩍 뛰면서 논쟁을 벌이고, 심지어 몸싸움까지 벌일지도 모른다. 그들의 냄새는 화장터 냄새나 생석회 냄새처럼 아리고 얼얼하며 스산한 기운을 지니고 있을 것이라고 나는 상상한다. 불안정한 시대는 그런 냄새로 가득해야 하며, 내가 나중에 근무한 두부공장 같거나 커다란 똥간 같지 않아야 한다.

폐허를 걸으면서 줄곧 어떤 낭만적인 분위기를 느낄 수 있었다. 어린 시절의 나도 낭만적이었던 때가 있었다. 그 건물에 머물며 지기고 있을 때 나는 옥상에나 작업실을 하나 지었다. 그곳에는 기계를 조립하는 작업대, 연마기, 탁상용 드릴 등 들여올 수 있는 것은 다 있었는데(물론 모두 학교 공장에서 훔쳐온 것이다), 나는 이러한 공구로 더욱 정교하고 훌륭한 기계를 만들어 외부 사람들이 영원히 공격해 들어오지 못하게 할 수 있다고 여겼다. 우리는 모두 마오 주석의 홍위병 깃발을 들고 영원히 학교 안에서 무기를 가지고 싸울 수 있었다. 마치 중세시대의 기사처럼 같은 국왕에게 충성을 바치면서도 서로 교전을 벌이듯이 말이다. 그러면 영광은 국왕의 것이고 재미는 우리의 것이다. 그밖에도 난 전세계의 무장투쟁 조직이 모두 우리를 공격해 우리의 수비능력을 시험해줄 것을 희망했다. 이러한 생각은 지나치게 천진한 것인데, 이는 내가 보지 말아야 할 책을 너무 많이 보았음을 말해준다. 색깔 성씨 대학생은 나보다 나이가 많고 내가 천진하다는 사실을 알고 있어서(그녀는 우리의 삶이 그렇게 안배되어 있지 않다고 했다) 가련하게 여기는 마음을 품고서 날 사랑했다. 교정에서 총을 쏘기에 이르자 공선대 工宣隊[37] 해방군이 밀고 들어와 무장투쟁 조직을 모조리 해산시켜버렸다. 그리고 나는 영원히 천진함을 상실하게 되었다.

나는 천진했던 시절에 우리는 영광스러운 실패를 즐겨야 한다고 생각했다. 먼지 날리는 페르시아 거리와 로마 거리에서 햇볕에 뜨겁게 달구어진 석판 위에서 벌어졌던 것처럼, 색깔 성씨 대학생은 흰색의 얇은 옷을 입고 도금한 쇠사슬에 양손을 뒤로 묶인 채

---

37 문화혁명 때 마오쩌둥 사상을 전파하던 선전대.

개선군대 앞에서 걸어가야 한다. 나는 승리자의 전리품이 담겨 있는 금쟁반을 받쳐들고 그 뒤를 따른다. 그 짧은 영광의 순간이 지나면 그녀는 신전으로 끌려가 비참하게 죽임을 당하며 신에게 제물로 바쳐진다. 나는 십자가에 못 박혀 죽은 후에야 안식을 얻는다. 만일 이렇게 된다면 막 발발한 전쟁을 반성할 수 있게 될 것이다. 기왕에 전쟁을 한 이상 반성이 있어야 한다. 하지만 실제로는 그렇지 않았다. 실제로 교전을 한 쌍방 모두 시골로 보내져 소학교에서 학생을 가르치거나 공장에 보내져 두부를 만들었다. 우리들에게 왜 조금 전에 싸우려고 했는지, 왜 지금 두부를 만들어야 하는지 반성하라고 하는 사람은 없었다. 조금 전에 누가 이겼는지 판정해주는 사람은 더더욱 없었다. 내가 만든 투석기는 나중에 폐기물 더미 속에서 사라져 더이상 언급되지 않았다. 우리는 원래 전사가 아니라 아이들의 손 안에 있는 진흙 인형이었다. 책상 위에서 진을 치며 전쟁 장면을 구성하다가 갑자기 작은 손에 의해 팔이 떨어지고 다리가 사라지면서 장난감 상자 속에 처박히게 되었다. 그런데 우리가 다른 사람의 손 안에 있는 진흙 인형이 된 것은 우리 자신의 책임이 아니다. 난 출생하지도 않았는데 이미 진흙 인형이 되어 있었다. 이러한 사실이 내게 너무나 깊은 상처를 주었다.

만일 나에게 상처를 주지 않았다면 난 기꺼이 뜨거운 태양 아래서 못 박히는 고통을 참으며 죽어갔을 것이다. 색깔 성씨 대학생 역시 두 손을 뒤로 묶인 채 자발적으로 제사장의 손에 들린 날카로운 칼에 혈관을 내어준 뒤 사지가 늘어지고 목에 힘이 빠진 채 끌려가 도살된 다른 여인과 함께 놓여졌을 것이다. 승리의 영예를 쟁취하는 것보다 실패를 인내하는 것이 더 영원한 법이다. 진정한 실패는 또 얼마나 많이 사람의 영혼을 그것에서 벗어나지 못하게 하는가.

나는 십여년이 지나서야 비로소 색깔 성씨 대학생과 강가에서 무슨 이야기를 나누었는지 분명하게 생각났다. 나는 이렇게 말했다. 나에게 전투를 주더니 그다음엔 실패를 주었어. 그후 난 실패의 쓴 과일을 삼켰지. 하지만 그녀는 이미 전투도 없었고 실패도 없었다는 사실을 알고 있었다. 만일 당신이 불행복권에 당첨된다면 쓴 과일을 먹지 않으려 해도 먹게 될 것이다. 하지만 그녀는 구토만 해대면서 내게 아무 말도 하지 않았다.

색깔 성씨 대학생이 다시 나를 만났을 때의 상황이 떠오른다. 그녀는 이렇게 말했다. 넌 어른이 되었어도 이런 모습이구나. 이는 당연히 비참한 부르짖음일 것이다. 나는 어떤 모습이어야 하는가. 아무도 없는 텅 빈 강가에서 나의 못난 얼굴이 그녀의 예쁜 유방을 마주하고 있던 그 광경은 너무나 아름다웠다. 난 그녀에게 큰 희망을 주었고 그녀 역시 내게 큰 희망을 주었다. 나중에 나는 그녀의 모습이 초췌한 것을 보고, 또 그녀의 몸에서 생강과 마늘 냄새를 맡고서 실망하기에 이르렀다. 그녀 역시 나의 의기소침하고 딱딱하게 굳은 표정을 보고 실망하기에 이르렀다. 이는 그녀 역시 내가 그녀를 사랑했던 것처럼 나를 사랑했다는 사실을 말해준다. 그녀가 예쁘기 때문에 그녀를 죽여 신에게 바치려는 사람은 없었다. 내가 영리하고 표독하기 때문에 나를 못 박아 죽이려는 사람 역시 없었다. 우리가 그럴 만하지 않아서가 아니라 우리가 정말 그렇다고 여기는 사람이 없어서였다. 자신이 스스로를 정말 그렇다고 여기는 것 역시 불가능했다.

3

　×하이잉은 열여섯살 때 과거회상보고를 들었던 일을 내게 말해준 적이 있다. 당시에 우리는 둘 다 학교에 다녔고, 두 학교가 멀지 않으니 어쩌면 등교할 때 만난 적이 있었는지도 모른다. 하지만 그때 난 그녀를 몰랐고 그녀 역시 나를 몰랐다. 그 보고회를 시작할 때에는 항상 이런 노래를 불렀다. "하늘에는 뭇별이 가득하고 달빛이 빛난다." 노래를 들은 모든 사람은 서둘러 울음을 터뜨렸다. 난 고개를 숙이고서 손으로 콧등을 꼬집었다. 그렇게 꼬집으면 눈물을 흘릴 수 있었다. 내가 다른 사람들과 똑같이 눈물이 그렁그렁해 있으면 교관은 나에게 계급적 감정이 깊지 않다는 말을 할 수가 없었다. 그런 후 나는 보고자를 바라보았다. 어떤 해방군이 모자를 벗고 탁자 뒤에 앉아 잠깐 이야기를 하더니 눈물을 줄줄 흘렸다. 하지만 그가 무슨 이야기를 했는지 난 조금도 귀담아듣지 않았다. 나중에 ×하이잉은 내게 그 사람은 구러우鼓樓중학교의 교육지도원으로 그의 과거회상보고는 매우 뛰어나 고대 그리스 호메로스의 『일리아드』 『오디세이아』처럼 유명하다고 말해주었다. 더 나중에 그의 말은 모두 거짓으로 밝혀져 혁명시대의 커다란 추문이 되었다. 혁명시대에도 추문이란 것이 있다면 말이다. 우리가 다닌 두 학교가 인접해 있어서 대형 보고회는 항상 함께 열리곤 했다. 그래서 내가 강당에서 코를 꼬집고 있을 때 그녀 역시 그 강당에 있었다. 하지만 그녀가 들은 내용을 나는 전혀 알지 못했다. 이건 모두 내가 자신을 포로병으로 여기며 들지 말아야 할 것은 듣지 않았기 때문이다.

　이제 그 과거회상보고에 대해 이야기할 때가 되었다. 솔직히 말해 나는 그 보고를 이제까지 귀담아듣지 않았다. 난 선택적 이롱증耳聾症이 있어 되풀이하는 말은 들리지 않았다. 모든 과거회상보고에서 하는 말들이란 과거에는 너무나 고통스러워 가난한 사람들이 겨와 나무로 끼니를 때웠지만 이제는 모두가 아주 행복하게 밥을 먹을 수 있게 되었다는 내용이었다. 그래서 한번만 들으면 충분했다. 나중에 ×하이잉이 그런 과거회상보고 내용에도 차이가 있었다고 나에게 말해주었는데, 난 약간 뜻밖이라고 여겼다. 예를 들어 그 군사훈련 교육지도원이 말했다고 하는 내용은 다음과 같다. 극악무도한 구사회에서 그와 누나는 서로를 의지하며 살아갔는데 어느해 섣달 그믐날(이러한 이야기는 항상 섣달 그믐날 발생한다), 큰 눈이 내렸고(이러한 이야기가 발생할 때에는 항상 하늘에서 큰 눈이 내린다), 집에는 쌀이 떨어졌다. 그의 누나가 밥을 구걸하러 나가려고 하자(이러한 이야기에서는 항상 밥을 구걸한다), 그는 우리 가난한 사람들은 기개가 있으니 굶어 죽더라도 부자들에게 밥을 구걸하지 말자는 등의 말을 하였다. 나는 여기까지 듣고 ×하이잉에게 말했다. 뒷부분의 내용은 나도 아는데 그 누나가 개에게 물려 죽었다는 거잖아요. 하지만 내 말은 맞지 않았다. 그 누나는 거리에서 꽁꽁 언 군고구마가 땅 위에 있는 것을 보고 황급히 다가가 주운 다음 집으로 가지고 와서 그에게 먹였다. 하지만 유감스럽게도 그것은 군고구마가 아니라 얼어버린 똥자루였다. 이 보고를 듣고 돌아온 후 우리들은 토론을 벌였다. 하지만 난 회의를 할 때 발언을 하지도 않았고 다른 사람의 발언을 듣지도 않았다. 그래서 도대체 어떤 토론을 했는지 조금도 알지 못했다. 그때 토론 주제는 그 똥자루에 대한 의견을 발표하는 것이었다고 한다. 나중에 난 한참 생각하고 나서 겨우 말했다. 이 이야기는 극악한 구사회의 가난

한 사람들은 겨와 나무로 끼니를 연명했을 뿐만 아니라 똥을 먹고 오줌을 마셨다는 사실을 설명하려는 것이군요. 그러자 ×하이잉은 그런 생각은 내 깨달음이 저급하다는 것을 말해주며 내가 대회에서 발언하지 않은 것은 체면이 깎일까봐 일부러 약점을 숨긴 것이라고 했다. 그녀가 말한 요점에 의하면 그 똥자루는 지주가 그곳에 싸놓은 것으로 일부러 그런 고구마 모양으로 싸놓아 가난한 하층 농민을 해코지했다는 것이다. 바꾸어 말하면 그 노지주는 너무나 악독한 똥구멍을 가졌기 때문에 그를 잡아내야 한다는 것이다. 똥자루에 대해 그렇게 기묘한 추리를 할 수 있다니 과연 아주 고급스러운 지혜와 낭만적인 정서였다. 그 똥구멍을 가진 노지주를 실제로 잡아낼 필요도 없이 그의 음모를 폭로하는 것만으로도 혁명사업은 이미 승리를 거둔 것이다. 그리고 누가 그 똥자루를 싸놓았는지 진지하게 조사하면 혁명사업이 도리어 실패할 수도 있다. 비록 아주 하찮은 실패이기는 하지만 말이다. 그래서 ×하이잉도 그렇게 하려고 하지 않았다. 그런 고급지혜를 가지고 있었던데다가 늘 낡은 군복을 입고 있었으니 ×하이잉은 어디서나 간부가 될 수 있었다. 혁명시대의 고급지혜에 대해 나는 여전히 보충할 점이 있다. 내가 보기에 그것의 주요 성분은 낭만으로서, 언제나 기묘한 전략으로 승리를 거두고 항상 다른 모습으로 신선함을 주어야 한다. 다른 사람이 똥자루 이야기를 하면 당신은 악독한 똥구멍과 노지주까지 생각해내야 한다. 그 똥자루가 정말로 있었든 없었든 간에 당신은 계속 낭만적인 것을 좇아가야 한다.

4

　나중에 한번은 ×하이잉이 자신의 집에서 그 작은 선홍색 메리
야스 속옷만 입고서 종려털 침대보가 깔린 큰 침대에 누워 있었다.
그녀는 섹스할 때에만 속옷을 벗었는데 그때 그녀의 사타구니에는
여전히 붉은 흔적이 남아 있었다. 섹스 후에는 곧바로 다시 입었다.
이때 난 두 손을 뻗어 손가락으로 그녀의 양쪽 유두를 집었다. 그
녀가 고개를 숙여 슬쩍 보고서 말했다. 이거 정말 좋은데. 그런 후
눈을 감았다. 그때 나는 생각했다. 저 붉은 속옷은 알고 보니 순결
의 상징이구나. 그녀는 순결을 지키기 위해 애를 썼다. 순결은 일종
의 승리로서, 그것은 계급의 적들이 아직 목적을 달성하지 못했다
는 표시였다.
　나는 그림을 배울 때 화첩을 통해 성 바바라가 잔혹한 이교도에
의해 유두가 펜치에 끼워져 죽을 때까지 고통받았다는 사실을 알
게 되었다. 그 순간 그 생각이 나서 말했다. "아, 알고 보니 당신은
성녀 바바라이고 나는 이교도군요. 이제야 내가 누구인지 알게 된
셈이군요." 나중에서야 난 내가 잔혹한 이교도가 아니라 잔인한 일
본놈이라는 사실을 알게 되었다. 이것은 사실 나의 예상 밖이었다.
　×하이잉은 내게 그 교육지도원의 과거회상보고 내용을 여러번
들려주었다. 그중에는 이러한 것도 있었다. 그 교육지도원에게는
네명의 고모와 네명의 사촌 누이가 있었는데 모두 묘령의 여성이
었다. 그녀들은 달빛이 어둡고 바람이 세찬 저녁에 '잔인한 놈들'
에 의해 낡은 사당으로 납치된 후 강간당했다. 이때 그녀는 처음으
로 강간이라는 단어를 들었다. 그밖에도 '짓밟았다' '망가뜨렸다'
등의 약간 암시적인 말을 들었지만 강간이라는 단어는 처음으로

들었다. 그 순간 그녀는 그 뜻을 갑자기 깨닫고서 당황스러워 어쩔 줄 몰라했다. 비록 그 뜻을 갑자기 깨닫기는 했지만 얼마나 깨달았는지는 알지 못했다. 그녀는 또 나에게 만일 그때 누군가 그녀 앞에서 '성교'라는 단어를 말했다면 기절했을 거라고도 했다. 하지만 그 단어의 의미가 무엇인지는 조금도 알지 못했다. 그녀가 알 수 있었던 것은 그녀 자신이 바로 네명의 사촌 누이와 네명의 고모 중의 하나로 잔인한 놈들에 의해 낡은 사당으로 납치되었다는 사실이었다. 하지만 이 이야기는 여기서 중단되었다. 육년이 지난 후 그 잔인한 놈이 정말로 그녀 옆에 나타난 것이다. 그 잔인한 놈은 바로 나였다. 나는 그 교육지도원의 이야기를 진즉에 들은 적이 있기는 했지만 귀담아듣지는 않았다.

갑작스런 깨달음에 대해서는 나도 다음 몇가지 사례를 알고 있다. 내가 미국에서 아르바이트를 할 때 잘 알던 주방장이 채소를 볶다가 갑자기 무엇인가를 깨닫고 소리를 질렀다. 다음번 로또 번호가 전화번호부의 yellow page에 있음을 알게 된 것이다. 그는 내게 빨리 두 번호를 찾아 자신에게 알려달라고 했지만 주방에는 전화번호부가 없어 프런트로 찾으러 갔다. 때마침 한 서양놈이 지독하게 소리를 질러대고 있었다. 그는 주방장이 만든 음식을 한입 먹은 뒤 너무 짜서 물을 찾으며 waiter에게도 그 음식을 한번 먹어보라고 강요하고 있었다. 우리나라 지도자들 역시 갑작스러운 깨달음으로 『제3의 물결』을 발견했다. 물론 아르키메데스는 갑작스러운 깨달음으로 그의 과학법칙을 발견했다. 이는 갑작스러운 깨달음에는 두가지 종류가 있다는 것을 말해준다. 하나는 깨달은 이후에 이전보다 더 총명해지는 것이고, 다른 하나는 깨달은 이후에 더 멍청해지는 것이다. 내가 일생 동안 본 것은 모두 후자의 상황이었다. 그리고 나는 갑작스러운 깨달음을 얻을 필요도 없이 내가 어떤 놀이 속으로 끌려들어가 악역을 맡게 되었다는 사실을 알게 되었다. 단지 구체적으로 어떤 종류의 역할인지만 모를 뿐이었다. 나 자신이 잔인한 놈이라는 사실을 알게 된 후에라도 한번은 갑작스러운 깨달음을 얻지 않을 수 없다.

내가 잔인한 놈이 된 것에 대해 조금 더 설명할 필요가 있다. 나는 비록 키가 작긴 하지만 밭장다리도 아니고 안경을 끼고 있지도 않으며 쓰촨四川이 고향이니 일본인이라고 할 수도 없었다. 하지만 섹스에는 스토리가 있어야 하고 배역이 있어야 하기에 ×하이잉이 나를 함부로 날조해버렸다. 사실 나는 오히려 그녀가 나를 이교도로 만들어주기를 원했다. 왜냐하면 나는 본래 이교도였기 때문이다. 어쨌든 나는 일본인은 아니다.

5

사실 그 교육지도원의 이야기는 아직 끝난 게 아니다. 그는 또 사족을 집어넣어 많은 세부 내용을 만들었다. 예를 들어 그 잔인한 놈들은 세균부대원이어서 강간을 한 후 그의 고모와 사촌 누이의 배를 가르고 창자를 꺼내서 기름 냄비에 넣고 튀겼다는 것이다. 하지만 그 가련한 교육지도원은 세균실험 하는 것을 본 적도 없었고 단지 여우탸오를 기름에 튀기는 것만 보았을 따름이다. 그밖에도 그는 자신이 그 잔인한 놈들 가운데 끼여 사촌 누이와 고모를 강간하고 살해한 행동에 참여라도 한 것처럼 직접 본 듯한 묘사도 첨가했다. 그 아저씨는 현재 대략 오십여세인데 지금 아마도 어느 곳에

선가 그 이야기가 사실인지 거짓인지 알 수 없어 고민하고 있을 것이다. 만일 사실이라면 그는 어디에서도 사촌 누이와 고모를 찾을 수 없을 것이다. 만일 거짓이라면 왜 그것을 지어내야 했을까. 난 그가 영원히 알 수 없을 것이라고 생각한다. 왜냐하면 그러한 거짓 이야기를 지어낸 사람은 그가 처음도 아니고 마지막도 아니기 때문이다. 나는 그 원인이 이렇다고 생각한다. 극악한 구사회에서 일본놈에게 강간당하고 죽임을 당한 고모 네명과 사촌 누이 네명이 있다면 고생이 심하고 원한이 깊을 것이기에 크나큰 광영을 얻을 수 있다. 그밖에도 혁명사업에 위대한 공헌을 할 수도 있다. 그런 상황에서 고모나 사촌 누이 몇명을 바치고 싶어하는 사람이 생기는 것은 피할 수 없는 일이다. 하지만 그전에 먼저 반드시 자신에게 몇명의 고모와 사촌 누이가 있는지를 잊어버려야 한다. 이것이 가장 어려운 일이다. 어쨌든지 간에 ×하이잉은 그 말을 듣고서 마음이 아렸다. 그녀가 나에게 한 말에 따르면, 그녀는 그 보고를 듣고 저녁에 세찬 바람이 부는 어둠속에서 하얀 면양 무리가 한데 뒤엉켜 있는 꿈을 꾸었다. 그 하얀 면양은 사실 그녀와 그밖의 다른 사람들이었는데, 어둠속에서도 그렇게 하얬던 것은 옷을 입고 있지 않았기 때문이었다. 잠시 후 잔인한 놈들이 왔다. 그녀들은 어깨와 어깨, 가슴과 가슴을 밀착하고서 함께 이리저리 몰려다녔다. 그러다가 잠에서 깨어났다. 그녀의 표현에 따르면 그것은 사람을 흥분시키는 꿈이었다. 하지만 그때 나는 도대체 무엇이 사람을 흥분시킨다는 것인지 전혀 알아듣지 못했다. 나는 그 일을 거짓이라고 여겼다.

지금 나는 그러한 일에 대해 어느정도 알게 되었다. 만일 혁명시대에 우리들이 모두 장난감 인형이었다면, 그렇다면 사상적인 장난감 인형이었을 수도 있다. ×하이잉은 대열 속에 놓여 있었을 때 맞은편의 잔인한 놈을 보고 가슴이 두근거렸다. 하지만 그녀는 자신이 누군가에 의해 그 대열에 놓이게 되었으며 자신이 본 모든 것은 누군가가 그렇게 배치했기 때문이란 사실을 생각하지 못했다. 그녀의 가슴이 두근거린 것 역시 다른 사람이 그렇게 배치했기 때문에 일어난 일이다. 그녀의 일거일동과 생각 하나하나는 모두 다른 사람이 그렇게 배치했기 때문에 생겨난 것이다. 말하자면 그녀는 뱃속부터 거짓인 셈이다. 이 점을 생각하자 나는 발기 불능이 되기 시작했다.

시간을 1974년 여름으로 돌리면, ×하이잉의 집에 있는 그 좁은 방은 항상 어떤 냄새로 가득했다. 나는 섹스할 때 남녀 쌍방의 땀 냄새가 공기 속에서 합쳐져 화학반응을 일으키며, 이는 마치 방 안에 뚜껑이 열린 빙초산을 놓아둘 때처럼 특수한 신맛이 난다고 여겼다. 빙초산은 유기유리를 들러붙게 할 수도 있는데, 난 유기유리를 사용해 아주 멋진 트랜지스터라디오 케이스를 만든 적도 있다. 어떤 사람이 돈을 주며 내가 만든 것을 사고 싶다고 해서 그에게 그것을 팔았다. 아버지가 그 사실을 알고 나를 매섭게 때리더니 돈을 빼앗아버렸다. 나는 나이가 어리기 때문에 이렇게 '이윤에 마음이 현혹'되어서는 안된다는 것이 아버지가 말한 이유였다. 사실 아버지는 나를 때리지 말았어야 했다. 왜냐하면 나는 나이가 어려 이윤에 마음이 현혹될 수 없었기 때문이다. 사람이 어린 시절에 맞으면 커서는 유달리 정력적이 된다. 섹스할 때 내 정력은 땀과 함께 흘러나와 공중으로 피어오르곤 했다. 그 방은 그다지 덥지는 않지만 답답했다. 시작 때 우리는 종려털 침대보 위에 누웠고, 그래서 하이잉의 몸에는 언제나 아주 희미한 붉은 자국이 있었다. 나중에 돗자리로 바꾸자 그녀의 몸에는 격자무늬 같은 자잘한 자국이 생겨났다. 그녀는 이러한 흔적이 보기 좋다고 여겼지만 난 정말 끔찍해서 차마 눈뜨고 볼 수 없었다. 그해 여름에 나는 종종 손가락으로 ×하이잉의 유두를 집곤 했다. 그녀의 그곳은 아이를 낳은 사람처럼 색이 좀 짙었다. 이는 그녀가 태어날 때부터 피부색이 짙었기 때문이기도 했고, 그녀가 정력적이지 않기 때문이기도 했다. 섹스하기 전에 그녀의 얼굴은 매번 새빨개지면서 내게 상당히 사납게 굴었다. 일을 마치고 나면 그녀는 오히려 두들겨맞은 개처럼 멋쩍은 모습으로 내 뒤쪽에 있었다. 그녀가 내게 사납게 굴 때 난 아주 편했지만, 사납게 굴지 않을 때에는 아주 불편했다.

6

난 지금도 여전히 검은 가죽옷을 입기 좋아하는 왜소한 사람으로서, 얼굴은 검은 털로 가득하고 머리카락은 철빗 같다. 이 모든 것은 이십년 전과 조금도 다를 바가 없다. 색깔 성씨 대학생은 겨울에 중국식 솜저고리를 입는 중늙은이로 변했고, ×하이잉은 몸이 비대해져 눈을 잘 뜰 수도 없는 모습이 되었다. 그 두 사람의 몸에서 예전의 모습을 찾아내기란 어려웠다. 당시에 내가 그녀들을 만날 때에도 그녀들은 아주 어려 보이는 모습은 아니었다. 그녀들 모두 더 어렸을 때의 모습을 내게 말해준 적이 있다. 색깔 성씨 대학생은 전통적인 여자중학교를 다녔는데 여름에는 모든 학생이 멜빵 치마를 입고 검은색의 굽 낮은 운동화를 신어야 했다. 학교에서는 남자든 여자든 교사를 모두 선생님이라고 불렀다. 몇몇 선생님들은 검은색 치마를 입고 끈이 있는 평평한 운동화를 신었으며 쪽을 찌고 헤어네트를 썼는데 실패한 듯한 분위기를 띠고 있었다고 한다. 그녀의 가슴에 누울 때면 향기로운 냄새를 맡을 수 있었고 희고 견실하다는 느낌이 들었다. 그녀와 섹스를 하려면 부드러움이 필요했다. 하지만 난 그때 조금도 부드럽지 않았다. 그리고 ×하이잉은 늘 낡은 군복을 입고 있었고 '문혁' 시기에는 선생님들 앞에서 가죽 허리띠를 휘두른 적도 있었다. 그 가죽 허리띠는 소가죽으로 만든 것으로 무게가 반근이 넘는 커다란 구리 버클이 있어서 머리에 맞으면 곧바로 피가 날 수도 있었다. 하지만 자신은 때리지 않고 그저 위협만 했다고 그녀는 말했다. 그녀는 누군가가 맞아서 머리가 깨지고 피 흘리는 것을 결코 좋아하지 않았으며 단지 그런 분위기를 좋아했을 뿐이다. 그녀의 몸 위에 누워 있을 때면 쭉 펼쳐진 갈색 육체를 느낄 수 있었다. 그녀와 섹스를 하려면 약간의 잔인함과 살기가 필요했다. 하지만 그때 난 잔인함과 살기가 없었다. 나는 자신이 절기를 늘 맞추지 못하는, 농사지을 줄 모르는 농민이라고 여겼다.

　×하이잉은 어린 시절에 혁명전사가 적에게 묶여 모진 고문을 당하는 혁명영화를 몇편 보고서 옆집의 어린 남자아이에게 자신을 나무에 묶으라고 했다. 그녀가 보기에 나는 그 누구보다도 적과 비슷했다. 그래서 그녀는 자신의 유두가 나에게 집히는 것을 좋아했다. 이러한 놀이는 괴상하긴 했지만 어쨌든 안하는 것보다는 나았다. 그녀는 여기에서 신기함을 찾았다. 비밀공작, 고문, 학살, 이런 것들이 그녀의 영혼을 사로잡았다. 내가 보기에 이런 것들은 신기한 것이 아니었다. 나도 비밀공작을 한 적이 있었다. 1967년 우리 가족이 중립지대에 거주하고 있을 때 난 우리 집의 가구를 뜯어

냈다. 매일 오후에 나는 전선을 뚫고 집으로 가서 저녁을 먹었는데 그럴 때면 두 손을 높이 들고 외쳤다. "쏘지 마세요! 집을 살펴보러 왔어요!" 사실 난 애초부터 집을 살펴보러 온 것이 아니었다. 나는 그 사람들과 마주하고 있는 상대편인 '펜으로 만든 무기' 중에서 가장 흉악한 일원이었다. 그때 내 마음은 초조하고 불안했다. 만일 누군가가 나를 알아보았더라면 난 아마 통곡하며 눈물 콧물을 흘리면서 앞으로 다시는 '펜으로 만든 무기'를 위해 일하지 않겠다고 맹세했을 것이다. 또한 목숨을 구할 기회를 얻기 위해 나는 주동적으로 그들에게도 투석기를 만들어주었을 것이다. 내가 만든 투석기가 그들을 너무나 많이 때려죽였기 때문에 약간의 공을 세우지 않으면 그들이 결코 나를 용서해주지 않을 것이기 때문이었다. 만일 이러한 일이 있었다면 내 양심은 갈기갈기 찢어졌을 것이다. 왜냐하면 '펜으로 만든 무기'에서는 색깔 성씨 대학생뿐만 아니라 모든 사람이 나를 사랑했기 때문이다. 물론 내가 완강하게 버티다가 최후에 누군가의 창에 찔려 죽을 수도 있었을 것이다. 하지만 미리 생각해본 적이 없기 때문에 구체적으로 어떤 모습일지는 나도 분명히 말하기 어렵다. 비밀공작은 나의 놀이가 아니었다. 나의 놀이는 무기를 만드는 일이었다. 내가 만든 무기가 실패한다면 난 고개를 숙이며 목숨을 내놓을 것이다. 그래서 나중에 난 땅으로 다니지 않고 지하 수로를 고쳐서 그곳으로 다녔다. ×하이잉은 날 겁쟁이라고 했다. 만약 잡힌다면 그녀는 사납게 소리칠 것이다. 때려! 강간해! 죽여! 난 절대 투항하지 않아! 그저 이 평범한 세상이 그녀에게 시련을 견딜 기회를 주지 않은 것이 애석할 따름이다.

혁명시대에는 밥 먹는 일에 대한 완전한 논리가 없었다. '과거회상밥'이라 이름 지은 어떤 밥은 나물과 쌀겨를 많이 넣어 일부러 맛없게 만들었다. 그것을 먹다보면 구사회의 고통을 기억할 수 있었다. '행복희망밥'이라 이름 지은 또다른 종류의 밥은 일부러 맛없게 만들지는 않았는데, 그 밥을 먹다보면 신사회의 달콤함을 기억에 새겨둘 수 있었다. 밥 먹는 일에도 신사회와 구사회를 끌어들여야 했고, 그것도 의도적이어야 해서 나의 입맛은 다 떨어지고 말았다. 혁명시대에는 섹스에 대해서도 완전한 논리가 없었다. 혁명적인 섹스는 혁명청춘과 투쟁우정에서 기원한 것이고, 혁명적이지 않은 섹스는 자산계급의 타락한 사상과 계급의 적들의 유혹을 받아 되는대로 일을 치르는 것이었다. 신사회/구사회를 언급하지 않는 밥과 혁명/반혁명을 언급하지 않는 섹스는 분명히 수준이 아주 낮은 것이었다. 이 모든 것은 아주 복잡한 이론이었고, 난 이쪽 방면에서 줄곧 아둔했다. 그래서 아주 조심스럽게 그 영역을 피해 취미주의자가 되었다. 난이도가 있는 재미있는 일만 하고 싶어했고 성욕과 식욕은 아주 낮았다. 나는 이 두 분야를 자제했는데, 왜냐하면 그것들이 사람들에 의해 훼손되었기 때문이었다.

나는 혁명시대에 대한 생각을 약간 가지고 있기는 하지만 잘못된 것일 수도 있다. 혁명시대에 우리들은 밥 먹는 일을 수준 낮은 것으로 여겼다. 왜냐하면 먹을 만한 것이 별로 없었기 때문이다. 만약에 beef, pork, chicken, cheese, seafood를 마음대로 먹을 수 있었더라면 이렇게 말하지 않았을 것이다. 왜냐하면 정말로 먹을 수 있기 때문이다. 그 무렵에는 입는 일을 수준 낮은 것으로 여겼다. 역시 입을 만한 것이 별로 없었기 때문이다. 일년에 얼마 되지도 않는 직물배급표로는 위쪽은 돌보지만 아래쪽은 돌볼 수가 없었다. 만약에 다양한 유행 의상이 있었더라면 이렇게 생각하지 않았을 것이다. 왜냐하면 정말로 입을 수 있기 때문이다. 섹스는 수준 낮은 것이라는 말과 관련해 나는 이 방면에서 약간의 발언권이 있다. 왜냐하면 유럽에 놀러 갔을 때 나는 줄곧 기숙사식 여관에 머물며 공중목욕탕을 이용해서 몸을 가까이에서 관찰할 기회가 있었기 때문이다. 그리고 나라는 사람은 어려서부터 당나귀라고 불렸기 때문에 별것 아닌 것에 크게 놀라지 않았다. 그 사람들의 물건은 정말로 컸는데 그들의 것에 비하면 우리의 것은 아주 작았다. 많은 화교 인사들이 그 사실을 발견하고서 양놈들 것은 서나 안 서나 모두 같은 크기라는 유언비어를 퍼뜨렸다. 이는 순전히 질투에서 나온 말이다. 왜냐하면 잘 아는 동성애자가 나에게 그들 것은 서면 무서울 정도로 더 커진다고 말해주었기 때문이다. 이는 우리가 섹스를 수준 낮은 것으로 생각한다는 사실을 말해준다. 왜냐하면 할 수 있는 것이 별로 없기 때문이다. 만약에 물건이 컸더라면 그렇게 말하지 않았을 것이다. 왜냐하면 정말로 할 수 있기 때문이다. 속이 빈 워터우 두개와 흑설탕죽 한그릇을 진지하게 먹는다면 비웃음을 살 수 있다. 하지만 '과거회상밥'이나 '행복희망밥'이라고 말하면 아주 달라진다. 같은 이치로 잔빠처럼 아이의 것과 같은 물건을 꺼내면 비웃음을 면하기 어렵지만 혁명청춘이나 투쟁우정과 관련시키면 더 커 보일 것이다. 그런데 나의 통계학 교수가 나를 가르치며 말한 바처럼, 사건들 사이에 관계가 있다고 확정하는 일은 쉽지만 무엇이 원인이고 무엇이 결과인지를 확정하는 일은 어렵다. 그의 시각에 따르면 혁명시대에 확실했던 것은 먹을 것이 없고 입을 것이 없고 물건이 작았다는 사실이며, 아울러 먹고 입고 그 일을 하는 것을 모두 수준 낮은 것으로 여겼다는 사실이다. 하지만 먹을 것이 없고 입을 것이 없고 물건이 작았다는 사실이 그러한 일들을 수준 낮은 것으로 여기도록 만들었는지, 아니면 그러한 일들을 수준 낮은 것으로 여겼기 때문에 먹을 것이 없고 입을 것이 없고 그놈이 작은지는 단정할 수가 없다. 그렇지만 그 둘 사이에는 분명히 관련이 있다. 나는 그 물건이 결코 작지 않지만 만일 혁명시대에 살지 않았더라면 더 컸을지도 모른다. 혁명시대에 살면서 장기를 둘 수도 있었고, 수학문제를 풀 수도 있었으며, 또 두붓그리기를 할 수도 있었다. 하지만 다른 사람에게 들켜서는 안되었다. 혁명시대에도 '과거회상밥'이나 '행복희망밥'을 먹는 것과 같은 그런 성교는 할 수 있었다. 그런 성교가 아니면 아무런 의미가 없었다.

7

나와 ×하이잉이 그녀의 집에서 그 일을 벌이고 있을 때였다. 집 밖은 이미 따스하고 심지어 뜨겁기까지 한 계절이 되었건만 실내는 여전히 음침하고 서늘했으며 심지어 조금 춥기까지 했다. 옷을 벗을 때 손톱이 피부를 스치면 한줄 한줄 하얀 자국이 나면서 각질이 일어났다. 나는 각질 하나하나가 어떻게 흩어져 날아가는지 볼 수 있었다. 이는 나의 피부가 건성이라는 사실을 말해준다. 나는 내 앞에서 점점 드러나는 알몸을 거의 바라보지 않았다. 하려고 하는 그 일에 대해 나는 분명 죄의식을 가지고 있었는데, 왜냐하면 그때는 혁명시대였기 때문이다. 그때 마침 서쪽으로 기운 햇살이 작은 창을 통해 비쳐 들어왔다. 포플러나무를 통과한 햇살은 여섯살 때 조명시설을 갖춘 구장에서 보았던 날아다니는 나방떼 모양 같은 자잘한 태양 백반이 되어 ×하이잉의 그곳을 비추었다. 어떤 의미에서 보자면 난 이 일을 해서는 안되었지만 또 하지 않을 수도 없었다. 혁명시대에 성교를 한 사람들은 모두 이러한 모순된 감정을 느꼈을 것이다. 어떤 지혜는 남녀 사이에 애모하는 마음이 있으면 성교를 할 수 있다고 했다. 하지만 그것은 어느 시대에나 있는 저급지혜이다. 또다른 지혜는 남녀 사이에 원한이 충만해야만 비로소 성교를 할 수 있다고 했다. 내가 ×하이잉과 섹스를 할 때마다 그녀는 나쁜 놈, 불한당, 악질분자라고 하면서 내게 심한 욕을 퍼부었다. 이것은 혁명시대의 고급지혜였다. 난 두 종류의 지혜 사이에서 점점 초췌해져갔다.

그전에 나 혼자 머물러 있을 때 ×하이잉을 강간하고 싶다는 생각을 단지 한번만 하지는 않았다. 그것을 하는 데에는 많은 방법이 있었다. 예를 들어 클로로포름이나 에틸에테르를 구해 그녀를 마취시킨 뒤 일격을 가할 수도 있다. 심지어 기계장치 세트를 만들어 그녀를 그 속에 빠지게 할 수도 있다. 나처럼 잔꾀가 많은 사람이 힘을 사용해 억지로 강간하는 것은 아주 간단한 일이 아닐 수 없다. 하지만 결국 힘을 사용해 억지로 강간하지는 않았다. 그것이 날 너무나 풀 죽게 만들었다. 일을 치르고 나면 난 다시 멍해졌다. ×하이잉은 내가 자신을 강간했다고 말했다. 나는 그것에 대해 의견이 달랐고, 우리 둘은 쉬지 않고 논쟁을 벌였다. 그녀가 말했다. 내가 강간했다고 하면 강간한 거야. 내가 말했다. 당신이 이렇게 포악한데 누가 누구를 강간한 것인지 모르겠군요. 나는 논쟁을 하고 나서 그녀가 모든 성관계를 강간이라고 부르며 모든 남자는 다 강간범이 된다는 사실을 발견했다. 최후의 결론은 이러했다. 그녀는 강간당하기를 원하는 여자이고 난 자원하지 않는 강간범이다. 논쟁이 명백해지기도 전에 우리는 헤어졌다. ×하이잉과 헤어지고 난 후 난 심혈을 기울여 그림을 그렸고 목탄을 공장에 가져가지 않으려고 항상 세심한 주의를 기울였다. 난 다른 무엇을 할 때보다도 그림에 많은 정력을 쏟았지만 결국 아무 결과도 얻지 못했다. 내 형도 똑같이 많은 정력을 쏟아 사변철학을 연구했지만 결국 아무 결과도 얻지 못했다. 그 시절에는 아무리 큰 정력을 쏟고 어떤 일을 하더라도 결국에는 늘 아무 결과도 얻을 수 없었다. 왜냐하면 그때는 꽃만 피고 열매는 맺지 못하던 시대였기 때문이다. ×하이잉은 여전히 공청단 지부서기여서 갈수록 색이 바래지는 낡은 군복을 입고 대회에서 문건을 낭독하거나 자신의 좁은 사무실에서 낙후된 청년에게 보조교육을 했다. 하지만 그 일에 이미 약간의 변화가 생겼으니, 그녀는 공장 전체에서 가장 나쁜 녀석과 그 짓을 한 것이었다. 어쩌면 그녀 자신이 이해하는 바에 따르면 강간을 당했다고도 할 수 있다. 그녀는 이미 그다지 순수하지 않았다. 어쩌면 이는 그녀가 원했던 일인지도 모른다.

8

1974년 봄, 난 여전히 ×하이잉에게 가서 보조교육을 받았지만 보조교육의 내용은 이미 크게 달라져 있었다. 그녀는 항상 내 무릎 위에 앉아 나와 키스하려고 했다. 마치 그 일이 하늘이 어두워지면 너무 늦기라도 한 것처럼 말이다. 사실 그때 나는 이미 발기 불능에 가까웠지만 그녀는 그래도 나와 포옹하고 싶어했다. 난 이 일이 언젠가는 다른 사람에게 들키리라는 것을 알고 있었다. 다른 사람에게 들키면 어떤 결과가 있을지 참으로 상상하기 어려웠지만 또 별로 두려워할 건 없다는 생각도 했다. ×하이잉이 내 무릎에 앉아 있으면 묵직한 과일 같았다. 그녀는 녹색 망고였다. 내가 그녀를 묵직하게 느낀 것은 그녀가 정말 가볍지 않았기 때문이다. 아마 나보다 더 무거웠을 것이다. 내가 그녀를 덜 익은 과일로 여긴 것은 난 그녀와 달랐기 때문이다.

그때 나는 색깔 성씨 대학생을 떠올렸으며, 운동을 과도하게 했을 때의 느낌처럼 입술에서 피비린내가 났다. 이는 우리가 함께 실패를 경험했고 또 서로를 사랑했기 때문인데, 이보다 잔혹한 일은 다시는 없을 것이다. 만일 우리가 함께 생활한다면 매번 서로를 갈기갈기 찢어놓으려고 할 것이다. 만일 함께 생활하지 않는다면 평생 서로를 그리워할 것이다. 한쪽은 사랑하고 다른 한쪽은 사랑하지 않는다면 모두 잘 지내게 될 것이다. 만일 누구도 사랑하지 않는다면 평온하고 온화한 마음으로 함께 성생활을 즐길 수 있을 것이다. 그렇게 하는 것이 가장 좋다. 비록 그렇기는 하지만 난 아직도 그녀를 그리워한다. 왜냐하면 그것은 첫번째 실패였고 실패는 늘 내 영혼을 사로잡으니까.

지금 색깔 성씨 대학생을 만나면 그녀는 어떤 때에는 고개를 돌려버렸고, 어떤 때에는 인사를 하려는 듯 눈빛을 한동안 내 얼굴에 두었다. 이는 그때의 실패 역시 단숨에 청산되었다는 것을 말해준다.

×하이잉의 말에 의하면 자신이 처음 나를 보았을 때 내가 자전거를 타고 밖에서 매우 후락한 작은 골목으로 들어오고 있었는데, 입으로는 알아들을 수 없는 노래를 부르고 있었고 머리카락은 철빗처럼 하늘을 향해 삐죽 서 있어서 이 악취 가득한 두부공장과 몹시 어울리지 않았다고 했다. 그후 그녀는 호기심으로 탑에 올라와 나를 보았고 내게 손목이 잡혀 쫓겨났다. 얼마 후 나는 그녀의 가

슴을 두근거리게 만들었다. 모든 고급지혜에 의하면 그녀는 나 같은 놈을 상대해서는 안되었지만 결국 그녀는 참지 못하고 나를 상대하려고 했다. 그 일의 결과는 미루어 알 수 있다. 나중에 그녀의 작은 사무실에서 결국 우리는 다른 사람 눈에 띄었다. 처음에는 지나가는 사람에게 창문을 통해 어렴풋이 들켰고, 나중에는 무심코 문을 열고 들어온 사람에게 확실히 또 들켰다. 좀더 시간이 흐르니 공장 전체에 의견이 분분했다. 내가 아는 바에 의하면 그녀는 다른 사람들에게 들키는 것을 그다지 두려워하지 않았던 것 같다.

나중에 ×하이잉은 내게 자신도 1974년 여름에 나쁜 짓을 한 것 같다고 말했다. 유일한 차이라면 그녀는 자신이 나쁜 짓을 한번 한 것으로 충분하다고 생각했다는 점이었다. 그녀는 그 일을 일생에서 예외적인 일로 처리했다.

더 나중에 우리는 헤어졌고 그녀는 아무 일도 일어나지 않았던 것처럼 여전히 공청단 지부서기로 있었다. 아무 일도 일어나지 않은 것처럼 되었을 때 나는 비로소 이 일의 함의를 깨달았다. 혁명 시대에는 정해지지 않은 시간과 정해지지 않은 장소에서 불행복권을 추첨하는 일 외에는 더이상 어떤 신나는 일도 없었다. 살아 있는 모든 사람은 신나는 일이 필요했고, 그래서 그녀는 나를 찾아왔던 것이다.

나와 ×하이잉이 사람들에게 들킨 이후 부서의 지도자가 그녀를 불러 한차례 이야기를 나누었다. 돌아온 후 그녀는 진지하게 내게 다음부터는 자신의 사무실에 올 필요가 없으며, 나에 대한 '보조교육'은 끝났다고 말했다. 그때 그녀의 눈은 운 것처럼 빨갛게 충혈되어 있었다. 이를 통해 나는 그녀가 결국 모욕을 당했으며, 내가 이곳에서 모욕을 당했을 때와는 달리 어떠한 낭만적인 분위기도 없었을 거라는 생각을 하게 되었다.

1967년에 나는 일찍이 어떤 사람이 죽는 것을 나무 위에서 지켜본 적이 있다. 그 사건 역시 어떠한 낭만적인 분위기도 가지고 있지 않았다. 그 무렵 '펜으로 만든 무기'가 가장 좋아하던 노래는 「영광스러운 희생」이었다. 영광스러운 희생도 죽는 일이기는 하나 낭만적인 분위기가 아주 많이 있었다. 난 그녀가 진정한 모욕을 당한 후 커다란 창에 찔린 것처럼 이제 막 꿈에서 깨어났다고 여겼다. 하지만 내게 이 말을 한 뒤 그녀는 얼굴을 벽 쪽으로 돌리더니 '킥킥' 하고 웃기 시작했다. 나는 그녀에게 왜 여기에 올 필요가 없느냐고 물었다. 그녀는 "나쁜 영향을 끼쳐서"라고 하더니 크게 웃기 시작했다. 우리는 나쁜 영향을 끼쳐서 벌을 받아야 하지만 벌이 나쁜 영향을 끼치기도 한다. 그래서 그녀가 받은 모욕은 이처럼 낭만적인 분위기가 있었으나 그저 킥킥 하고 웃거나 하하 하고 웃을 정도의 가치만 있었다. 나중에 난 정말로 그녀를 더이상 찾아가지 않았고 이 일은 그렇게 어색하게 끝나버렸다. 그렇긴 했으나 이러한 결과는 인정상으로나 이치상으로 합당하다고 할 수 있었다.

×하이잉이 내게 우리 두 사람이 나쁜 영향을 끼친다고 했을 때 난 솔직히 아무런 느낌도 없었다. '나쁜 영향을 끼친다'는 것이 무엇이란 말인가? 가장 작은 불행복권조차도 그렇다고 할 수는 없다. 하지만 추첨이 시작되면 무엇이 불행복권인지 그녀는 금방 알게 될 것이다. 바로 그 순간 난 그녀로 인해 가슴이 두근거렸다. 그때 나는 나와 색깔 성씨 대학생의 일을 포함해 다른 사람에게 말할 수 없는 모든 것을 그녀에게 말하고 싶었다. 그리고 곧바로 그녀와 섹스를 하고 싶었다. 왜냐하면 나는 자신이 이미 발기 불능이 아니라고 느꼈기 때문이다. 그밖에 나는 흔쾌히 잔인한 놈 역할을 하고

싶었고, 심지어 곧바로 일본어 공부까지 하고 싶었다. 난 흔쾌히 색깔 성씨 대학생을 영원히 잊고서 평생 그녀 한 사람만 사랑하고 싶었다. 나는 이러한 말을 했지만 그녀는 듣고도 아무런 반응이 없었다. 그저 물건을 정리하며 집에 돌아갈 준비만 했다. 마지막으로 문을 나설 때 그녀는 내게 이렇게 말했다. 모든 것이 끝났어. 아직 모르겠어? 그후 그녀는 나와 어떤 말도 나누지 않았는데, 잔빠와 결혼하고서야 비로소 나를 상대해주기 시작했다. 이 일이 내게 알려주는 바는 그녀는 나쁜 영향을 끼친 것이 불행복권이었다고 전혀 생각하지 않았다는 사실이다. 그녀는 나쁜 영향을 끼친 것은 바로 잘못을 저지른 것이었다고 생각했다. 마오 주석은 이렇게 가르쳤다. 잘못을 했으면 반드시 바로잡아야 한다…… 바로잡는 사람은 훌륭한 동지다. 복권을 추첨하는 그런 놀이에 그녀는 경건하고 정성스러운 태도를 유지했다. 그런 점에서는 생리대를 먹은, 내가 아는 그 주방장과 비슷했다. 그들은 모두 복권 추첨이 임의적이라고 여기지 않고 누군가 관리하는 사람이 있다고 여겼다. 즉 좋은 행동을 하면 잘못을 저지르지 않을 수 있고 생리대를 먹으면 당첨금을 한몫 챙길 수 있다고 여겼던 것이다. 물론 불행복권과 행운복권은 아주 큰 차이가 있다. 전자는 한 회씩 추첨을 해갈수록 참가하는 사람이 적어져 조만간 당첨될 것 같다는 느낌을 주지만, 후자는 복권을 사는 사람이 갈수록 많아져 영원히 당첨될 수 없을 것 같다는 느낌을 준다. 이 문제는 비록 어렵긴 했지만 결국 그녀는 그것을 풀었고, 좋은 영향 나쁜 영향 같은 그런 일은 일소一笑에 부칠 수 있게 되었다. 하지만 그것은 나중의 일이었다. 왜냐하면 이런 놀이는 언제나 반복되기 때문이다. 단지 빠른가 늦는가의 차이만 있을 뿐 혁명시대를 살아간 사람들은 모두 이 문제를 풀 수 있었다. 하지만 혁명시대를 살지 않은 사람들은 영원히 풀 수 없을 것이다.

그후에도 나는 그 두부공장에서 오랜 동안 계속 일을 했고 종종 ×하이잉을 보았다. 난 그녀를 볼 때마다 매번 음흉한 웃음을 지어 보였지만 그녀는 늘 얼굴을 돌리면서 나를 알은체도 하지 않았다. 나중에 그녀는 방법을 강구해 두부공장에서 다른 곳으로 옮겨갔다. 지금 나는 자신이 ×하이잉에 대해 아는 바가 많지 않음을 인정하고자 한다. 왜냐하면 그녀가 나와 그 일을 했을 때 이미 처녀가 아니었기 때문이다. 이는 어쩌면 어린 시절에 그녀가 다른 사람에 의해 백목련나무에 묶였던 것 말고 다른 놀이도 즐겼기 때문인지도 모르고, 또 잔인한 놈이 나 하나만이 아니었는지도 모른다. 도대체 어떻게 된 일인지 난 알아보지 않았다. 나는 혁명시대를 살았지만, 단지 혁명시대만으로 나의 모든 것을 설명하기에는 부족하다. 나뿐만 아니라 다른 사람 역시 그러할 것이다.

제8장

1

  자신이 어른이 된 과정을 돌이켜보니 지금 나는 가장 먼저 색깔 성씨 대학생이 떠오르고, 그다음에는 내 아내가 생각나며, 마지막으로 ×하이잉이 떠오른다. 사실 이건 맞지 않다. 차례대로 나열하면 일의 순서는 이러하다. 우선 1958년에 나는 학교 운동장에 나타나 다른 사람이 강철을 제련하는 모습을 보았다. 그후 나는 소학교에 진학해 닭이 발코니로 날아오르는 것을 보았고 선생님한테서 돼지라는 소리를 들었다. 그다음에 중학교에 올라갔고 일년이 지난 후 '문혁'이 시작되자 집으로 달려가서 다른 사람들을 도와 싸움을 했고 색깔 성씨 대학생을 알게 되었다. 싸움이 끝난 후 색깔 성씨 대학생은 시골로 보내지고 난 다시 학교로 돌아왔다가 그곳에서 두부공장으로 갔고 그곳에서 ×하이잉을 만나 곤경에 빠졌다. 아내를 만난 것은 더 이후의 일이다. 이는 모두 나 자신의 일이고 그 속에는 성공과 실패가 모두 들어 있다. 강철제련은 내가 화가가 되어 자홍색의 하늘을 그려야 했다는 것을 의미한다. 닭이 발코니로 올라갔던 일은 내가 발명가가 되어 세상을 바꾸어야 했다는 것을 의미한다. 난 색깔 성씨 대학생과 섹스를 하고 싶었고 ×하이잉을 강간하고 싶었다. 이는 모두 내가 하고 싶었던 일이고 모두 실패했던 일이다. 난 화가가 되지 못했고 세상을 바꾸지도 못했으며 색깔 성씨 대학생과 그 일을 치르지도 못했다. 또 ×하이잉과는 간신히 사통을 하긴 했지만 이것 역시 내가 실패한 일이다. 만일 나와 관계가 친밀한 정도에 따라 배열한다면 가장 처음은 나의 아내이다. 이는 어떠한 성공과 실패도 없는 인간적 배열이다. 이렇게 이야기를 하다보니 나는 마치 머리 없는 파리에 불과한 것 같다. 사실상 별로 차이도 없을 것이다.

지금의 상식에 비추어 보면, 색깔 성씨 대학생은 나와 아주 친숙하고 성관계가 발생할 뻔하기도 했으니 헤어질 때 편지할 주소를 남겨놓아 매번 명절 때 축하카드를 서로 보낼 수 있도록 해야 했지만 실제로 그렇게 하지는 않았다. 그녀는 며칠 동안 나를 찾아오지 않았다. 다시 며칠이 지나 내가 알아보고 나서야 그녀가 학교를 떠났으며 어디로 갔는지 모른다는 사실을 알게 되었다. 나는 나중에 대학에 합격했는데, 역시 ×하이잉을 찾아가 이별을 고하지 않고 휙 떠나버렸다. 당시에는 그러한 것의 의미를 분명히 이해하지 못했던 것 같다. 몇년이 지나 다시 생각해보고 나서야 모든 것을 알게 되었다. 1967년에 색깔 성씨 대학생은 나와 헤어지기 전에 할 말이 없었던 것이다.

2

혁명시대에 난 ×하이잉을 그녀의 집에 있는 좁은 방에서 종려 털 침대보가 깔린 큰 침대에 묶고 큰대자로 사지를 벌리게 했다. 그때 그녀는 잠든 것처럼 눈을 감고 있었지만 고통을 참을 준비를 하고 있는 것처럼 쉼 없이 숨을 내쉬고 있었다. 이같은 일을 마친 나는 욕정이 모두 사라지는 바람에 그녀의 두 다리 사이에 앉아 한 마디도 하지 않고 담배를 피웠다. 방 안은 점점 어두워졌다. 본래는 그녀를 때리고 그녀를 유린해야 했지만 난 그녀의 피부가 거울처 럼, 그리고 이허위안의 구리 소처럼 반들반들한 것을 보고 손가락 하나로 그 위를 반복해서 밀어대기만 했다. 그녀는 내가 자신을 때 리고 유린해주기를 기다렸지만 끝내 계속 기다리지는 못했다. 나 중에 그녀가 고개를 들어 말했다. 날 풀어줘. 난 그녀를 풀어주었 다. 우리 둘은 어깨를 나란히 하고 앉았다. 우리는 이런 일을 아주 여러번 했지만 한번도 완전히 성공하지는 못했다. 이는 내가 온몸 이 검은 털로 뒤덮여 있기는 하지만 잔인한 놈이 아니라는 사실을 말해준다. 내 마음은 깜깜한 밤처럼 그렇게 시꺼멓지는 않았다. 나 는 마음속에서 색깔 성씨 대학생에 대한 미련이 떠올랐다. 나는 × 하이잉이 내게 키스해주기를 기다리며 말했다. "날 사랑해봐." 하 지만 끝내 계속 기다리지는 못했다. 그녀의 마음은 깜깜한 밤이었 고 잔인했다. 우리 둘은 이렇게 서로 엇갈렸다. 결과적으로 나는 그 녀를 묶지 않았고 그녀 역시 내게 키스하지 않았다. 그날 그렇게 아쉬운 대로 대강 일을 치렀는데, 양쪽 모두 만족하지 못했다.

최근 ×하이잉을 만났을 때 그녀가 내게 말하길, 요즘 자신은 잔빠를 껴안고, 그와 키스하고, 그러고 나서 속옷을 벗고, 이렇게 그 냥 단순하게 일을 치르는 것 같다고, 이 역시 안될 것도 없는 것 같 다고 했다. 그리고 그녀는 또 삶이란 바로 이런 것 같다고, 삶에 대 해 지나치게 진지할 필요는 없는 것 같다고 했다. 나는 그 말의 의 미를 오늘 이후로 그녀가 다시는 날 그리워하지 않을 것이고 나 역 시 다시는 그녀를 그리워할 필요가 없다는 말로 받아들였다. 그녀 가 나를 잔인한 놈이라고 상상했던 것은 그녀만의 독특한 방식으 로 나를 사랑했던 것이라고 나는 생각한다. 그후 그녀도 줄곧 나 를 사랑했던 것이다. 이를 위해 난 잔인한 놈이 되어야 했고 마음 은 어두운 밤처럼 새까매야 했다. 이는 놀이에 지나지 않았으며 어 떠한 두려움도 없었다. 모든 사람이 다 나에게 그런 기질이 있다는 것을 알았는데, 그것이 바로 그녀가 날 사랑하게 된 원인이었을 것 이다. 다만 혁명시대에 나는 자신의 그런 기질에 깜짝 놀랐을 따름 이다. 이제 그녀는 나를 사랑하지 않는다. 이것이야말로 가장 애석 한 일이다.

3

지금 난 여전히 '고급지능'연구소에 다니고 있다. 잔빠는 우리 연구소 부근의 병원에서 의사로 일하고 있는데, 공교롭게도 그 병 원은 우리와 계약한 병원이었다. 색깔 성씨 대학생은 우리 연구소 와 같은 길거리에 있고, ×하이잉 역시 멀지 않은 곳에 있다. 우리 몇 사람은 또다시 한데 모였다. 난 약간 잘난 척하며 생각했다. 그 들끼리는 알지 못하니까 이는 내 덕분에 가능해진 거야. 현재 나는 매일 아침 달리기하러 바깥에 나간다. 그리고 매연과 물기가 결합된 뿌연 안개 속을 달린다. 나는 이미 늙은 것 같기도 하고, 또 아직 젊은 것 같기도 하다. 혁명시대는 시나간 것 같기도 하고, 또 아직 시작되지 않은 것 같기도 하다. 사랑은 끝난 것 같기도 하고, 또 아직 오지 않은 것 같기도 하다. 난 일등 복권에 당첨된 것 같기도 하고, 또 아직 복권 추첨일이 되지 않은 것 같기도 하다. 이 모든 것이 끝난 것 같기도 하고, 또 이제 막 시작된 것 같기도 하다.

* * *

이 소설은 격월간 잡지 『화청花城』 1994년 제3기에 처음 발표되었다.

고통과 유희의 저항

1. 왕샤오보와 주인공 왕얼

　'중국의 제임스 조이스' '중국의 카프카'라는 별명을 지니고 있는 왕샤오보(王小波)는 많은 중국인들의 마음속에 '낭만적 기사' '음유시인' '자유사상가'로 각인되어 있다. 1952년에 태어나 중국의 성장통을 다른 사람과 함께 느끼며 자라났던 그는 시대의 아픔을 독특한 시각으로 풀어내면서 동시대인들의 상처를 치유해주는 창작활동을 했다. 첫 작품이 1980년에 발표되기는 했지만 왕샤오보의 작품들은 대부분 1990년대 이후에 발표되었다. 그가 1997년 심장마비로 갑작스럽게 사망하자 수많은 중국인들이 진심으로 가슴 아파했으며 지금까지 많은 이들의 마음속에 그는 '자유를 위한 반항아'로 기억되고 있다.

중국의 문학평론가 홍쯔청(洪子誠)은 1990년대 이후 체재와 권력에 대한 학술계와 문학계의 비판이 날마다 커져가고 있었기 때문에 '자유'의 쟁취를 부르짖는 왕샤오보의 담론은 다소 '우상화'되었으며 그의 '반(反)신화적 글쓰기'는 '새로운 신화'가 되었다고 지적하였다. 동시에 '유행문화'의 범주에서 왕샤오보를 이해하려는 경향도 지적하며 이 두가지 시각이 왕샤오보를 이해하는 대표적 견해가 되었다고 말한다. 홍쯔청도 지적하고 있지만 이러한 두가지 시선은 모두 왕샤오보의 '작가'로서의 존재감을 다소 홀시하고 있다.

1997년 갑작스러운 왕샤오보의 죽음이 중국사회에 큰 충격과 아쉬움을 남긴 이유 중 하나는 지식인의 길과 책임에 대한 사회적 요구가 강렬했기 때문이다. 20년 이상의 세월이 지나서도 끊임없이 왕샤오보 소설에 대한 분석이 이루어지고 있지만, 중국대륙에서의 연구는 많은 경우 아직 이러한 요구에서 크게 벗어나지 않고 있다. 반면 대륙의 정치사회적 현실과 많은 거리를 두고 있는 타이완에서는 왕샤오보의 작품세계가 지니고 있는 문학적 성취를 크게 인정해 일찍이 1991년과 1995년에 왕샤오보의 중편 「황금시대」와 「미래세계(未來世界)」가 『롄허바오(聯合報)』 문학상을 수상하기도 하였다.

사실 왕샤오보에게 소설 창작은 스스로의 상처를 치유하는 과정이기도 했으며, 자신의 존재를 확인받는 실존적 구도의 과정이기도 했다. 그래서 그의 작품에는 작가 자신의 성장 배경이 되었던 문화대혁명 시기의 삶을 다룬 작품이 많은데 그중에서 대표적인 작품이 「황금시대」와 「혁명시대의 연애」이다. 작가의 많은 작품 속 주인공 이름은 왕얼(王二)이며 여기에 소개하는 「황금시대」와 「혁명시대의 연애」 속 남자 주인공의 이름 역시 왕얼이다.[1] 「황금시대」의 배경인 1970년대에 왕얼은 21세로서 1950년대에 태어났음을 알 수 있다. 「혁명시대의 연애」에서 왕얼은 1993년에 42세가 된다. 왕얼이 등장하는 다른 작품들에서도 왕얼은 모두 1950년 초반에 태어난 것으로 설정되어 있다. 또한 「황금시대」나 「혁명시대의 연애」에 등장하는 왕얼의 모습을 보면, 중국에서 대약진운동과 문화대혁명을 경험하고, 미국 유학을 가며, 유럽 여행을 한다. 이러한 이유에서 왕샤오보 소설에 등장하는 왕얼은 작가 자신의 그림자(페르소나)라고 말해지기도 한다.

2. 왕샤오보의 문혁 서사

「황금시대」와 「혁명시대의 연애」를 포함한 왕샤오보의 많은 소설은 중국의 문화대혁명을 배경으로 한다. 1976년 문화대혁명이 끝나고 나서 중국에서는 문화대혁명 시기의 상처를 이야기하는 '상흔문학(傷痕文學)'과 '반사문학(反思文學)'이 등장했다. 상흔문학과 마찬가지로 왕샤오보의 소설도 문화대혁명을 배경으로 하고 있지만, 서사적인 측면에서 왕샤오보의 소설은 상흔문학과는 다른 매우 독특한 시각을 보여준다.

무엇보다도 왕샤오보의 소설은 기존의 '문혁 서사'에서 보여지

---

1 「홍푸의 야반도주(紅拂夜奔)」 「유수 같은 세월(似水流年)」 「삼십에 자립하고(三十而立)」 「나의 음양 세계(我的陰陽兩界)」 등에도 왕얼이 등장한다.

던 정치성과 도덕성의 획일적 결합에서 벗어나고 있다는 점을 들수 있다. 흔히 상흔문학이나 반사문학에서는 문혁을 묘사할 경우 시대적 고통을 절실하게 묘사하기 위해 종종 박해받는 인물의 도덕적 측면을 강조하곤 한다. 작품에서 고통을 받다가 재난을 극복한 인물은 구원의 주체자이자 도덕적 인품을 지닌 사람으로 그려진다. 반면 정치적인 가해자는 도덕적으로 악한 품성을 지닌 사람으로 그려진다.

하지만 왕샤오보의 소설에서는 박해받는 주인공의 정치적 상황이 도덕적 우월함을 보장해주지 않는다. 「황금시대」의 왕얼은 때때로 그 존재마저 부정당할 정도로 정치적으로 비판받는 문혁의 피해자이지만 도덕적으로 올바르다고 말하기는 어렵다. 「혁명시대의 연애」 속 왕얼 역시 정치적 피해자이지만 가장 친한 친구를 놀리고 잠자리를 잔인하게 죽이는 등 도덕적으로 훌륭하다고 할 수는 없다. 정치적 박해자들 역시 도덕적으로 저열하거나 악하지만은 않은, 지극히 평범하고 일반적인 모습으로 그려진다. 「황금시대」에서 천칭양(陳淸揚)과 왕얼에 대한 규탄대회를 준비하던 선전대장이 두 사람에게 이런저런 양해를 구하는 장면에서 이를 알 수 있다. 사실 중국의 문화대혁명이 인간관계를 왜곡시킨 점도 분명히 있지만 많은 문학작품에서 과도하게 가해자와 피해자의 관계를 도식화해온 것도 사실이다.

하지만 왕샤오보의 관심은 인간 그 자체에 있었지 결코 정치적이거나 도덕적인 시시비비를 가리는 데 있지 않았다. 상흔문학이나 반사문학 작가들은 문혁이 개인에게 가한 고통을 폭로하고, 그 비극의 원인을 주로 문혁을 일으킨 사인방과 시대적 특수성 탓으로 돌리곤 했다. 하지만 왕샤오보의 소설은 문혁을 배경으로 하고 문혁의 폭력성과 황당함을 드러내고 있기는 하지만, 시대적 고통의 원인을 단순히 특정한 역사 상황 탓으로만 돌리지는 않는다. 왕샤오보의 문혁 서사는 문혁이라는 시대와 그 시대의 아픔을 반영할 뿐만 아니라 문혁이라는 특정한 역사적 상황을 뛰어넘어 제도적인 독재와 폭력을 사유하며, 나아가 인간의 내면에 감추어진 욕망의 심층을 사유한다. 권력에 대한 왕샤오보의 비판은 문혁 시기의 특정 권력에 대한 비판을 뛰어넘어, 인간이 통제하는 담론과 시스템 전체로 향한다. 그래서 그의 소설에서는 문혁에 대한 원망이나 문혁 시기 폭력의 집행자들에 대한 단죄의식은 보이지 않는다. 오히려 문혁이라는 특수한 시대 상황을 통해 인류의 보편적 고통과 복잡한 내면 심리를, 역사의 특수한 시기가 지나가더라도 사라지지 않을 인성의 선과 악을 사고하고 고찰한다.

3. 집단의 폭력과 개인

「황금시대」와 「혁명시대의 연애」는 집단 속에서 억압되고 자아 상실의 위기에 처한 개인의 존재를 드러내는 데 많은 공을 들인 작품이다. 「황금시대」는 천칭양의 걸레 토론으로 시작된다. 문혁 때 인민공사 15생산대에 배치되어 있던 의사 천칭양이 왕얼을 찾아와 자신이 걸레가 아니라는 사실을 증명해달라고 한다. 그녀는 자신이 걸레 짓을 한 적이 없기에 걸레로 불리는 것은 고양이를 강아지라고 부르는 것처럼 불합리하다고 주장한다. 자신은 고양이인데 모두가 강아지라고 부르는 상황에서 자신이 고양이임을 증명해야 하는 것, 이것은 개인의 실존과 연관된 문제이다. 개인의 자아의식이 집단의식에 의해 정해지는 상황인 것이다. 자신이 걸레가 아님을 증명해달라고 온 천칭양에게 "사람들이 당신을 걸레라고 하면 당신은 걸레가 되는 거야. 특별히 따질 만한 이지가 있는 것은 아니야. 사람들이 당신에게 서방질을 했다고 하면 당신은 서방질을 한 것이 돼. 이것 역시 따질 만한 무슨 이치가 있는 것은 아니야"(11면)라고 한 왕얼의 대답은 집단의식에 의해 개인의 자아가 소멸되어버린 사회에 대한 풍자이다.

사실 천칭양이 정말로 '걸레'인지 아닌지에 대해 사람들은 별로 관심이 없다. 소설에서 중요한 것은 대중의 판단이 '진리'이고 개인이 그것을 '진리'로 받아들인다는 점이다. 그리고 누군가를 걸레로 만들어 비판함으로써 자신은 비판의 대상이 아님을 확인한다는 것이다. 물론 대중은 개인의 집합이고 그들의 판단은 권력 시스템 속에서 '만들어진' 것이다. 이렇게 왜곡된 진실이 승리함으로써 대중은 더욱더 권위에 의해 생산된 '진리'에 복종하게 되고 '진리'의 자발적 집행자가 된다. 왕샤오보는 문혁으로 대표되는 권위의 시대에 너무나 쉽게 개인의 실존이 와해되는 모습을 작품의 앞부분부터 충격적으로 보여준다. '진(眞)'만이 남아 있는 세계에서 '선(善)'과 '미(美)'의 기준 역시 '진'에 의해 결정된다.

「황금시대」에서 왕얼이 무수히 작성하는 반성문의 내용은 조금도 중요하지 않다. 반성문은 그와 천칭양이 그것을 써야 할 정도로 나쁜 사람이라는 권력과 대중의 판단을 긍정하는 형식이기에, 중요한 것은 반성문을 쓰는 행위 그 자체이다. 「황금시대」에서 왕얼과 천칭양은 산에서 내려와 인민보위조에서 심문을 받게 되는데, 처음에는 국외로 빠져나가 적대세력과 내통하고 온 것이 아닌가 하는 의심을 받는다. 하지만 이를 부정하자 둘 사이에 있었던 남녀 문제에 대해 반성할 것을 요구받는다. 이 역시 부정하자 투기로 폭리를 취한 문제에 대해 반성할 것을 요구받고, 역시 부정하자 다시 적과 내통한 문제에 대해 반성할 것을 요구받는다.

어쨌든 반성문은 써야 해. 구체적으로 무엇을 반성할지에 대해서는 너희가 알아서 상의하도록 해. 만일 아무것도 반성하지 않으면 너희를 풀어주지 않을 거야. 나는 천칭양과 상의해서 남녀관계 문제를 반성하기로 했다. (51면)

반성문 작성은 「혁명시대의 연애」에서도 비슷하게 반복된다. 왕얼이 ×하이잉의 사무실에서 특별 보조교육을 받을 때 ×하이잉은 왕얼에게 끊임없이 무엇인가 반성하기를 요구한다.

당신은 어떻든지 간에 뭔가에 대해 반성해야 해. 그러지 않으면 내가 어떻게 당신을 위해서 '보조교육' 글을 써줄 수 있겠어? (…) 하지만 그는 아무것도 생각해낼 수 없었다. 강요에 못 이겨 어쩔 수 없이 어린 시절 옆집의 홍당무를 훔쳤던 일을 자백했다. (148~49면)

이들이 무엇을 했고 어떠한 존재인가는 전혀 중요하지 않다. 중요한 것은 이들이 투쟁의 대상이 되는 나쁜 존재임을 증명해서 투쟁이 이루어지도록 하는 것뿐이다. 정말 중요한 것은 투쟁 그 자체인 것이다.

개인이 어떠한 존재인지 의심받는 상황을 뛰어넘어 심지어 존재 자체마저도 너무나 쉽게 부정된다. 「황금시대」에서 베이징 지식청년들의 상황을 조사하기 위해 사람이 온다는 소문이 돌자 비판대회에서 허리를 다친 왕얼의 존재는 모든 사람들에 의해 부정된다. 그가 치료를 받았던 병원에서도, 그가 일했던 생산대에서도 왕얼이라는 사람이 있었다는 사실이 부정된다. 심지어 전청양조차도 왕얼이 정말로 존재했었는지를 의심할 정도로 왕얼의 존재는 모든 사람들에 의해 부정된다. 천칭양이 "모든 사람이 그가 존재하지 않는다고 말하니 아마도 존재하지 않는 거겠죠"(37면)라고 말할 수밖에 없는 상황은 천칭양이 걸레가 되어야 했던 상황과 조금도 다르지 않다. 분명 왕얼의 존재에 대한 이러한 부정은 권력의 의도와 집단의 공모로 자행된 것이다.

자신이 누구인지, 어떠한 존재인지 망각당한 개인을 왕샤오보는 「황금시대」에서 '거세된 소'에 비유해 상징적으로 이야기한다.

이렇게 거세된 놈들은 이후에 풀을 뜯어먹고 일하는 것만 알지 다른 것은 알지 못한다. 도살할 때에도 묶을 필요가 없다. 망치를 잡은 생산대장은 이러한 수술을 인류에게 행해도 같은 효력이 있을 것임을 조금도 의심치 않았다. (16~17면)

거세당해 풀 먹고 일하는 것만 알며 심지어 죽음 앞에서 저항조차 할 수 없는 소의 모습은 자신의 실존과 자아와 존재를 상실당한, 정신적으로 '거세'당한 인간의 모습 그 자체이다.

4. 유희적 저항

왕샤오보의 소설은 이러한 권력의 폭력성을 드러내는 데서 멈추지 않는다. 상흔문학이나 반사문학이 힘겹고 고통스러운 자기승화 과정을 거쳐 문혁의 아픔에서 벗어나고자 했다면, 왕샤오보는 권력의 틈새를 파고들어 그것의 황당한 논리를 통해 황당한 시대의 모습을 희롱한다.

무엇보다 왕샤오보는 권력의 폭력에 형식적으로 순종하는 인물을 통해 권력을 우스꽝스러운 것으로 만들어버린다. 「황금시대」에서 자신이 걸레가 아니라는 사실을 증명해달라는 천칭양에게 왕얼은 그녀가 걸레가 아님을 증명하는 것이 쉽지 않으니 차라리 걸레 짓을 해서 자신을 걸레로 여기라고 한다. 결국 천칭양은 스스로 '걸레'가 된다. 그런데 중요한 것은 만일 천칭양이 대중권력의 힘에 굴복해 자신을 기만하면서 걸레가 되었다면 그것은 패배였을 것이다. 하지만 천칭양은 대중적 폭력 속에 잠재된 욕망을 그대로 재현함으로써 권력의 폭력성에 대항한다. 그녀는 자신을 밧줄로 묶고 단상에 올려 비판하는 사람들을 향해 가끔 고개를 돌리고 웃어주기도 한다. "그녀는 그 사람들이 시키는 일을 기분 좋게 모두 다 했다. 그 나머지 일은 그녀와 무관했다. 그녀는 이렇게 무대 위해서 걸레 역할을 연기했다."(80면) 그리고 왕얼과 성관계를 맺은 후 천칭양은 사람들에 의해 걸레로 불리면서도 걸레가 아니었을 때보다 훨씬 좋다고 여긴다. 심지어 규탄대회가 끝나고 나서는 왕얼과 '우정'을 돈독히 하기 위해 정사를 벌이기도 한다. 규탄대회에 불려나가 비판을 당하는(적극적으로 자신들을 타도하자는 구호를 외치기도 한다) 행위는 이들에게 하나의 퍼포먼스이다. 이들은 권력의 폭력성을 성적인 쾌락을 위한 전희로 만들어버린다. 왕얼은 자신을 비판하는 반성문을 쓸 때 작가와 같은 마음으로 창작한다. 그리고 그의 반성문은 이후 영미문학을 하는 친구에 의해 빅토리아 시대의 지하소설과 같은 맛이 난다는 평을 받기도 한다.

「혁명시대의 연애」속 왕얼은 「황금시대」의 왕얼보다 단정하고 세련된 모습으로 등장한다. 왕얼은 예술을 이야기하고, 과학을 논하고, 인공지능을 연구하는 연구원의 신분이다. 그래서 「황금시대」와는 다른 풍격으로 문혁 시기의 폭력을 대하지만 유희적 태도는 조금도 다르지 않다. 특히 혁명이란 무엇인가에 대한 왕얼의 설명은 폭소를 자아내기도 하지만 곰곰이 생각해보면 매우 현실적이기도 하다.

> 혁명의 의미는 사람들이 알 수 없는 이유로 희생물이 될 수 있다는 것을 말한다. 마치 서왕모(西王母)가 하늘에서 요강을 비울 때 누구의 머리 위로 떨어질지 알 수 없는 것과 같다. 또 복권을 추첨할 때 누가 당첨될지 알 수 없는 것과도 같다. 우리는 충분히 이러한 것들을 견뎌낼 수 있다. 희생당하는 사람이 되든 아니면 희생당하지 않는 사람이 되든 모두 견뎌낼 수 있다. 혁명의 시대는 바로 그런 것이다. 혁명시대에 나는 버스에서 할머니를 만나도 자리를 양보하지 않았다. 그녀가 지주의 마누라일까봐 두려웠기 때문이다. 그리고 세살 난 아이도 감히 기분 나쁘게 해서는 안되었다. 그애가 어딘가에 가서 고발할지도 모르기 때문이었다. 혁명시대에 나의 상상력은 이상할 정도로 풍부해서 늘 라오루의 머리통을 소변기로 삼고 그 안에 오줌 누는 상상을 하곤 했다. (154~55면)

언제든 희생자가 될 수 있는 시대, 그래서 인간적인 친절함을 베풀 수 없는 시대, 그것이 문혁이라는 혁명시대였다. 이것은 문혁을 배경으로 한 작품에서 흔히 볼 수 있다. 그런데 "혁명시대에 나의 상상력은 이상할 정도로 풍부했다"라는 말은 왕샤오보만이 할 수 있는 매우 도발적인 언급이다. 상상력이란 지극히 사적인 공간에서 이루어지는 것이며, 도덕적 제약이나 정치적 제약을 받지 않는 해방공간에서의 활동이기 때문이다. 공적 규율이 중시되고 사적 감정과 사적 공간이 억압되던 혁명의 시대가, 오히려 그 억압 때문에 상상력을 키우는 자양분이 되었다는 언급은 그야말로 혁명의 시대에 균열을 내는 또다른 혁명적 발언이라고 할 수 있다. 이러한 상상력은 어떠한 폭력도 견뎌낼 수 있는 힘을 준다. 그 힘은 바로 상상이라는 반항적 행위가 만들어내는 자율성과 낭만성에서 온다. 폭력적이고 강압적인 혁명의 시대를 배경으로 하고 있지만,「혁명 시대의 연애」에서 풍기는 자율적이고 낭만적 분위기는 바로 상상력으로 억압의 시대에 균열을 내고자 했던 작가의 저항정신이 만들어낸 것이라 할 수 있다.

왕얼이 특별 보조교육을 받기 위해 ×하이잉의 사무실에 갔을 때 그 시간을 견딜 수 있도록 한 것은 그의 상상력이었다. 그런데 이때의 상상력은 몸으로 행하는 성적인 상상, 즉 '엉덩이 비비기' 였다.

왕얼은 종종 ×하이잉의 사무실에 가서 그녀의 사무용 책상 앞에 있는 의자에 앉아 있곤 했다. 그는 그곳에서 자신이 마치 끈끈이에 들러붙은 파리 같다는 느낌을 받았다. 그녀가 왕얼에게 몇가지 질문을 했다. 그는 어떤 때에는 성실하게 대답했지만 어떤 때에는 허튼 생각에 골몰해서 대답하는 것을 잊어버리기도 했다. 그랬던 원인 중 하나는 왕얼이 그곳에서 엉덩이 비비기를 했기 때문이다. 엉덩이 비비기의 재미는 모두가 잘 알 것이다. 아래쪽을 비벼대다보면 머잖아 위쪽

에서 넋을 잃게 되는데, 이는 자연스러운 천성이다. (146면)

이러한 왕얼의 태도는 엄숙한 정치담론이 펼쳐지는 현장을 우스꽝스럽고 해학적인 곳으로, 그리고 '계급투쟁의 현장'을 '욕망의 현장'으로 만들어버린다.

5. 혁명과 성

왕샤오보의 소설에 성적 묘사가 매우 노골적으로 드러나고 있음은 그의 작품을 접한 독자라면 모두 쉽게 발견할 수 있다. 사실 문혁 이후 중국의 문학작품은 끊임없이 성(性)을 작품의 제재로 삼아왔다. 왜냐하면 문화대혁명이라는 시대가 성을 억압한 '비성(非性)'의 시대였기 때문이다. 왕샤오보는 「황금시대」에 대해 언급하면서, "기아의 시대에 먹는 것이 생활의 주제가 되는 것처럼, 비성(非性)의 시대에 성은 생활의 주제가 되었다"[2]라고 했다. '성'은 사적인 영역에 속해 있는 것이지만 이데올로기의 통제 아래서 '성'은 담론이며 권력이 작동하는 도구이자 수단이다. 성적 억압은 문혁이라는 특수한 시대 상황에서 나타난 가장 정치(精緻)한 인간 억압의 표현이었다. 성을 억압당함으로써 사람들은 신체뿐만 아니라 의식도 구속되었다. 마치 거세된 소가 먹는 것과 일하는 것만 알며 도살할 때 묶을 필요도 없는 것처럼 말이다. 그래서 많은 작가들이 거대한 폭력과 억압적 상황에 저항할 때 성을 자주 사용하곤 한다.

---

2 王小波 「從『黃金時代』談小說藝術」, 『王小波作品集·雜文卷』, 北京: 現代出版社 2016, 222면.

중국에서 문화대혁명 이후에 등장한 신시기 문학에서도 문혁을 작품 배경으로 할 때 종종 성을 다루곤 한다. 하지만 이런 문학에서는 대부분 성애를 계몽의 도구로 삼는다는 특징을 보인다. 하지만 1990년대 중·후반에 주로 발표된 왕샤오보의 작품들은 이전의 '성애 서사'가 지닌 특징을 지니고 있긴 하지만 그것과는 다른 색깔을 보인다. 문학평론가 위츙(余琼)은 왕샤오보가 지닌 다른 색깔은 바로 성애를 성애 자체로 환원시키는 '자연적' 차원에 있다고 보았다. 왕샤오보는 성을 문혁이라는 특수한 시대에 저항하고 반항하는 도구로 삼기도 하지만, 그 본능적인 면에 대한 탐구도 놓치지 않았다. 그래서 인물들은 성적인 관계를 통해 자기 존재에 대한 탐구를 멈추지 않는다.

　고자(告子)는 "식색성야(食色性也)"라고 했다. 식욕과 성욕은 본능이라는 말이다. 성은 본능적인 것이기 때문에 왕샤오보는 이를 문혁이라는 특수한 시대에 대한 저항과 반항의 도구로 삼을 수 있었다. 본능이 억눌리는 시대에 본능을 드러냄으로써 억압을 폭로하고 억압적 시대에 저항한 것이다. 그래서 이렇게 드러난 본능은 결코 본능적이지가 않다. 본능적이고 정상적인 성이 억압당하고 있기에 비본능적이고 비정상적인 방법으로 표현될 수밖에 없는 것이다. 그래서 작품에 많은 성적인 묘사가 있긴 하지만 왕샤오보의 성애 묘사는 결코 에로틱하지 않다. 오히려 그것은 유희적이거나 억압적 관계에 대한 희롱과 반항의 몸짓으로 표현된다. 「황금시대」에서 왕얼과 천칭양을 비난하고 희롱하면서 '걸레' 규탄대회를 벌이고 이를 '관람'하는 사람들의 행위 역시 비정상적인 성적 표현에 다름 아니다.

　성이 억압당했기에 사회 전체가 성적인 욕망으로 가득 차 있음을 「혁명시대의 연애」에서 작가는 공장 건물에 대한 묘사를 통해 상징적으로 드러내고 있다. 무엇보다 콩물을 만드는 공장에 대한 묘사는 그 자체로 성행위가 항상 이루어지고 있다는 것에 대한 상징이다. 두부공장에는 발기된 듯 높이 서 있는 탑이 있다. 탑 꼭대기에서는 콩물을 만들어 아래의 작업장으로 흘려보내는데 그 탑에서 일하는 사람들은 모두 젊은 남자들이다. 성적 욕망은 문혁 이전의 대약진운동 시기 역시 다르지 않다. 왕열이 1958년 대약진운동 때 살았던 대학 건물의 모습은 브뤼셀 현대예술관의 모습과 완전히 다르지만 그의 뇌리 속에 두 공간은 연결되어 있다. 그런데 브뤼셀 현대예술관의 모습은 지하로 깊이 들어간 커다란 우물 형태로, 화랑은 나선형 계단처럼 우물벽을 따라 뻗어 있다. 이러한 예술관의 모습은 여성의 성기를 상징할 때 흔히 쓰인다. 강철제련 운동을 벌일 때 사용했던 용광로 안에서 발견된 콘돔 역시 대약진운동 시기에 존재한 성적 욕망을 보여준다.

「혁명시대의 연애」에서 공원에서 성행위를 하다 잡힌 남녀의 모습을 그린 것 역시 매우 상징적으로 성적 억압과 이에 대한 저항을 보여준다.

> 그들에게 "당신들 뭘 했나요?" 하고 물었다.
> 대답: 나쁜 짓을 했습니다.
> 다시 질문: 몇번이나 했나요?
> 대답: 주석께서 서거하시고 난 후 쉬어본 적이 없습니다.
> 말을 마치자 전기에 감전된 듯이 부들부들 떨기 시작했다. 그때는 마침 국상(國喪) 시기였고 그 커플의 행위는 바로 슬픔의 과도한 표현이었다. (166면)

공원에서의 성행위가 마오쩌둥(毛澤東)의 죽음을 애도하는 방식이었다는 이 대답은 슬픔의 가면에 가려져 있는, 조롱과 환희가 가득한 얼굴을 그대로 보여준다. 이 남녀가 연인인지 부부인지 혹은 불륜관계인지는 중요하지 않다. 마오쩌둥의 죽음과 애도 그리고 애도의 방법으로서 성행위가 지닌 정치적이고 본능적인 의미가 중요하다. 마오쩌둥은 바로 문화대혁명을 일으키고 문혁 시기를 비성(非性)의 시기로 만들어 인간의 욕망과 정신을 억압했던 인물이다. 그의 죽음을 '애도'하면서 마오가 억압했던 사적인 행위를 공적인 장소에서 벌인 것은 바로 비성(非性)의 시대에 대한 저항이며 비성(非性)의 시대가 끝났음을 알리는 축제의 퍼포먼스라고 할 수 있다.

왕샤오보의 작품에서 성과 성행위의 현장 주위에는 항상 고도의 억압적인 분위기가 존재한다. 「황금시대」에서 규탄대회를 겪고 나서 벌이는 왕얼과 천칭양의 정사나 가학과 피가학의 관계에서 이루어지는 「혁명시대의 연애」 속 왕얼과 ×하이잉의 정사는 모두 즐거움보다는 정신적 고통이 엿보인다. 이들은 이러한 고통을 통해서만 쾌락을 얻는데 그 쾌락은 고통의 쾌락이다. 거기에 남녀 사이의 진정한 감정이 개입되어서는 안된다. 다만 '의리'와 '우정'으로 포장된 저항의 '동지애'만이 가능하다. 왕샤오보 소설에서 성애는 고통과 쾌락이 공존하는 카니발의 현장이다. 그래서 유희적이면서 고통스럽다.

김순진(한신대 중국학과 교수)

작가연보

1952년   5월 13일 베이징에서 지식인 가정에서 태어남. 이 무렵 '삼반운동
         (三反運動)'이 진행되면서 아버지가 '계급의 적'을 의미하는 '계급
         이색분자(階級異己分子)'로 낙인찍힘.

1958년   대약진운동 시작됨. 나중에 작가의 산문과 소설에 종종 등장.

1959년   9월 베이징 얼룽루(二龍路)소학교 입학.

1964년   소학교 5학년 때 작문이 뽑혀 학교에 전시됨.

1965년   9월 베이징 얼룽루(二龍路)중학교 입학.

1966년   중학교 1학년 때 문화대혁명이 시작됨. 이후 학업 중단.

1968년   윈난(雲南) 생산건설병단(生産建設兵團)에서 노동하던 중 창작을
         시작함. 이때의 경험이 첫 작품 「땅과 하늘처럼 영원하다(地久天

長)」에 영감을 주었고, 대표작 「황금시대(黃金時代)」를 낳음.

1971년 　어머니 고향인 산둥성(山東省) 무핑현(牟平縣) 칭후산(青虎山)에
　　　　있는 인민공사 생산대에 들어감. 이때 민간학교 교사로도 일함.

1973년 　베이징 뉴제(牛街) 학습용 실험기구 생산공장에서 노동자로 일
　　　　함. 이후 베이징 시청취(西城區) 반도체 공장에서 노동자로 일함.
　　　　노동자 생활은 「혁명시대의 연애(革命時期的愛情)」를 비롯한 여러
　　　　소설의 배경이 됨.

1978년 　12년 전에 중학교를 한해만 다녔음에도 불구하고 중국런민대학
　　　　(中國人民大學)에 합격함.

1980년 　리인허(李銀河)와 결혼. 잡지 『미운 오리새끼(丑小鴨)』에 첫 작품
　　　　「땅과 하늘처럼 영원하다」 발표.

1982년 　중국런민대학 무역경제과를 졸업하고 중국런민대학 분교에서 교
　　　　편을 잡음. 교사 생활은 소설 「삼십에 자립하고(三十而立)」 등의
　　　　배경이 됨. 이 무렵 「황금시대」의 집필을 시작하여 약 10년 뒤에
　　　　완성함.

1984년 　아내와 함께 학업을 위해 미국 피츠버그대학 동아시아연구센터
　　　　연구원으로 감.

1986년 　석사학위 취득.

1988년 　미국과 유럽을 두루 돌아다니다가 36세 되는 이 해에 중국으로 돌
　　　　아와 베이징대학 사회학과 강사로 부임함.

1989년 　9월 첫번째 소설집 『비밀스럽게 전해지는 당나라 사람 이야기(唐
　　　　人秘傳故事)』를 산둥문예출판사(山東文藝出版社)에서 출판함. 이
　　　　소설집에는 「리신가 1번지와 쿤룬 노예(立新街甲一號與昆侖奴)」
　　　　「붉은 실 도둑(紅線盜盒)」 「홍푸의 야반도주(紅拂夜奔)」 「야행기
　　　　(夜行記)」 「외삼촌 연인(舅舅情人)」 등 다섯편의 작품이 수록됨.

1991년	중국런민대학 회계과 강사로 부임. 「황금시대」가 제13회 『렌허바오(聯合報)』 문학상 중편소설대상을 받고 잡지 『렌허바오』에 연재되었으며, 단행본으로 타이완에서 출판됨.
1992년	3월 『왕얼 풍류사(王二風流史)』를 홍콩 판롱출판사(繁榮出版社)에서 출판함. 이 소설집에는 「황금시대」 「삼십에 자립하고」 「유수 같은 세월(似水流年)」 등 세편의 작품이 수록됨. 8월 타이완 렌징출판사업공사(聯經出版事業公司)에서 『황금연대(黃金年代)』를 출판함(편집자의 실수로 '황금시대'가 '황금연대'로 잘못 표기됨). 9월 정식으로 학교를 사임하고 자유기고가의 삶을 시작. 12월 영화감독 장위안(張元)과의 약속으로 동성연애를 다룬 영화 「동궁 서궁(東宮西宮)」의 시나리오를 집필하기 시작함.
1994년	7월 소설집 『황금시대』를 화샤출판사(華夏出版社)에서 출판함. 이 소설집에는 「황금시대」 「삼십에 자립하고」 「유수 같은 세월」 「혁명시대의 연애」 「나의 음양 세계(我的陰陽兩界)」 등 다섯편의 작품이 수록됨.
1995년	5월 「미래세계(未來世界)」가 제16회 『렌허바오』 문학상 중편소설 대상을 받음. 7월 「미래세계」가 단행본으로 타이완 렌징출판사업공사에서 출판됨.
1996년	11월 영화 「동궁 서궁」의 시나리오가 아르헨띠나 마르델쁠라따 국제영화제에서 최우수 시나리오상을 받음.
1997년	4월 11일 심장마비로 갑작스럽게 사망함. 아내 리인허가 추도의 글 「낭만기사·음유시인·자유사상가 ―― 샤오보를 애도함(浪漫騎士·行吟詩人·自由思想者 ――悼小波)」 발표. 5월 영화 「동궁 서궁」이 프랑스 깐 영화제에 초청됨.

고전의 새로운 기준, 창비세계문학

오늘날 우리는 인간의 존엄과 개성이 매몰되어가는 시대를 살고 있다. 물질만능과 승자독식을 강요하는 자본주의가 전지구적으로 확산되면서 현대사회는 더 황폐해지고 삶의 질은 크게 훼손되었다. 경제성장만이 최고의 선으로 인정되고 상업주의에 물든 문화소비가 삶을 지배할수록 문학은 점점 더 변방으로 밀려나고 있다. 삶의 본질을 성찰하는 문학의 자리가 위축되는 세계에서는 가진 자와 못 가진 자 할 것 없이 모두가 불행할 수밖에 없다.

이 시대야말로 인간답게 산다는 것의 의미가 무엇인지 근본적인 화두를 다시 던지고 사유의 모험을 떠나야 할 때다. 우리는 그 여정에 반드시 필요한 벗과 스승이 다름 아닌 세계문학의 고전이라는 점을 강조한다. 고전에는 다양한 전통과 문화를 쌓아올린 공동체의 경험이 녹아들어 있고, 세계와 존재에 대한 탁월한 개인들의 치열한 탐색이 기록되어 있으며, 새로운 세상을 꿈꾸는 아름다운 도전과 눈물이 아로새겨 있기 때문이다. 이 무궁무진한 상상력의 보고이자 살아 있는 문화유산을 되새길 때만 개인의 일상에서 참다운 인간적 가치를 실현하고 근대적 삶의 의미와 한계를 성찰하는 지혜를 얻을 수 있을 것이다.

'창비세계문학'은 이러한 문제의식에서 출발한다. 세계문학의 참의미를 되새겨 '지금 여기'의 관점으로 우리의 정전을 재구성해야 할 필요성이 그 어느 때보다 절실하다. '정전'이란 본디 고정된 목록으로 존재하는 것이 아니라 그때그때 주어진 처소에서 새롭게 재구성됨으로써 생명을 이어가는 것이다. 우리는 먼저 전세계 문학들의 다양성과 차이를 존중하면서 국가와 민족, 언어의 경계를 넘어 보편적 가치에 기여할 수 있는 가능성에 주목하고자 한다. 근대를 깊이 성찰한 서양문학뿐 아니라 아시아와 라틴아메리카, 중동과 아프리카 등 비서구권 문학의 성취를 발굴하고 재평가하는 것 역시 세계문학의 지형도를 다시 그리려는 창비의 필수적인 작업이 될 것이다.

여러 전집들이 나와 있는 세계문학 시장에서 '창비세계문학'은 세계문학 독서의 새로운 기준이 되고자 한다. 참신하고 폭넓으면서도 엄정한 기획, 원작의 의도와 문체를 살려내는 적확하고 충실한 번역, 그리고 완성도 높은 책의 품질이 그 기초이다. 독서시장을 왜곡하는 값싼 유행과 상업주의에 맞서 문학정신을 굳건히 세우며, 안팎의 조언과 비판에 귀 기울이고 독자들과 꾸준히 소통하면서 진정 이 시대가 요구하는 세계문학이 무엇인지 되묻고 갱신해 나갈 것이다.

1966년 계간 『창작과비평』을 창간한 이래 한국문학을 풍성하게 하고 민족문학과 세계문학 담론을 주도해온 창비가 오직 좋은 책으로 독자와 함께해왔듯, '창비세계문학' 역시 그러한 항심을 지켜나갈 것이다. '창비세계문학'이 다른 시공간에서 우리와 닮은 삶을 만나게 해주고, 가보지 못한 길을 걷게 하며, 그 길 끝에서 새로운 길을 열어주기를 소망한다. 또한 무한경쟁에 내몰린 젊은이와 청소년들에게 삶의 소중함과 기쁨을 일깨워주기를 바란다. 목록을 쌓아갈수록 '창비세계문학'이 독자들의 사랑으로 무르익고 그 감동이 세대를 넘나들며 이어진다면 더없는 보람이겠다.

2012년 가을
창비세계문학 기획위원회
김현균 서은혜 석영중 이욱연 임홍배 정혜용 한기욱

창비세계문학 64

혁명시대의 연애

초판 1쇄 발행/2018년 10월 19일

지은이/왕샤오보
옮긴이/김순진
펴낸이/강일우
책임편집/오규원 김성은
조판/한향림
펴낸곳/(주)창비
등록/1986년 8월 5일 제85호
주소/10881 경기도 파주시 회동길 184
전화/031-955-3333
팩시밀리/영업 031-955-3399 편집 031-955-3400
홈페이지/www.changbi.com
전자우편/lit@changbi.com

한국어판 ⓒ (주)창비 2018
ISBN 978-89-364-6464-6 03820

＊ 이 책 내용의 전부 또는 일부를 재사용하려면
　반드시 저작권자와 창비 양측의 동의를 받아야 합니다.
＊ 책값은 뒤표지에 표시되어 있습니다.